СОДЕРЖАНИЕ

Жертва вечерняя

Жертва вечерняя

Петр Боборыкин

Жертва вечерняя

© Индоевропейских Издание , 2021

ISNB: 978-1-64439-559-2

ЖЕРТВА ВЕЧЕРНЯЯ

КНИГА ПЕРВАЯ

6 ноября 186* ч.,
Вечер.— Суббота.

Вчера мне было особенно как-то тоскливо. Сегодня, с утра, у меня разболелась голова. Семен меня уверял, что он хорошо вытопил; но я знаю, что это от угара. Боже мой! Может ли быть что-нибудь скучнее петербургского глухого вечера? Да еще на Английском проспекте. Подойдешь к окну: дождик и темень...

Нынче суббота. Я хотела ехать в Михайловский театр с Софи. Она была сейчас у меня; разбранила меня. Все знают, что я езжу на субботние бенефисы. Никто, разумеется, не завернет. Тоска!

Какой дрянной мальчишка мой Володька! В кого он такой? — Не знаю. Я, кажется, была верна его родителю. Плакса, нюня. Сейчас являлся прощаться с нянькой. Я не знаю, что в них хорошего, в таких ребятишках по второму, по третьему году? Ревут, шлепаются по всем комнатам...

Читать мне не хочется... Прислал мне Исаков какие-то глупые книжонки. Третьего дня я заехала и говорю мальчику Сократу: пожалуйста, не давайте мне этого Гондрекура. А он все-таки прислал. Да, впрочем, все равно. И в Жорж-Занде нынче такая чепуха. В божественность ударилась.

Мне очень досадно, что я не в Михайловском театре. Деверия должна нынче канканировать. В прошлую субботу я так хохотала. Старик Верне пресмешно был одет в солдатский мундир и красные панталоны. В пятой фигуре он выделывал соло... Недавно я видела Лелеву: давали "Десять невест". После французов это — детские танцы. Мне бы хотелось увидать настоящий, канкан. А где его увидишь? Поехать на пикник... Или попасть к Огюсту, когда приедут мужчины с француженками?

Я себе дала слово познакомиться с Clémence. Непременно познакомлюсь. В первый же театральный маскарад возьму дурака Кучкина и скажу ему, чтоб он нас свел.

Голова болит, а спать не хочется. Я думаю, если б теперь даже самый последний идиот, хотя бы тот же Кучкин, явился собственной персоной, я бы его обворожила любезностью,— так мне скучно. Ровно два года тому назад, такой же глухой осенью, в той же самой квартире я жила с моим Николаем. Какой он здоровый был в ту пору. Я таких здоровяков совсем и не вижу в нашей мизерной молодежи. Как это странно: много я об нем плакала, чуть чахотку не схватила, а ведь по правде сказать, вряд ли я его любила как следует. Я и теперь не знаю, нравилось ли мне в нем что-нибудь или нет? Была я дура девочка, большая и упитанная. Подводят ко мне на Липецких водах гвардейского адъютанта. Я уж теперь хорошенько не помню, но кажется — он с первого раза так мне сильно сжал руку, что я чуть не пискнула. Не знаю, говорил ли он мне что-нибудь про себя, когда ухаживал. Все, кажется, больше поводил зрачками. Мне сразу стало страшно его. Я сейчас же всем своим телом поняла, что это такое значит, когда мужчина так на вас смотрит. Мне решительно все равно было: выйти замуж за Николая или что-нибудь такое сделать другое, только бы он не крутил глазами. Так я и вышла за него замуж. Он был такой неистовый в своих ласках, так все и кидался... Никогда я не помню, чтобы мы с ним о чем-нибудь толковали серьезно. Это была какая-то "белиберда", как говорит Софи. Выезжали, целовались. Мне до сих пор противно, как много целовались. Кто это выдумал глупое слово: медовый месяц? Какая пошлость! Я ничего пошлее не знаю. Если все новобрачные так живут первый год, как я жила с моим Николаем,— поздравляю их. Ни одной мысли, ни одного умного слова. Так, какие-то животные прямо! А был он очень добрый человек, даже неглупый по-своему. Да что за толк в одной доброте? Ведь и я не злая, а какой во мне толк? Добрая баба, добрая зебра, добрая лошадь, добрый малый... Я где-то недавно читала: на каком-то острову в Австралии одна половина жителей съела другую. А ведь тоже, я думаю, и между ними были добрые люди... Когда Николай умирал, мне некогда было плакать. Он не умер, он вдруг сгорел, точно какой газ. В три, четыре дня его не стало. Он мне ничего не говорил. Он только сердился на свою смерть. Я совсем и не взвиделась, как осталась вдовой. Наши женские слезы — дешевый товар. Мне, разумеется, было его жалко. Жалко, жалко... Опять глупое слово. Кого же и чего не жалко? Может быть, гораздо жалче,- что мы, дуры, делаемся матерями не зная зачем; оттого только, что гвардейскому адъютанту понравятся наши "перси". Какое смешное слово. Я его где-то вычитала в русских стихах. Я думаю даже, что если б этих самых "персей" у женщин не было, мужчины были бы гораздо умнее.

Мне совестно стало, что Николай оставил мне все свое состояние, пожизненно. Я не мотовка, а не знаю, много ли я скоплю для кислого Володьки. Ждать его совершеннолетия — куда еще далеко... Софи мне говорит как-то: "Ты, Маша, большую глупость сделаешь, если будешь торопиться опять выходить замуж". Откуда она взяла, кто ей сказал, что я тороплюсь? Вот тебе раз! Когда я вернусь домой и лягу, я иной раз просто с ужасом вспоминаю о моем замужестве... А кумушки глядели на нас да приговаривали: "какие голубки". Разве может быть что-нибудь гаже: сознавать, что вы существуете на утеху икса или игрека, которому вы для этого только и нужны. А живи я с Николаем, и тянули бы лобзания, пока бы я не сделалась толстой и старой бабой. Теперь мне, по крайней мере, просторно; никто не мешает... Это — чистое благодеяние!

Что это, как я расписалась? В висках у меня стучит. Ни с того ни с сего на глазах слезы. Должно быть, мне уж чересчур тоскливо, или это от лампы. Кажется, Володька захныкал. Пойду и отшлепаю этого скверного мальчишку; а то он всю ночь будет кукситъ.

Хоть бы я увидала какого-нибудь дурака во сне. Сплю я, как мумия. Еще месяца четыре, и все лифы надо будет бросить. Ариша и то говорит мне сегодня: "Вам бы, Марья Михайловна-с, немножко похудеть". Она вот не толстеет: обзавелась, кажется, какими-то амурами из саперного батальона. Слава Богу, начинаю зевать. Теперь странички две Гондрекура, и лучше Доверова порошка.

7 ноября 186*
Ночь.— Воскресенье.

Получила письмо от Степы из Парижа. Какой славный мальчик. Я его называю мальчиком; а ведь он гораздо старше меня. Я думаю, маковка уже начинает редеть. Я на него сердита за то, что он там все торчит, за границей. Не может, видите ли, жить здесь. Всех нас бранит идиотами и дурами: не могу, говорит, дышать в вашем петербургском зловонии. "У вас, говорит, только лакеи да кретины". Впрочем, он, кажется, много изменился. Я его года уже два не видала. Видно, что он очень много работает. Ничего я не понимаю подчас, что он мне пишет. Иной раз чепуха какая-то, т. е. не то что чепуха... надо знать в чем дело, а я не знаю.

Он мне как-то пишет, давно уже, скоро после смерти Николая: "Голубчик мой, Машенька, я прозрел". Куда он прозрел и что такое? — не знаю; да я потом и не спрашивала. Он бы настрочил мне страниц восемь. Чистое мученье разбирать его руку. Прямой физикус. Я ведь ничего не читала из его сочинений. Мне обещались достать. Да где их добудешь, русских журналов? Право, гораздо легче достать какой-нибудь: "Journal de Constantinople". Я слово скажу черномазенькому турку из посольских эффенди, или как там их, не знаю... Он мне целый воз привезет турецких газет, а русских журналов я, право, не знаю где добыть.

Степа пишет мне:

"Соскучился я о тебе, друг мой Машенька. Надо наконец вернуться на лоно отечества. Съезжу только к своим глупым, но

3

добрым немцам, а там, если что-нибудь особенное не задержит, к новому году жди меня".

Я очень рада видеть Степу. Я всегда его любила. Только... только я одного боюсь: чтоб он не очень умничал. А то ведь эти философы, эти красные, знаю я их... что за охота чувствовать себя девчонкой и выслушивать разные рацеи? Да ведь я не посмотрю, что Степа и умный, и ученый...

Все равно, если б он приехал сейчас, сегодня, я бы ему бросилась на шею. Хоть бы один свежий человек, а то эта осень совсем задушит меня.

Степа, кажется, недолюбливал моего Николая, т. е. не то чтобы недолюбливал, а смотрел на него свысока. Офицер! Вот что он, наверно, говорил про себя. Он и со мной мало толковал тогда. Больше в переписке мы сошлись. И как это странно: писал мне целые пакеты, а я ведь очень мало знаю его жизнь. Неужели он весь свой век останется холостяком? Кажется, у него и не было никакой любовной истории. О Париже он все пишет, что у француженок вместо сердца — медный пятак. Скромничает, я думаю, а сам, поди, под шумок бегает за разными... Он мне все расскажет, как вернется. Впрочем, он, кажется, плох по любовной части. Он все рассуждает; а с женщинами это совсем не годится. Ведь вот есть же у нас такие славные люди, как Степа. Да ведь он в свет не ездит. И не поедет. Разве я вытащу когда-нибудь насильно. Эти господа все таковы. Вместо того, чтобы браниться, они бы являлись в хорошие дома и прочищали бы воздух. А то просто одурь берет, когда посидишь с каким-нибудь Кучкиным. Да и все они на один подбор. Еще посольские немножко получше. Их Софи называет: les garèons d'ambassades {посольские мальчики (фр.).}. Это очень мило. Из немчиков есть двое, трое — красивые. А французы совсем цирульники. У всех одна и та же фраза:

— Madame, on ne vous voit nulle part! {Мадам, вас нигде не видно! (фр.).}

Степа поделом их называет идиотами. Ну что может быть отвратительнее Паши Узлова? Какое животное! Я не знаю отчего, но когда он ко мне подходит, точно какая гадина подползет. Этаких людей женщинам совсем не следует и принимать. Как-то я с ним танцевала мазурку. Что он такое мне говорил! Есть книжечка: "Un million de calembours"; {"Миллион каламбуров" (фр.).} так он оттуда все выкрадывает. И ржет, как какая-нибудь лошадь, после каждой глупости. Я еще удивляюсь, как мы рукава не кусаем с такими мужчинами.

Старикашки — все лучше. В тех хоть есть старомодное селадонство; по крайней мере смешно. Я даже люблю иногда стравить их, чтоб они при мне рассуждали о делах. Я ничего не понимаю, но этого совсем и не надо. Женщине, если она не окончательный урод, ничего не стоит красиво отмалчиваться. А они так из кожи и лезут: щегольнуть передо мной своими министерскими головами.

— "Все суета сует",— как говорил мой Николай, когда чего-нибудь не понимали. И таки частенько приходилось ему повторять эту фразу.

А ведь я опять сегодня дома. Теперь уж я вижу, что это не от угару. Чем бы мне прогнать несносные головные боли? Мне и принимать никого не хочется. Софи рыщет по городу. Нет, чтобы со мной посидеть. Ах, какая она пустая бывает днями, просто страшно за нее становится. Посмотришь ей так прямо в глаза и спросишь себя: "Что у нее там: есть что-нибудь в голове, или один пар?.." Когда я была маленькая, нянька Настасья говорила мне, что у кошек пар, а не душа. Иногда вот так мне и кажется, что у Софи пар... а добрая. Опять мне попадается это глупое слово! Я бы вот хотела быть злой, Мегерой какой-нибудь, только бы не тянуть такой белиберды.

Володька опять хнычет. Нынче непременно высеку!

Софи заезжала и сказывала, что вчера в Михайловском театре канкану не было. Ну и прекрасно.

9 ноября 186*
Полночь.— Вторник.

Сегодня я поехала в гостиный двор. Погода была получше. Я отослала Федора и вернулась пешком. Захожу к Софи. В передней я не обратила внимания: висит ли чье-нибудь пальто или нет. Я прошла залу и круглую гостиную. В кабинете Софи я остановилась посредине комнаты.

Сначала, по близорукости, я хорошенько не рассмотрела... Стул скрипнул. Я подалась вперед и обомлела: Софи сидит на коленях у Кучкина.

Боже мой! Всего я от нее ожидала, но этакого ужаса никогда! Я даже представить себе не могу, что можно взять в любовники обезьяну в Преображенском мундире!

Они разлетелись в разные стороны. Я не покраснела, но мне сделалось ужасно досадно на Софи. Эта мартышка Кучкин туда же хотел меня поразить хладнокровием. Софи растерялась, как девчонка. Я посидела минут десять и ушла.

Разумеется, через полчаса явился посланный от Софи с запиской, где она умоляет вернуться к ней хоть на несколько секунд. Я поехала.

— Что ты так волнуешься,— говорю я ей.— Ты точно просишь у меня прощения.

— Ты меня презираешь! — И в слезы.— Но ты не знаешь, каких жертв стоит женщине такой шаг...

Тут я не вытерпела. Напела-таки я ей. Ее дело вешаться на шею такому болвану, как Кучкин; но я слышать не могу, когда наши барыни строят нелепые фразы о своих жертвах и страданиях.

Взять хоть бы Софи. Вывозили ее шесть зим сряду. Кроме тряпок и всякого вздору у нее никогда не было ничего в голове. Вышла она замуж, как я же, не зная зачем; гораздо даже хуже: я была девчонка, а она "подлеточек"; как говаривал мой Николай. Муж ее не только к ней не подходит, но и сам к себе как-то до сих пор приладиться не может; тяжелая, сухая фигура, штатский генерал, департаментский экзекутор со звездой, вот что он такое. Коли уж соглашаешься возложить на главу венец "от камени честна" с таким экземпляром, так ясно, что начнешь в первый же год искать утешений на стороне.

Взять в любовники Кучкина, значит — потерять к себе всякое уважение... Да и это слишком громко! Значит — быть довольной первым попавшимся идиотом, только бы он был мужского пола. Ну, и прекрасно; зачем же тут гримасничать и повторять нелепые фразы, морочить и себя, и людей? И как будто одна Софи? Все у нас таковы, наши барыни. Не то, что уж замужняя женщина, а вдова, мирской человек, от безделья или от других причин, я уж не знаю, обзаведется каким-нибудь кавалергардом или лицеистом и сейчас же давай его обращать в крепостное состояние.

— Я загубила себя, я пожертвовала всем, ты должен быть мне верен на веки!

Что она загубила? Чем пожертвовала? Сама, иной раз, зимы две сряду обнажала свои плечи, только бы кто-нибудь приударил.

Боже мой, как противно! Я все прощу и мужчине, и женщине: самую гадкую безнравственность; но только не это вранье! И есть ведь дураки: начинают верить, что действительно женщина принесла им жертву, что на них накинута петля и нужно им на веки вечные поступить в крепостное услужение к своим любовницам. Не знаю, много ли их, этаких идиотов; но если бы они не водились, и женщины перестали бы манериться!!!

— Да ты его любишь? — спрашиваю я у Софи.

— Люблю.

— Чем ты его любишь?

— Как чем?

— Неужели сердцем?

— Ах, ma chère {моя дорогая (фр.).}, если ты меня будешь так допрашивать, лучше оставим это.

Так зачем же она за мной посылала? Слушать излияния любви к г. Кучкину — я не способна. Бросить его она, кажется, не имеет желания... Стало быть, одна глупая болтовня.

— Поступай, как знаешь,— отрезала я ей.— Он тебе нравится. Ну, и целуйтесь с ним. Только, пожалуйста, не рисуйся предо мной, Софи. Я о твоих страданиях знать не хочу, потому что их не было, нет и не будет. Как Кучкин ни плох, а все-таки поймет, что тебе в нем приглянулась его бабья рожица, и больше ничего. Впрочем, если ты его приструнишь, я буду рада. Дурака оставлять без розги нельзя.

Софи просто позеленела. Но она сердиться долго не может. Да и вряд ли она что-нибудь поняла.

Я ушла от нее взволнованная. Обращать ее на путь истинный — я не желаю. Я вижу теперь: она такой всегда и останется. Но во мне зашевелился упрек: зачем я приближала к себе такую женщину? Ведь она олицетворенная пустота! Я не знаю, мне ее все-таки жалко. Глупо было бы требовать от нее каких-нибудь добродетелей. Рано или поздно я должна была наткнуться в кабинете Софи если не на Кучкина, то на X, на Y, на Z.

Этот маленький скандалик мог бы ведь и со мной случиться. Кто мне сказал, что я застрахована от связи с каким-нибудь Кучкиным? Одна только разница и есть, что я вдова и не надувала бы мужа.

Надувать — неизящное, но хорошее слово. Как там не мудрствуй; а даже, я думаю, и Кучкин смотрит на Софи свысока, если только рассуждает сам с собой. Нашим барыням, конечно, ничего не стоит постоянно лгать и жить с двумя мужьями. Но если бы любовники их не были так глупы, они бы сами отучили их от этих пошлых интрижек.

Ха, ха, ха! Для кого же это я проповедую? Или мне досадно, что у Софи есть хоть Кучкин, а у меня никого нет?.. Голова опять болит...

11 ноября 186*
Вечер. — Четверг.

Софи была у меня и плакалась. Мне совестно за нее. Я ведь не приставлена к ней менторшей. Что она строит неверности своему супругу, в этом нет ничего удивительного... Вчера я об ней долго думала. Мне кажется, что во всех таких случаях, когда вас что-нибудь поразит, в поведении кого бы то ни было, виноват не тот человек, а вы. Вольно же мне было предполагать, что если Софи возьмет себе любовника, так уж не такую фатальную фигуру, как Кучкин. По правде сказать, я и не думала прежде о Софи сколько-нибудь серьезно... Вперед наука!

Начинается зима. Неужели пойдет опять такая же канитель? Спанье до одиннадцатого часу, гостиный двор, магазины, Невский, визиты, Летний сад и Английская набережная, коньки, понедельники в опере, субботы в Михайловском и потом пляс, пляс и пляс с разными уродами.

7

Ну, а если б этого не было? Веселей бы не стало.

Впрочем, попадаются курьезы... Вот, например, вчера я очень смеялась. Есть здесь барыня, Плавикова. Я ее и в прошлом году встречала, но редко. Она лезет в большой свет, из всех сил выбивается. Это бы еще ничего. Но она страдает ученостью, собирает у себя сочинителей каких-то, не знаю уж каких... Да и это бы еще ничего.

Я была на маленьком вечере у Порошиных. Было недурно: секретарь посольства был, наш русский, откуда-то, чуть ли не из Рио-Жанейро, два, три лицеиста, ну, разумеется, "le beau brun" {красивый брюнет (фр.).}. В маленькой гостиной сидели мы в кружке. Поль Поганцев вертелся и представлял нам, как жандарм осаживает лошадь на гулянье. Мы все хохотали.

Была тут и Плавикова. Она, разумеется, сидела, сжавши губы. Сложена она, как кормилица. И все жантильничает: головку направо, головку налево...

Вдруг среди общего молчания обращается ко мне:

— Какую я прелестную статью прочла вчера о Спинозе.

— О чем? — чуть не вскрикнула я.

— О Спинозе.

И глядит на меня, улыбаясь во весь рот... Спиноза! Что это такое Спиноза? Меня просто взорвало. Этакая дура? Однако я покраснела, кажется.

Меня выручил Поль.

— Вы не читали Спинозы,— начал он паясничать.— Que je vous plains, madame {Как мне вас жаль, мадам (фр.).}.

Все рассмеялись.

Плавикова хоть бы моргнула. Сидит и млеет как купчиха.

Меня это и смешило, и раздражало. Я все-таки не знала, что такое Спиноза; а спрашивать у этой педантки я, конечно, не желала.

Все разбрелись. Я таки взяла и осталась со Спинозой. Хотела напотешиться над ней хорошенько.

— Где же вы прочли статью? — спросила я тоном смиренной девочки.

— Если хотите, я вам пришлю.

И опять улыбается как купчиха. Она совсем, кажется, и не поняла, что ее подняли на смех.

— В журнале каком-нибудь?

— Да, в Revue des deux Mondes. Я могу вам дать и Куно Фишера.

Это меня окончательно взбесило.

Спиноза, Куно Фишер,— что это за звери такие?

— Я ведь в ученость не пускаюсь,— сказала я ей, как Николай мой выражался, "в упор".

— А вы разве меня считаете ученой?

8

— Вы говорите о таких предметах...

— Ах, Боже мой, кто ж этого не знает.

Я пересилила себя и выговорила:

— Да вот я не знаю, первая.

— Вы, может быть, забыли?

Этот вопрос отзывался, кажется, насмешкой. Взглянула я на нее: улыбка телячья, но не язвительная.

— Я не могла забыть, потому что я никогда и не слыхала про вещь, которую зовут Спинозой.

— Вещь! Ха, ха, ха!

Впрочем, она сейчас же удержалась, положила мне руку на колени и немного отеческим тоном проговорила:

— Есть много интересных предметов... на них не обращают внимания в свете. Я вам пришлю эту статью: она очень мило написана.

Из деликатности Плавикова не сочла нужным обучать меня тому, что такое Спиноза. Деликатность деликатностью, а мне все-таки было досадно, что я осталась ни при чем, не умея даже сообразить: что бы это такое было "Спиноза"?

— Мы с вами встречаемся,— заговорила сладким тоном Плавикова,— а совсем почти незнакомы друг с другом.

— Помилуйте, я буду очень рада,— сболтнула я, не знаю зачем.

Эту фразу она выговорила, краснея и пожимаясь. К ней жантильность идет, как к корове седло. Тут я почувствовала, что над этой женщиной следует смеяться. Я сидела перед ней, как невежда; но я была все-таки искреннее.

— Вы много читаете,— сказала я ей и тотчас же подумала: если ты, матушка моя, возишься все с учеными и сочинителями, так зачем же ты обиваешь пороги у всех, только бы тебе попасть в большой свет?

— У меня есть свой особый кружок,— запела она и завертела головой.— Я не могу расстаться с воспоминаниями своей молодости. Когда покойник Тимофей Николаевич бывал у нас в Москве, он всегда говаривал: "И в шуме света не забывайте вечных начал правды, добра и красоты".

Какой Тимофей Николаевич? Это было хуже Спинозы. Спиноза, по крайней мере, Бог его знает, что-то такое иностранное. Я имела наконец право faire de ce Spinoza {пренебречь этим Спинозой (фр.).}, но этот Тимофей Николаевич, вероятно, какая-нибудь знаменитость наша, русская. Плавикова мне не прибавила даже фамилии. Вся кровь бросилась мне в голову.

"Ну, подумала я, коли на то пошло, я, милая моя, не выдам тебе того, что не имею ни малейшего понятия о твоем Тимофее Николаевиче".

— Так вы его знали? — спросила я.

— Еще бы! — вскрикнула она, и зрачки у нее совсем закатились.— Помилуйте, он был как свой в нашем семействе и Кудрявцев тоже; Кудрявцев учил меня истории. Какое время! Я его никогда не забуду. Бывало, сойдется Тимофей Николаевич у нас с Алексеем Степанычем...

У меня сделались судороги в пальцах. Я возненавидела этого Алексея Степаныча. А ведь тоже какая-нибудь знаменитость? У них, верно, там в Москве знаменитостей дюжинами считают.

— Какой ум! — разливалась Плавикова.— Переспорить его нельзя было; но сердце льнуло всегда к тому, что говорил Тимофей Николаевич. Я не могу без слез об этом вспоминать.

Экая противная! Как мне хотелось в эту минуту оборвать ее. Но как? Надо было хоть что-нибудь знать о всех этих Тимофеях Николаевичах, Алексеях Степановичах, Иванах Ивановичах, не знаю уж как их там по батюшке!

— Завに Заверните ко мне,— вдруг повернула Плавикова на приятельский тон.— Вы такая милая. У меня по четвергам всегда кто-нибудь, de la république des lettres {из ученого сословия (фр.).}. Мой муж не любит этого. Он находит, что я синий чулок. И вы тоже находите. Я знаю. Но мы сойдемся. Я вижу.

Так и сыплет, точно царица на театре: "я знаю, я вижу".

— Enchantée {Я в восторге (фр.).},— пробормотала я, видя, что Плавикова встает.

Мне не хотелось выпускать ее. Еще две, три секунды, и я бы совладала с собой; я начала бы ее вышучивать.

Плавикова подняла на меня еще раз "томительные взоры", пожала руку и поплыла в большую гостиную.

Я осталась. Села даже на ее место у столика, где стояла вазочка с конфектами. Мне было совестно. Да, совестно. Я ела конфекты, как девчонка, которую высекли. Если бы можно было, я сейчас бы уехала, никому не показываясь.

"Да,— повторяла я,— положим, что эта Плавикова дрянь, что у нее больше тщеславия, чем во всех нас, больше, чем в Софи, и над ней следует смеяться. Но мне от этого все-таки не легче. Какая бы она там ни была, смешная или нет, искренняя или фальшивая, она все-таки читает о Спинозе, а я даже не имею понятия о том: зверь это какой, человек или наука? Да еще Спиноза не беда. Но у нее есть воспоминания. Не может же она бесстыдно лгать. Этот Тимофей Николаевич, этот Алексей Степаныч: она их слушала девочкой. Ее учил истории какой-то г. Кудрявцев, вероятно тоже знаменитость. Как бы она ни была пуста, она жила чем-нибудь, кроме тряпок и острот Паши Узлова, Поля Поганцева и преображенца Кучкина. Положим даже, что она рисуется, положим даже, что она ведет себя глупо в гостиной, тычет всем в глаза своих Спиноз и Алексеев Степанычей; но если ей это нравится?! Ведь вот я играла же самую жалкую роль перед нею, хоть и хотела поднять ее на смех".

Я солгала, написавши, что встретила в Плавиковой потешный курьез. В сущности ничего тут нет смешного. Я и Плавикова на Невском, в театре и в гостиной — веселимся одинаково. Может, и надо мной смеются, как над нею. А она кроме этого имеет у себя интимный кружок каких-то уродов, "la république des lettres", как она изволит выражаться. Собирает, вероятно, голодных сочинителей, кормит их; они ей пишут стихи, она перед ними жантильничает... и довольна, и счастлива! Шутка сказать! У нее есть занятия, по крайней мере. Она, я думаю, перед своим четвергом учит наизусть статьи, выкапывает разных Спиноз, чтобы не ударить себя лицом в грязь перед своей république des lettres.

Вот передо мной две женщины: Плавикова и Софи. У одной есть сочинители, у другой офицер Кучкин. А у меня?..

Ехать мне в четверг к Плавиковой? Глупости! Что я там буду делать? Сидеть дурой и хлопать глазами, когда будут вспоминать разных Алексеев Степанычей. Благодарю покорно.

Разумеется, я там не знаю этих сочинителей; они, вероятно, большие замарашки, но все-таки они должны быть занимательнее наших garèons d'ambassades и недорослей из дворян.

Если б я и решилась поехать, то разве на несколько минут поглядеть, как хозяйка драпируется в своем Hôtel Rambouillet... Я читывала про этот Hôtel. Были же ученые женщины. Задавали всем тон. И никто над ними не смеялся. Вероятно, там говорилось не раз и о Спинозе. Так ведь то во Франции.

Кто же это Спиноза? Поеду завтра к Исакову и скажу Сократу, чтоб он мне сейчас же отыскал номер Revue des deux Mondes, где этот Спиноза; а если журнал отдан, достал бы мне со дна морского такую книжку, где бы все было рассказано о Спинозе.

18 ноября 186*
Два часа ночи. Четверг.

Я, право, не бегала за этой Плавиковой; но она сама опять пристала ко мне.

Отнекиваться было глупо. Обижать мне ее, в сущности, не из чего. Она ведь надо мной не смеется. Я думаю даже, что она и не сумела бы смеяться. Она слишком проста.

Да, я вернулась с вечера, где собралась la république des lettres.

Начать с того, когда я решилась ехать, вопрос: как одеться? — остановил меня. Если там все будут одни мужчины, надо надеть темное платье, даже черное. Недурно показать полное презрение к замарашкам-сочинителям. Да и потом, явитесь вы в хорошеньком туалете и вдруг ни один из этих уродов не догадается даже надеть белый галстук? А если там будут и женщины? Я очень волновалась.

Плавикова со своим Спинозой болтала у меня битый час Бог знает о чем, опять прослезилась, вспоминая своего Тимофея Николаевича, и хоть бы слово о туалете. Просто дура.

Я, однако, добилась-таки, кто такой Спиноза. Во-первых, Плавикова прислала мне Revue des deux Mondes; а во-вторых, у Исакова мне выкопали книжку: целый роман из жизни Спинозы.

Теперь я знаю, что это его фамилия; а звали его очень смешно... Барух! Бог знает какое имя! Оказывается, ни больше ни меньше, что он был великий философ, давно что-то, тогда еще, когда и немцы не выдумали философии. Милее всего: он был жид. Я уж никак не полагала, что у жидов есть своя философия. Из статьи Revue des deux Mondes я, признаюсь, очень мало поняла. Скука смертельная. Кто это пишет статьи в Revue des deux Mondes? Слова французские, а каждую фразу надо перечитать раз пять, пока доберешься до какого-нибудь смысла.

Да-с, этот самый Спиноза был жид. Поняла я, что он первый сочинил какой-то "пантеизм". Во всем у него был Бог, а в то же время оказывается, что жиды прокляли его за безбожие.

Вообще это для меня китайская грамота.

Мне понравились только некоторые подробности. Он был даже влюблен, этот философ. Ел он каждый день на несколько копеек хлебца, молочка и записывал все в книжечку, сколько он каждый день тратил. Какой чудак!

Нет, я не Спиноза. Чувствую, что Семен меня обкрадывает, но ничего не записываю. Да, вот еще что... философия его бы с голоду уморила. Он только тем и жил, что полировал стекла для зрительных трубок.

Ха, ха! Если б теперь меня оставить без копейки денег и посадить за шитье? Шить-то бы я шила, может быть; но книжки сочинять, выдумать целый пантеизм...

Таких людей теперь уж нет.

Еду я к Плавиковой. Надела черное платье и кружевную мантилью. Оно немножко театрально; но для ее уродов так и надо, Софи даже находит, что я в черном величественна. Ну и прекрасно.

Дом у Плавиковой хорошо держан. Конечно, с претензией. Она иначе не может. Мне показалось, что лакеи напудрены. Недурно было бы напудрить физию Семена.

Приехала я поздненько, т. е. поздненько для сочинительского вечера: в одиннадцать часов. Вхожу. Обо мне не докладывали. Сперва — два пустые зала. Потом — кабинет ее. Тут-то и собирается синедрион, le réceptacle de l'intelligence {сборище разума! (фр.).}!

12

Я взглянула: несколько мужских фигур и ни одной женщины. Я обрадовалась, что была в черном.

Madame Спиноза вскочила и начала егозить предо мной. Почему-то даже покраснела. Заговорила она сейчас же по-русски. И так запищала, точно пятнадцатилетняя институтка. Должно быть, так нужно в сочинительском обществе. Такая "ingénue" {инженю; простушка (фр.).}, что твоя Лагранж-Белькур на Михайловском театре! Русский язык очень меня стеснил. Я, конечно, говорю; нахожу даже, что для вранья он иногда приятнее французского; но тут, на глазах всех этих уродов... у меня вовсе нет фраз, я ищу слова... По-французски, по крайней мере, есть готовые вещи, и все их повторяют с незапамятных времен.

Плавикова вздумала представлять мне своих гостей. Как нелепо! Их было человек пять, шесть. Все еще сидели за чаем. Должно быть, они не очень рано собираются, эти оборвыши. Какие растрепанные! И все — в сюртуках. Один был только во фраке. Я где-то видала его. Фамилия его Домбрович.

— "Notre célébrité..." {Наша знаменитость (фр.).} — шепнула мне Плавикова.

Я, кажется, читала его повести. Теперь помню, что читала. Это еще было до замужества. Тогда мне запрещали читать русские книжки.

Господин Домбрович был положительно приличнее всех. Ему лет под сорок, а может и больше: высокий, худой, большие бакенбарды с проседью, носит pince-nez {пенсне (фр.).}, часто прищуривает глаза и говорит тихим голосом, но очень забавно. Он меня сразу же рассмешил. Il a l'usage du monde {Он знает светское обхождение (фр.).}. Но остальные!!! Ужасны! Один в особенности хорош... В каком-то невозможном сюртуке. Мой Семен в сравнении с этим сочинителем — настоящий джентльмен. Фамилии его не припомню. Кажется, Плавикова сказала, что он поэт... Действительно: косматые волосы и грязные-прегрязные пальцы. Этот замарашка очень ломался. Плавикова так перед ним на задних лапках и ходит. Я, разумеется, не сказала ему ни одного слова.

Дали мне чаю. Я прислушалась: разговор шел о какой-то повести. Ничего я не понимала; а удалиться нельзя было: все еще сидели около чайного стола.

— Chère belle {Дорогая красавица (фр.).},— обращается ко мне Плавикова,— теперь вы наш человек. Не забывайте наших четвергов.

Косматый поэт громко-прегромко расхохотался... Какие зубы! О ужас! Обращается ко мне:

— По четвергам — секретнейший союз.

Я прекрасно запомнила его фразу. Все рассмеялись. Кажется, это какой-то стих. Но откуда? Не знаю.

Плавикова начала приставать к поэту, чтоб он прочел какие-нибудь стихи.

Как бишь она называла... Ах, Боже мой!.. Так еще важно выговаривала она это слово...

Да, вспомнила: в "антологическом" каком-то роде все она просила. Словом, было скучно, до истерики.

Третий экземпляр: толстый господин, отирал все лоб платком. Ни дать ни взять, швейцар у Софи. Такая фамилия, что я чуть-чуть не фыркнула, когда Плавикова представила мне и этого урода. Что-то вроде Гелиотропова... Нет, не Гелиотропов. Духовное что-то... наверное, из кутейников.

Он ко мне подсаживается и говорит (о ужас!):

— Вы, сударыня, посещаете комитет грамотности?

— Что-с?

— Не изволите заниматься этим вопросом?

И все отирает себе лоб... Мне даже гадко стало.

Плавикова продолжала приставать к косматому поэту. Он облокотился на стол и сделал пресмешную гримасу: рот скривил и полузакрыл глаза. Должно быть, поэты всегда так читают.

И как он читает! Я лучше прочту. В нос, нараспев, торжественно и глупо.

Все остались очень довольны, кроме меня. Я наконец встала, потому что г. Гелиотропов, сидя около меня, начал как-то сопеть.

Мы очутились в стороне с г. Домбровичем.

Он вдруг мне говорит:

— Я вас видел в *** посольстве.

— Вы бываете там? — вырвалось у меня.

Вопрос был не совсем вежлив. Я даже покраснела.

— Вы очень любезны,— сказал он и поклонился.

— Вы меня не поняли...— начала я оправдываться.

— Очень хорошо понял и вовсе не обижаюсь. Мои собраты сами виноваты, что на них смотрят, как на каких-то иерихонцев.

Я расхохоталась его слову.

— Каюсь,— сказала я,— в моей... ignorance crasse {грубое невежество (фр.).}.

— Нечего вам каяться. Если прелестнейшие женщины (он при этом немножко насмешливо улыбался) читают все на свете, кроме произведений российской словесности,— кто же виноват? Пишущая братия, и никто больше.

Он не рисовался. Все это сказано было шутливым тоном. Некоторые слова произносил он особенно смешно. Я отдохнула от пыхтения г. Гелиотропова. Я чувствовала, что этот Домбрович очень умный человек и, вероятно, с талантом, потому что он une célébrité {знаменитость (фр.).}. И говорить мне было с ним легко. Он меня не забрасывал словами. Никаких Спиноз и Тимофей

Николаевичей не явилось в разговоре. Главное: mon ignorance ne perèait pas {мое невежество не обнаруживалось (фр.).}.

Но эта мягкость, в сущности, смутила меня еще более. Мне делалось все больше и больше совестно, что вот есть же у нас порядочные люди, хоть и сочинители; а мы их не знаем. Да это бы еще не беда. Мы совсем не можем поддерживать с ними серьезного разговора. Этот Домбрович был очень мил, не подавляя меня своим превосходством; но ведь так каждый раз нельзя же. Унизительно, когда с вами обходятся, как с девочкою, и говорят только о том, что прилично вашему возрасту.

Плавикова не пожелала оставить нас в покое. Она начала приставать к Домбровичу:

— Я вас так не отпущу... Извольте нам прочесть ваш отрывок.

Он наклонился ко мне и сказал:

— Простите великодушно. Я в крепостной зависимости у Анны Петровны. Не стесняйтесь, sauvez-vous {уходите (фр.).}.

Не знаю почему, но мне захотелось послушать его. Плавикова желала, верно, совсем прельстить меня своей любезностью:

— Chère belle, vous êtes sublime de goût et de modestie {дорогая, у вас прекрасный вкус и вы поразительно скромны (фр.).}.

Что отвечать на такие миндальности? Но Домбрович, подходя к столу, посмотрел мне прямо в глаза и сказал:

— Тысячи мужчин называли вас красавицей; но я уверен, что ни один из них не знает, в чем состоит ваша красота.

— Это что-то мудрено,— обрезала я его.

— Объяснение впредь,— ответил он смело, но очень мило.

Я рассмеялась. Читал он отрывок из романа; читал без претензий, местами забавно. Стиль его мне понравился; женщины говорят как следует, а не как семинаристы какие-нибудь. После чтения я спросила Домбровича: в каком журнале он помещал свои романы?

— К сожалению, в русском,— ответил он.— Малая надежда, чтобы они попали в ваши руки.

— Я вам пришлю, ma très chère {}моя дражайшая (фр.)., у меня все есть.

Какая несносная эта Плавикова! Лезет со своим покровительством.

Домбрович молча откланялся. Мне понравилось, что он не подумал навязывать мне своих сочинений. Ну, и я не стала жантильничать. Очень мне нужно. С ним, правда, довольно весело; но не открою же я у себя четвергов с господином Гелиотроповым.

Ах да! Косматый поэт тут же в меня влюбился и сказал какой-то экспромт, насчет моих "очей", кажется.

Я не скучала. Но хорошенького понемножку. Cette bohème me

répugne, tout de même {Все же эта богема мне отвратительна (фр.).}.

Начались маскарады. В прошлом году я ездила с Софи, всего один раз, в купеческий клуб. Мне хотелось видеть Голицынский дом. Удивительно, как это нынче... tout tombe {все в упадке (фр.).}. Прелестный отель, почти дворец, и какие-нибудь гостинодворцы закурили и заплевали его...

Дом мне понравился, но самый маскарад — нестерпимая скука. Если б кто хотел узнать степень глупости наших милейших молодых людей, пусть наблюдает за ними в маскараде. Стоят как кариатиды в своих вызолоченных касках со звездой. Подойдешь к одному из них, заговоришь... Улыбнется бараньей улыбкой, промычит не знаю что... вот вам и все остроумие. Какие подурухи могут еще интриговать наших недорослей?..

Но вот что я заметила. Только около француженок и толпятся мужчины. Что уже с ними говорят золоченые лбы, не знаю, но что-нибудь да говорят и даже громко хохочут. Конечно, врут неприличности. Но умеют же эти француженки хоть как-нибудь расшевелить их, по крайней мере, делать их забавными.

В прошлом году, когда у Софи были jours fixes {журфиксы; установленное время приемов (фр.).}, как раз в дни маскарадов, к часу все мужчины улизнут. А зевать начинают с одиннадцати. Они прямо говорят, что им в миллион раз веселее с разными Blanche и Clémence.

А мы сидим как дуры. За всяким выпускным кадетиком нынче бегают и рвут его нарасхват; а как они ломаются! Сделает тур вальса,— точно на веки осчастливит.

Не может же это так продолжаться. Нужно на что-нибудь решиться. Но на что?

Я бы вот что сделала. Сначала бы добилась, какая особенная сласть во француженках и в разных актрисах, на которых теперь, походя, женятся. Вот еще на днях была свадьба: очень милый мальчик, прекрасной фамилии, изволил вступить в законный брак с какой-то девчонкой из Александринского театра!

Я продолжаю: узнала бы я хорошенько всех этих женщин, изучила бы все их нравы, всю бы подноготную открыла: чем они привлекают мужчин. И тогда бы уж можно было их всех прибрать к рукам. Я верить не хочу, чтобы порядочная женщина, с умом, со вкусом не могла... rivaliser avec une courtisane {соперничать с куртизанкой (фр.).}! Ну еще француженки, куда ни шло! Их здесь мало, многим в диковинку. Но русские актрисы? Это Бог знает что такое! Моя Ариша, я думаю, презентабельнее их. Или опять танцовщицы. На каком наконец языке говорят с ними мужчины? По-французски они не умеют. А по-русски и мы-то хорошенько не смыслим, не только что какие-нибудь кордебалетные девчонки.

И что ведь всего досаднее: об них только и говорят везде, куда ни приедешь... Prince Pierre {князь Петр (фр.).} пятнадцать лет жил с танцовщицей, чуть не женился на ней. Некоторые даже обвиняют его, зачем он теперь ее бросил и женился на графине Папуриной. Да разве он один? Подобных примеров не оберешься. Теперь две бывшие танцовщицы — предводительши! Губернские предводительши! Les plus beaux noms {самые славные фамилии (фр.).}! А те, кто находится в незаконном сожительстве... про них везде рассказывают со слезами на глазах: "Посмотрите, какая любовь. Двадцать лет длится связь. Сколько раз он ей предлагал жениться... Но она так благородна, так любит его... Ей не нужен его титул".

Про нас никто небось ничего подобного не скажет. Добродетели! Ну, какие же могут быть тут добродетели, когда девчонка в театральной школе заранее выбирает себе, кто побогаче?

Мне в прошлом году рассказывал Кучкин: хорошенькая эта немочка, которая танцует в Фиаметте, прямо из школы, в день выпуска, отправилась с конногвардейцем князем Вельским в Малую Морскую, где он ей отделал бельэтаж. Девчонка шестнадцати лет!

Да то ли еще рассказывал мне Кучкин. Другая девочка из того же выпуска... Эта похитрее. Сразу не поехала ни с кем и начала поддразнивать своих обожателей: кто больше даст. И Мишель Кувшинин, самый умный мальчик, на прекрасной дороге, теперь назначен куда-то губернатором, предлагал ей сто шестьдесят тысяч выкупными свидетельствами!!

"Единовременно", как выразился Кучкин.

Это неслыханно, это Бог знает что такое!

И что в них? Я видела несколько раз эту стошестьдесяттысячную. Ободранная кошка: ни плеч, ни рук, ни черт лица. Глупые глаза, большие ноги, рот до ушей! Какие же в них сокровенные прелести находят мужчины?

Я понимаю, что может кадет или офицерик увлечься танцовщицей; но возиться с ними десять, пятнадцать лет, обзавестись целым семейством и нежничать со старой и глупой бабой, которая играет балетных королев... не понимаю. Когда я об этом раздумаюсь, мне страшно досадно.

Нам предпочитают даже цыганок. На железной дороге я видела знаменитую княгиню: красивая, но настоящее цыганское лицо. Et quelle toilette! {И какой наряд! (фр.).} Я думаю, она и русской грамоты не знает. Вот и подите.

После того о француженках нечего и толковать. Они царицы сравнительно с нашими танцовщицами, актрисами, цыганками. Каждый день слышишь ужасные истории!..

Зачем так далеко ходить?

Милая, симпатичная Елена Шамшина. Мы с ней встречались прошлую зиму везде... Какая женщина! Я просто влюбилась в нее. Такая чудная! Вот уже полгода, как она заперлась дома, ревет и тает, как свечка.

Я таки настояла, чтобы она меня приняла, а потом и сама не рада была. Сколько эта женщина выстрадала! Я в первый раз видела, чтоб можно было так любить своего мужа. И кто же этот муж? Олицетворенная солдатчина, "бурбон", как называл таких военных мой Николай, прыщавый, грязный, с рыжими бакенбардами, глупый, пошлый до крайности. Ну, такой человек, что я бы прикоснуться к себе не дала.

И вот полгода, как он объявил Елене, что она ему опротивела, и что он, кроме какой-то Léontine, ничего знать не хочет. Да, так и говорит:

— Ты мне опротивела, ты плакса; я и свое и твое состояние ухлопаю на эту француженку; а если ты будешь мне еще досаждать — я тебя убью!

И эта прелестная женщина вот что мне говорила:

— Chère, я знаю, что я для него не существую. Я бессильна. Пускай его сидит с Леонтиной; но хоть один час в неделю он отдал бы мне, один час. Больше я ничего не прошу!

И тут она мне сказала такую вещь и, главное, таким тоном... я никогда этого не забуду:

— От нас все уйдут, если мы сами не сделаемся Леонтинами!

И я узнала, что Елена была у этой мерзавки Леонтины, в ногах у нее валялась, умоляла ее не отнимать у нее совсем мужа.

Какие гадости!

Есть, стало быть, что-то во всех этих женщинах, есть...

Мне кажется, вот что: все, что в них получше, во француженках шик и вертлявость, в танцовщицах — le maillot {трико (фр.).}, в актрисах — наружность, голос, молодость, игра... Все это каждый вечер пускается в ход...

Ай-ай, записалась до четырех часов, и все это о разных гадостях.

Домбровича я опять видела. В каких он домах бывает! Княгиня Ирина Петровна не принимает le premier venu {первого встречного (фр.).}.

И он не то чтобы играл особенную роль, а ничего, приличен.

Просил позволения приехать. Я разрешила.

Кучкина я окончательно отставлю от своей особы.

Кто же меня сведет к Clémence? Я уж до нее доберусь.

Что ж тут долго думать? Я ее узнаю в маскараде и подойду.

18

Мои головные боли делаются наконец несносными. Встану утром, голова точно пудовик: такую чувствую тяжесть, что не могу ничего сообразить. Ариша меня чешет и спрашивает:

— Что сегодня надеть изволите-с?

А я ничего не могу придумать. Не помню даже, какое на мне накануне было платье. Я начинаю ужасно как гадко одеваться. То в волосы заплету себе Бог знает что: крапиву какую-то; то перчатки надену не под цвет.

Может быть, я еще поглупела после Спинозы. Где мне с такой головой читать мудреные книжки. Я и Поль-де-Кока не могла бы понимать теперь.

Ариша говорит:

— Вы, Марья Михайловна, не изволите гулять; оттого у вас к головке и приступает-с.

Гулять! Никогда я не любила ходить, даже девочкой. Да нас совсем и не учат ходить. Кабы мы были англичанки — другое дело. Тех вон все по Швейцариям таскают. Как ведь это глупо, что я — молодая женщина, вдова, пятнадцать тысяч доходу, и до сих пор не собралась съездить, ну хоть в Баден какой-нибудь. Правда, и там такие же мартышки, как здесь. Поговорю с моим белобрысым Зильберглянцем. Он мне, может, какие-нибудь воды присоветует. Но ведь не теперь же в декабре.

Спала я до сих пор как убитая; а теперь всю ночь не сплю. Так-таки не сплю. Вздрагиваю каждую минуту. Никогда со мной этого не было. Я помню, Николай даже смеялся надо мной. Говорил, что у меня под ухом "хоть из пушек пали". Я, бывало, как свернусь калачиком, так и сплю до утра...

Сегодня у меня такой цвет лица, что хоть косметики употреблять. Правда, я никогда не бывала румяна; но я делаюсь похожа на ногтоед. Скоро я принуждена буду искать темноты. Все это очень невкусно.

К обеду голова у меня немножко проходит; а после обеда опять начнет в виски стучать. Я приезжаю на вечер в каком-то тумане. Чувствую, что ужасно глупа. Я уж себе такую улыбку устроила, вроде того, как танцовщицы улыбаются, когда им подносят букеты. Рот с обеих сторон на крючках. Этак, конечно, покойнее, когда головная боль не дает сообразить, что дважды два четыре; но на что же я похожа? На китайского божка.

Третьего дня я совсем задохнулась в вальсе. В голове сделалась пустота какая-то. Я просто повисла на кавалере. Правда, он был здоровенный. Мы даже уронили какого-то старичка...

На этом самом бале я опять встретила Домбровича. Зачем он всюду шатается? Танцевать не танцует. Наблюдает, что ли, нас?

19

Как это смешно. Эти сочинители, в сущности, фаты, и больше ничего; только и думают о своей собственной особе. На Михайловском театре давали как-то преумную пьеску: "L'autographe". Сочинителя играл Дюпюи. Его очень ловко осмеяли: подкупили горничную, чтобы она притворилась влюбленной. И он поддался на эту удочку.

Если бы Ариша моя была покрасивее, я уверена, что с г. Домбровичем можно сыграть такую же штуку.

Подходит он ко мне перед мазуркой:

— Мне вас жалко.

— Почему?

— Вы скоро завянете в нашем обществе.

— Как завяну?

— Очень просто... Vous vous étiolez... {Вы чахнете (фр.).}

— Как это вы отгадали?

— Это моя специальность.

Рисуется, безбожно рисуется! А впрочем, когда он говорит, у него все выходит просто. Как бы это выразиться... с юмором, да, именно с юмором. У него всегда после умной вещи — un petit mot pour rire {смешное словечко (фр.).}.

— Мне, многогрешному, позволите явиться к вам?

— Я уж вам раз сказала, что буду очень рада.

— Да, но я ведь должен был сначала встретиться с вами...

Он посмотрел и прибавил:

— В раззолоченных гостиных.

Я только рассмеялась.

— Вы танцуете мазурку? — спрашивает.

— Нет. Я чуть держусь на ногах... Ужасная головная боль. Я сейчас еду...

— Вот видите, безбородые кадеты снимают сливки, а старые литераторы наводят головную боль... Вы в самом деле больны, перебил он себя,— и я знаю чем.

— Нетрудно знать, когда я вам говорю...

— Вы говорите: — головой; но это только симптом...

Он так на меня прищурился, что мне стало противно.

— Прощайте,— сказала я величественно, сделала шаг и спросила:

— Вы женаты?

— Non, je n'ai pas cette infirmité {Нет, я не страдаю этим недугом (фр.).}.

Это он украл из какой-то пьески.

— On le voit. Vous aimez les choses croustillantes {Это видно. Вы любите пикантные вещи (фр.).}.

Смеленько было сказано. Ничего; так с ними и нужно.

Все утро вчера металась как угорелая. Я заказала себе домино. Эти мерзкие портнихи вывели меня из терпения своим плутовством. Я придумала себе такое домино, чтоб меня ни один урод не узнал.

Я была похожа, как моя Ариша говорит, "на Кутафью Роговну".

Принесли мне капишон в половине одиннадцатого. Впрочем, я еще успела одеться.

Отправилась я одна, без Семена, в извощичьей карете.

Я никак не ожидала, что такая толпа бывает в этих театральных маскарадах. Сразу меня просто оглушило.

Теснота и давка ужаснейшая. Я сделала глупость, что поехала одна. Мне стало очень неловко. Я спросила у капельдинера, где можно взять ложу. Достала я билет. Все бельэтажи были уже заняты. Мне пришлось засесть в ложу первого яруса. Сидеть одной Бог знает на что похоже. Рядом — невозможные маски с пьяными мужчинами... Что делать? Я покорилась своей участи.

Сверху узнала я всех наших mioches {малышей (фр.).}. Но мне было не до них. Я жаждала узнать Clémence...

Вижу около директорской ложи, где самая сильная давка, стоит Домбрович. С ним говорят две маски. Одна — маленькая, в ярко-каштановом домино, с кружевами, очень вертлявая, наверно, француженка. Другая высокая, почти с него ростом, в черном, тоже вся в кружевах. Мне не хотелось верить, но что-то такое говорило мне, что это Clémence. Я довольно насмотрелась на нее: наши ложи, в Михайловском театре,— рядом.

"Как же я пойду к ней? — спрашивала я себя.— Чтоб г. Домбрович меня узнал?.. Ни за что!"

Однако сидеть чучелой в ложе тоже было невесело.

Сошла я и втискалась в толпу. Издали следила я глазами за Clémence. Она все еще стояла с Домбровичем. Кругом теснились разные мартышки, наши "танцующие генералы". Настоящие сатиры...

Я прошла мимо Clémence и даже, кажется, толкнула ее. Она меня поразила своим домино. Какая роскошь! И что за божественные духи! Я до сих пор их слышу. Узнать ее нетрудно. Она была без маски. Двойной кружевной вуаль спущен с капишона, и только. Я нахожу, что это гораздо удобнее. Ведь всех же узнают.

Домбрович меня, однако, не узнал, да он и не глядел в мою сторону. Я, конечно, не посмела подойти сейчас же к Clémence и поднялась вверх к фонтану.

Тут я была свидетельницей премиленького скандальчика:

Какой-то конногвардеец (я его где-то видала) идет с черным домино. По походке — француженка. Шлейф чудовищный. Они шли ко мне навстречу, огибали фонтан сзади. Вдруг другое домино, светло-лиловое, опять-таки француженка, подскакивает к ним, срывает с черного домино маску и — бац, бац! Исчезла она в одну секунду. Я просто обомлела. Офицерик оглянулся и повел свою даму в какую-то дверку, должно быть за кулисы, что ли, оправиться...

Я повторяю, что обе эти женщины были, наверно, француженки. Ту, которой досталась пощечина, я даже видела в Михайловском театре.

Мне сделалось страшно. Так вот они чем привлекают мужчин, эти француженки? Дерутся, как кучера? Но мне пришлось насмотреться и еще кой на что. Когда я пошла вниз, по зале, к тому месту, где поют Декершенки, я заметила, что толпа расступается, и кто-то юлит из одной стороны в другую.

Поднялся шум. Слышен был визгливый французский голос, а потом русский, но тоже женский.

Я пробилась-таки и попала на милую сцену.

Сначала мне показалось, что какой-то мальчик, в бархатной черной куртке и фуражке, держит в своих объятиях толстое, претолстое домино. Домино отбивалось. Кругом стена мужчин... Ржут!

Бархатная куртка болтает картавым языком по-французски вперемежку с ломаными русскими фразами.

Куртка обернулась... вижу: женщина в крошечной маске. Я ее сейчас узнала. Это знаменитая L***. Она из актрис попала теперь в простые камелии. Une femme abjecte, à ce qu'on dit {Подлая женщина, как говорят (фр.).}. И какая она дрянная вблизи... худая, как спичка. Губы накрашены до гадости.

Что она выделывала тут! Боже мой! Вскочила на кресло, потом села верхом на барьер ложи, перегнулась так, что я уже и описать не могу, чмокнула какого-то мужчину, соскочила опять вниз и начала снова приставать к тому же домино. Это домино — какая-нибудь купчиха или чиновница. Что у нее был за туалет! В волосы она себе воткнула целый пучок вишен. Эти мерзкие мужчины поддразнивают ее, а L*** начала ее щипать, говорить мерзости. Я кинулась в сторону. Мне стало противно. И как это терпится все? Тут какие-то чиновники в вицмундирах ходят, наконец, полиция!

Впрочем, что ж я спрашиваю? Я нашла в маскараде всех наших "hauts fonctionnaires" {высокопоставленных чиновников (фр.).}, и статских, и военных. Я думаю, они бы все пустились канканировать и делать какие угодно гадости с m-lle L***.

Так вот им где весело, всем этим hommes d'état? {государственным мужам (фр.).} Вот куда они бегают с наших вечеров! Я нашла всех, решительно всех. И в особенности старичье, les perruques!.. {старые болваны (фр.).} Брр!

Но будто им весело? — спрашивала я себя. По крайней мере три четверти мужчин сидят, выпуча глаза, или стоят и глупо улыбаются. Я ни к кому не подходила, и на меня никто не обратил внимания: я была уж очень укутана. На танцы мне не хотелось смотреть. Говорят, что это все наемные танцоры. Из ложи я заметила только одного пьеро. Наверно, куафер. Он меня рассмешил, очень уж ломался, и руками, и ногами...

Я остановилась в раздумьи против Декаршенок. Эта отвратительная L***, со своим цинизмом, обдала меня каким-то ужасом... Ну и Clémence такая же; чего же я лезу? Я уж было на попятный двор. Да и поздно делалось...

Я начала опять искать Clémence. Смотрю направо, налево, нет ее нигде. Так мне стало досадно, что я прозевала на мерзкую L***. И Домбрович исчез. Но вместо него вылез откуда-то Кучкин. Я сейчас же вышла из залы и бегом побежала в фойе. Там еще было много народу. Все пары сидели вдоль стен боковой залы.

Прошлась я взад и вперед, нет Clémence. Надо было ехать ни с чем. В коридоре бельэтажа я остановилась и почти спряталась в угол. Из ложи вышел Домбрович со светло-каштановым домино.. Капельдинер затворил дверь. Из той же ложи через две-три секунды выходит маска. Повернулась ко мне: Clémence. Я почти кинулась на нее.

— Bon soir, Clémence! {Добрый вечер, Клеманс! (фр.).} — крикнула я ей, даже не успевши изменить голоса.

Она встрепенулась, прищурила свои большие глаза, немножко подалась вперед:

— Ah bah! Je ne te connais pas {Ах! Я тебя не знаю (фр.).}.

— Mais je veux te causer {Но я хочу с тобой поговорить (фр.).},— перебила я ее уже не своим голосом.

— Entre dans ma loge {Входи в мою ложу (фр.).}.

Она пригласила меня рукой. Жест был очень милый, безукоризненный.

"Домбрович может вернуться",— вспомнила я.

— Entre donc! — повторила Clémence.

Сердце у меня екнуло. Я даже зажмурила глаза. Мы вошли в ложу. Там сидел мужчина с большой черной бородой. Смотрел итальянцем. Кажется, я где-то его встречала.

— Cet animal de Dombrovitz court après Fanny, et j'ai un appétit bœuf {Это животное Домбрович ухаживает за Фанни, а у меня волчий аппетит (фр.).}.

— Comme une vraie parisienne {Как подлинная парижанка (фр.).},— добавила черная борода с каким-то иностранным акцентом.

23

— Madame,— обратилась ко мне Clémence,— и указала на кресло.— De quoi s'agit-il? {Мадам... О чем идет речь? (фр.).}

Я совсем растерялась. Чувствую: в виски бьет, в глазах позеленело. Девчонка, как есть, деревенская девчонка!

Сижу и смотрю на нее. Как она хороша! Какая турнюра, руки точно из мрамора. Глаза, правда, подкрашены, да кто же нынче не красится? Шея прелестная. Два, три крупных брильянта; ничего больше. Домино облито тысячными кружевами.

— Beau masque,— прохрипел итальянец (я теперь знаю, что это итальянец),— est tu muette? {Прекрасная маска... ты нема? (фр.).}

Clémence протянула мне руку и очень мило улыбнулась.

— Un renseignement ou un service? {Сведения или услуга? (фр.).} — спросила она. Первая моя робость скоро прошла.

Я заговорила с ней о Домбровиче. Не знаю уж почему, я схватилась за него; но так вышло. Я сочинила, разумеется, целую историю: будто я его знала когда-то за границей и теперь увидала около нее, в маскараде...

Clémence рассмеялась.

— Si tu me jalouses,— сказала она мне, все с той же милой и даже скромной улыбкой,— tu as tort. Il n'est que mon ami {Если ты ко мне ревнуешь... ты не права. Он мне только друг (фр.).}!

Итальянец расхохотался.

Clémence указала веером на партер:

— Dombrovitz est bien au-dessus de tous ces petits crevés {Домбрович намного выше всех этих франтов (фр.).}.

Презирает она, не меньше меня, наших уродов.

— Attends,— продолжала она,— il va rentrer. Nous allons souper. Veux-tu? {Подожди... он сейчас вернется. Мы поедем ужинать. Хочешь? (фр.).}

Я отрицательно покачала головой.

— Quelle saleté de bal,— выговорила Clémence, ни к кому собственно не обращаясь и немного зевнув.— Pas de cour, pas de gens bien {Какая гадость этот бал... Нет двора, нет приличных людей (фр.).}.

Все это сказано было таким тоном, хоть бы в любую "раззолоченную гостиную", как выражается Домбрович. Ее духи приятно раздражали меня. Ее манеры, голос, интонация... как бы сказать... m'enivraient {опьяняли меня (фр.).}. Да, это настоящее слово!

Она вовсе не стала допытываться, зачем я подошла к ней, кто я такая? Я была деревенская барыня из Тамбова; она — светская женщина, каких у нас нет.

Во-первых, она говорила так, как мы не умеем говорить по-французски. Не то чтобы она очень картавила, не то чтоб она употребляла какие-нибудь мудреные слова; но в ее жаргоне есть что-то особенное... ну прелесть, прелесть!

Она любит говорить. На то она и француженка. Я ожидала скабрезных разговоров. Она все только говорит о дворе, знает всю подноготную, разные новости о высшей администрации, о посольствах. Этих разных секретарей посольства — она их ни во что не ставит. А уж о барынях и говорить нечего. Она нас так знает и так смеется над нами, что просто восхищение! И все это без малейшей зависти.

Она говорит как равная. Да и чему ей завидовать? Мужчины, правда, не смеют входить к ним в ложи. Это только особый genre; зато в коридоре стоит целая толпа; а к нам в кои-то веки кто-нибудь забредет.

Я просто глазам своим не верила. Как? Эта женщина никого не гнушается, лишь бы получить триста рублей? Меня, по крайней мере, уверяла Софи. Какая же разница между мною и ею? Какая?..

— Laquelle de nos dames vous plaît le plus? {Какая из наших дам нравится вам более всего? (фр.).} — дерзнула я спросить ее.

— Il y ici une petite dame dont je raffole. C'est ma voisine au théâtre Michel {Есть здесь одна маленькая женщина, от которой я без ума. Это моя соседка в Михайловском театре (фр.).}.

— Pas vrai? {Неужели? (фр.).} — вырвалось у меня, и голос мне изменил.

И тут заговорила она без конца... Разобрала меня по ниточке; каждый волосок, каждую черту! Рассказала даже все туалеты. Начала меня страшно выхвалять: она нашла ум даже в формах моей прически. Я совсем сгорела под маской. Сначала я думала, что она смеется надо мной. Но нет, все это было совершенно искренно. Точно будто она меня знает десятки лет. И как она мило сердилась на молодых людей, говоря, что вот есть в Петербурге такие прелестные женщины, как я; а эти "pinioufs", как она выразилась (пресмешное слово!), бегают за танцовщицами. Даже в этом мы с ней сошлись.

Ну, если бы вместо Clémence начала говорить комплименты любая из наших барынь. Как бы все это вышло приторно, манерно, избитыми фразами. А тут ум и такт в каждом слове и артистическое чувство. Хоть и о моей особе шла речь; но так разбирают только знатоки — картины. Да она жизнь-то, жизнь, свет, le haut chic {высший шик (фр.).}, за которым все мы гонимся, как глупые обезьяны, знает так, что нам надо стать перед ней на колени.

— Savez-vous l'histoire de la princesse Lise? — спрашивает она меня...— Ces lionnes de Petersbourg, sont elles cocasses. Figure-toi qu'il y a une semaine la princesse Lise a voulu, à tout prix, être abouchée avec Blanche, ici, dans le bal, pour étudier le demi-monde. On la présente à Blanche. Blanche est une bonne fille, mais elle a du tempérament, et sait très bien river son clou à n'importe que {Вы знаете историю с княгиней Лизой?.. Эти петербургские львицы, они просто уморительны.. Представь себе, неделю тому назад княгиня Лиза захотела во что бы то ни стало познакомиться с Бланш, здесь, на балу, чтобы изучать полусвет. Ее представили Бланш. Бланш девушка добрая, но с характером и прекрасно может поставить на место кого угодно (фр.).}.

И она представила в лицах (да как похоже!) жеманную физию Лизы, которая имела глупость войти в амбицию и обижаться выражениями m-lle Blanche. Та ее отделала превосходно:

— Madame, si vous voulez fréquenter les cocottes, ne faites pas la bégueule! {Мадам, если вы хотите посещать кокоток, не стройте из себя недотрогу! (фр.).}

Так их и нужно! Но я-то, я-то! Разве не туда же лезла, куда и Лиза? Если бы Clémence узнала меня, она бы меня презирала так же, как и всех остальных.

— Cette pauvre Lise n'a pas de chance,— продолжала она.— L'hiver dernier, â Paris, au bal de la marine, un homme voûte, en domino, qu'elle intriguait, lui dit de son suisse; va tu veux faire la femme politique tu n'es qu'an" eoeotte {Этой несчастной Лизе не везет... Прошлой зимой в Париже, на морском балу, сгорбленный человек в домино, с которым она интриговала, сказал ей со своим швейцарским акцентом: полно, ты хочешь быть государственной дамой, но ты всего лишь кокотка (фр.).}.

Я была подавлена, просто так-таки подавлена! Да, теперь я понимаю, чем берут эти женщины! Я хочу, я непременно добьюсь того, что буду знать каждый изгиб их ума совершенно так же, как Clémence изучила мою наружность. Иначе нам нет спасенья! Иначе мы скучные, толстые, тупые, глупые бабы.

Домбрович не являлся. Я вспомнила, что нужно бежать, я рисковала с ним столкнуться.

— Attends donc! — удерживала меня Clémence,— Il va venir, ce vieux farceur! {Подожди же!.. Он сейчас придет, этот старый распутник! (фр.).}

Я все-таки порывалась.

— Nous nous reverrons? Tu me plais. Qu'est ce qu'il y a dire à Dombrovitz?

— Rien!

— Quoi rien?

— Peu de choses!

— Tiens, nous parlons comme dans la fable du chien en du loup {— Мы еще увидимся? Ты мне нравишься. Что сказать Домбровичу?

— Ничего!

— Как ничего?

— Пустяки!

— Послушай, мы говорим как в басне о собаке и волке (фр.).}.

Я даже этого не знала!

Какой ужас: когда я надевала салоп, около меня очутился Домбрович с каштановым домино.

— Vous vous étiolez, madame {Вы чахнете, мадам (фр.).},— проговорил он с усмешкой.

Он узнал меня!

15 декабря 186*
Второй час.— Четверг.

Мне очень хочется спать; но я все-таки запишу сегодняшний день.

Домбрович просидел у меня часа два.

Когда Семен доложил мне об нем, я испугалась: что, если он видел меня в ложе Clémence и узнал еще до той минуты, когда я надевала салоп?

Я запаслась всем своим aplomb {апломбом (фр.).}.

Вошел он и скорчил весьма скромную физию. Я его в первый раз видела днем. Он очень уж позапылился. Ему, наверно, больше сорока лет. Лицо все в морщинах, желтое. Мужчины, особливо холостяки, когда зайдут за сорок, делаются похожи на какую-то губку. Черт лица с них и не спрашивай. Нос и рот Домбровича мне как-то особенно не понравились, что-то в них есть... как бы это сказать? Что-то циническое. Зубы у него черные. Хорошо, что он не молодится. В туалете его я не заметила никакого шику. Он одет почти по-стариковски; только в свежих перчатках gris-perle {жемчужно-серого цвета (фр.).}.

Говорит он очень хорошо. У него совсем особенная манера с женщинами. Он сразу без всяких пошлостей и без умничанья приводит вас в хорошее расположение духа. Сейчас видно, что он на этом собаку съел.

Мне сначала показалось, что он со мной, как с девчонкой, подшучивает. Но нет! Он, когда и рассказывает что-нибудь от себя, держит все тот же тон.

Лазаря я перед ним не пела и не сочла нужным каяться в своем невежестве; зачем же, в самом деле, сейчас же становиться в положение малолетней.

Домбрович сказал мне между прочим:

— Вы первая русская женщина, у которой такая точность выражений. Вы не только не ищете слов; вы даже не поправляетесь никогда. Это — замечательная черта.

Я на это не обращала никогда внимания. Впрочем, кому же и подмечать такие черты, как не сочинителю? Разговор, разумеется, зашел о Плавиковой.

Он над ней смеется, хоть и считается ее другом. Да так и должно быть, потому что он умный человек.

— Анна Петровна милая, очень милая женщина,— говорит Домбрович.— Мы с ней давнишние приятели. Она еще девочкой, так сказать, в мое лоно изливала первые слезы над Вертером и над Яковом Пасынковым Тургенева.

Кажется, он так сказал: "Яков Пасынков". Я не читала.

— Но (и он тут очень язвительно усмехнулся).— Но... она потеряла равновесие.

— Т. е. что же? Винтик у нее развинтился?

— Нет, как можно? У нее все в порядке; но, к несчастью, она не умеет себя держать. Ну, скажите на милость, зачем ей принимать разных Гелиотроповых?

Значит, я не ошиблась. Урода, который сопел, зовут, действительно, Гелиотроповым?

— Ведь мало ли, сколько есть народов, марающих бумагу? А милая Анна Петровна умиляется сердцем надо всем, что напечатано гражданской печатью. Г. Гелиотропов писал о Зундской пошлине и об истоках Нила. Я думаю, его самого тошнит от скуки, когда он читает свои статьи.

Я громко расхохоталась.

— Право. И я ума не приложу, зачем ей нужно общество г. Гелиотропова? Я у нее даже спрашивал об этом. Она только поднимает очи горе и каждый раз изволит отвечать: "Ne l'attaquez pas, il est très fort!" {Не трогайте его, он очень сильный (фр.).}. Ему и самому, я думаю, приходит иной раз вопрос: "зачем я бываю у этой барыни?" Но сердце человеческое так устроено, что играть глупую роль там, где штофная мебель, конечно, приятнее, чем быть первым номером на клеенчатом диване.

Я посмотрела на Домбровича и подумала: "Ну, а ты, мой милый друг, разве не делаешь того же? Зачем ты шляешься по разным великосветским дамам и толчешься в куче нетанцующих мужчин?"

— Нас, литераторов,— продолжал Домбрович,— когда мы попадаем в свет, норовят все показывать, как диких зверей. Вот хотя бы у княгини Татьяны Глебовны. Устроит она праздник. Ну, вы знаете, коли старуха возьмется, так уж по части декоративности будет первый сорт. Вот и разделит она: овча — одесную, козлища — ошуйю. В одном салоне — государственные люди, в другом — юность заставит играть в петижё, в sellette там, что ли, или в secrétaire {в скамеечку; в секретер (фр.).}, или в подушку, для того, чтобы девицы... когда наклонятся, так чтоб видны были формы.

Я остановила его взглядом.

— Могу вас уверить. Приятель мой Венцеслав Балдевич... Вы не подумайте между прочим, что я поляк: я пензенский помещик. Так вот этот самый Венцеслав Балдевич камер-юнкерскую карьеру свою этим устроил. До такого дошел совершенства в игре подушкой, что как раз все кидал ее некоторой особе и заставлял ее наклоняться. А позади этой особы стоит часто другая особа и смотрит вниз... В третьем салоне поместит старушка сынов Марса. В четвертом для пикантной беседы с дамами выберет:

Сок умной молодежи,—

больше все из пажеского корпуса. Ну, дипломатиков, у кого фамилия пофигурнее. Рядом поместит артистов, больше все еврейско-немецкого происхождения. Эти, впрочем, могут иметь по всем палатам беспрепятственное следование. Сама старушка всегда находится в крепостном услужении у какого-нибудь тапера из иеруcалимских ли дворян, из французских ли недоносков. Тут разные художники, или, лучше сказать, стрекулисты, как их народ называет, и гениальные наши космачи, полагающие, что самовар есть высочайшая форма монументального искусства, и мозольные операторы, притворившиеся спиритами, и кого тут только нет. Фехтовального учителя из Малой Морской я наверно видел. Зачем уж он попал, я не знаю. Но, кажется, он бывал в качестве заезжего итальянского певца. Об итальянцах я уж и не говорю. На них теперь хоть цена и спала, но ведь от самодержавия сразу-то не отстанешь... Где же литераторы-то? — спросите вы. Я уж чуть не двенадцать гостиных насчитал. А там, за зимним садом. Комната должна была пойти под ванную, да показалась нехороша. Переделали ее в библиотеку, около гардеробных. Вот тут-то и устраивает старушка клетку для сочинителей, разумеется, самых отборных, отменно доброкачественных. Уж я не знаю, как я попал, ей-Богу! Ну и барахтаемся мы в этом живорыбном садке. Оно, знаете, вроде аквария устроено. Старушка там, беседуя с государственными-то людьми, подмигнет им: "Какого я, дескать, осетра изловила в литературном море. Останетесь довольны". Ну, коли сановники пожелают полюбоваться, она и приведет к садку: "смотрите, мол, какой матерый зверь-то; я, дескать, всякой наукой занимаюсь, не пренебрегаю и этими людишками для декорума!" А то так пришлют молодца: "выбери дескать нам стерлядку аршина в полтора и принеси в лоханочке; хотим побаловаться ушицей". Мы это там у себя в садке грешным делом занесемся, вспомнишь какой-нибудь божественный антик или поскорбишь о том, что стали мы все дураками и невеждами; вдруг является какой-нибудь молодец, по хозяйскому приказу, хоть бы тот же Венцеслав Балдевич, вы ведь его знаете?

— Знаю,— ответила я.

— Я уверен, что если вы что-нибудь слышали по части российской словесности в раззолоченных гостиных, читал при вас, наверно, Венцеслав Балдевич.

— Да, да! — Я рассмеялась.

Действительно, он что-то такое читал у Елены Шамшин.

— Чтец, чтец! Он хоть и польского происхождения, а дикцию себе отменную выработал. Говорю вам: этим да подушкой в люди вышел. От каждой знаменитости по автографу имеет. Тургеневские корректуры я сам у него видел. Как уж он добывает их? — неизвестно. И за то спасибо, что трогает сердца русских дам российской лирой. Раз он при мне с таким томлением читал "На холмах Грузии", что даже я пожелал любить.

— А вы разве перестали любить? — спросила я.

— Не к роже-с. Так вернемтесь к старушке. Вот и является Венцеслав. Ему бы, по шляхетному, следовало именоваться Вацлав. Благообразие удивительное! Сами знаете. Когда он Чацкого играл, все дамы в первый раз застыдились, что не умеют так хорошо говорить на отечественном диалекте. Подойдет тонко, в иезуитском коллегиуме обучался, тоже что-нибудь да значит. Тары-бары, обласкает каждого, так вьюном и вьется; вам самим даже откроет неоценимую прелесть какой-нибудь страницы вашего же изделия. И сейчас наизусть — память удивительная! А никакое сочинительское сердце устоять не может, когда вас самих начинают цитировать, да еще с закатыванием глаз и расширением ноздрей. Ну, и разомлеешь ты. А Венцеслав-то сейчас руку запустит в наш акварий, нет, нет, да и подхватит одну стерлядку, другую, третью: которая, мол, пожирнее да подлиннее будет, чтобы уж хозяев ублажить как следует. Мы это распалимся: "вот, дескать, светские люди наизусть нам валяют целыми страницами сквернейшей, в сущности, прозы; значит, не все еще погибло!.." Знаете, в буколическом роде размышляем. А молодец-то тем временем изловчился, да хвать самую свежую рыбицу и подцепил. И поволокут друга милого в салон No 1, где государственные люди, или в салон No 4, где вертоград... я умолкаю, ибо женщину нужно обожать или ненавидеть, но разбирать ее, как "руководство к устройству кирпичных заводов", есть крайняя степень нечестия! — Приволокут аршинную стерлядь и показывают в чистой воде. Старушка на это молодец: все свои люмьеры соберет воедино и начинает вас бомбардировать вопросами: "посмотрите, дескать, какая я: и сочинителя вам показываю со всех сторон, да и сама учу вас уму-разуму". Наш брат тоже всякий раз идет на эту удочку без запинки, чего! захлебывается от наслаждения. И начинает он жантильничать, и так, и этак. Но ведь старушка шутить не любит, у нее все по струнке ходит. Когда стерлядка дала из себя должный сок, похлебали ухи, ну и вон ее: вываренную кто же будет есть? Опять тем же манером, тот же Венцеслав Балдевич берет вас полегоньку и швыряет подальше. Такая штука проделывается регулярно известное число раз в зиму. Вы, верно, и без меня знаете, что тщеславие писателей пределов не имеет. Да чего!..

Добрейший мой Павел Семенович, вы, быть может, читали его повести? Уж на что, кажется, пропитан цивилизацией! Изъездил весь мир, едал хлеб-соль с первыми умниками вселенной. Раз это попали мы с ним в садок к старушке. Вызвали нас оттуда в салон No 4 к прекрасному полу. Княгиню Клеопатру Антоновну изволите знать?

— Знаю.

— Ведь про нее один француз сказал в Фигаро: "Elle est tellement dinde, qu'après une soirée avec elle on entre au restaurant pour demander les truffes, a part" {(Здесь, игра слов: dinde — одновременно и индюшка, и дура). Она такая дура (индюшка), что после вечера, проведенного с ней, идешь в ресторан и просишь трюфели отдельно (индюшка с трюфелями — распространенное блюдо французской кухни).}.

— Да, он таки не из дальних!

— Совсем уж из ближних,— добавил Домбрович.— И как бы вы думали? Милейший мой Павел Семеныч выказал такое малодушие, что даже противно. Подзывает она меня к себе и спрашивает: "Кто это?" Это, говорю, такой-то наш знаменитый романист. Привскочила. "Представьте мне его. Ах, Боже мой, я плакала над его повестью!" Подвожу. Ну, что уж они там говорили, я не полюбопытствовал. Через десять минут гляжу: мой Павел Семеныч точно именинник,— так и сияет! Перед тем он только что там у нас в зверинце, страшно фрондировал: "Этому болоту,— говорит,— один исход: провалиться и зарасти травой; одним презрением, говорит, должны мы отвечать на аристократическую подачку, которую нам бросают". Словом, такой "certificat de civisme" {свидетельство гражданских добродетелей (фр.).} представлял, что мне даже стыдно стало. И вдруг, после барской-то подачки этой самой подурухи, мой Павел Семеныч аки медоточивая струя. "Конечно, говорит, этот класс испорчен воспитанием, но он все-таки представляет собою необходимый общественный устой". Вот и подите!

— Как же вы так выдаете своих собратов? — сказала я.

— Я прежде всего совсем не хочу принадлежать к сочинительскому цеху.

— Почему же так?

— А потому, что он оплеван, не нами-с, а теми, кто после нас пришел. Я ведь уж старик.

Я все-таки хотела поймать его и сказала:

— Вы так хорошо знаете свет и так критикуете его, что я, право, удивляюсь: какое удовольствие можете вы находить на балах, где мы пляшем, у разных таких подурух, как княгиня Клеопатра Антоновна?

"На, мол, тебе, раскуси это". Он, однако, нашелся.

— В том-то и дело,— ответил он, несколько прикусивши

верхнюю губу,— что я бываю в свете вовсе не в качестве литератора. Разве только на четвергах у Анны Петровны мне приходится быть в этом качестве. Если меня принимают, находят, что я не совсем скучен, не совсем глуп — это все общечеловеческие свойства. Так ли-с? В нашем петербургском свете, вы сами знаете, много смешного, даже уродливого... Если вы позволите мне сказать правду, подчас нет и простой грамотности. Но все это в разницу, вразбивку! Так никакого общества нельзя третировать. Il faut prendre l'ensemble {Надо брать в целом (фр.).}. Я уверен, что и вы не раз говаривали себе: ах, как скучно в наших салонах, как пошлы мужчины, как несносны барыни, просто некуда деваться. Такие иеремиады, раздаются, правда, больше к весне, когда действительно Петербург становится хуже города Тетюш.

— Ну,— прервала я его,— я и с осени начинаю иногда эти иеремиады!

— Можно и с осени. Но попробуйте-ка запереться у себя вот, на Английском проспекте, посидите вы неделю, две, а потом не то что к княгине Татьяне Глебовне кинетесь как на какой-нибудь оазис, на первый soirée causante {званый ужин (фр.).} средней руки, где разговором заправляет турецкий атташе — эфенди! Да-с, будьте благонадежны! В целом наш петербургский свет, как и всякое высшее общество, никак не хуже. На мой взгляд, даже гораздо занимательнее лондонских салонов, где скука стоит, как столб пыли, несравненно приличнее шикарных парижских гостиных, где говорятся иногда такие вещи вслух... Позволь я себе одну сотую некоторых французских blagues {шуточек (фр.).}, вы бы приказали вашему служителю препроводить меня до передней. Уж о каких-нибудь дрезденских, мюнхенских, штутгартских салонах я и не говорю. Русский человек, как бы он ни был кроток по душе своей, не может не третировать самых аристократических немецких князей и барынь иначе, как сапожника Шульца и экономку Кунигунду Ивановну. За это карать нас не следует. Немцы нация кнотов. Вы, может быть, не изволите знать значение этого слова? Кнот на студенческом немецком языке значит пошляк, сапожник. У нас есть отличное, подходящее слово, только оно не совсем хорошо пахнет: холуй! То, чем студенты в Гейдельберге и в Бонне обзывают всех бюргеров, то мы имеем полнейшее право применить ко всем немцам, без исключения. Стало быть, Марья Михайловна (он меня в первый раз назвал русским именем), нужно уметь наслаждаться настоящею жизнью. Кисло-сладкими фразами ничего не сделаешь. В таком светском обществе, как наше петербургское, еще можно жить; разумеется, умеючи. Я лично нахожу в нем оригинальные и крупные характеры, есть даже между генералами люди поумнее, может быть, всего "живорыбного садка" старушки Татьяны Глебовны. Наконец... виноват, я хотел сказать прежде всего: целый мир прекрасных женщин. Во мне говорит не селадон, а человек, который любит все живое, все, что принимает оригинальную или изящную форму. Я тут не умничаю,— поправился он.— Это все так просто, как картинки в азбуках: аз — ананас, буки — бык, веди — волк. Вы не можете обойтись без петербургского света? А чем же я лучше вас? Тем, что книжки сочиняю? Так ведь об этом смешно и вспоминать. Я делаю книги, как сапожник делает башмаки. Да к тому же я лет пять ничего не пишу. Вы, пожалуй, можете сказать, что всякий человек должен искать людей своей профессии? Но к своим перам-то, к своей братии я и не пойду. Отчего? — спросите вы. Это длинная и скучная история. Я об ней, признаюсь, говорю иногда с наружным смехом, но почти с внутренними слезами. Может быть, "во едину от суббот" мы дойдем с вами и до этого сюжета. Нынче ведь и в салонах говорят о литературной bohème {богеме (фр.).}, о нигилистах и т. д., и т. д. Мои же сверстники, мои собраты все теперь разбрелись по белу свету и по Елисейским Полям: один в Испании, другой в дебрях... там где-то на Ветлуге, третий в Бадене, четвертый отправился к прародителям. Да кто и здесь в Петербурге, не сразу отыщешь. Есть кой-кто в генеральских чинах, заведуют разными контрольными и хозяйственными департаментами. Я с ними раз в полгодика иногда пообедаю. Ну, разбередишь немного солидность его превосходительства, начнет и он рваться на Парнас, вспомнит, как мы в сороковых годах ни больше ни меньше как составляли всю российскую словесность. Мы только и работали. Значит, перов не хватает, а я, грешный человек, люблю на миру жить.

— Merci {Спасибо (фр.).},— сказала я,— вы мне это очень хорошо объяснили. Простите за нескромность.

В самом деле мне стало совестно.

— Полноте,— ответил он с умной и хорошей улыбкой.— Правда, вы меня заставили говорить о себе. Я этого не жалую, и не к тому я вел речь. В свете было бы очень приятно жить многим, особенно женщинам молодым и... (он помолчал) свободным, как вы, например. Вы когда-нибудь читали Ревизора...

— Гоголя?

Я спросила и покраснела.

— Да, Гоголя.

Он повторил это так просто, что я преисполнилась благодарности.

— Ну, так в этом самом Ревизоре, Иван Александрович Хлестаков говорит, что он "любит срывать цветы удовольствия". Но знаете ли, что срывать их умно и разнообразно — очень нелегкая вещь.

— Так поучите меня...

Он прищурился и помолчал.

— Из вас вышла бы препонятливая ученица.

— Но что же нужно делать? — заторопилась я.

— Очень простую вещь. Тратить свою красоту, молодость и ум так, чтобы "и волки были сыты, и овцы целы". Жить с прохладцей и,— протянул он,— ничего не бояться.

Он скоро-скоро поднялся.

— Виноват, я вас заболтал совсем...

Что это за человек? Дурной или хороший? Умен удивительно. Il a le don d'asseoir vos idées {У него дар обосновывать ваши собственные мысли (фр.).}. Поговоривши с ним, как-то успокоиваешься и миришься с жизнью. У меня даже голова прошла, и я вспомнила все его умные слова. Я бы никогда не сумела сказать по-русски того, что я записала.

И какой у него такт! Я уверена, что он меня узнал в маскараде и хоть бы слово. Всякий другой из наших mioches {мальчиков (фр.).} начал бы ухмыляться и делать разные глупые намеки.

Вот две личности: Домбрович и Clémence. Конечно, уж позанимательнее очень и очень многих. Clémence сказала про него, что он: "bien au-dessus de ces petits crevés" {намного выше этих франтов (фр.).}. Это еще невеликая похвала... Я, признаюсь, ни в одной петербургской гостиной не встречала никого приятнее и умнее его.

С ним я могу встречаться. Ну, а Clémence?

Экие глупости я спрашиваю! Кто же она в сущности?.. Une fille publique! {Публичная девка! (фр.).} И больше ничего. Как бы она там ни была... séduisante {соблазнительна (фр.).}, что же может быть гаже ее жизни?

Правда, знаю я кой-каких барынь. Немногим уступят Clémence, да все-таки не каждому же продают они себя за триста рублей.

Голова у меня прошла, но надо же лечь спать. Если я по стольку буду все писать, я сделаюсь, пожалуй, сочинительшей.

17 декабря 186*
3 часа ночи.— Суббота.

Как жалко! Степа пишет, что его задержало что-то... на какой-то съезд отправился в Бельгию. Раньше февраля не будет. "А то, прибавляет, не лучше ли уж к весне, чем в распутицу отправляться в деревенские края". Вот я бы его познакомила с Домбровичем. Он, правда, не в таком вкусе, но им бы, по крайней мере, не было скучно у меня.

Прислал мне свою карточку. Я его всегда называю моськой; а он не так уж дурен. Но чего я ему простить не могу, этому физикусу,— это то, что он за мной никогда не приударял, хоть бы немножко. Спрошу я об нем у Домбровича. Как он насчет его сочинений? Наверно, читал же. Может быть, и встречались где-нибудь.

Вот если бы Степа приехал поскорее, эта зима могла бы пройти очень весело. В свет его, конечно, не затащишь. Он будет так же браниться, как и прежде, но я бы его к Плавиковой. Устроила бы себе там свой маленький двор. А в отдалении пускай себе разные Гелиотроповы отирают свои лбы и сапят. Ça aurait du piquant {Это было бы пикантно (фр.).}. У себя бы назначила день. Для Степы выбрала бы из барынь кто поумнее. После танцев и всякого пустейшего вранья я хоть бы немножко освежалась.

Вот и можно было бы сделать так, как говорит Домбрович, чтобы и "волки были сыты, и овцы целы".

Я долго думала о его словах. В самом деле, куда я денусь, если не стану ездить в свет? Володька мой — клоп; зачем ему мои попечения? Есть у него нянька, купают его, кормят, проваживают, дают игрушек, чего же ему больше? Если бы я сидела целый день над ним, дело бы пошло в мильон раз хуже. Я нетерпелива... je lui aurais flanque des gifles!.. {я бы ему надавала оплеух (фр.).} Он меня издали и то раздражает своим ревом. Говорить ему еще не стоит: он ничего не понимает; сам тоже пока безмолвствует, когда не ревет... выучил всего одно английское слово от своей няньки: spun! {крутишься; вертишься! (англ.).}

Я знаю, что есть у нас барыни... дышат на своих ребятишек, носятся с ними до безумия. Только и говорят, что о баветках. По-моему, это глупо и противно.

К чему драпироваться в свои материнские добродетели? Начать с того: что за чин такой — быть матерью? Кто кормит сам, на тех указывают, как на каких-нибудь фениксов. Я кормила Володьку и, слава Богу, ни пред кем не рисовалась этими приятными обязанностями. Толку все-таки из этого мало вышло. Какая-нибудь толстая солдатка выкормила бы его гораздо лучше. Пожалуй, он оттого такой и плакса, что я его питала не так, как следует. Можно почти наверно сказать, что не так. Я тогда все плакала о Николае, страшно похудела. А доктора всегда говорят, чтобы кормилиц оставлять в покое и делать им всякие удовольствия.

Если бы я кормила Володьку и драпировалась, про меня бы все говорили: "Ah! Elle est sublime d'abnégation!" {Ах! Она в высшей степени самоотверженна! (фр.).}. А на поверку-то выходит, что я глупость сделала.

Коли разобрать так разные добродетели, и выйдет вздор, фаза, обезьянство.

Домбрович, значит, прав. Что я стану делать без света? Заниматься хозяйством? Каким? Здесь у себя в квартире все мое хозяйство заключается в горничной Арише, володькиной няньке, миссис Флебс, в прачке Надежде, в человеке Семене, кучере

Федоте и поваре Казимире. Команда для одной меня — довольно большая; но она получает жалованье; я продовольствием ее не занимаюсь. Правда, я могла бы поаккуратнее вести счета. Семен меня, наверно, обкрадывает. То же делают и Федот, и Казимир. Но если б я ездила даже сама на рынок (другого средства нет), это бы у меня заняло утром час, не больше. Мои люди стали бы мне грубить на каждом шагу, потому что я их лишила бы доходов. Для Володьки я все сама покупаю. Миссис Флебс — олицетворенная честность. Она за каждую наволочку удавится и считает его белье, конечно, лучше, нежели бы я сочла.

Все это такие мелочи, что больше двух часов в день и не взяло бы, разве уж самой выдумывать какие-нибудь занятия.

Имение?.. Во-первых, я ничего не смыслю. Положим, это не резон: все вначале ничего не смыслят. Во-вторых, оно в руках Федора Христианыча, честнейшего человека. Мой Николай всегда мне говорил: "Маша, если я умру раньше тебя, тебе нечего беспокоиться по хозяйству; не вмешивайся и предоставь все Федору Христианычу. Ты будешь жить, как у Христа за пазухой".

Мне совесть приказывает даже держаться Федора Христианыча. Я владею пожизненно имением мужа. Муж полагался на него, как на каменную стену. Значит, самая лучшая вещь, какую я могу только сделать: удержать все по-старому.

Поселись я в деревне, мне решительно нечего там делать. Главный наш доход с завода, земля вся почти отдается, хутор — больше игрушка. Я его поддерживаю, как память о Николае. Ему хотелось иметь хутор. Все тогда закричали о вольном труде, ну, и он тоже завел...

Федор Христианыч — действительно честный человек. Я к нему чувствую какое-то, как бы это выразиться, благоговение. Да и не одна я. Последний раз, как я была в деревне, весь уезд мне уши прожужжал: "Ваш немец — клад". И как он привязан к нашему семейству! Ему две тысячи рублей предлагали, да какое две тысячи? Двадцать пять процентов давали на другом заводе — нейдет.

Какой же еще рекомендации? Так, зря, не будут хвалить все в голос.

Поселиться мне в деревне — надо строить дом. Во флигеле жить нельзя. А это бы повело за собой расходы. Весь уезд бы стал ездить. Никого не принимать нельзя, умрешь со скуки. И кончилось бы тем, что я бы проживала больше петербургского.

Федор Христианыч доставляет мне аккуратно пятнадцать тысяч. Я не обираю Володьку и пятнадцати этих тысяч не проживаю. Я еще не считала, что у меня остается к 1-му января. Наверно, тысячи четыре. Когда он подрастет, я ему составлю капитал в сто тысяч, даже больше, потому что будешь стариться, меньше денег на тряпки.

Я на них, право, трачу не так, как другие барыни... Тысячи две, может быть, три. А еще находят, что я одеваюсь с шиком. Даже Clémence похваливает. Софи тратит по крайней мере шесть, семь тысяч. Как я ее ни наставляла на путь истинный, она все-таки одевается, как сорока. Я и так переделываю иногда из старого на новое. Все куафюры обдумываю сама. Меня это даже утешает. Если б я вдруг обеднела, я бы могла сделаться marchande de modes {модисткой (фр.).}. Вкусу у меня, конечно, не меньше, чем у всех этих Izombard, которые берут с нас по 50 рублей за фасон.

Я знаю, могут, пожалуй, сказать: чем вам здесь заниматься плясом и делать глазки разным pinioufs (как говорит Clémence), лучше бы поехать в деревню, поселиться там, хозяйство оставить на руках Федора Христианыча, а самой завести школу, больницу... Видела я эти школы и больницы. В школы никого калачом не заманишь, а больниц мужики терпеть не могут. Так давать по рукам лекарства — я нахожу это нелепостью. Мало разве у нас деревенских барынь, которые лечат по книжкам арникой?.. Или опять эта гомеопатия. Боже ты мой милосердный! Я ничего не понимаю в медицине, но уж глупее этого занятия и выдумать не могу! Я нахожу даже, что это своего рода сумасшествие. Как только барыня какая обзавелась аптечкой и лечебником — кончено. Она кидается на каждого, как дикий зверь. Но я думаю, как ни глупа сама по себе гомеопатия, все-таки же нужно что-нибудь смыслить в разных там составах, иметь хоть какое-нибудь понятие, как устроен человек. А то ведь это шарлатанство, и больше ничего!

И выходит, что все эти затеи "только одно баловство", как говаривала нянька Настасья. Бросаются на них в деревне от смертельной скуки.

Я не злая, слава Богу. Я готова помочь всякому. Можно делать добро и в городе. Здесь есть много барынь по добрым делам: приюты разные, общины... Если б представился случай, я не прочь; но все эти добрые дела наполовину мода, реклама, или, опять-таки, спасение от скуки. Подать нищему копейку нетрудно, нетрудно отдать и весь кошелек. Для этого нужно только доброе сердце иметь. Но сделать из благотворительности особую специальность, как некоторые из наших барынь, для этого нужно, как для лечения же, как бы это сказать... принцип, да и взяться надо с толком, а не зря. Да меня сейчас проведут, как маленькую девочку. Всякая нищенка, попрошайка вымолит у меня все на свете... и кончается это таким надувательством, что даже смешно. Бегают, хлопочут, устраивают разные лотереи, спектакли, концерты, жантильничают. Боже мой, как они рисуются, эти покровительницы! И раздадут деньги каким-нибудь салопницам, а те их пропьют.

Право, я хоть не участвую в этих добрых делах, а большого

угрызения совести у меня нет. По крайней мере, я лишних глупостей не делаю. Вот постарше, когда мне будет под сорок, я тоже, наверно, попаду в попечительницы какого-нибудь приюта и сострою себе на веки вечные такую улыбку... un sourire de maternité.,. {материнскую улыбку (фр.).} Облекусь в темно-синее платье... le gros bleu... en désespoir de cause! {}в синее... с отчаяния! (фр.).

Слышала я про стриженых девиц. Какую-то они там коммуну завели. Что же? Им, конечно, веселее, чем нам. Я в этом не сомневаюсь. Больше свободы... Они нами вряд ли занимаются; а в свете только про них и толкуют... Значит, они одерживают верх, до известной степени... Я их вблизи-то хорошенько не видала... Софи приглашала меня раз поехать на литературный вечер в пользу какой-то не то читальни, не то швальни... Жалею, что не поехала. Там, говорят, все собрались, и стриженые, и нестриженые. И Софи уверяет, что было даже мило. Читал очень смешную какую-то вещь их первый сочинитель. Софи говорит, что он хорош, даже очень хорош собою. Просто красавец. С большой бородой, но приличен... И все эти стриженые так на него и молятся. Софи говорит, что он прелестно читает... Он представлял каких-то пьяных... Скажу я Плавиковой, чтоб она его отыскала... Я не знаю, нигилистка она или нет; но ведь ей все равно. Лучше же красивых нигилистов принимать, чем господина Гелиотропова.

Домбрович очень умно заметил, что этими нигилистами стали везде заниматься... Только об них и говорят... И коли кого бранят, значит, завидуют... Это ясно как день! Я их хорошенько не знаю. Но какое до них дело нашим барыням; а особенно всем этим Кучкиным и разным другим иерихонцам? (Я вспомнила слово Домбровича...) Уж подлинно только, чтоб чесать язык. Все эти девицы без кринолинов (у них губа-то не дура: ходить без кринолинов гораздо шикарнее), говорят, все читают, пишут, переводят, заводят разные мастерские... словом сказать, им весело. Но они совсем другое дело. Это все больше бедные девушки. Чем коптеть в гувернантках, лучше переводами заниматься. Родись я в их звании, и я, может быть, то ж самое делала бы. А то мне вдруг обстричь косу, надеть сапоги и завести швальню?.. Ха, ха, ха! Конечно, можно читать, писать, переводить, не записываясь в нигилистки... Ну, а Плавикова? Вот живой пример. Она и читает, может быть, и пишет, и про Спинозу знает, а ее же приятели и первый Домбрович над нею смеются. Не говоря уже о том, что в свете ее считают дурой, хотя она вовсе не глупа. Как она там ни финти, ни приседай, ни улыбайся, а все же она глупее и менее образованна, чем даже господин Гелиотропов. А ее еще с детства обучали разным наукам. У нее вот какой-то г. Кудрявцев учителем истории был, и все-таки она не может... elle ne peut pas primer dans sa république des lettres {она не может первенствовать среди своего ученого сословия (фр.).}. И ограничивается это тем, что она пустит в гостиной какую-нибудь фразу, которая поражает присутствующих. Без всякого тщеславия, взять меня и ее: я знаю, что более обращают внимания на меня, чем на нее, хотя я ничего, кроме романов, в жизнь свою не читала. Я думаю даже, что для некоторых барынь я — ученая женщина. Вон Домбрович у меня находит какую-то точность выражений. Стало быть, дело вовсе не в том, сколько кто прочел книжек...

А для собственной охоты, pour la chose en elle même {собственно, для самого дела (фр.).}, т. е. чтоб быть действительно образованной женщиной, нужно начать с начала. А мы, если б и захотели учиться с аза, остались бы на веки вечные недоумками. У меня, девочкой, правда, была охота читать; но теперь мне и романы-то в тягость. Взять мудреную книжку и сидеть перед ней четыре часа сряду каждое утро без всякого интереса так же глупо, как и помогать пьяным салопницам. Все, что мне нужно для своего собственного поведения, я это и без книг знаю. Un peu de savoir vivre et du sens commun!.. {Немного обходительности и здравого смысла!.. (фр.).}

Я перечла, что написала сегодня. Как это странно! Никто мне не подсказывает, а ведь я пришла к тому самому, что говорит Домбрович. И выходит, что нужно помириться с этим светом, au risque de chercher midi à quatorze heures! {рискуя искать невозможного! (фр.).}

А скука? Он говорит, что скука происходит от неуменья взяться... В чем же это уменье?

Ведь если не удариться ни в хозяйство, ни в благочестие, ни в добрые дела, ни в нигилизм, ни в ученость, что же остается? То, что я теперь делаю: танцовать и выделывать коньками свои вензеля? Так ведь это все там, наружи, на людях. А внутри, у себя дома, перед судом совести? Ничего... Так-таки ничего! Le néant! {Тщета! (фр.).}

Вот я опять завралась. Совсем не это я должна сказать. Если сама судьба устроила так, что мне следует жить в свете, то моя совесть зависит от меня. Нет ничего глупее, как киснуть и плакаться!

Ну, нет у меня своего очага. Экая беда! Я могу завтра же выйти замуж. Неужели так просто, законным браком, по-мещански, за какого-нибудь сановника или трехаршинного кавалергарда? En fait de nouveau {И вновь (фр.).} — и будет одно лобызание!

Во всем, что я здесь разбирала, не было ведь одной вещи: сердца...

Но что ж я с ним стану делать? Неужели мне чувствительность напускать на себя? Une femme à grandes passions... {Женщина со страстями... (фр.).} Это так отзывается Зинаидой Паклиной. Никогда!

Была я опять у Елены Шамшин. Она совсем потерянная. Пригласила она меня ехать к ее сестре. Мне не хотелось; но она такая жалкая. Я поехала. Попала я ни больше ни меньше как на заседание. Все их семейство занимается спиритизмом.

Сестра Елены совсем уж блаженная. Взяла меня за руку, поцеловала в лоб и говорит мне таинственным шепотом:

— Друг мой, нужно верить.

Во что верить? Неизвестно!..

Они все там святоши: ходят на цыпочках, говорят тихо-претихо, жмут друг другу руки и возводят очи горе. Есть и молодые люди. Я думала, что будут самые настоящие спириты, семейство Никсов и Иксов... Но ни одного Никса не было что-то. У них, верно, особое общество... И такие уж постные рожи у мужчин, что даже противно.

Я говорю Елене Шамшин потихоньку:

— Что бы им монастырскую общину завести?

Она отвечает мне:

— Душа моя, я сама сначала смеялась над ними; а теперь начинаю верить.

Верить, верить! Да во что же верить? Разве это религия, что ли, какая? У меня до сих пор валяется на камине книжка этого Allan Cardec'a... Там все эти глупости расписаны. Я принялась было читать — скука смертная.

Сначала все по разным углам шептались; а потом, после чаю, присели все к большому столу. И пошла потеха!

Сестра Елены вытаращила глаза, начала произносить какую-то молитву на французском языке. Все поникли головами. Эффект был самый глупый. Им бы уж лучше взять себе какого-нибудь аббата, чтоб он им католические проповеди читал... Какая аффектация! Боже ты милосердный!.. Все как-то в нос и с воздыханиями. Я сначала подумала, что это нарочно.

Кто-то мне рассказывал, что английская королева занимается спиритизмом. Английский спиритизм, может быть, поумнее; а уж этот петербургский, признаюсь... Кто-то мне рассказывал также, кажется, Николай: у него прежде имение было в Семеновском уезде Нижегородской губернии. Так там все раскольники и в каждой деревне баба или девка — пастором, читает молитвы и проповедует. У петербургских спиритов, верно, также старые девы исправляют должность пророчиц.

Сестра Елены смотрит на меня безумными глазами и возглашает торжественно: Voulez vous communiquer avec l'âme de votre mari? {Вы хотите вступить в общение с душой вашего мужа? (фр.).}

40

Я ничего не ответила.

— Pauvre femme! — застонала опять эта блаженная.— C'est si naturel! {Бедная женщина!.. Это так естественно! (фр.).}

Ничего я не хотела. Я даже и не думала в это время о своем муже.

Пророчица, однако ж, не удовольствовалась. Она меня подцепила под руку и увела в угол. Все остальное общество сидело у стола и ждало.

Тишина такая, что муха пролетит — слышно.

— Ma chère,— зашептала блаженная,— надо верить. Без этого мы бессильны привести вас в сношение с душой вашего мужа. Вы должны горячо желать и горячо верить. Тогда все возможно. Дух бесконечен!.. Вы будете в постоянном общении с любимым человеком. И чем сильнее будет разгораться ваша вера, тем легче сливаться с его душой. О! вы не знаете, какое блаженство вас ожидает! Жить двумя жизнями...

— Мне довольно и одной,— прервала я.

— Какая полнота! Без этой блаженной способности люди задохнулись бы в грубейшем материализме! Не было бы никакой надежды... Неужели вы не боитесь?

И она так вытаращила на меня глаза, что мне стало страшно.

— Чего? — спросила я чуть-чуть слышно.

— Le néant {Небытия (фр.).}. И только здесь вы найдете спасение.

Она встала, поцеловала меня в лоб и, показалось мне, протянула руки, точно будто благословляла меня. Мне было и смешно, и неловко.

— Пойдемте, ma chère, не смущайтесь ничем. Слушайте, и когда вы укрепитесь в вере, все вам дастся!

Мы вернулись к столу. Постные физии наводили друг на друга ужасное уныние. Сначала блаженная читала чьи-то письма от разных барынь. Два письма были из-за границы. В одном такие уж страсти рассказывались: будто англичанин какой-то вызывает по нескольку душ в раз и заставляет их между собой говорить. "Когда он меня взял за руку, пишет эта барыня, так я даже и не могу вам объяснить, что со мной сделалось". Недурно было бы узнать, что это с ней сделалось такое?

В другом письме рассказывала также барыня, как она виделась со своей дочерью, которая умерла в прошлом году, и даже держала в руках ее игрушку. Эта же барыня рекомендует какую-то книжку. "Непременно, пишет, достаньте, без нее для вас нет спасения". Все слушали с умилением. Кто-то даже прослезился.

Тут началась самая штука. Чего-чего только они не делали. Но, видно, оттого, что я неверующая, плохо клеилось... Писали, писали разные каракульки... Я шепнула Елене Шамшин:

— Нельзя ли мне Александра Македонского вызвать?

А кто-то вызывал греческого мудреца, уже не помню какого, Платона, кажется. Мне объяснили, что он о бессмертии души писал.

Какая-то истерическая старая дева, зеленая-презеленая, вдруг вскрикивает:

— Боже мой! Я чувствую прикосновение ледяной руки!

Это ее, может быть, кто-нибудь ненарочно схватил под столом... Если мужчина, не поздравляю.

Комната небольшая, адски натоплена, эти спириты надышали; у меня страшно разболелась голова, даже все кругом пошло. Если бы мне предложили вызвать Александра Македонского, мне бы он, пожалуй, в эту минуту и представился.

Я просто убежала из этого сумасшедшего дома.

И все эти люди не безумные же! Кроме спиритизма есть у них и другие занятия... Не знаю... От безделья да от скуки кидаются у нас в Петербурге на такие нелепости... Но как они все втянулись! Точно одержимы духом. Уж я не говорю про сестру Елены Шамшин: она как есть блаженная. Но и другие.

Неужели я могу дойти от скуки до того же самого? Может быть, и они также смеялись сначала над спиритизмом... Смеяться легко; ну, а если б меня заставили серьезно доказать, почему это глупо? Ну, почему?

Вот тут и запятая... Точно то же на каком-нибудь soirée causante, когда уж не о чем решительно говорить, начнут, разумеется, говорить о чудесном. Я на свою долю, по крайней мере, раз пятьдесят слышала историю о видении Карла I, которого казнили потом... Ну и кончат всегда тем, что "в жизни человеческой есть нечто сверхъестественное!".

Какой-нибудь умник начнет смеяться, а все-таки ничего дельного не скажет. Возможны ли привидения или невозможны? Кто знает! Да и почему же невозможны? Ведь я так рассуждаю: во всех этих ужасных историях говорится о том, что вот такой-то или такая-то, действительно, видела то-то и то-то. И как я могу вот теперь, сидя в спальне, сказать, что мне ничего не представится. Разумеется, мой Зильберглянц покачает головой и пробормочет: "Это толко нерфы, толко нерфы!"

Ему все нервы! Станут, пожалуй, уверять, что это белая горячка, сумасшествие. Никто же не войдет в меня; стало быть, и знать не может: привиделось мне от белой горячки или просто в здравом уме?

Quelque chose... {Что-то... (фр.).} Но что?

Я вот смеюсь тоже над гомеопатией, смеюсь всегда над магнетизмом. Действительно, я была раз на séance {сеансе (фр.).}, такая глупость, шарлатанство! Какой-то француз при мне водил, водил руками по ясновидящей, потом взял в рот какую-то маленькую гармонику и начал гудеть. Это, видите ли, чтобы привести ее в восторженное состояние. Уж она кувыркалась, кувыркалась, голову совсем закатила назад, в глазах остались одни белки. А я подсела к ней, взяла ее за руку и спрашиваю:

— Какие у меня волосы?

Она отвечает:

— Вы блондинка.

Вот вам и ясновидение! Я даже рассердилась. Предлагали этой же девчонке колоть руку. Я ей так булавку запустила, что она закричала благим матом.

Да, все это прекрасно; но я не могу, однако ж, доказать ни другим, ни самой себе, что магнетизма нет. Если есть магнит в природе, должен быть в человеке и магнетизм. Да и гомеопатию объясняют как-то мудрено. Есть даже теперь аптеки и доктора ученые. Не меньше же они меня знают.

Вот то-то и дело, что никто из нас, женщин, никогда ничего хорошенько не передумал. Повторяем, как сороки, одни слова; а что в них такое сидит — не знаем.

И выходит на поверку, что сестра Елены хоть и блаженная, а мне бы не следовало над ней смеяться. Она говорит: верьте. Что ж? Ведь все верят так, как она. В вере не рассуждают. C'est élémentaire {Это элементарно (фр.).}, как Домбрович говорит: "аз — ананас, буки — бык". Всякому кажется, что его вера лучше веры других. Лютеране считают нас еретиками; а мы их. А раскольники? У меня вон миссис Флебс принадлежит к какой-то секте... я уж и не знаю, как выговорить. Ирвингиты какие-то. Она меня, кажется, хотела обратить... Она говорит, что у них там в Лондоне, когда соберутся в церковь, так находит такой восторг и на мужчин, и на женщин, и начинают они пророчествовать.

Ну что ж я против этого скажу? И почему это умнее, чем спиритизм? По-моему, даже глупее. У спиритов, по крайней мере, сами от себя не пророчествуют, а пишут то, что души им диктуют.

Теперь и то взять. Ведь между этими спиритами есть разные вдовы, матери, дочери. Они не могут помириться со смертью мужа, отца, сына. Это вовсе не смешно. Для них это, в самом деле, утешение. Они живут в это. Действительно, вызывают они души, или так им кажется — это решительно все равно, только бы они были довольны.

Я ведь тоже вдова. Сестра Елены думала, верно, что я неутешная вдова. Было ли бы мне приятно убедить себя, что я могу вызывать душу Николая? Признаюсь, я об этом никогда и не думала. Во-первых, что составляет его душу? Он был очень добрый человек, как мне казалось по крайней мере. Вот все, что я могу сказать о его душевных качествах. Если б он начал со мной говорить, я, право, даже не знаю, о чем бы мы с ним толковали?.. Он бы, конечно, справлялся о моем здоровье. Спросил бы меня:

"Тоскую ли я по нем?" Обманывать душу — нехорошо. Я бы ему должна была ответить: "Голубчик мой, мне часто бывает очень скучно; но нельзя сказать, чтоб я о тебе много тосковала". Ну, вот он и перестал бы со мной говорить. Ведь если души сохраняют все качества живых существ, как уверяют спириты, Николай мой обиделся бы — и совершенно законно.

Но если можно вызывать души и говорить с ними, они должны ведь видеть ясно всю нашу внутренность, видеть все наши чувства и мысли. Без этого какой же толк в таком вызывании? Стало быть, они вперед знают, что мы им ответим.

Вот я нашла хоть какое-нибудь возражение против спиритизма.

Но все эти блаженные толкуют:

"Мы призываем души, чтобы узнать, что они делают на том свете".

Мой Николай наверно бы мне никаких мудреных вещей не сказал, если он даже и видел души греческих мудрецов. Он был добрый человек; но и только.

Да и наконец, это грех: справляться, что делают души на том свете... par le spiritisme {с помощью спиритизма (фр.).}. Религия не позволяет этого.

Религия! Но сестра Елены и все эти спириты так благочестием и пропахли. Они только и говорят о божественном. Стало быть, можно помирить одно с другим. Уж так и быть, я еще раз отдам себя на съедение блаженной, чтоб она мне все это растолковала.

Да, вот мне двадцать два года. Я мать семейства, т. е. я хотела сказать, есть у меня дрянной Володька. Года через четыре надо ведь будет учить его молитвам... Je catéchiser {катехизису (фр.).}.

А что я знаю? Чему я верю? Всякий вот такой спиритизм, вздор, глупость, ставит меня в тупик. В таких вещах надо уж стоять на чем-нибудь твердо. Я вот люблю задавать себе разные вопросы и ни одного из них не умею решить. Этак, конечно, лучше верить, не рассуждая.

Oui, c'est à prendre ou à laisser! {Да, надо сделать выбор! (фр.).}

Я скажу вот еще что: если бы, в самом деле, можно было говорить с покойниками, например, хоть бы мне с Николаем, тогда надо до самой смерти быть его женой духовно. Мне не раз приходило в голову, что любовь не может же меняться. Так вот: сегодня один, завтра другой, как перчатки. Что ж удивительного, если между спиритами есть неутешные вдовы. Они продолжают любить своих мужей... они ставят себя с ними в духовное сношение. Наверно, найдутся и такие, что не выйдут уже больше ни за кого.

Я это понимаю. Я даже одобряю это. Как же бы они стали говорить со своими покойниками, если б их сердце было отдано другому? Да и как вообще можно повторять одно и то же двум мужчинам: сначала одному повеситься на шею, замереть, клясться и божиться в бесконечной любви, потом и с другим тем же порядком? Есть, я думаю, барыни... до двух десятков доходили!

Значит, всем вдовам так и остаться... в девичестве?

Этого требует логика!

Но ведь я говорила о любви. А кто ее никогда не знал, вот хоть бы я, например?

Чувства мои к Николаю я не могу называть любовью.

Какая я смешная. Да почему я знаю, что именно составляет истинную супружескую любовь? Правда, есть неутешные вдовы, а я утешилась. Но тут может быть только разница количественная. Они посильнее любили мужей, я послабее. А все-таки я была жена, сделалась матерью, стало быть, мне следует пребывать в девичестве.

Ну, я уж до такой чепухи дописалась сегодня, надо бы вырвать эти листки.

23 декабря 186*

Полночь.— Пятница.

Я очень рада! Теперь я понимаю, что такое Домбрович, т. е. не то чтобы совсем, а все-таки понимаю.

Он у меня обедал один. Я бы, конечно, не позвала его одного, но так случилось.

Ариша пристала ко мне:

— Вам, Марья Михайловна-с, беспременно нужно гулять-с. Доктор мне наказывали намедни, чтобы каждый день вам напоминать-с.

Погода стояла прелестная. Я так люблю свежий снег. Все блестит. Лучше как-то живется.

Я просто совершила подвиг: дошла пешком до Невского. Был час четвертый уж. На солнечную сторону я не пошла. Одной, без человека: все эти миоши пристанут. Иду по тому тротуару, где гостиный. Порядочно устала к Аничкову мосту. Думаю себе: "Ну, если б теперь хоть даже Паша Узлов предложил руку, я бы не отказалась". Одышка меня схватила. На углу Владимирской я остановилась в раздумьи: вернуться мне назад по Невскому или взять по Владимирской? Поднялся маленький снежок. Я надвинула на голову башлык.

— Марья Михайловна! — раздался около меня мужской голос.

Гляжу — Домбрович.

Я очень обрадовалась. Покраснела даже от удовольствия. Провидение посылало мне руку.

Мне очень нравится, что Домбрович называет меня по-русски: Марья Михайловна.

— Какое сияние! — Он всплеснул руками и опустил глаза.

Мой белый башлык расшит золотом. Со стыдом признаюсь, что он мне стоил сто рублей.

— Вы гуляете? — спросила я.

— С наслаждением,— сказал Домбрович.— Не думал встретить вас на этой стороне.

— Я почти никогда не хожу,— перебила я его.— Доктор пристал. Я вышла для моциона, а не для тех иерихонцев.— И я указала на тротуар, через улицу.

Он рассмеялся моему слову.

— Вы теперь назад? — спросил Домбрович.

— Сама не знаю. Зашла так далеко, боюсь, не дойду до дому.

— А моя рука?

Какой догадливый!

— Если б вы мне ее не предложили, я сама бы ей овладела.

Он улыбнулся; но скромно.

На улице, в бобровой шапке и пальто, Домбрович еще ничего. У него хорошая осанка. Мороз подрумянил его немножко. Держится он прямо, не по-стариковски. Я люблю высоких мужчин, не потому, что я сама большого роста, но с ними как-то ловко и говорить, и ходить, и танцевать.

Вот мы и добрели с ним до меня. Потихоньку двигались. Пришли в половине шестого. Дорогой он меня очень смешил, рассказывал все такие забавные анекдоты про разных старых генералов. Один я даже запишу:

Будто бы этому генералу (я его встречала, когда я выезжала с Николаем: он очень недавно умер) принесли подписать бумагу какую-то. Он обратил внимание, как написано слово госпиталь и раскричался: "Вы грамоте не знаете, нужно писать гопепиталь!" — "Почему же, ваше превосходительство?" — "Потому что пишется гопвахта!"

А ведь этот старикашка был un des hauts fonctionnaires {одним из высокопоставленных чиновников (фр.).}. Я даже не сделаю подобной brioche {неловкости (фр.).}.

Немножко и литературных воспоминаний коснулся Домбрович. Он хорошо знал Лермонтова, был с ним на ты. Какой был чудак этот Лермонтов! Домбрович рассказывает, что одна псковская дама ездила часто к его кузине, madame В. (ну, уж я никак бы не сказала, что madame В. кузина Лермонтова. Я ее раз встретила на одном вечере... dans la finance {в министерстве финансов (фр.).}. Бог знает что это такое!) И Лермонтов терпеть ее не мог. Как она являлась при нем к madame В., он отправлялся в кухню, отрезывал там себе огромный ломоть черного хлеба, приходил в гостиную, садился перед ней, молчал и жевал все время, пока она не уйдет.

Подобные вещи прощают великим людям. Но Домбрович

говорит, что на Лермонтова смотрели тогда в свете как на гусарского офицерика. Он и сам из кожи лез, только бы ему иметь успех у дам. Но бодливой корове Бог рог не дает.

Нельзя же было не пригласить Домбровича зайти и отобедать. Первый раз приводилось мне обедать у себя en tête-à-tête {наедине (фр.).} с мужчиной. Домбрович все хвалил моего Казимира. Научил меня делать соус к артишокам... по-французски. Дал мне совет не брать красного вина у Елисеева, а брать всегда у Рауля. Он очень, очень приятен, особенно за обедом. Говорит все умные вещи, а есть не мешает. Я очень проголодалась после ходьбы, но слушала его внимательно. У него есть также большой талант заставлять вас говорить. Он любит немножко поврать. Но кто ж из нас, русских барынь, не врет, когда случится напасть на умного мужчину?

Я никогда не любила жеманства, это смешная чопорность. Есть вранье и вранье. Домбрович умеет остановиться там, где нужно. Он не оскорбляет моего, как бы это выразиться,— моего эстетического чувства.

После обеда, за кофеем у камина, в моем маленьком кабинете мы с ним засели и протолковали битых два часа. Как ведь нетрудно устроить с умным и приятным человеком un chez soi {интимный прием у себя дома... (фр.).}... Не хочется ни прыгать, ни болтать о тряпках. Скука и не смеет показываться: она там где-то, за тысячу верст!

Да, прав и сто раз прав Домбрович: мы сами не умеем устроить себе жизнь.

Сегодня мне непременно хотелось вызвать его на более интимный разговор. Он о себе говорить не любит. Уж это он мне раз сказал. Не любит, не любит!.. Он не дурак, чтобы сразу пуститься в излияния. Надо, чтоб его попросили...

Я сумела как подойти. Я вспомнила: в первый разговор у меня он сказал с некоторой горечью, что он не может быть знаком с молодыми сочинителями. Я подумала: "Он, наверно, намекал на этих нигилистов".

Домбрович такой насмешливый, когда захочет. Это еще больше возбуждает мое любопытство.

— Мне кажется,— сказала я ему, притворившись простодушною,— что вы слишком старите себя... ваш ум еще так свеж.

Он улыбнулся и покачал головой, поглядывая на меня немножко исподлобья.

— Je vous vois venir, madame {Я догадываюсь, что вы хотите сказать, мадам (фр.).}, — выговорил он с расстановкой.— Вам угодно, чтоб я начал браниться?

— Зачем же браниться... вы обо всем говорите так спокойно...

— Видите ли, Марья Михайловна, мы теперь попали в дураки.

47

Если бы вы послушали кого-нибудь из новых... nous ne sommes que des ganaches! {мы всего лишь тупицы! (фр.).} Никаким вопросам мы не сочувствуем, переплетенных заведений не заводим, и не можем мы никак понять, что такое делается в российской литературе? Я помню, как мы все начинали свою жизнь... Мы не мудрствовали, не разрушали основ, да-с, это такое теперь специальное занятие! Мы обожали искусство. Вера была, огонь, оттого и таланты появлялись... Да вот и теперь еще, на старости лет, возьмешь какую-нибудь сцену... Сганареля, что ли, мольеровского, и хохочешь себе как малое дитя; пред картиной, пред барельефом, пред маленьким антиком простаивали мы по целым часам. Каждую точку, каждый штрих изучали мы с благоговением, да-с, с благоговением! Есть такой немец, Куглер, написал богатую книгу... просто библия для всех, кто изучает красоту... Но, впрочем, что ж это я вам какую сушь рассказываю? C'est à dormir debout! {Это же скучища! (фр.).}

— Напротив, напротив! — остановила я,— все это меня ужасно интересует.

— Коли интересует, извольте. Так вот этого самого Куглера мы наизусть зубрили и каждую строчку на себе проверяли. Я помню, как я написал первую повесть, страх на меня напал, сомнение. Держал я ее полтора года. А нынче, как только семинариста выгонят за великовозрастие...

— За что? — переспросила я.

— За великовозрастие, когда его вытянет с коломенскую версту, а он все еще в риторике пребывает,— он сейчас передовые статьи писать. Глядишь, через полгода на него уж все молятся... а мы имели такую глупость: чувствовали священный страх перед печатным словом. Первые-то деньги совестно было и получать. Потом, уж с летами, понемногу мирились с этим. Вот мы какие были глупые. Как же вы желаете, чтобы мы сошлись с этими анахарсисами (я так их называю). Мне скучно, я глуп, я ничего не понимаю во всех этих ргализмах, социализмах, нигилизмах и разных других измах. Все это мертвая болтовня! Талантишку ни в одном на булавочную головку. Что ж и прикажете в мои-то лета поступать в обучение к анахарсисам? Нет-с, забыть следует, что они и существуют! Что такое писатель, поэт, позвольте вас спросить?

Он нагнулся всем корпусом ко мне, точно будто хотел вырвать из меня ответ.

— Я не знаю,— проговорила я тоном маленькой девочки.

— А вот что-с. Художник, артист во всем одинаков. Скульптор какой-нибудь или живописец бьется из-за того, чтоб у него фигура вышла живая, чтоб ее можно было схватить, осязать, чтоб вы видели, как в ней кровь переливается. Больше ничего-с! Точно то же самое и писатель. Клади краски, схватывай жизнь просто, "не мудрствуя лукаво". Чтоб каждое слово было звучно, как нота в аккорде. А нынче нет-с, не так. Нынче повести сочиняются по такому рецепту. На ободранном диване лежит нигилист Синеоков. На столе стоит графин с водкой. Взад и вперед по комнате ходит друг Синеокова Доброзраков, потрясая гривой. Грива должна быть непременно. Синеоков выпил уже пять рюмок и говорит: "пьянство есть порок: но мой организм требует импульса". "Да,— отвечает Доброзраков, запуская пальцы в гриву,— организм прежде всего. Но не подлежит ли он также отрицанию?" "Что ж,— восклицает Синеоков,— давай отрицать и организм!" И на шестидесяти двух страницах друг Доброзраков занимается на утеху читателей отрицанием организма друга Синеокова.

Домбрович одушевился. И так он смешно представлял Доброзракова и Синеокова, что я хохотала, как сумасшедшая. Если б Домбрович не был сочинитель, он мог бы сделаться прекраснейшим актером. Он вовсе не гримасничает, не шаржирует, а выходит ужасно смешно.

— Повесть ли, роман ли, рассказ ли,— заговорил Домбрович уже серьезным тоном,— должны быть написаны с детской простотой, да-с, без всяких тенденций там, прогрессивных идей и всего этого дешевого товару. Тот не писатель, Марья Михайловна, т. е., я хотел сказать, не артист, кто вперед думает, что я, дескать, вот докажу то-то, размягчу сердца, взяточников обличу и подействую на гражданские чувства, les sentiments civiques {гражданские чувства (фр.).}. Это слово нынче каждый гимназист первого класса знает. На русском чистом диалекте это называется цивические молитвы.

— Послушайте, однако, мсье Домбрович,— перебила я,— я с вами спорить не стану, для меня все это ново, что вы говорите. Но когда я читаю роман, для меня интересно видеть: что хочет доказать автор? Какая у него идея? Ведь без этого нельзя же.

— Все должно прийти само собой,— продолжал он еще горячее.— Я на своем веку довольно марал бумаги. Но как я сделался писателем? Приехал я в деревню. Предо мной природа. Не любить ее нельзя. Кругом живые люди. Стал я их полегоньку описывать. Так, попросту, без затей: как живут, как говорят, как любят. Все, что покрасивее, поцветнее, пооригинальнее, то, разумеется, и шло на бумагу. А больше у меня никакой и заботы не было.

— Позвольте,— перебила я опять,— я помню очень хорошо, что девушкой читала ваши повести.

Он молча поклонился.

— И я, как говорится, в три ручья плакала... уж теперь простите меня, я не вспомню подробностей, но идея... сочувствие ваше к бедняку растрогало меня. И я не хочу верить, чтобы вы написали все это так... без всякой цели.

— Клянусь вам Богом, Марья Михайловна!.. Меня ведь до смерти смешили разные критические статьи о моей особе. Чего-чего только не навязывали мне! И высокие гражданские чувства, и скорбь за меньшую братию, и дальновидные социальные соображения, просто курам на смех. Господа Доброзраковы и Синеоковы теперь меня презирают. А ведь им бы нужно было сопричислить меня к лицу своих начетчиков.

— Что такое? — переспросила я.

— Это у раскольников законоучители так называются. Помилуйте, давно ли я был чуть не революционер, давно ли все кричали, что мои повести, так сказать, предтеча разных общественных землетрясений? И ничего-то у меня такого в помышлениях даже не было. Какое мне дело, пахнут мои вещи цивизмом или не пахнут, возбуждают они мизерикордию или не возбуждают? Я этого знать не хочу!

Тут я начала чувствовать, что в тоне Домбровича послышалось раздражение. Или он притворялся, или он говорил не совсем хорошие вещи. Я остановила его:

— Позвольте, позвольте. Если вы добрый человек, вам вовсе не все равно, какое впечатление делают ваши повести... служат ли они доброму или дурному делу?

— Добрая моя Марья Михайловна (он так и сказал: добрая моя), вы совершенно правы; но вы меня не так поняли. Когда художник, писатель или живописец — все равно, творит... простите за это громкое и глупое слово, он не должен думать ни о добре, ни о зле... он будет непременно пред чем-нибудь лакействовать, если пожелает что-нибудь такое "выставлять", как говорят в тамбовской губернии. Он будет хлопотать не о том, чтобы вещь была живая, а о том, чтобы понравиться господину Доброзракову или Синеокову. За примером я далеко не пойду. Милейший наш Иван Сергеевич Тургенев. Конечно, изволили читать его повести?

— Читала,— ответила я,— а сама хорошенько не знаю, что я читала из Тургенева.

— Желаю ему прожить Мафусаилов век, напишет он еще, может быть, тридцать, сорок томов. А что останется, что переживет его? Одна вещь, и только одна: "Записки охотника". Остальное, все эти вот тенденции, разные "Накануне", "Отцы и дети", все это ухнет. Огромный талант его тут употреблен на то... знаете, как один француз сказал, после представления новой пьесы: "L'auteur mit beaucoup de talent à mal prouver des choses auxquelles il croit peu" {Автор вложил много таланта в плохое доказательство того, во что он сам мало верит (фр.).}. Все это баловство, модничество, угождение и тем, и другим, и третьим, чтоб и в салонах вас похвалили, и чтоб г. Доброзраков одобрил, и чтоб наш брат — nous autres ganaches {все мы глупцы (фр.).} — восхитились, бесспорно, прелестными подробностями!

Я успокоилась. Может быть, Домбрович и не совсем прав; но он кончил гораздо искреннее.

— Вот вы теперь и видите, Марья Михайловна,— добавил он,— что лучше уж мне встречать вас на танцевальных вечерах, чем отправляться в компанию Доброзраковых.

— Да,— ответила я и даже вздохнула...— Это грустно!

— Грустного тут ничего нет. Мы дело свое покончили; а если русскому юношеству угодно питаться тем, что ему пережевывают все эти анахарсисы,— на здоровье! Теперь,— сказал он после небольшой паузы,— вы уж меня больше не станете исповедовать по части литературы. Сей сюжет столь пресен, что два раза возвращаться к нему нельзя.

"Хорошо, подумала я, этот пункт мы с тобой покончили. Ну, а Clémence и маскарад? Неужели я ничего не выпытаю?"

— Вы не забыли, мсье Домбрович... да как вас зовут по-русски?

— Василий Павлович.

— Так вы не забыли, Василий Павлович, что я — ваша ученица?

— Как так?

— Да как же. Вы обещались учить меня... savoir vivre... {умению жить... (фр.).} Признаюсь, если б я встречалась в наших гостиных с такими людьми, как вы, эта наука мне легко бы далась.

"Польщу, мол, тебе, но уж добьюсь своего".

— Невеликодушно, Марья Михайловна, невеликодушно-с.

Он покачал головой и надел свой pince-nez.

— Вы знаете, только одних стариков хвалят в глаза. Это уж последнее дело.

— Полноте, вы очень хорошо видите, что я не жантильничаю с вами. Я много думала о том, что вы мне говорили. Вы совершенно правы. Надо остаться в свете. За все другое уже поздно схватываться.

— Мудрые речи приятно и слушать.

Он рассмеялся.

— Теперь дело только в том, чтобы распределить поумнее свое время.

— Так точно-с.

— Плясать семь дней в неделю я не желаю.

— Похвально-с.

— Да полноте. Я рассержусь. Я вам серьезно говорю.

— Слушаю-с, слушаю.

— Вот мои занятия на всю неделю: в понедельник...

— Пляс?

— Да, пляс. Во вторник...

— Пляс.

— Не всегда.

— Дальше.

— В среду... в среду мой абонемент. Я нынче не бываю по понедельникам. Мне слишком надоели...

— Ла Варинька направо и Лиза налево? — подсказал он.

— Ха, ха, ха! Именно.

— Резон.

— В четверг я буду ездить к Плавиковой.

— Ну, это напрасно.

— Как напрасно?

— Впрочем, если вы желаете специально изучать г. Гелиотропова, отчего же нет?

— Ах, Боже мой, вы сами себе противоречите, Василий Павлович.

— Каким же это образом?

— Какая бы там ни была Плавикова, наивная или нет, но у нее все-таки собирается la république des lettres.

— Не извольте браниться.

— Я хочу хоть на первое время бывать у нее... она меня очень любит... а к Гелиотропову я как-нибудь привыкну.

— Je plaide votre propre cause, madame {Я высказываюсь в вашу же пользу, мадам (фр.).}. Если же вы упорствуете, тем приятнее...

— Значит, четверг у Плавиковой.

— У Плавиковой.

— В пятницу...

— А пляс-то вы забыли? Ведь целых два дня прошло.

— Ах, в самом деле!.. Никак нельзя... зато в субботу я никогда не пляшу. Это мой день в Михайловском театре.

— Ну, а после спектакля разве нельзя?

— Случается, но очень, очень редко... Вот и вся неделя. Остается воскресенье... оно проходит всегда... не знаю как. Это такой бестолковый день!

Я нарочно помолчала и прибавила:

— Разве заглянуть... в маскарад...

— А вы бываете? — спросил Домбрович, не поднимая головы.

— Нет, но для изучения нравов... Вы иногда заглядываете?

— Я даже люблю маскарады,— ответил он самым спокойным тоном.— Вы знаете, седина в бороду... Я и всегда их любил. Только ведь в маскарадах можно видеть такой набор оригинальных и прелестных женских типов, да-с. Я немало езжал по белу свету на своем веку. Поверьте мне, что ни в одном городе в мире, ни в хваленом Кадиксе, ни в Венеции, ни в Вене, ни даже в Лондоне... о Париже я уж не говорю... не попадается таких прелестных женщин, как в Петербурге. Здесь смешанная порода, и она дает прелестные экземпляры. Полунемецкий, полупольский, полуславянский тип. Какая тонкость черт! Какой изгиб стана! Какая роскошь волос!

— Какая восторженность! — вскрикнула я.

— Простите, я художник. Так вот в маскарадах-то и выползают из разных мест прелестнейшие женщины: чиновницы из Коломны, гувернантки с Песков.

— Да как же вы их видите? Ведь они под масками.

— Не всегда же они под масками. Настает же такая минута, когда... и снимают маску.

— А!

— И вот мое многолетнее наблюдение: светские женщины, когда попадают в маскарад, ведут себя непозволительно.

Я почти покраснела.

— Т. е. как же это непозволительно?

— Т. е. скучно и бестактно. Кто-то им натвердил, что в маскараде нужно пищать и говорить о чувствах. А если попадется сочинитель, то допрашивает его, что он пишет. Уж скольких я обрывал на этом сюжете, и все-таки до сих пор приходится страдать. Поэтому я уж и держусь больше иностранок.

— Француженок? — спросила я не без смелости.

— Как придется. Теперь уж я старик, так соотечественницы мало интересуются моей сочинительской фигурой. Тут как-то в театральном маскараде говорили мне, что какая-то маска меня искала, приехала из деревни, кажется... Весьма лестно!

Я была как на иголках и начинала немножко сердиться, что он со мной точно с девчонкой. Я не вытерпела.

— Василий Павлыч,— сказала я ему,— вы хотите играть со мной, как кошка с мышкой; а ведь это нехорошо!

— Что такое-с?

— Да то-с (передразнила я его), что вы меня узнали в этом самом маскараде. Мало того, что вы меня узнали; вы, конечно, догадались, что спрашивала я о вас, спрашивала у Clémence, чтобы найти предлог войти к ней в ложу.

Он встрепенулся. Я увидала в глазах его что-то похожее на удивление.

— Вы мне сами посоветовали ничего не бояться. Я и не боюсь.

И тут я рассказала ему начистоту: как мне хотелось говорить с Clémence и все, что я видела и слышала в ее ложе. Говорила я долго и даже очень горячо. Как это странно! Я почти с наслаждением рассказала малейшую болтовню, все, что мне понравилось в Clémence.

Когда я кончила и взглянула на Домбровича (на этот раз совершенно спокойно и смело), он одобрительно улыбался.

— Чего же лучше? Вы, Марья Михайловна, сразу достойны золотой медали. Вам хотелось иметь понятие об этих женщинах.

Такое желание вполне законно. Вы поняли то, что все светские женщины давно бы должны были понять. Ce sont les Clémences qui tiennent le haut du pavé {Именно эти Клеманс занимают первое место (фр.).}. Чья вина?

— Наша! — вскричала я.

— A la bonne heure! {В добрый час! (фр.).} Эти женщины в своем роде артисты. Мне нечего распространяться, я вижу, что вы лучше меня вашим инстинктом поняли, в чем их сила.

— О, да! о, да! — повторяла я со вздохом.

— Вы, конечно, не можете посещать их салоны. У них ведь свои салоны и еще какие; но вы нашли безопасное место и разглядели Clémence в подробностях. Но главное, вы вели себя как умница, да-с, позвольте вас погладить по головке, не так, как княгиня Лиза. Вы приехали в маскарад с определенной целью: доставить себе новое и оригинальное ощущение. Так ли-с?

— Да.

— Вы не пошли пищать и интриговать вашего покорного слугу, экзаменовать его насчет умственных способностей или разбирать чувства с корнетом фон дер Вальденштубе. Вы улучили минуту, выбрали весьма правдоподобный предлог, за который я целую ваши ручки, и вы веселились как нельзя лучше. Словом, вы были умница от первого шага до последнего.

Он так мило все это говорил, без малейшего смеха в голосе... самым убедительнейшим тоном. Я даже возгордилась.

— Да, вам нужно дать золотую медаль. Делайте из каждого вашего вечера такое полезное употребление, и вот вам решение загадки. Вы не будете прозябать, вы будете жить и наслаждаться. Еще одно слово: простите меня великодушно! Я поступил с вами по-сочинительски, перехитрил. Лучше сказать: я не знал еще...

— Что я такая умница?

— Именно. Моя фраза на подъезде была нескромность; мне следовало или заговорить с вами, как с Марьей Михайловной, или сделать вид, что я вас не узнал. Преклоняюсь перед вами и приношу повинную голову.

— Напротив,— заторопилась я,— вы были так деликатны в тот раз и даже ни одним намеком...

— Полноте. Все это только уловки старого холостяка. Этот вопрос покончен, сдадим его в архив и продолжаем...

— Наш урок,— перебила я.

— Какой же урок? Вы умнее меня. Наш, как бы это выразиться... анализ.

— Да! Я вот что хотела вам сказать. Положим даже, что в этот маскарад я себя вела неглупо. Но ведь это всего один раз. Нельзя же все изучать разных Clémences. Несколько дней в неделю идет у меня на пляс. Вы сами знаете: что там отыщешь нового? Все те же кавалеры, те же барыни, les mêmes cancans et la même vanité {те же сплетни и та же суета (фр.).}. Хоть бы я была Бог знает какая умница,— из них ничего нового не выжмешь.

— Вы меня предупреждаете, Марья Михайловна. С вами беда. К этому-то пункту я и хотел прийти. Разнообразить надо впечатления и людей. Вы любите еще поплясать. И прекрасно. Выберите несколько самых блестящих домов с первыми мазуристами и вальсерами; но не ограничивайтесь этим.

— Куда же я еще пойду?

— Поискать — найдется. Ведь согласитесь, с самой умной женщиной вам все-таки наконец будет скучно.

— Конечно.

— Значит, надо искать мужчин. На балах вы блистаете, вы танцуете, вас крутит в вальсе корнет Вальденштубе. По этой части он отменный экземпляр. Но у всех истых танцоров la comprenette est un peu difficile {недостаток сообразительности (фр.).}, как говорят в Марселе. А в антрактах между танцами вы так устанете, что вам уж не до разговоров.

— Ах, как это правда!

— Чтобы дать себе значение и пользоваться как следует даже всеми этими танцорами, их нужно держать от себя на известном расстоянии. А то они нынче так ломаются с прелестнейшими женщинами, что даже гадко и смотреть.

— Ах, и то правда!

— Как же поставить себя в такое положение, чтоб корнеты Вальденштубе смотрели на вас снизу вверх? Очень просто. Нужно найти другие гостиные, где вы сначала, может быть, поскучаете, но потом будете окружены, что касается до мужчин, всем, что у нас только есть лучшего, comme lumières et jargon {и познаниями, и жаргоном (фр.).}. Есть такие дома, которые дают женщине хорошее положение в обществе. И если она сумеет подойти к их тону, особенно в торжественные дни, то ее положение определено и ей еще веселее и, может быть, еще удобнее будет срывать цветы удовольствия.

— Чтобы "овцы были целы и волки сыты"? — спросила я и рассмеялась.

— Всеконечно. Вы такая умница, что за вами не поспеваешь.

— Вы опять-таки правы, Василий Павлович. Когда я попадала на важные рауты, я чувствовала, что мы, молодые женщины, играем Бог знает какую роль! Все эти молокососы: разные дипломатики, лицеисты, так и приседают пред старухами.

— Вот видите. А ничего не стоит переделать все это. Вы знакомы с Вениаминовой?

— Кланяемся.

— Чего же лучше? Начните с ее дома.

— У-у! Это уж слишком великопостно... Вы там бываете?

— Бываю.

— Я подумаю.

Он ушел в одиннадцать часов. Право, он хороший человек; а как умен!

Была я у Вениаминовых. Сначала поехала с визитом. Что это за женщина? Я ее совсем не понимаю. Она ведь по рождению-то из очень высоких. Все родство в таких грандёрах, что рукой не достанешь! Сама она, во-первых, так одевается, что ее бы можно было принять за ключницу. Принимает в раззолоченной гостиной, как говорит Домбрович, а уж вовсе не подходит к такой обстановке.

Я ее всегда побаивалась. Она слишком резка. Она всем говорит в глаза невозможные вещи. Я даже не нахожу, чтоб ее резкости были умны. За это, может быть, ее и уважают. Разумеется, если б она не была урожденная светлейшая княжна Б., ее бы послали к черту на кулички.

Но ведь наш петербургский свет ползает не только перед Вениаминовой, но пред каждой дурой qui pose... {которая позирует (фр.).}

Что это я сегодня какая злая? Верно, на меня пахнуло великопостным благочестием. Не знаю. Может быть, я ничего не смыслю в людях. Но такие личности, как Вениаминова, или очень недалеки, или очень сухи. Про нее говорят, что она делает много добра. Ну, так она напускает на себя особый жанр. Я этого очень недолюбливаю.

Все равно, я послушалась Домбровича и обрекла себя...

Вениаминова принимала меня не в гостиной, а в кабинете. Как это смешно! Вижу: большой портрет в овальной золотой раме висит над письменным столом. Портрет очень хороший: лицо так и смотрит, как живой. Какой-то черноволосый барин, очень мрачный, с редкой бородой и глубокими глазами, сложивши руки на груди.

Вениаминова заметила, что я пристально поглядела на портрет.

— Вы его не знали? Ведь это Алексей Степанович. Беда! Опять этот Алексей Степанович!

Я скорчила пресерьезное лицо и кивнула головой.

— Похож,— полувопросительно выговорила я.

— Как две капли. Он такой был до самой смерти.

Хорошо, что я хоть это узнала: Алексея Степановича больше нет в живых.

Вениаминова верно считает меня литературной женщиной.

Она вдруг начала со мной говорить о русских журналах. Вот уж попала-то. Но какие она выражения употребляет, о-ой!

— Все, что теперь пишут, все это — навоз!

Так-таки и сказала: навоз. И не думала сконфузиться.

— Я вам, ma chère, вот что скажу,— заговорила она громко-прегромко, даже все жилки у нее на лбу налились,— Гоголь только и написал порядочного, что "Тараса Бульбу" да "Афанасия Иваныча с Пульхерией Ивановной". А потом все эти "Ревизоры" и "Мертвые души"... это позор... скажу больше: это может только враг отечества своего набрать столько грязи. Я сама ему это говорила в глаза, и он меня слушал!

Зачем это она мне все выпалила? Ничего я этого не знаю и проверить не могу: слушал ее Гоголь или не слушал? Но уж тон у нее, признаюсь... уже нельзя грубее. Где она выучилась так кричать? Я про нее слышала от кого-то, что она была держана ужасно строго. Мать их, светлейшая-то, держала ее и сестру ее до двадцати лет в коротких платьях. Этикет был как при дворе. И после такого воспитания она говорит: навоз!

C'est peut être sublime de simplicité, mais èa sent mauvais {Возможно, это в высшей степени простосердечно, но это дурно пахнет (фр.).}.

Я бесилась на самое себя, когда сидела у Вениаминовой. Что я там забыла? Зачем я лезу? Неужто из-за того только, что Домбровичу вздумалось присоветовать мне посещать дома, которые дают вам положение в свете? Отчего я никогда хорошенько не пораздумаю о том, что, может быть, в свете на меня смотрят как на выскочку. Я вошла в петербургский свет через мужа. У Николая очень хорошее родство, это правда. Но мне самой нужно почаще напоминать о себе, а то меня как раз и забудут.

Однако я не хотела, чтоб мой визит Вениаминовой пропал даром. Я сделала препостную физиономию и говорю ей:

— Я всегда так желала чаще видеться с вами, просить вас посвящать меня в ваши интересы.

— Приезжайте, ma chère, приезжайте. У меня всегда бывает кто-нибудь, по воскресеньям. Мещанский день. Только вам ведь будет скучно. Не говорят о тряпках!

Я нашла нужным немножко обидеться; но сказала весьма смиренно:

— C'est précisément pour èa que je sollicite votre indulgence! {Вот именно поэтому я прошу вас быть снисходительной ко мне! (фр.).}

— Без фраз, моя милая, без фраз. Вы мне нравитесь. С вашей красивой рожицей (она так и сказала: рожицей) вы могли бы быть олицетворенная пустота. А вы еще серьезнее других. Мне с вами нечего церемониться. Я всем говорю правду.

Это очень удобно: говорить правду! Не начать ли и мне

третировать всех, как мадам Вениаминова? Надо только помогать больше разным салопницам, чтоб про вас говорили: она святая, а потом и рубить направо и налево: "Вы пишете навоз, вы не так глупы, как я полагала, у вас недурная рожица и т. д. и т. д.!"

Я нахожу, что у Clémence, хотя ее maman, вероятно, и не была светлейшая княгиня, тон такой, что Вениаминова не годится к ней и в кухарки.

Пришло и воскресенье. Я поехала скрепя сердце. Вечером у Вениаминовой просто-напросто — смертельная тоска. Или, может быть, я так глупа, что не понимаю: в чем состоит высокий интерес этих вечеров?

Из барынь были какие-то три фрейлины, старые девы, в черном, птичьи носы. Говорят протяжно-протяжно и все только о разных кне-езь Григорьях... да о каких-то "католикосах"... Были еще две накрашенные старухи. Несколько девиц, самых золотушных. У Вениаминовой дочь, девушка лет пятнадцати. Они играли в колечко, кажется. Муж Вениаминовой точно фарфоровый, седой, очень глупый штатский генерал, как-то все приседает. Кричит не меньше жены. Все, что я могу сказать об этом вечере: подавали мерзейшие груши, точно репа.

У Вениаминовой: в ее гостях, в прислуге, в детях, в мебели, в особом запахе, который стоит по комнатам, во всем есть что-то тяжелое, подавляющее, что-то отзывающееся святошеством. Мало того, фальшиво все это! Уж по-моему, если в евангельской чистоте жить, так зачем собирать титулованных обезьян и предаваться, в сущности, такому же тщеславию, как все мы грешные, если еще не похуже?

Мужчин было очень мало. Я даже и не разглядела их хорошенько.

Домбрович приехал часом позднее меня. Я с ним села к окну и принялась пилить его:

— Ну, уж ваша Вениаминова!

— А что?

— Кухарка. Говорит грубости...

— Это ничего. Она бесподобная женщина. У нее, во всем Петербурге, только и есть такой aplomb...

— Поздравляю!

— Вы смиритесь,— укрощал меня Домбрович.— Если она будет с вами хороша, вы тогда разглядите ее ближе, она интереснейший субъект. Вы должны сразу помириться с ее манерой. Но в этом-то и заключается вся сласть. Поверьте мне: кто не бывал здесь в воскресенье, мужчина ли, барыня ли, тот, как бы вам это сказать... не имеет точки опоры.

— Je m'enbête tout de même! {Мне это тем не менее скучно! (фр.).} — капризничала я.

— Сразу нельзя же. Обтерпитесь. Вы посмотрите-ка вон на тех

трех траурных птиц. Не бегайте от них. Вступите с ними в благочестивую беседу. Чего-чего вы не наслушаетесь.

— Где же ваши хваленые мужчины? — спросила я.

— А вот вам первый.

Он встал и пошел навстречу к какому-то мужчине. Я взглянула: лицо знакомое.

— Я вам не представляю графа,— сказал мне Домбрович, подводя этого барина.

Этот граф приходится как-то родственником Вениаминовой. Он сочиняет разные романсы. Кажется, написал целую оперу. Он такого же роста, как Домбрович, только толще и неуклюжее его. Лицо у него красное, губастое, с бакенбардами и нахмуренными бровями. Словом, очень противный. С Домбровичем он на ты. Подсел ко мне, задрал ноги ужасно и начал болтать всякий вздор. Его jargon в том же роде, как у Домбровича, но только в десять раз грубее. Он как сострит, сейчас же и рассмеется сам. А мне совсем не было смешно.

Я его попросила спеть. Голоса у него никакого нет. Спел он какую-то французскую песенку, довольно-таки двусмысленную. В зале никого не было; а то бы оно совсем не подходило к великопостному бонтону и уксусным фрейлинам.

Одно утешение, что к Вениаминовой никакая выскочка уж не попадет. On s'ennuie, mais on s'ennuie honorablement! {Все скучают, но скучают по-благородному (фр.).}

Утешение небольшое. Мне кажется, впрочем, что Домбрович смеется и над Вениаминовой. У него не разберешь сразу. Он об ней говорит как-то странно. Сам он ездит в этот дом только затем, чтобы удовлетворить своему тщеславию.

Впрочем, я, может быть, к нему чересчур строга. Он вообще добрый малый.

Вениаминова представила меня одной из нарумяненных мартышек. Зачем она их собирает? По добрым делам, что ли?

— Как вам угодно,— сказала я Домбровичу,— а каждый вечер я сюда ездить не буду.

— Стерпится — слюбится,— подшучивал он.

Вениаминова к нему не то что с решпектом, а не так, как с нами, ни разу не сказала: навоз. Правда, Домбрович умеет с ней говорить. У него пропасть такту. С такой барынькой, как Вениаминова, не очень-то легко найти настоящий тон. К чести своей я скажу, что я не подделывалась ни к хозяйке, ни ко всей ее гостиной.

Вот посмотрю, поможет ли это мне срывать цветы удовольствия?

Я вспомнила: хотела бы знать, как Домбрович смотрит на замужество? Недурно было бы прочесть ему весь тот вздор, который я написала, вернувшись со спиритизма. Я уж с ним потолкую об этом. Наверно, он смотрит по-своему... У него так много оригинальности, об чем бы он ни говорил.

Как прохладительное,— вечер у Вениаминовой очень полезен. Неужели я буду ездить в эти великопостные сборища затем только, чтобы корнет Вальденштуб смотрел на меня снизу вверх?

Домбрович, уж конечно, не глупее меня. Стало быть, надо пока помолчать и подождать: что будет.

Утешительно!

6 января 186*
5-й час.— Пятница.

Была на пикнике. Ездила к Огюсту. Я ужасно люблю скорую езду; только мужчины достались нам в сани уж такие... неотесанные. Они скоро дойдут до того, что совсем перестанут с нами стесняться. По крайней мере, половина была навеселе. Бог знает что такое!!! Один кирасир какой-то сидел против меня в санях и все мне жал ноги. И что за нахальные рожи! Не следовало бы мне совсем ездить на этот пикник. Кататься я могла бы одна отправиться. Устраивал его Кучкин. Софи ко мне пристала. С тех пор как я ее увидала у него на коленях, мне ее и жалко, и противно. А нет характеру, чтоб держаться вдалеке от всей этой дряни. Фу! как я начинаю браниться! Не хуже Вениаминовой. Вот что значит поесть дряблых груш на великопостном вечере. От Софи я никуда не убегу. Мы с ней танцуем на одних вечерах. Да и чересчур глупо было бы исправлять ее. А где Софи, там и Кучкин.

На пикнике был как раз корнет фон-дер-Вальденштуббе.

Он — длинный-предлинный. По-французски говорит преуморительно. Как есть курляндский барон. Танцевать с ним очень удобно. Напрасно Домбрович беспокоился. Этот Вальденштуббе всегда питал ко мне великое уважение. Когда посадит на место, отвесит каждый раз низкий, пренизкий поклон. По части разговоров сей корнет больше мне все предлагает свои услуги в верховой езде.

Я осталась очень довольна уважением с его стороны; но другие офицерики... просто бы я их розгой! Софи хохочет, скалит свои зубы, а не видит того, что ее третируют, конечно, хуже чем Clémence...

Мальчишки эти все бегали в буфет, все раскраснелись от шампанского, а двое пустились канканировать.

Один недурно выделывал, хотя бы на Михайловском театре так. Я бы ничего против этого не сказала, если б это было в тесном кружке. А то этот пикник был какой-то сборный.

Двух барынь я совсем не знала... и вдруг канкан.

60

Уж мы дойдем все до того, что при нас мужчины будут драться на кулачках.

Я очень глупо сделала, что не дала знать как-нибудь Домбровичу об этом пикнике. Я уверена, что при нем было бы приличнее.

Да что в самом деле, разве я поступила к нему в обучение? Даже смешно. Мне кажется, я уж слишком восторгаюсь его умом. Говорила я с разным народом, с государственными лицами, и то не теряла своей амбиции.

9 января 186*
1-й час.— Понедельник.

Запишу поскорее мой разговор с ним, т. е. с Домбровичем. Эта тетрадь превращается в целый ряд разговоров с Василием Павлычем.

Он как там ни умен, а я коли к чему хочу его подвести, все-таки подведу.

Он у меня опять обедал. И опять это случилось, как говорится, невзначай. Впрочем, что же я оправдываюсь? Мне не пятнадцать лет. Могу принимать кого мне угодно.

У-у! какой он тонкий! В этот раз я, кажется, лучше понимаю его...

Он начал с того, что похвалил меня за Вениаминову.

— Я был у нее вчера. Она вами очень довольна. Говорит, что в вас есть много путного. А ведь угодить на Антонину Дмитриевну трудненько. Знаю, знаю, что вам было адски скучно в воскресенье. Разве я вас приглашаю смотреть на Вениаминову снизу вверх? Вовсе нет. Она — особа высокого полета по своему официальному положению, по связям; но мы с вами можем на нее преспокойно смотреть, как на простую, в сущности даже добрую кумушку.

— Кумушку! Ха, ха, ха! Это уж чересчур.

— Конечно... Отнимите у нее право и привычку... лаяться... (это слово не нарядно, зато как нельзя больше подходит к жаргону Антонины Дмитриевны), и что же останется? Ну, и останется кумушка. Чтобы извлекать из людей настоящую пользу, надо, всмотревшись в них пристально, отбросить обстановку и спросить себя: ну, что бы такое была хоть бы Антонина Дмитриевна где-нибудь на Галерной гавани женой сенатского регистратора, получающего двенадцать целковых в месяц? Она была бы сердитая, крикливая чиновница; подавала бы часто милостыню нищим, ходила бы ко всенощной, к заутрени и говорила бы точно таким языком, каким изъясняется она теперь в своем салоне. Попади мы с вами в гавань к такой чиновнице, согласитесь, что раскусить ее было бы вовсе не трудно. Мы сказали бы: задорная и

61

смешная кумушка. То же самое мы должны держать про себя и в гостиной m-me Veniaminoff!

Второй уже раз Домбрович смеялся так предо мной над двумя близкими знакомыми. Это меня немножко озадачило, почти возмутило.

— Василий Павлыч,— сказала я,— вы смотрите на ваших знакомых слишком уж практически. Если Вениаминова, на ваш взгляд, такая кумушка, как вы ее называете, значит, в ее гостиной вы... не откровенны...

— Добрая моя Марья Михайловна, да разве можно быть везде одним и тем же человеком? В моих словах нет никакого макиавеллизма. Неужели вы думаете, что если б я сегодня не расписал вам, что такое в сущности Вениаминова, вы сами не догадались бы об этом через неделю, особливо с вашим умом? Да тут и ума-то не нужно большого. Это бросается в глаза! Припомните, вы сами, у нее же в воскресенье, дали мне знать намеками: какая-де она кухарка. Ну-с, через неделю, много через две, вы на нее смотрели бы точь-в-точь как я и все-таки продолжали бы ездить.

— Не думаю.

— Наверно! Раз помирившись с тем, что Антонина Дмитриевна — кумушка такого именно калибра, вы продолжали бы знакомство не с ней, а с ее домом.

— Но в этом доме я не нахожу ничего занимательного...

— Не вошли во вкус, Марья Михайловна...

— Помилуйте, какие-то допотопные старые девы...

— Без этого нельзя-с. Это именно и дает положение в обществе. Да-с. Всякая четверть часа скуки у Антонины Дмитриевны отзовется сторицею. Потом, сказать ли вам правду... вы мало уважаете людей наших лет.

— Как же это так?

— Да вот хоть бы мой приятель, граф Александр Александрыч. Он имеет слабость сочинять романсы, ну, что ж? Это, конечно, большой грех. Но вы мало найдете у нас таких занимательных людей, как он. Могу вас уверить. Вам его надо бы к себе залучить. Он очень приятен в небольшом обществе.

— Виновата, я его не рассмотрела.

— Напрасно-с. Я знаю мало людей, в которых сохранилось бы столько жизни, как в приятеле моем, графе Александре Александрыче. Он остался буршем, студентом. Вы видите, он несколько неуклюж и всегда таким был. Это ему давало больший вес. Затем он знает женщин как нельзя лучше.

— Что же мне в этом за польза?

— Прямая польза, Марья Михайловна. Общество разных "нищих духом", если вы мне позволите так выразиться, притупляет инстинкт женщины, все ее качества. Только тот и может их вызывать, кто изучит женщину, как свои пять пальцев.

Я взглянула на него и подумала: "Ты, мой милый, тоже, кажется, употребил довольно времени на женщин. От этого ты такой и желтый!"

— Может быть, вы и правы,— выговорила я вслух.— Я лучше примолчу, как послушная ученица, и даю вам слово ездить к Вениаминовой через воскресенье. Чаще не могу, воля ваша.

Но не того мне хотелось от Домбровича на этот раз.

Я заговорила о петербургском спиритизме. Он начал мне рассказывать премилые анекдоты. Их у него должно быть несколько коробов набито. Я, когда говорю о спиритах, увлекаюсь, сержусь; а он шутит спокойно, как над детьми. Как бы мне хотелось добиться его тона. Я думаю даже, что этот тон очень бы шел к моему лицу и фигуре. Я бледная; а когда начинаю волноваться, лицо у меня пойдет все пятнами.

Я ему рассказала про некоторые мысли, которые я записала, вернувшись от спиритов. Вспомнила и Николая.

— Так как же вы насчет замужества-то? — спросил он подтрунивая.

— Уж я, право, не знаю. Мне кажется, что кто любил один раз, не может любить двадцать раз.

— Это все к вопросу не относится,— перебил он.— Отвечайте мне категорически, способны вы выйти еще раз замуж? Любовь тут пока ни при чем. Положим даже, что вы не особенно любили вашего первого мужа, это все равно.

— Ну, а если я вам не отвечу, Василий Павлыч, и попрошу, чтоб вы за меня решили?

Я покраснела от непривычки говорить по-русски, фраза вышла у меня очень глупая, точно будто я ему делала предложение.

Он не воспользовался моей глупостью, даже не улыбнулся. В таких случаях... il est sublime! {он великодушен! (фр.).}

— Вы опять скажете про меня, пожалуй, что я коварный Макиавелли. А я просто себе старичок, не потерявший чувства красоты. Взгляните вы на себя: вам каких-нибудь двадцать — двадцать два года, хороши вы, умница вы, каких у нас поискать, жизнь у вас в каждой жилке переливается. Так ли-с? И что главное: вы еще не жили, вы не наслаждались, вы прозябали, я вам это прямо говорю. Теперь, если вам надоест ваше вдовство, вы, пожалуй, скажете себе: выйду я замуж! Допускаю даже, что вам понравится тот "баловень судьбы", которого вы изберете. Но можно все прозакладывать, что из десяти претендентов на вашу руку, какое из десяти — из ста, один только будет искать вас самих, один только будет стоить вас, да и то вряд ли. И знаете отчего? Оттого, что жениховство, искание законной супруги с положением

63

в свете и богатством налагает на человека особую печать пошлости. Другого слова я не знаю! Изберете вы одного из претендентов, ну, первый год, может быть, вам будет казаться, что вы в эмпиреях (откуда он эти слова выдумывает!), но потом потянется опять та же самая канитель, какую вы и теперь имеете удовольствие проделывать, с прибавкою одуряющей тоски, неразлучной с замужеством.

— Ах, Боже мой, вы меня совсем уже запугали!

— Дайте мне кончить. Я не знавал вашего покойного мужа и не имею понятия, как прожили вы с ним.

— Целовалась и плясала,— подсказала я.

— Это еще самое лучшее. Но возьмите любую пару молодых супругов. Вот вам программа. Супруг, какой-нибудь гвардейский адъютант, отправляется утром в штаб и там пребывает до пятого часу. Жена поедет в гостиный, с визитами или просто одевается четыре часа, чтобы убить время. Супруг возвращается из штаба кислый, грубый, зевает, не может иногда дождаться обеда и ложится прикурнуть.

— Ah que c'est trouvé! {Ах, как это точно! (фр.).} — закричала я.

— Обедают вдвоем. Адъютант фыркает. Муж ведь всегда недоволен супом, во всех странах мира. Говорит он о производствах. Раза три заметит жене, что она скверно одета и что у нее нет никакого вкуса, и в то же самое время тычет ей в глаза лишний расход на туалет. Если уж существуют чада, эти чада капризничают, адъютант на них кричит, няньки вмешиваются в разговор, поднимается гвалт, жена в слезы, супруг стучит шпорами. Общее безобразие!

Я расхохоталась.

— Не выпуская изо рта папиросу, адъютант отправляется спать. Жена грызет апельсины и остается на кушетке с заплаканными глазами. Сначала она срывает свое сердце на детях и на мамке. Потом берет роман Гондрекура.

— Гондрекура! — вырвалось у меня.

— Да-с. Это самый послеобеденный сочинитель. Она дремлет. Из спальни раздается храп супруга. Второй взвод брачного безобразия! Храпит адъютант до восьми часов включительно. В девятом часу встает и является в дверях женина кабинета в развращенном виде, встрепанный, с измятой физией и бараньими глазами. Говорит он что-нибудь крайне глупое и, главное, грубое на тему женских капризов или объявит, что он хочет променять свою эгоистку. Жена начнет оппонировать. Адъютант ей отрежет, чтоб она в мужские дела не совалась. В девять часов супруг стремится в клуб и пребывает там до двух часов в полезном занятии, в спускании жениных денег в домино или в палки. Возвращается он уже на последнем взводе брачного безобразия, свирепый, пошлый, отвратительный. Кроме жены, его ни одна женщина не в состоянии бы подпустить к себе.

— Василий Павлыч! Разве это общая картина?

— Не совсем общая-с Такие супружества считают лучшими. Да скажите мне, Марья Михайловна, без утайки, разве вы завидуете хоть одной из тех замужних женщин, с которыми встречаетесь в свете?

— Елена Шамшин, например,— проговорилась я,— какие ужасы!

— А-а! вот видите. Я вам ни слова не упомянул о разных аксесуарах по части супружеской верности. Я взял почти образцового супруга. В клуб же русский женатый человек не ездить не может. Будьте благонадежны. Ну-с, из какой же благодати, смею спросить, наденете вы на себя хомут? Или из того только, чтоб "в закон вступить", как говорится в купеческом быту? Но вот тут-то самое настоящее безобразие и кроется. Вы видите, какой я спокойный человек; но когда я говорю об этом сюжете, я сам не свой. И верьте мне, во мне протестует вовсе не старый холостяк — ненавистник брака. Но для всего, что в наших женщинах есть красивого, поэтического, живого, даровитого, это, простите мне выражение, помойная яма, навоз, как изволит изъясняться Антонина Дмитриевна! Я уж вам говорил, что немцы нация кнотов. Отчего? А оттого, что у них женщины — кухарки. Больше ни от чего! Да еще заметьте, что эти кухарки все-таки в иную минуту, удаляясь со своим супругом in's Grüne {на природу (нем.).}, могут превратиться в Германа и Доротею. А ведь наши барыни теряют в браке все. Если же они продолжают ездить в свет, продолжают нравиться, блистать, то, поверьте, они живут со своими мужьями только для блезиру (вот еще слово!), для видимости. Им нужно было положение в обществе. Такие супружества я еще допускаю. Если общественного положения нельзя иначе добиться — рассуждать тут нечего. Но вы? У вас оно есть. Вы свободны как ветер, и вам желательно приобрести адъютанта? Какой ужас! Материнские чувства — скажете вы. Но если я не ошибаюсь, у вас есть дети?

— Есть.

— Сколько?

— Один сын.

— Вам мало его писку? Вы желаете еще полдюжины?

— Нет, нет, Василий Павлыч, и с ним не знаю что делать.

— Вот видите. Если вы хотите сделаться примерной матерью и воспитывать его по образцовой какой-нибудь системе, так всей вашей жизни не хватит приготовиться к этой задаче.

— Я уж об этом думала... Но вы обо мне, собственно, забудьте, Василий Павлыч. Выйду я или не выйду еще раз — это для других не указ. Вообще вы меня ужасно удивляете вашим взглядом...

Говорят, вот эти нигилисты совсем не признают брака. Вы над ними смеетесь, рассказываете, что они Бог знает какой народ; а ведь вы рассуждаете не лучше их...

Домбрович, видно, не ожидал, как я его поймаю. Второй раз я его ловила. Он даже немножко покраснел.

— Какая вы прыткая, Марья Михайловна (он начал сладким голосом). Вы мне не дали досказать. Восстают нигилисты против брака или нет, я и знать не хочу, да-с. Я уж вам доказывал, что всем этим народом не занимаюсь. Разве вы думаете, что я пойду куда-нибудь на площадь или залезу на кафедру и давай кричать: "Брака нет и быть не может. Будемте жить как на Сандвичевых островах, или как спартанцы, что ли!" Такой глупости я не могу себе позволить. Брак — дело неизбежное. Мужику нужно жениться, купцу нужно жениться. Всякому, кто желает зреть себя в потомстве, нужно жениться! Но вот вам пример. Вся матушка Русь ест черный хлеб. Вещь необходимая, декламировать против нее глупо; доказывать же, что ломоть ржаного хлеба вкуснее какого-нибудь vol au vent à la financière {слоеного пирога (фр.).}, будет великое безумие! Есть жизнь будничная, буржуазная, пошлая; но совершенно законная и добродетельная. Есть жизнь молодости, красоты, страсти, поэзии. Если бы каждый законный брак Афанасия Иваныча с Пульхерией Ивановной был в то же время так же прекрасен, как любовь Петрарки и Лауры, я бы ни слова не сказал. Но этого нет, и в этом обществе, где мы с вами болтаемся (он так и сказал: болтаемся), вряд ли когда будет оно возможно. Как артист, как друг красоты и защитник ее, я в принципе не могу стоять за брак, потому что вижу в нем, как уже имел честь вам доложить, грязную яму, куда проваливаются все прекраснейшие инстинкты наших женщин.

— И вы бы так стали говорить у Вениаминовой? — спросила я его.

— Ха, ха, ха! Что вы, Марья Михайловна. Разве я Доброзраков?

— Значит, вы будете кривить душой?

— Опять вы меня в Макиавелли пожаловали. Вовсе нет. Антонина Дмитриевна тем только и занимается, что нашивает приданое какой-нибудь унтер-офицерской дочери Мавре Беспаловой или приютской сироте Авдотье Вахрамеевой — это все в порядке вещей. Говорить с ней о том, о чем я с вами теперь говорю,— значит только вызывать ее на разные изящные выражения, вы сами знаете...

Я разгорелась.

— Стало быть, Василий Павлович, у вас для каждого человека особая... философия?

— Опять-таки не так, Марья Михайловна. Моя философия остается одна и та же. Основ я не разрушаю. Ни семейства, ни общества не могут обойтись без того, чтоб не пели им "Исайя, ликуй". Но я повторю еще раз и буду вам тысячу раз повторять, что есть такие условия, в которых замужество для женщины есть величайшее из всех безобразий.

— И в этих условиях нахожусь между прочим и я?

— Всеконечно-с.

Мы на несколько секунд примолкли. Что-то неловкое проскользнуло между нами.

Домбрович встал и прошелся взад и вперед по комнате, чего не делал ни разу прежде.

Когда он опять сел против меня, его постоянная полуулыбка и спокойная физиономия значились на лице.

— Вот видите, какая вы, Марья Михайловна,— заговорил он, грозя мне пальцем.— Я был с вами как малое дитя, высказал без всякой утайки мой, как вы называете, нигилистический взгляд; а вы сейчас меня на очную ставку с Антониной Дмитриевной. Не хорошо-с.

Он это мило сказал.

— Это правда,— подделалась я к его тону,— каждый имеет свой for intérieur {внутренний мир (фр.).}.

— Изволили прекрасно выразиться! Их не каждому говоришь; но если б люди умели поумнее мирить эти тайные мысли с требованиями общества, они были бы тогда, Марья Михайловна, "кротки как агнцы и мудры как змеи".

Мне было и досадно, и приятно, что Домбрович выпутался. Но я не хотела уже сводить опять разговора на самое себя. В самом деле, точно навязываться ему. Он это понял и заговорил о другом.

— Если вы ничего не пишете, Василий Павлович,— сказала я ему между прочим,— что же вы делаете по утрам?

— Так, болтаюсь, проваживаю себя. Хожу в Эрмитаж. Перелистываю классические сочинения...

— Этого, как вы называли, Куглера?

— Да-с, без него не могу продышать ни единого дня.

— Вы пробудете в Петербурге всю зиму?

— Да-с, грешным делом, проблагодушествую (у него все какие-то особенные слова); а к весне хотелось бы проветриться немножко, погулять по старушке Европе. Только оскудели уж мы нынче очень. Разве написать на старости лет какую-нибудь молодую, горячую вещь, поторговаться хорошенько, и на пачку кредитных билетов отправиться туда, "куда летит листок лавровый".

— Вы бы, разумеется, в Париж?

— Вот уж не отгадали-то, Марья Михайловна. Что мне в Париже? Какая сласть? Для меня весь Париж в двух зданиях: Лувр да Musée de Cluny. Самого города я терпеть не могу!

— А вот мой родственник, также сочинитель, третий год живет там... чему-то все учится... Вы его, может быть, знаете...

— Кто такое-с? — спросил Домбрович с гримасой.

— Лабазин.

— Да,— протянул Домбрович,— видал. Он, кажется, тоже немножко из Доброзраковых?

— Нет. Степа мой — славный мальчик.

— Не имею удовольствия знать его личных свойств...

— И не читали ничего из его повестей?

— Знаете, Марья Михайловна (он принял свой обыкновенный насмешливый тон), есть такие книжки... Соберется целое семейство, "во едину от суббот", начнет кто-нибудь читать вслух чувствительную повесть про Адольфа и Амалию; мужья захрапят, с барынями нервическая зевота, собачонки завоют...

Я не выдержала и рассмеялась, хоть мне и было неприятно за Степу.

— Ваш родственник, может быть, милейший малый... я даже не сомневаюсь... Впрочем, я хорошенько не помню, читал ли я что-нибудь?..

У него вдруг сделалось пренеприятное лицо, когда он говорил о Степе. Мне самой стало противно. Я хоть и мало знаю, что Степа написал, но мне бы следовало постоять за него. У Домбровича есть особенный талант представить вам вещь в таком смешном виде, что вы сейчас же переходите на его сторону. Через несколько секунд мне уже сделалось совестно и досадно на себя, зачем я заговорила о Степе. Я точно застыдилась, что у меня есть родственник, который пишет скучные вещи.

Впрочем, из чего же Домбровичу особенно злобствовать на Степу? Он говорит же, что мало его встречал. Значит, у них никаких неприятностей не могло быть. Домбрович все-таки знаменитость, ou à peu près {вроде того (фр.).}, а Степа — ничего, начинающий, хотя ему уж и под тридцать лет, кажется. Стало быть, Домбровичу нельзя не поверить... Ему бы не следовало, впрочем, смеяться над Степою у меня в доме... Но в сущности, что же тут дурного? Это — откровенно. Он считает меня умною женщиною. Тем лучше. Да и насмешки его не такие уж язвительные. Он добрый малый, право. Нельзя же ему снимать шапку пред всеми этими мальчиками. Это я понимаю: il faut une certaine hiérarchie dans la république des lettres {необходима некая иерархия среди ученого сословия (фр.).}. Как мой Николай говорил: "Чин чина почитай".

Домбрович удалился, точно недовольный чем-то. Я ему дружески протянула руку. Он ее крепко пожал.

— Натура у вас богатая, Марья Михайловна; но вы еще блуждаете. Il faut se fixer... {Надо на чем-то остановиться... (фр.).}

— Но как? — спросила я,— законным браком вы не позволяете...

— Ни-ни!

— Я уж, право, не знаю тогда...

— Погодите, не сразу...

Как он улыбнулся, говоря это... У-у! c'est le diable qui prêche la morale! {это дьявол, проповедующий мораль! (фр.).} Я еще не могу хорошенько распутать всего, что он сегодня говорил.

Одно ясно: Домбрович не желает видеть меня замужем. По правде-то сказать, я и сама не желаю того. Я ему благодарна: он опять-таки объяснил мне мои собственные чувства. Видно, не такая же я дура! Умнейший человек держится моего взгляда. Т. е. не то, чтобы совсем... я вообще о браке так не думала прежде... не дерзала думать... но лично на себе я очень хорошо чувствовала, что замужество будет для меня глупой и, как выражается Домбрович, пошлой обузой. Как он славно нарисовал картину супружеского счастья. Прелесть! Если б мой Николай остался жив, я уверена, что мы с ним жили бы точь-в-точь, как рассказывал Домбрович: скука, перебранки, взаимные грубости, четверо детей, писк, визг; Николай пристрастился бы к картам, а может быть, и завел бы себе француженку, как муж Елены Шамшин. Если б я также не завела себе любовника, то сделалась бы пухлой, нервной бабой. А там уж один конец: ханжество или ералаш и стуколка...

Когда подумаешь об этом: ясно, как Божий день.

Но ведь все это прекрасно в теории. А на практике? Мне всего двадцать два года...

Мой Зильберглянц то и дело говорит:

— Ebousez, madame... il vous vant un éboux... {Выходите замуж, мадам... вам нужен супруг... (искаж. фр.).}

Значит, как ни вертись, а все стоит этот éboux {супруг (фр.).} в перспективе.

Я не знаю, очень ли много у нас барынь... делают шалости? Но кое про кого положительно знаю. И никто ведь этим серьезно не шокируется... Все шито-крыто. А по-моему, как нельзя больше открыто. И у всех этих барынь — муж. Я же человек свободный...

Посмотрим на вопрос с другой точки зрения. Мой Николай оставил мне имение пожизненно. Выдь я замуж, можно наверно сказать, угожу за какого-нибудь мальчугана, моих лет или немножко старше. У всех вдов один и тот же норов (как, однако, я начинаю по-русски-то писать). Этот супруг лет через десять будет еще кровь с молоком; а я старая баба. Вернее смерти, что он меня приберет к рукам. От него пойдут дети. Этих детей я буду больше любить, чем Володьку. И по крайней мере, половину Николаева состояния ухлопала бы на второго мужа и на его детей. Вот вам и картина! Другими словами: я наделаю разных гадостей, ограблю

Володьку и Николая. А он имел ко мне такое безграничное доверие...

Из-за чего же? — повторю я вопрос Домбровича. Из-за того только, чтоб у меня был éboux, корнет фон дер Вальденштуббе, двенадцати вершков росту и два аршина в плечах...

Мало того. Я рискую потерять или испортить мое положение в обществе. Тогда уж не одна я устрою себе это положение, а по крайней мере наполовину муж. Я могу восхититься цветом лица какого-нибудь офицерика и сделаюсь полковой дамой. Или буду таскать за собой мужа, как лишнюю мебель, хлопотать об нем, выпрашивать должности, тянуть его за уши в флигель-адъютанты; приятное занятие!

Да, все это глупо.

Неужели мы с Домбровичем будем продолжать такие философические разговоры? Вот уже третья неделя, как в моей тетради больше почти ничего нет. Ну что ж такое. Он меня учит уму-разуму. Он мне глаза открывает...

Ну, а когда не о чем будет больше говорить? Ведь настает всегда такая минута. Что ж мы будем с ним делать? Я ведь могу к нему привыкнуть. Он все повторяет: я старик, я старик. Вовсе он не так стар, да о летах мужчины сейчас и забываешь. Привлекает собственно ум. Вкусивши сладкого, горького не захочешь. После Домбровича не пойду же я хихикать с Кучкиным. Предоставляю это удовольствие Софи...

Ах! Не нужно мне никогда ни о чем рассуждать. Пишешь, пишешь и допишешься до того, что самой совестно сделается.

Я уж и так сегодня провралась. Домбрович имел полнейшее право подумать, что я ему висну на шею.

Брошу я мой глупый дневник. Оттого у меня и голова болит, что я поздно встаю. Тушу свечку в пятом часу. Что я, печатать, что ли хочу свой собственный роман? Тут и романа-то никакого нет.

Начала я записывать в эту тетрадку от смертельной скуки. Ну, а теперь мне вовсе не так скучно. Вечера у меня заняты, днем я еле-еле успеваю кончить туалет к визитам. Глупая сентиментальность. Вот мне что еще забрело в голову; опять-таки насчет законного брака.

Чуть только какая-нибудь женщина, вдова или девушка, делается совершенно свободной, ну и заблудили. Вот в истории: разные королевы, императрицы... Разве непременно уж все они, по натуре своей, были такие сладострастные? А ни одна не устояла.

Ведь это что-нибудь да значит. И милее всего: не только при их жизни, но и потом хвалят их ум, говорят о их добрых делах и прощают им разные грешки. Значит, их добродетель — дело второстепенное.

Да, но ведь то исторические женщины, а не мы грешные. Нас

что же может оправдать? Какие такие дела? Мы умеем только проживать крестьянские деньги...

Стало быть, королевы и императрицы нам не указ.

И зачем я все это придумываю? Мне еще пока, слава Богу, оправдываться не в чем. Неужели я наперед выгораживаю себя? На всякий случай...

Чего же мне не хватает теперь? Боже мой! Все того же. Le néant me tue! {Тщета меня убивает! (фр.).}

Убежать бы мне отсюда за границу, что ли, или запереться в деревне, взять с собой первого дурака какого-нибудь: Кучкина, Поля Поганцева или трехаршинного корнета, мальчишку, розовую куклу, влюбиться в него до безумия, до безобразия, как говорит Домбрович, сделаться его крепостной девкой, да, рабой, кухаркой, прачкой, стоять перед ним на коленях, целовать его руки! Пускай он меня бьет, напивается пьян, проигрывает мои деньги, третирует меня, как самую последнюю судомойку! И я забудусь, я умру для всего в мире? Не нужно мне будет ни света, ни выездов, ни Домбровичей, ни философических разговоров! Я превращусь в собаку, буду целый день смотреть в глаза румяного болвана и в моем обожании превращусь в животное, да, в животное! Вот — идеал! Вот чего мне нужно, чем я не жила, без чего я зарежусь! И нет такой женщины, которая бы когда-нибудь не желала того же самого! Не рассуждать мы должны, а лизать руки и издыхать в собачьей привязанности.

En dehors de èa, tout est mort, tout est mensonge et crapule! {А все, что вне этого,— все смерть, ложь и беспутство! (фр.).}

Что я, с ума, что ли, сошла?.. Надо мне потереть виски одеколоном...

КНИГА ВТОРАЯ

Я сама себе не верю... Но это так!..

Проплакала я всю ночь. Теперь будет. Ничего уже воротить нельзя.

Целую неделю я плясала. Опротивели мне танцы до гадости... Я почти не на шутку собралась в Москву, к тетке. Домбровича все эти дни я не встречала. Тут я почувствовала, что мне от того именно так скучно, что я его не вижу. Три дня я никуда не выходила. Сидела или лежала на кушетке, ничего не читала, ничего даже не записывала...

Какие ужасы приходили мне в голову!

Я не знала, где живет Домбрович. Написать нельзя было. На третий день я послала Семена узнать о его квартире в адресный стол. Адрес я достала; но написать все-таки не решилась. Придумывала так и этак: устроить вечер или позвать кого-нибудь обедать. Нет! все эти мартышки так мне опротивели... Я не имела никакого желания созывать их; а приглашать Домбровича одного было бы просто rendez-vous {свидание (фр.).}.

Ариша увидела, кажется, что я всплакнула, и начала ко мне приставать, чтоб я прошлась хоть немножко пешком. У нее это пункт помешательства!

Такая на меня напала слабость, что я еле-еле тащилась. Пешком я знаю одну дорогу: к Невскому. Я опять пошла по стороне Гостиного двора и дальше, через Аничков мост, до Владимирской. Не знаю уж, думала ли я о Домбровиче и об нашей встрече две недели назад.

Я просто вскрикнула! На углу Владимирской он стоял и пережидал, как проедут несколько извощиков, чтоб перейти на ту сторону Невского.

Меня он заметил тотчас же, очень скоро подошел и протянул обе руки:

— Марья Михайловна! что с вами? Как вы бледны!

Я ему ничего не ответила. Такая со мной сделалась слабость, что я его также схватила обеими руками.

Кажется, у меня закружилась даже голова.

— А я прихворнул,— послышалось мне.— Сегодня первый день вышел...

Я поглядела на него. Такой он мне показался сморщенный, старый, гадкий...

— То-то я вас нигде не встречала,— проговорила я, кажется...

Все это у меня теперь в тумане... Я хорошенько не помню своих слов...

— Да вы как смерть бледны,— сказывал Домбрович.— У вас руки дрожат...

— Да, я очень устала.

Он взял меня под руку и повел по Литейной. Он хотел верно взять карету. Там стояло несколько извощичьих карет вдоль тротуара. Я двигалась как кукла, еле переставляя ноги. Но я все-таки не хотела садиться в карету и ехать домой.

— Это ничего,— сказала я ему,— пройдемте дальше.

Он меня, кажется, уговаривал не храбриться. Не знаю, что уж меня толкало вперед...

Тротуар был очень скользкий, покрытый грязным льдом. Каретные извощики льют на него воду. Это я помню. Я сказала Домбровичу: перейдемте улицу. Это было против какой-то больницы. На углу у меня опять закружилась голова. Если б Домбрович меня не обхватил за талию, я бы упала. Как отвратительно, когда голова совсем замирает...

— Да вы никуда не годитесь,— пошутил он.

— Идемте, идемте...

— Послушайте, Марья Михайловна,— перебил Домбрович серьезным голосом,— с вами может сделаться обморок, сейчас же. Вам нужно отдохнуть. Зайдите ко мне. Я живу здесь в Итальянской, в двух шагах. Вот тот дом...

Я выслушала и нисколько не удивилась такому предложению. Мне в самом деле было очень плохо...

— Пожалуй...

Мы молча пошли.

Надо было перейти улицу. Я больше тащилась, чем шла. С подъезда мы поднялись во второй этаж. Когда я очутилась на площадке перед дверью, у меня вдруг прошла моя слабость. Мне сделалось неловко, совестно. Хоть назад бежать! Но человек отпер дверь, и мы вошли. В комнатах было очень натоплено. Вся кровь бросилась мне сейчас в голову.

Не снимая пальто, я прошла прямо в его кабинет. Тут я просто упала на диван. Он засуетился, принес одеколону, воды, помог мне снять с себя башлык, пальто и платок, которым я была внутри укутана.

Через несколько минут мне уже было совсем хорошо. Головокружение прошло, в виски не било, осталась только какая-то пустота под ложечкой. Я вспомнила, что с утра я ничего не ела. Чай мне давно опротивел, а позавтракать позабыла... Это меня заставило улыбнуться.

— Вы знаете что, Василий Павлыч?

— Что-с? — спросил он в беспокойстве.— Вам угодно, может быть, прилечь?

— Совсем нет. Я теперь вижу, отчего мне сделалось дурно.

— Отчего?

— От голоду.

— Как от голоду?

— Да так. Я ничего с утра не ела и прошла пешком с Английского проспекта. Очень просто...

— Ну, так мы вас накормим. Pardon, я сейчас распоряжусь...

Он ушел. Тут я только осмотрелась, где я. В комнате было уютно. Я себя хорошо чувствовала и совсем забыла, что я среди белого дня, в квартире у холостого человека, одна... Осмотрелась я по сторонам. Кабинет был большой. Я с любопытством начала все разглядывать, как маленькая девочка. Сочинительский кабинет! Для меня вещь совершенно новая... Мебель самая простая, обитая зеленым сафьяном. На столе бумаг совсем нет, точно будто он ничего не пишет. Небольшой шкапчик с книгами. Одна стена покрыта портретами в ореховых рамках. Это все русские сочинители. Тут и Тургенев, и разные народы. Неказисты! По другим стенам много картин, des bibelots {безделушки (фр.).}, гипсовые снимки, des nudités {обнаженные фигуры (фр.).}... эскизы, точно квартира художника... В комнате стоял запах сигары, довольно, впрочем, приятный. Я поднялась и сделала несколько шагов. Дрожь в ногах прошла.

Домбрович, вернувшись, усадил меня опять на диван. Лицо у него стало другое. Он улыбался во весь рот и все протягивал мне руки.

— Вот что значит судьба-то, Марья Михайловна. Не подвернись я, вы бы упали на Невском.

— Одно другого стоит,— ответила я.— Я не упала, но попала к вам.

— Pas de calembours, madame! {Без каламбуров, мадам! (фр.).} А вы уж разве испугались?

— Кого? Вас? Нет; но согласитесь, Антонина Дмитриевна не погладила бы меня по головке, если б узнала, что я стала такая эмансипированная женщина.

— Помилуйте, да кто же я такой, в настоящую минуту? Я сестра милосердия. Узрел я вас страждущую и протянул руку помощи. Это совершенно в духе Вениаминовой! Я потребую даже звания почетного члена в ее благотворительном обществе.

Мне понравилось, что он у себя дома и в таком неожиданном случае держался просто, без лишней чопорности, с большим тактом...

Лакей подал холодный завтрак.

Я осталась на диване. Завтрак был сервирован на маленьком столике. Домбрович сел против меня. Ела я, точно целую неделю голодала. Какие-то вкусные вещи были. Домбрович тоже прикусил и болтал, как за язык повешенный. Никогда еще он не был так мил.

Человек принес бутылку шампанского.

— Это зачем? — спросила я.

— Спрыснуть дорогое посещение. Оно будет первым и последним,— проговорил он и очень смешно вздохнул.

— Устройте литературный вечер,— начала я подшучивать,— пригласите Плавикову, разных иерихонцев, г. Гелиотропова. И я приду.

— Parole?

— Parole! {Честное слово? — Честное слово! (фр.).}

Мы ударили по рукам. Я вдруг раздурачилась, не знаю уж с чего. Я выпила полстакана шампанского, но не оно на меня подействовало. Николай, бывало, поил меня шампанским и говорил, что я могу много выпить.

Завтрак убрали. Я разрешила Домбровичу сигару и даже сама закурила папиросу. Мне было очень приятно. Какая-то особая, подмывающая веселость овладела мной. Я не глядела на лицо Домбровича. Я только слушала его голос. Голос у него самая симпатичная вещь во всей его особе. Все, что в умном и бывалом человеке есть вкусного,— все это собралось как раз именно тут. Наша болтовня переливалась без перерыва. Я чувствовала, что мне шестнадцать лет. Появился какой-то зуд в руках и ногах. Я бы пошла одна прыгать по комнате.

Мне вдруг представилось, что я молодая девочка, гризетка, швея какая-нибудь из Малой Морской, что я работаю целый день и урвалась на два часа, прибежала к человеку, который меня любит и ждет... И так мне стало смешно вспомнить, что я светская женщина, что разные сановники говорят со мной даже о вопросах, что я езжу к Вениаминовой, что я в известном кругу играю важную роль. В этом кабинете было так хорошо, тепло, весело, свободно, так умно... Я жила, я смеялась, я пила и ела, я не задавала себе ни одного из тех глупых règles de conduite {правил поведения (фр.).}, о которых нужно на каждом шагу помнить не только в гостиной Антонины Дмитриевны, но даже на jours fixes у Софи...

Да, да, я совсем замечталась. Я почти не слушала, что рассказывал Домбрович. Он очутился около меня на диване.

— Марья Михайловна,— сказал он, взявши меня за руку.— На вас жалость смотреть. Такая вы умница, такая вы красивая, а не знаете, что из себя сделать? Вы и не предполагаете, сколько в вас античной красоты, да-с. Посмотрите-ка вон на образцы божественных голов и торсов... ведь вас природа с них лепила, право!

— Какие глупости!

— Не извольте капризничать. Можно быть красавицей,

слышать про свою красоту и все-таки не знать, какая она? Только мы, старики, видим это...

— Старики,— повторила я машинально.

— Да, старики. А жить умеем лучше молодых. Потому-то мне и жалко глядеть на вас.

— Не глядите,— нахмурила брови и, откинувшись на кушетке, левой рукой как бы оттолкнула его.

Он схватил эту руку и начал ее целовать часто, часто... Я оторвала руку. Он подсел еще ближе и сказал мне:

— Шалунья!

Я совсем невзвиделась, как он уже обхватил меня обеими руками и крепко целовал в губы...

Я не знаю, что со мной сделалось. Голова совсем закружилась. Я имела, однако, силы рвануться всем телом. Он еще крепче стиснул меня и целовал шею, плечи, глаза...

Мне не пред кем ни оправдываться, ни стыдиться. Я защищалась, как могла. Правда, можно было кричать; но я себя не помнила. Это был припадок сначала нервной веселости, потом изнеможения. Он это видел, он это знал лучше меня...

Нет таких слов высказать, что чувствует женщина, когда с ней поступят как с вещью! Кто дал нам такую проклятую натуру? И это делается среди белого дня... Тонкий, цивилизованный человек поступает с вами как с падшею женщиною.

Когда я очнулась, если бы тут был ножик, если бы тут было что-нибудь, я бы зарезалась, удавилась. Я как была на кушетке, так и замерла. Этакого ужаса, этакого омерзения я и вообразить себе не могла! Господь Бог приготовил нам особые приятности! Мне кажется, если бы рыдания не хлынули целой волной, я бы задохнулась. Но чем сильнее я плакала, тем ядовитее, тем горче делался мой позор... Все обиды, какие только злодей может выдумать, ничего в сравнении с этой... И как легко обойтись с женщиной galamment {галантно (фр.).}! Просто выбрать получше минуту, схватить ее покрепче и "сорвать цветы удовольствия". О-о! теперь я понимаю, что значит эта адская фраза. Вот они, эти умники. Вот как они обижают красоту!.. Батюшки мои! Что бы мне такое совершить с этим мерзавцем?..

Ревела я полчаса, по крайней мере. В горле сделались у меня спазмы. Я дотащилась до стола и упала на него головой.

Послышались шаги. Я откинулась назад. Вся ярость во мне вскипела.

Домбрович стоял со стаканом воды, спокойный, с усмешкой, опустив немного глаза.

Я сделала движение вперед, чтобы кинуться на него, и не могла. Отчего — я не знаю, но я не могла... Он взял меня за руку, другой рукой подал стакан и тихо выговорил:

— Простите, прошлого ие воротишь. Кто этому виноват?.. будьте справедливы...

Он и просил прощения, и взваливал вину на меня. Что за человек! Эта нахальная фраза вышла у него очень просто, скромно, жалостливо, и, вместе с тем, я чувствовала, что он говорит мне как старший. Точно делал мне выговор!

Я опустилась на кресло. Столбняк нашел на меня. Глотала я воду и смотрела в стакан, точь-в-точь, как бывало, maman рассердится, накажет, и сидишь в углу после рева; а нянька Настасья сует в карман винную ягоду.

И какой ужас! Я должна признаться (ведь пред собой нечего лгать), мне как будто сделалось хорошо. Опять-таки в детстве часто я испытывала это чувство. Когда, бывало, очень вас кто-нибудь разобидит, наплачешься всласть, или нашалишь и боишься, что вот-вот поймают, или расчувствуешься с maman, с няней, с гувернанткой, или просто рассказывают тебе что-нибудь: сказку, страшную историю.

И во всем теле чувствуешь щекотание какое-то, мурашки, легкую дрожь... Всегда мне было приятно это чувство. Но не ужас ли? Я испытывала то же самое... И в какую минуту? — когда мне нужно было кинуться на него, задушить его, плюнуть ему в лицо, надавать ему пощечин!.. Que sais-je! {Не знаю, что еще! (фр.).}

Говорить я уж ничего не могла, да и что ж тут сказать? Разразиться бранью! Это было бы милее всего. Я подошла к дивану, надела платок, пальто, башлык.

— Карету,— приказала я.

Он вышел. Я, совсем одетая, села на кушетку... Будь у меня сила, я бы, кажется, изорвала в куски весь сафьян. Он хорошо сделал, что не вернулся сейчас же. Я сунула руки в муфту и опять замерла. Сидела я в такой позе, как дожидаются на железных дорогах; или когда, бывало, у нас кто-нибудь уезжает: все соберутся, сядут вдоль стен, молчат и ждут...

— Карета готова,— раздался его голос в дверях.

С лестницы я сошла очень твердо.

Мерзкая, мерзкая! И никто-то меня не пожалеет!

"Поделом, скажут, поделом!"

21 января 186*
Поздно.— Суббота.

Сегодня я встала рано, очень рано, в восемь часов. Плакать я уж больше не плакала. Давно я не пила чая с таким аппетитом...

Спокойствие какое-то нашло на меня. Я не хотела думать о вчерашнем. Но ведь нужно же что-нибудь сделать.

Я написала Домбровичу:

77

"Одного я от вас требую: не встречаться со мною в тех домах, где я бываю; по крайней мере, не подходить ко мне. Знайте, что вы сделали преступление! Вы можете, впрочем, упасть еще ниже в глазах моих, если вздумаете как-нибудь воспользоваться им".

Я послала письмо по городской почте.

Истерики больше уж не являлось. Заехал Зильберглянц и остался очень мной доволен. Я ходила по комнатам, садилась, ела и пила, толковала с миссис Флебс, с Аришей и все с каким-то деревянным спокойствием.

Пред обедом я каталась на коньках. Все находили, что я сделала большие успехи.

Раскатываясь по льду, я ни о чем не думала и всем, кажется, улыбалась. Домбрович точно совсем вылетел из моей памяти. Может быть, так именно и чувствуешь сильную злобу.

Впрочем, я не знаю: презираю ли я этого человека больше, чем ненавижу?

23 января 186*
Перед обедом.— Понедельник.

Был третий час. Я собралась ехать на Английскую набережную. Семен пошел надевать ливрею. Раздался звонок. Я в это время стояла в гостиной прямо против двери в переднюю. Ариша побежала за Семеном. Не знаю почему, только я не отошла от двери. Кто-то вошел и спросил тихо: дома? Я села на диван: сказать Семену, чтоб не принимать, было уже поздно. Почему-то я не обернулась и даже не подняла головы. Позади, по ковру, послышались тихие шаги. Я подумала: "Глупый Семен, пускает без доклада".

Не поверила я своим глазам: передо мной стоял Домбрович.

Мне точно стянуло что губы. Сижу и смотрю на него во все глаза. Покраснеть я не покраснела.

Он без моего приглашения сел. Я не могла рассмотреть, какое у него выражение в глазах: их скрывал pince-nez.

— Марья Михайловна,— начал он так спокойно, что вся моя злость против него вернулась в одну минуту,— я пришел возвратить вам записочку, которую получил вчера. Послать ее назад по почте же, без письменного объяснения, было бы нехорошо. Я рассудил сам принести... Когда вы успокоитесь, вы будете, конечно, мне благодарны. Никогда не нужно оставлять в руках мужчины каких бы то ни было бумажек.

Это было просто убийственно!

Я все-таки на него глядела, почти выпуча глаза: так мне это казалось дико.

— Возьмите,— продолжал он, подавая мне мою записку.—

78

Какие вы строгие! (он при этом улыбнулся). Вы называете преступлением то, в чем я совсем не виноват...

— Monsieur! — вскрикнула я, почти задыхаясь.

— Позвольте, Марья Михайловна, хотя бы я был Бог знает какой злодей, женщина, по доброте сердечной, не должна злобствовать. Дайте объяснить: вся беда в том, что я в некотором роде "старый хрыч". Вместо того, чтобы резонировать с вами о разных умных вещах, я почувствовал в себе слишком много молодости...

Нахальство дальше пойти уж не могло. Я просто, как говорится, присела и ждала: что-то будет еще?

— Я должен был бы, конечно, бить себя в грудь, посыпать главу пеплом, стать пред вами на колени... Все эти кукольные комедии уже мне не по летам. Вы не извольте уничтожать меня вашими презрительными взглядами; а послушайте лучше, что я вам скажу. Вы прелестнейшая женщина в Петербурге. Я — un pauvre diable de vieux garèon {бедный старый холостяк (фр.).}: больше ничего. Контраст, действительно, резкий! Но в контрастах-то и все дело, Марья Михайловна. Без них жизнь скучнее насморка, да-с. Если я вам заговорю о своей страсти, вы меня пошлете к черту; но если я вам скажу, что все в вашем существе, что вызывает любовь, что просится наружу: ум, блеск красоты, каприз,— все, все нуждается в тонком понимании, а не в пустом волокитстве, это будет сущая правда, и вы мне поверите не сегодня, так чрез несколько дней...

Я упорно молчала.

— Подумайте (он продолжал все тем же невозмутимым тоном), рассудите, а главное, почувствуйте: если уж я так провинился перед вами, и вся моя фигура возбуждает одно отвращение, тогда я стушуюсь и понесу крест свой без ропота. Вот все, что я хотел сказать вам, Марья Михайловна. О чем умолчал, то вы сами дополните.

Я все-таки не разевала рта.

— (Он улыбнулся и протянул руку.) Будто уж вы такая грозная? Ведь прощать всегда приятно; а я человек добрый...

Тут я не вытерпела.

— Не оскорбляйте меня! — прервала я его.— Зачем вы пришли рисоваться перед той, с которой вы поступили, как с одной из самых презренных женщин.

Удивительно: я хотела плюнуть ему в лицо, вытолкать его, но у меня появились слезы, я вся размякла! Я не чувствовала никакой злости, никакого негодования. Я могла только жаловаться и хныкать.

— Я ничем этого не заслужила... Вы сами должны были бы подумать, как нехорошо, когда в умном человеке, имеющем свои убеждения, вдруг видишь порыв грубых чувств. Я не могу теперь говорить связно, но я все-таки не хочу давать вам право, да и никому на свете... будто я сама довела вас до этого.

Боже мой! что это я за чушь такую ему несла? Глупее уж этого ничего нельзя было выдумать. Но в довершение безобразия я расплакалась. Он пододвинулся ко мне.

— Поплачьте, поплачьте,— сказал он.— Вот этак-то лучше. Какие пустяки вас мучат, Марья Михайловна! Вы боитесь обвинения в кокетстве? Кто ж это обвинять-то вас будет?

— Да вы же меня спросили: кто этому виноват? — закричала я.

— Спросил, точно. Но ни о каком кокетстве у меня и помышления не было. Что я, корнет Вальденштуббе какой-нибудь? Ваша красота, ваша грация — вот враги... против этих не устоит и наш брат, старик. Хотите казните, хотите милуйте.

Я сдержала наконец слезы и поглядела на него. Он состроил не то жалостную, не то смешную физиономию. Вся его фигура, волосы с проседью, прищуренные глаза, этот мягкий тон почти смирили меня.

Я почувствовала, что лучше уж ничего не говорить. Надо было сразу выгнать его.

— Все, что вам угодно было приказать в вашей записке, я исполню в точности. Сотру себя с лица земли, если прикажете,

— Ведите себя как хотите, мне все равно!

— Вот уж теперь и все равно. Так-то женщины всегда. Ну, если я захочу, да подсяду к вам на каком-нибудь вечере, или явлюсь еще раз сюда, вы как же со мной обойдетесь?

— Не знаю...

Я совсем сбилась и начала играть преглупую роль.

— Слава тебе, Господи! Значит, абсолютных приказаний еще не последовало? Что ж! я грешный человек. Я раскаиваюсь.

— Оставьте меня! — оборвала я тоном девчонки.

— Одна только к вам просьба, Марья Михайловна. (Он встал.) Когда позволите мне, окаянному, молвить слово, выслушайте уж до конца, А теперь поплачьте еще.

Он тихо вышел. Будь он теперь предо мной, я бы его придушила!

25 января 186*
Утро.— Среда.

Я хочу рассуждать. Насколько он виноват, насколько я права? Нынче я уж не волнуюсь и могу быть снисходительнее.

Я ему написала в записке, что он сделал преступление! Но полно, так ли это! Бросить слово легко; но доказать его не так-то! Самый поступок не есть же преступление. Ну, увлекись я в эту минуту немножко больше. Будь он помоложе, посвежее... Как знать? Я бы, вероятно, тоже плакала на другой день; но его бы не обвиняла. Презирала бы только себя. Значит, дело тут не в том, что случилось, а в том, как случилось.

Во-первых, я теперь очень хорошо припоминаю, что я хохотала до безумия. Я скакала, прыгала, врала всякий вздор, словом, вела себя не совсем-то прилично. Оно так: выворачиваться нечего... Но дает ли это право честному человеку пользоваться своими материальными силами? Уж разумеется, нет. Между мной и Домбровичем не было никаких не только любовных отношений, но даже и маленьких жантильностей. Я ему ни разу не дала у себя руки поцеловать. И вдруг, после таких совершенно равнодушных отношений, поступать со мной так, как он поступил...

Да не это ли, полно, и задевает меня, т. е. что он со мной не поцеремонился и поступил точно так же, как с какой-нибудь... ну, хоть Clémence? Может быть, это только оскорбленное честолюбие. Другими словами: я требую к себе больше почтения. Но интересно знать, по какому праву? Что я честная вдова, не было у меня любовников после смерти Николая? Так ведь Домбрович, как и всякий другой мужчина, может этого совсем не знать, или, что еще проще, не поверить этому. У меня на лбу не написано, как я живу второй год без мужа. Что я светская барыня, принадлежащая к бомонду, бывающая у княгини Татьяны Глебовны? Так ведь это опять-таки только наружность... Он и сам бывает там. Следовательно, этого нельзя принять в уважение. Что же остается? Мое достоинство, добродетели, нравственность, мои принципы? Это самое главное. Оно и должно было остановить всякого порядочного человека. Но ведь Домбрович знает меня почти два месяца, мы с ним вступали в философические разговоры. Он вник в мою душу. Стало быть, если он решился так обойтись со мной, он, вероятно, нашел, что я лучшего не заслуживаю. Почему же я знаю: какое я произвожу впечатление, да и есть ли у меня действительно принципы нравственные? Уж ума-то у него никак нельзя отнять. Сколько раз он мне объяснял разные вещи во мне самой. Правда, он хвалил меня, говорил, что я умница, что у меня античная красота. Но все это не относится к нравственности. Можно быть гениального ума, быть писаной красавицей и при этом очень легкого поведения. Вон Clémence, ей-Богу, не глупее меня, да и собою не хуже.

Поставлю я себя на место Домбровича. Человек уж он не молодой, любит бывать в свете, знает, что со мной он часто там встретится... Какой бы он ни был злодей, простой расчет, самый обыкновенный эгоизм удержал бы его от такого поступка, который его совершенно скомпрометирует, если не перед всеми (я не пойду же рассказывать), то хоть передо мной. Не может же человек носить всегда маску; а в нем кроме ума чувствуется мягкость, большой такт, снисходительность, чувство красоты. И вдруг он выкажет себя таким грубым! Это невозможно. В этом нет логики!

И выходит, что в моем собственном поведении были какие-нибудь... certaines avances {некие авансы... (фр.).}... только я их сама не заметила, вот и все. Встретил он меня на улице, положим: я чуть не шлепнулась; но ведь ничего не стоит и притвориться, коли на то пошло. Он мне предлагает зайти. Я сейчас соглашаюсь. Во всяком случае, это подозрительно! И оправдываться только тем, что у нас с ним не было до этого дня никаких миндальностей, значит просто-напросто: приискивать отговорку.

Да и наконец, будь эти миндальности, мое посещение все-таки огромный промах, presque un crime pour une femme du monde {почти преступление для светской женщины (фр.).}.

Вот я и пришла к тому же концу, с чего начала. Если бы я была совсем чиста, мне бы не пришлось теперь вертеться, как белка в колесе.

Да, все это прекрасно, положим даже, что он и не так виноват; но что же теперь-то делать? Между нами лежит теперь пропасть... une souillure! {скверна; грязь (фр.).}

Как это громко! Когда подумаешь, что в замужестве с нами обходятся почти не лучше. Правда, все прикрыто венцом, а уж без всякого порыва поэтического чувства. Я помню в тот самый вечер, когда Елена Шамшин изливалась мне, она мне сказала одну истину:

— Милая! мы для наших мужей — вещь утехи.

И молчишь, и миришься, и все тебя гладят по головке. Я не хочу говорить дурно про покойного Николая; но я глубоко убеждена, что он был привязан ко мне только за мою телесную красоту.

Да надо еще сказать, что я была девчонка, едва распустившийся цветок, достойна была хоть какой-нибудь грации, изящного обхождения... Тогда-то и нужно беречь женщину и поэтизировать супружеские обязанности. А мужья-то нас и портят! Ни одного уголка не оставят они в нашей женской натуре без оскорбления. Теперь "дело мое вдовье", как говорила нянька Настасья. La susceptibilité est un peu tardive! {Обидчивость несколько запоздалая! (фр.).}

Да сказать ли уж всю правду? Это самое утро у Домбровича... я еще никогда не была так молода. Наши tête-à-tête с Николаем были, уж конечно, ниже сортом. Мы возились, как ребятишки, или целовались до отвращения; а тут я чувствовала в себе человека. Во мне пробудились и ум, и красноречие, и вкус — все, что составляет прелесть женщины.

А кто это вызвал? — Домбрович.

Стало быть, пропасти между мною и им вовсе нет? Ну, уж в

этом-то я завралась! Я буду с ним приятно раскланиваться и звать к себе обедать после того, что между нами произошло? Я покажу ему, что испугалась и готова забыть свой срам, только бы он молчал? Я дам ему повод думать, что он может во всякое время повторить со мною опять такую же сцену?

Но это безумие! Тогда лучше уж быть камелией, продавать свои ласки, соперничать с Clémence!

Этот Домбрович верно и рассчитывал запутать меня, взять силой, а потом срывать цветы удовольствия, поставивши меня в безвыходное положение.

Экая я глупая! Мне пришло под конец то, с чего я должна была бы начать. Это ясно, как божий день.

Мерзавец он, больше ему и имени нет!

А интересно все-таки знать, где я этого мерзавца встречу в первый раз? Как, где же? У Плавиковой. Перестать ездить, она пристанет, пожелает разных объяснений, излияний.

Да, это настоящая ловушка!

Он даже и гадости делает умно, адски умно!

30 января 186*
Второй час.— Понедельник.

К Плавиковой я в этот четверг не поехала. Не шляться же мне каждую неделю. Избегать Домбровича, дрожать и рассчитывать, где я его встречу, где не встречу,— несносно, унизительно!

Поехала я к Вениаминовой. Нарочно взяла да и поехала, там он или не там, мне все равно.

Ощутила некоторый страх, переступая порог этого святилища. И сейчас же ударилась в святость: начала говорить о католикосах. Толковали еще о каком-то экзархе Грузии. Я очень умильно улыбалась. Растрогала даже Вениаминову. Она мной не нахвалится. Был Венцеслав Балдевич. В самом деле, он красив. Присел ко мне и заговорил о французских романах, а затем и о Домбровиче.

Он ведь приятель Домбровича. Мне показалось даже, что он как-то прищурился и скривил рот, когда спрашивал меня:

— Не правда ли, что он очень просвещенный человек?

И ведь я принуждена была похваливать Василья Павлыча и даже улыбаться.

Бррр!

В начале двенадцатого явился и сам Василий Павлыч. Какое во мне чувство было, я описать не умею! Вот кабы там мне дали в руки карандаш или перо, я бы выразила. А теперь не то. И противно мне было смотреть на этого человека, и... (я должна в этом признаться) в то же время я чувствовала связь между ним и мною. Это не нервы и не воображение, а сущая истина. Я бы от всего сердца желала забыть даже про его особу или, по крайней мере, чувствовать к нему полнейшее презрение. Но у меня этого не выходило. Я волновалась, но не могла уйти, избавиться от неловкого положения, в которое он меня поставил. И эта неловкость была особенная. Чувство вроде того, когда с кем-нибудь из своих повздоришь и дуешься, зная, что все-таки кончится это мировой и подчинишься тому, чему быть следует.

Он вел себя, конечно, прилично. Раскланялся со мной без всякой аффектации, обращался ко мне несколько раз в общем разговоре,— словом, необыкновенно умно. Лучшего я ничего требовать не могла.

Мы выходили вместе. Как-то уж так случилось... Он молчал. А я сделала глупость, не вытерпела, прошептала ему:

— Вы вели себя хорошо, благодарю.

Ну, зачем я это сказала?

Он и без меня знает: что значит вести себя с тактом.

Из глупости я попадаю в новую глупость и в десять раз хуже!

Деверия в la Belle Hélène {"Прекрасной Елене" (фр.).} говорит: "c'est la fatalité" {это рок! (фр.).}.

Неужели и я обречена роком?

Одно я знаю, и знаю твердо, что так продолжать нельзя! Что ж он такое для меня? Что я для него? Ясно: или я должна уехать отсюда — я вижу, что я его не пересилю; он не удалится со сцены; или, встречаясь с ним так в обществе, я и в его глазах, и в своих собственных женщина, честью которой можно играть безнаказанно!

1 февраля 186*
Ночь.— Среда.

Меня душит хандра! Что тут жеманничать? Скажем сразу: я не могу обойтись без него! Так должно было случиться! Завертеться "в вихре света" — глупая фраза и больше ничего. Никогда я не заверчусь; а прозябать так не хочу, тысячу раз не хочу! Как он там на меня ни смотри, мне все равно! Я капризная баба. Он и добрее, и выше меня во всех отношениях. Разобрать хоть то, что он мне говорил, когда вернул мне эту записку. Самый этот поступок — прекрасен! В нем гораздо больше истинной деликатности, чем во всех моих susceptibilités {обидах (фр.).}. Он приходит с повинной головой. Ведь я его не со вчерашнего дня знаю. Можно же так себя обманывать! Вся его вина состоит в том, что он, помня про свои сорок лет, не начал со мной миндальничать, врать мне всякий вздор, приводить меня в чувствительность! О! я бы ему тогда, конечно, все простила.

Все вздор! Я хочу жить, жить, жить!

6 февраля 186*
Утро.— Понедельник.

С ним объяснений не нужно! Я думала, что мне будет очень неловко... коснуться вопроса... Он такая умница, что все обошлось прекрасно.

Вчера он у меня сидел вечером и меня же хвалил: — Вот так-то лучше,— говорил он.— Покапризничали, довольно. Милая моя (он мне говорит еще: вы), вам казалось, что я устроил вам какую-то западню; а вы рассудите-ка получше, и выходит, что все это сделалось само собою. Так необходимо было.

— Необходимо?

— Да-с, по крайней мере, так лучше... Слова мои отзываются фатовством; но никакого фатовства в них нет. Вам одной жить нельзя было бы.

— Глупости.

— Нет, не глупости. Клянусь вам всем на свете, что через месяц вы или вышли бы замуж, или взяли бы в любовники первого попавшегося болвана.

— Корнета фон Вальденштуббе?

— Да, корнета фон Вальденштуббе.

— И вы мне это так прямо в глаза говорите?

— Так и говорю. Я эти вещи хорошо понимаю. Если б я мог теперь вам представить: в каком вы были настроении...

— Я знаю, я знаю! Зачем опять об этом? Я ведь вам простила.

— За что и целую ваши ручки. На вас жалко было смотреть, моя милая.

— Что-с?.. Это цинизм!

— Да уж как вам угодно, а я правду говорю. Я сначала вам совсем не нравился. Но вам именно нужен был человек, как я. Все предварительные объяснения там, у меня в квартире, были бы глупы!

Вот какой вышел у нас вчера разговор. Недурен!

Домбрович (я хочу его просто звать: Домбрович; Василий такое гадкое имя) поражает меня своей простотой. Он взял со мною сразу тон старого друга. Я ему не позволю, однако, очень-то стариться и одеваться по-стариковски.

Люблю ли я его, теперь вот, сию минуту? Все это так скоро случилось, что хорошенько и не сообразишь. Одно я знаю: мне с ним очень приятно. Я совершенно успокоилась. Я имею руководителя и приятеля. Чего же еще больше? И потом: есть разные манеры любить. Он не говорит фраз, приторно не нежничает, но в нем чувствуешь человека, который понимает тебя

85

до тонкости. Нет, я думаю, ни одной такой мысли, которую бы он не передумал. Ни один мужчина не говорил мне так хорошо о моей наружности. И я вижу вперед, что ни в чем он не будет меня шокировать, задавлять меня своим превосходством.

А уж о деликатности его ума я и не говорю!

Вот пока и ответ на вопрос: люблю ли я его или нет? Неужели можно сравнить привязанность Домбровича со страстью к какому-нибудь мальчишке? Если мне приходили Бог знает какие желания убежать на край света с кем-нибудь, изнывать там от сильной любви, я теперь понимаю, что все это была дурь. C'est le sang qui parlait! {Это кровь играла! (фр.).} Больше ничего!

В субботу я была в Михайловском театре. Никогда еще я так не смеялась. И зала, и сцена, и женщины, и все наши фертики — все это меня тешило. Я приглашала Домбровича. Он сказал мне:

— Нет, мой друг. Мы этого не будем делать. Поезжай с какой-нибудь барыней.

Он прав. Он сразу же начал заботиться обо мне. Он же подал мысль видеться где-нибудь на terrain neutre {нейтральной территории... (фр.).}... Иначе не спасешься от людей.

Теперь я буду чаще ходить пешком. Не стану же я делать кучера Федора своим confident {наперсником (фр.).}. Я вижу, что даже Ариша ни о чем не догадывается. Если мне удастся сохранить от нее все в тайне, я буду первый пример в истории.

Впрочем, не будет никаких ясных улик. Домбрович напомнил мне:

— Воздержитесь от корреспонденции; это дурная привычка. После, когда опротивеешь друг другу, начинаются постыдные переговоры о возвращении писем.

— Вы уж это предвидите? — спросила я его.

— А как же, мой друг. Я первый предвижу, я первый и говорю.

Это грустно, но ничего: он милейший человек, какого я только встречала!

Мне теперь так хорошо, что головные боли и не смеют показываться. Заезжал Зильберглянц и в первый раз оскалил зубы.

— Fous fous bordez à merveille, madame {Вы прекрасно выглядите, мадам (искаж. фр.).}.

Чего же лучше? И что еще милее: я не толстею.

14 февраля 186*
Вечер.— Вторник.

Наш петербургский свет для меня точно преобразился с тех пор, как я не одна. Домбрович — бесценный друг. С ним каждый скучнейший вечер потеха! Если мы встретимся где-нибудь на вечере, на другой день он меня уморит со смеху своими замечаниями. Каждую барыню он представит, разберет ее по суставчикам; но это еще не все. Из нашей хохотни всегда выйдет какая-нибудь мысль... Я с каждым днем все лучше и лучше понимаю людей. Когда я бываю где-нибудь одна, я гораздо больше наблюдаю, чем прежде... Я не сижу, как бывало, улыбающейся дурой. Я знаю, что на другой день мне приятно будет выказать с ним свой ум. Он находит даже, что я иногда тоньше его подмечаю разные черты в мужчинах. Этак ездить в свет очень, очень весело. В вас точно два человека. Один делает визиты, катается, пляшет, улыбается и зевает, как и все остальные смертные. Другой высматривает, рассуждает, смеется над разными болванами, да подчас и над самим собой. Приятно, очень приятно! И пойдут у нас бесконечные разговоры. Тут только видно, как Домбрович знает жизнь и людей. Он по своей смешной скромности повторяет всегда, что писать книжки все равно что тачать сапоги... Нет, совсем не все равно! Тысяча вещей, которые меня удивляют, шокируют, ставят иногда в тупик, для него ясны, как божий день. Il lit le cœur humain a livre ouvert {Он читает в человеческом сердце, как в открытой книге (фр.).}. Приставала я к нему, чтоб он дал мне наконец собрание своих сочинений. И слышать не хочет.

— Разбранимся,— говорит мне,— если ты еще станешь интересоваться всей этой трухой.

Он мне уже говорит иногда ты, когда разговор идет по-русски. Впрочем, он очень как-то ловко и приятно переходит от вы к ты и от ты к вы. Иногда, днями, тон наших разговоров совершенно добродетельный, хоть представления давать devant une galerie {перед зрителями (фр.).}. В этом-то и состоит такт умного и деликатного человека... Мало того, что свет сделался для меня в миллион раз занимательнее, я вижу, что начинаю играть совсем другую роль в гостиных. Антонина Дмитриевна просто меня на руках носит! Сделала меня своей помощницей по приюту, да-с. У меня теперь такие явились покровительственные манеры, что просто прелесть. Une dame patronesse в чистейшей форме! Домбрович говорит, что я могла бы изображать из себя богиню мудрости. Все молокососы такое возымели теперь ко мне благоговение, что уж рассказать трудно! От сановников тоже отбою нет. Не знаю, умственные ли мои способности так развилися, или моя физия стала эффектнее. Я все-таки больше всех верю Домбровичу, quoiqu'il soit la partie intéressée {хотя он и заинтересованная сторона (фр.).} Он говорит, что я страшно похорошела. Действительно, у меня на щеках явился бледный румянец, чего прежде никогда не бывало.

Моим туалетом он занимается, как художник. Шиньон у меня теперь такой, какого, положительно, ни у кого нет. Домбрович его обдумывал. Говорит, что он у меня в чистейшем греческом стиле, т. е. просто на самой маковке. Софи раскраснелась до ушей, когда увидела в первый раз мою куафюру.

— Кто тебе это сделал? — пристает,— какой куафер? Ради Бога, скажи!

Скажу я ей!

Мы с ней очень редко видимся. Она, впрочем, не огорчается. Она меня боится за Кучкина. Я для нее зерцало, добродетели. О Домбровиче она не только не догадывается, но вряд ли даже знает: принимаю ли я его?

Никто еще ничего не подозревает!

Вот что значит человек с проседью.

Теперь декольтируются ужасно, особливо сзади. Когда стоишь, еще ничего; а как сядешь, даже женщине становится стыдно. Домбрович и в этом помог мне. Он мне дал совет насчет рукавов: руки все обнажены и плечи тоже... Il y a du piquant, mais rien ne répugne {Есть нечто пикантное, но ничего отталкивающего (фр.).}.

Когда мы с ним встретимся у Вениаминовой или где-нибудь в грандерах, я взгляну на его серьезную физиономию, он на мою добродетельную улыбку, и никто не подметит, как мы внутренне расхохочемся.

Он мне рассказывал, что у римлян жрецы, которые говорили за оракулов, comme Calchas dans la belle Hélène {как Калхас в "Прекрасной Елене" (фр.).}, когда друг с другом встречались, не могли воздержаться от улыбки: так им было смешно, что их принимают за настоящих авгуров!

— Вот и мы с тобой римские авгуры! — смеется Домбрович.

Тут, впрочем, нет ничего особенно дурного. Все играют роль. Свет воображает, что обманывает и нас, а на поверку выходит, что мы над ним смеемся. Домбрович очень добр и снисходителен, он никого не уничтожает. Он говорит: "Все наши житейские глупости — необходимы".

И я это понимаю. Je deviens philosophe {Я становлюсь философом (фр.).}.

Теперь моя неделя так набита, что время летит точно с экстренным поездом. Встаю довольно рано. Никогда не позднее одиннадцати. Зильберглянц мне посоветовал пить какао. Напившись какао, я занимаюсь солидно туалетом. Как это странно, что мужчина объяснил мне в первый раз, в чем заключается суть (Домбрович так выразился) уменья одеваться. Теперь я по туалету могу почти безошибочно сказать: сама ли барыня обдумывает свой туалет или ее одевает, как дуру, как купчиху, marchande de modes. И чем больше я говорю об этом с Домбровичем, тем больше я убеждаюсь, что наши барыни дурно одеваются. На двадцать женщин у одной, может быть, есть свой собственный вкус. Да и то, как бы это сказать: хорошенькие туалеты удаются им, по большей части, инстинктивно, случайно; а не то, чтоб по строго обдуманному плану. Это наука, если желаешь в малейшей детали сохранить общий колорит!

Я, правда, буду немного больше тратить на тряпки, но с толком и, главное, с удовольствием. Когда Домбрович похвалит меня за какую-нибудь отделку моей собственной выдумки, мне приятнее выслушать спокойный и всегда полунасмешливый его приговор, чем произвести блистательный эффект на большом бале.

В третьем часу я одета и еду "Христа славить". Визиты свои я делаю также по порядку и с выбором. Я не забываю никогда, что нужно разнообразить впечатления. Я умею теперь каждую барыню навести на такой пунктик, где бы она показалась во всей красе. Домбрович заходит ко мне до обеда не больше двух раз в неделю; а в остальные дни я заезжаю в гостиный, приказываю Федору ждать меня около перинной линии и отправляюсь пешком к Александрийскому театру, в переулок, как бишь он называется, такое смешное имя... да, вспомнила, Толмазов переулок. Там у нас комнатка en garnie {с мебелью (фр.).}. Не скажу, чтоб очень изящная; но я ее полюбила. Всегда входишь во двор с некоторым замиранием. Звонка нет. Дверь в коридор постоянно открыта. До сих пор я не встретила ни одной фигуры. Я уж знаю, что он меня дожидается... Je suis d'une verve!.. {Я в ударе!.. (фр.).} Домбрович меня даже часто останавливает, чтоб я не так громко говорила. Он не забывает никаких предосторожностей. Такой милый!

Я ему сказала, однако ж, что надо бы нам устроить более удобное убежище и видаться иногда вечером. Он на это мне возразил очень дельно, что вечером я не могу уехать из дому, не возбудив подозрения... Разве по субботам после всенощной?.. Но все-таки неловко.

Покоримся. Я вижу, что при таком благоразумии никто ни о чем не почует. Обедаю я теперь позднее. Когда у меня Домбрович, я кого-нибудь зову, всего чаще Плавикову. Она тоже так меня лобызает, что даже трогательно смотреть.

Вечером мы встречаемся только в свете и не каждый день. Ни разу Домбрович не вошел в мою ложу. Да в опере он никогда и не бывает.

Так и катишься, как по железной дороге.

18 февраля 186*
Не так поздно.— Суббота.

Я позволила себе шалость. Захотелось мне ужасно взглянуть

89

на кабинет Домбровича, тот самый, где... Он и руками и ногами! Уговаривал меня целых два дня, а я все сильнее приставала.

— Хочу, хочу и хочу! И чтоб был опять завтрак с шампанским!..

В завтраке он мне наотрез отказал, представивши тот резон, что надо будет приказать человеку, а этого он допустить не желает. Я хотела было надуться; но смирилась и нашла, конечно, что он прав. В гостеприимстве без завтрака он мне не мог отказать. Очень уж я упрашивала, так ласкала моего старика, что он сдался!

Все было устроено с величайшей осторожностью. Я доехала до его квартиры в извощичьей карете с опущенным вуалем. Взошла на лестницу ровно в половине третьего. Он мне сам отворил. Ни одной души христианской не заметила! Увидала я кушетку и расхохоталась, вспомнивши, как я на нее злобствовала. Все мне в этом кабинете было точно свое, родное.

— Как видно,— сказала я Домбровичу,— что ты любишь искусство. У тебя больше atelier, чем кабинет.

— Да, мой друг, я все мои гроши кладу в это... У нас ведь в России разные профессора толкуют тоже об искусстве, распинаются за него, посылает их казна на свой счет в Италию, а зайди ты к ним в квартиру, и увидишь, что они живут коллежскими асессорами. У них на стенах суздальские литографии!..

Ну, не умница ли мой Домбрович? Я глупо делаю, что меньше теперь записываю его мудрые речи!

Опять на меня напала ужасная веселость в этом кабинете. Как бы я выпила шампанского!

— Отчего же у тебя так мало книг? — спросила я.

— Оттого, мой друг, что в многочитании, как и в многоглаголении, "несть спасения!".

Я подошла к шкапчику и отперла его.

— Ce sont des classiques?

— Oui, ma chère... {Это классики? — Да, дорогая... (фр.).}

Я взяла со второй полки две маленькие старинные книжки в кожаном переплете. Смотрю заглавие: "Les liaisons dangereuses".

— Что это такое? — закричала я.— Дай мне это почитать. Это тоже классическое сочинение?

— Самое классическое! Бери...

Почитаю, на сон грядущий!

19 февраля 186*
До обеда.— Воскресенье.

Какой он скверный... Почитала эту классическую книжку... Признаюсь, я еще в этаком вкусе ничего не читала. Были у

Николая какие-то неприличности, даже с картинками, но он мне не давал.

Я нашла одну очень неглупую вещь.

Описывается какая-то скромница, une prude... {неприступная женщина (фр.).} и по этому поводу говорится, что всякая prude отравляет любовь; c'est à dire: la jouissance {иными словами: наслаждение (фр.).}.

Я про себя скажу, что уважала бы собственную персону в тысячу раз меньше, если б лицемерила перед самой собой. Я не понимаю тех женщин, которые имеют любовников и целый день хнычут, каются в своих прегрешениях утром, а вечером опять грешат.

Правда, я ничем не связана, я никого не обманываю (кроме света), но если б даже у меня и был муж, я все-таки не вижу, во что нам драпироваться и как твердить ежесекундно, что мы всем пожертвовали человеку! А уж мне-то, в моем положении, было бы совсем нелепо ныть и представлять из себя страдалицу.

Чего мне еще нужно? Есть у меня молодость, хорошее состояние, полная свобода, везде меня ласкают, да вдобавок мой грешок никому не колет глаза и не требует от меня ни малейшей тревоги, не изменяет даже моих привычек.

Одни только истерические барыни могут себе надумывать страдания!

Сравниваю я, как меня любил Николай и как теперь со мною Домбрович. Тот был двадцатилетний офицер, этот сорокалетний подлеточек. А ведь какое же сравнение! С Домбровичем мне неизмеримо приятнее. Николай накупал мне разных разностей, пичкал конспектами; но не мог отозваться ни на мои вкусы, ни на мой ум... Он даже не обращал внимания на мое женское чувство.

Домбрович совсем не то. Только с ним я и начала жить. Что бы мне ни пришло в голову, чего бы мне ни захотелось, я знаю, что он не только меня поймет, но еще укажет, как сделать. Жить с ним не то, что с Николаем. Он изучает каждую вашу черту, он наслаждается вами с толком и с расстановкой. Он не надоедает вам кадетскими порывами, как покойный Николай. Сама невольно увлекаешься им... А в этом-то и состоит поэзия!

Если я обманываю свет, я, право, не должна каяться! В моих добродетелях свету нет никакой сласти. Ему нужно приличие. Я его не нарушаю. Всем гораздо приятнее видеть меня вдовой: и танцорам, и разным нашим beaux-esprits {остроумцам (фр.).}, и старикашкам, и даже барыням. Я человек свободный, а только свобода и дает в обществе тот вес, которым дорожат. Танцоры знают, что вдовой я буду больше танцовать, beaux-esprits, что я буду больше врать с ними, старикашки также, а барыни, кто принимает, смотрят на меня как на шикарную женщину, знают, что на каждый бал, где я, притащится целая стая мужчин. Стало быть, и они не могут желать мне законного брака и многочисленного семейства.

Моя совесть совершенно спокойна. Голова не занята вздором, как прежде. Я не хандрю, не требую птичьего молока. Все пришло в порядок. Я начинаю любить жизнь и нахожу, что с уменьем можно весь свой век прожить припеваючи, как говорит Домбрович, "с прохладцей", и сделать так, чтобы любовные дела не требовали никаких жертв.

Домбрович мне обещал еще какую-то книжечку вроде этих Liaisons dangereuses.

— Еще более классическую, моя милая!..

Он любит поврать; но я — больше его. Это у нас в крови, у всех русских барынь.

Если бы я вздумала пуститься в сочинительство, я бы начала роман вроде этих "Liaisons dangereuses" и каждую из наших барынь поставила бы в курьезное положение по части клубнички, как выражается Домбрович.

Откуда это такое слово? Он уверяет, что его будто бы Гоголь выдумал. А я так думаю, что он сам.

21 февраля 186*
2 часа ночи.— Вторник.

Я продолжаю читать классиков. Дал он мне: Mon noviciat. Вот это так книжка! Je ne suis pas prude... {Я не чопорна... (фр.).} но я несколько раз бросала. Если б она попалась в руки девушке лет шестнадцати, она бы в один вечер вкусила "древо познания добра и зла".

Особенно хороша история аббата... что это я? уж повторять-то лишнее.

Теперь не знаю: какие для меня остались классики?
Знаю уже все!

25 февраля 186*
Очень поздно.— Суббота.

Принесли мне письмо от Степы. Я пробежала и ничего не разобрала. Кажется, он пишет, что остается еще. Ну, и Господь с ним! Он был бы некстати!

Будет с меня и одного сочинителя.

Домбрович говорит мне сегодня, когда я у него была в Толмазовом переулке:

— Вот теперь, голубчик мой, с тобой можно говорить на человеческом языке. Ты стала женщина — как следует: умеешь нравиться, умеешь одеваться, умеешь жить, умеешь любить.

— И срывать цветы удовольствия? — спросила я.

— Да. Я тебя могу перевести во второй, высший класс. Теперь, что бы я тебе ни сказал, ты уже не станешь ни обижаться, ни огорчаться, ни пугаться.

— Особливо после чтения твоих classiques! — сказала я.

— Вот скоро пост. Пляс прекратится. Ты будешь скучать. Мы можем, правда, участить наши tête-à-tête по вечерам; но я рискую надоесть тебе.

— Без глупостей!

— Конечно, друг мой, просто приедимся!

— Что ж мы придумаем?

— А вот видишь ли, голубчик. Мы с тобой довольно разбирали барынь, а ведь я тебе еще не рассказал самую-то подноготную о некоторых. Как тебе нравится Варкулова?

— Не глупа. Trop prude {Слишком чопорна (фр.).}.

— Ты находишь?

— Да помилуй! Разве я не знаю? Про нее Поль Поганцев выдумал, что она вместо петух сказала: курица мужеского рода.

— Ну, а баронесса Шпис?

— Так себе немка, из той же породы.

— Т. е. из какой?

— Из добродетельных.

— Ну, а Додо Рыбинская?

— Эта возится только с детьми да с супругом своим, большим идиотом.

— Вот видишь, друг мой, какая ты невинная!

— Почему?

— Эти три женщины ведут себя так, что иголочки не подточишь.

— Что ж тут мудреного,— перебила я.— Какая же мудрость нянчить детей, скромничать и любить дурака мужа?

— В том-то и дело, что они преспокойно срывают себе цветы удовольствия...

— Не может быть!

— Выслушай меня. Ты знаешь, что я уж олицетворенная осторожность. Я не дам тебе сделать ни одного рискованного шага. Значит, то, что я тебе предложу, не должно тебя пугать.

— Да говори же, полно меня томить!..

— Есть у меня два-три приятеля, ты их знаешь...

— Кто, кто такой?

— Ну, во-первых, граф Александр Александрович, потом Шварц, Сергей Володской, ребята все со вкусом, с жаргоном и, главное, с умением жить. Вот мы и хотели бы собираться, хоть раз в неделю...

— Как? У меня? Привози их хоть завтра же...

— Погоди. У тебя это было бы слишком пресно. Одних мужчин нельзя; с барынями выйдет глупый soirée causante... Это вовсе не то, что ты думаешь.

— Так что же? Ты меня водишь, точно со сказкой про белого бычка.

— Совсем не то-с, сударыня (он иногда меня так называет: передразнивает Гелиотропова), ты все хотела иметь удобное убежище. Вот у нас и будет такое убежище с очень милым обществом.

— Что ты тут мелешь!

— Мы будем собираться в величайшей тайне в квартире Сергея Володского.

— Я все-таки не понимаю, зачем нам твои приятели?

— Они будут являться не одни.

— С кем же?

— Моншер с машерью!

— Что такое?

— Un chacun avec sa chacune! {Каждый со своей подружкой! (фр.).}

— Ну, Домбрович, ты просто врешь! — закричала я.

— Не горячись,— продолжал он,— и слушай меня до конца. Ты понимаешь, сколько тут будет пикантного. Des soupers à la régence {Ужин как при регентстве (фр.).}.

Меня начинало, однако, подзадоривать.

— Но как же я-то вдруг явлюсь? Ты с ума сошел!

— Пока еще нет, голубчик. На скромность моих приятелей нельзя было бы рассчитывать, если б они явились одни. Но ведь мы все будем связаны...

— Кто же будут их дамы? Уж не Додо ли Рыбинская?

— А ты как бы думала?

— Ну, литератор, ты совсем рехнулся. Какая нелепость. Этакую святошу, образцовую мать семейства, и вдруг приплел к любовным затеям à la régence.

— Вот увидишь.

— Да я ни за что не поеду!

— Как знаешь, голубчик, как знаешь. Мое дело было предложить тебе...

Так мы и проболтали с ним все об этих soupers-régence.

Ведь у него не разберешь иногда: серьезно ли он говорит или

дурачится... Нельзя этого устроить так, чтоб не узнали! Да и потом надо, чтобы женщины были между собою слишком близки. Как же иначе?

Постом начнутся глупые концерты. Что-нибудь новенькое было бы недурно!

Неужели добродетельные барыни, о которых он говорил, срывают цветы удовольствия? Если оно так, я тогда сама обращаюсь опять в девичество.

Они, стало быть, меня перехитрили!

6 марта 186*
Рано.— Понедельник.

Вот и пост. Все замерло... на первую неделю. Буду ли я говеть? Отложу до страстной.

Софи пустилась что-то в благочестие. Заезжала и звала на ефимоны.

Пусть ее молится. Грех ее велик: она до сих пор еще соединена узами незаконной любви с Кучкиным. Это даже не грех, это — преступление!

По части духовного я съезжу на концерт певческой капеллы разок, и довольно: хорошенького понемножку.

Подождать недельку, а там начнутся живые картины в Михайловском театре. Вот уж можно сказать: великопостные удовольствия. Оно и все так делается. Мой сочинитель говорит, что вся жизнь состоит из контрастов. А тут чего же лучше, какого еще контраста? В церквах звон; а Деверия в первое же воскресенье явится какой-нибудь нимфой с одним бантом, pour tout décor {вот и все украшения (фр.).}.

Песенки будут петь новые. Я люблю Dieudonné. Мне не приняться ли твердить зады? Я уж года полтора рояли не открывала.

Нет, лучше буду почаще являться на аудиенцию к Вениаминовой и ездить с ней в приют.

Меня, однако ж, интригуют те вечера, о которых говорил Домбрович. Он молчит теперь. Ведь этакий противный!.. Придется мне опять завести речь.

14 марта 186*
Час пятый.— Суббота.

Вот так пассаж! (Я употребляю выражение сочинителя.) Запишу все до ниточки. Хитрый мой сочинитель добился-таки того, что я заговорила о тех soupers-régence... Он ничего, улыбается.

— Да ты мне расскажи толком! — пристаю я к нему.

— Ты все уже знаешь, мой друг. Мы будем собираться у Сергея Володского.

— Да какие женщины?

— Такие, голубчик, которые тебя уж, конечно, не выдадут, потому что они сами бы себя выдали.

— Но я хочу знать их имена!

— Тайны никакой нет. Но тебе самой приятнее будет приготовить себе маленький сюрприз. Вдруг вы все соберетесь и скажете, как Фамусов: "Ба! знакомые все лица!"

— Идея недурная!

— Вольно же тебе было капризничать.

— Да, но согласись... Ça porte un caractère... {Это носит характер... (фр.).}

Я хотела, кажется, покраснеть; но не сумела. Домбрович взял мое лицо в обе руки и, глядя на меня смеющимися глазами, проговорил:

— Ах ты, плутовка! Зачем ты предо мной-то манеришься? Ты теперь всему обучена и ничего не боишься.

Это правда!

— Ну, так подавай поскорей твои вечера!

— Загорелось!

Вчера говорил он мне, чтобы я утром побольше ездила и был бы предлог взять вечером извощичью карету. Я так и сделала. Гоняла я моих серых по ухабам в открытых санях. Федор изволил даже на меня окрыситься.

— Эдак, сударыня, нельзя-с, воля ваша.

А я думаю себе: "Ворчи, мой милый, ворчи, ты. и лошади обречены сегодня на истязание и пощады тебе не будет никакой".

Семена я отправила с запиской и с книгой к Елене Шамшин. После обеда, часов в восемь, я велела достать карету. Швейцару приказала я растолковать извощику, где живет Софи, чтоб в доме знали, куда я поехала.

Я действительно остановилась у Софи, зная, что ее нет дома, позвонила, отдала швейцару записку и отправилась в Толмазов переулок. Там меня ждал мой сочинитель. Он оглядел мой туалет. Остался, разумеется, доволен. Я была в черном. Самый подходящий туалет для торжественных случаев. Часу в десятом мы поехали с ним в той же карете куда-то на Екатерингофский канал.

Противный мой сочинитель дорогой ничего мне не отвечал на мои вопросы, так что я начала просто трусить, хотя я и не из боязливых.

Остановились у какого-то забора. Домбрович вылез, вошел в

калитку и, кажется, сам отпер ворота или, по крайней мере, растворил их. Карета въехала на длинный двор. Я выглянула из окна: каменный двухэтажный дом стоит в левом углу двора и загибается глаголем. Но ни в одном окне не было огня.

— Что ж это такое,— спросила я Домбровича,— там темнота?

— Иди, иди, моя милая.

Тут так мне сделалось страшно, что я хоть на попятный двор.

Поднялись мы на низкое крылечко со стеклянной дверью в совершенно темные сени. Домбрович взял меня за руку и почти ощупью повел по лестнице. Слева из окна просвечивал слегка лунный отблеск, а то мы бы себе разбили лбы.

— Как это глупо! — сердилась я.— Эта мистификация вовсе некстати.

— Не горячись,— шептал он, подталкивая меня по лестнице.

— Мы долго пробудем здесь?

— Как посидится.

Он мне накануне сказал, что карету надо сейчас же отпустить; а назад будет взята другая.

Просто точно заговорщики.

Слышно было, как извощик выезжал со двора.

Кругом стояла мертвая тишина.

Домбрович вынул ключ и долго не мог его воткнуть в замок. Дверь тихо отворилась. Мы вошли в переднюю. В ней никого не было.

— Заколдованный дом? — спросила я тихо.

— Увидишь.

Он меня провел в шубке и в теплых ботинках, направо, через маленький коридорчик. Попали мы в небольшую комнатку, род кабинета. В камине горел каменный уголь, на столе лампа, мебель расставлена так, точно сейчас тут сидели люди.

— Сними шубку,— сказал мне Домбрович.— Согрейся немножко.

Я взглянула на него и громко рассмеялась: такую он скорчил серьезную физию.

— Послушай,— говорю я ему.— Ты смотришь каким-то злодеем, точно ты меня завел в западню. Если так будет продолжаться, я убегу.

— Не убежишь,— прошептал он и схватил меня за плечи.— Простись с жизнью! Выйти отсюда тебе нельзя. Дверь в сени отпирается секретным ключом. Ключ у меня, и я его тебе не дам. Слышишь! Не дам и не дам!

Мне было и смешно, и досадно немножко... Что за кукольная комедия.

— Что же мы тут будем с тобой делать? — спрашиваю я.

— А вот видишь ли, мой друг. Мы вас хотим подвергнуть

целулярному заключению. В этой квартире есть пять таких комнат, а посредине салон и столовая.

— И они уже там сидят?

— Сидят.

— Значит, все собрались.

— Мы последние. Поправь волосы и пойдем.

— Нет, Домбрович, мне, право, стыдно.

Он закрылся рукой и начал меня передразнивать:

— Мне сты-ы-дно, мама, мне сты-ы-дно!

— В последний раз говорю тебе, кто эти женщины?

— В последний раз отвечаю: les premières prudes de la capitale {самые неприступные женщины столицы (фр.).}.

Я не вытерпела, поправила немножко волосы:

— Идем. Я готова.

Он подошел к камину и дернул за сонетку.

— Это сигнал? — спросила я.

— Да. Теперь мы можем появиться.

Кроме двери, откуда мы вышли, была еще другая, зеркальная. Она-то и вела в гостиную. Домбрович отпер ее также ключом. Я двинулась за ним. Мое любопытство так и прыгало!

Мы очутились в большой и ярко освещенной комнате. На столе был сервирован чай. Две секунды после нас из трех дверей появились три пары.

Я так и ахнула! Предо мной стояли les trois prudes {три неприступные женщины (фр.).}: Варкулова, баронесса Шпис и Додо Рыбинская.

И с ними трое мужчин, приятели Домбровича: граф Володской и еще барон Шварц... Он мне его представил у Вениаминовой.

Я стояла точно приклеенная к двери. Те дамы были, наверно, в таком же положении.

— Mesdames,— провозгласил мой Домбрович (этого не сконфузишь),— ваше удивление понятно, но мы собрались здесь, чтобы веселиться.

И он посадил меня к чайному столу, за самовар; барыни расселись. Мы пожали друг другу руки и так переглянулись, что через две минуты застенчивость исчезла и мои скромницы заболтали, как сороки.

— Mesdames,— начал опять Домбрович,— мы еще не все. Одна пара еще ждет.

Мы — женщины переглянулись.

— Да-с, милостивые государыни, мы все вас просим благосклонно выслушать наше коллективное предложение. Мы решили, что нас будет пять мужчин и пять женщин. Десять — такая круглая и приятная цифра. Не правда ли?

— Пусть войдет эта пара! — скомандовала я.

— Да-с,— обратился ко мне Домбрович с такой физиономией, что я покатилась со смеха.— Но тут есть обстоятельства весьма тонкого и, так сказать, деликатного свойства. Вы все, mesdames, принадлежите к одному и тому же обществу. Стало быть, всякие рекомендации были бы излишни. Но пятая женщина не принадлежит к нему.

— Кто же она такая? — спросила я,— уж не француженка ли?

— Нет,— продолжал все в том же полушутовском тоне Домбрович.— Она... но прежде я должен объявить имя ее кавалера.

— Не надо! — закричала я.— Дело идет о женщине, а не о мужчине.

— Действительно так,— добавила Додо Рыбинская.

— Преклоняюсь, mesdames, пред вашей мудростью.

— Да говорите же скорее,— перебила я его опять.— Эта пара ждет?

— Да.

— Ну, так что же вы тянете?

— Женщина эта — танцовщица.

Les prudes переглянулись с кислой улыбкой. Я им не дала выговорить ни одного слова.

— Прекрасно,— закричала я.— Не правда ли, вы согласны, mesdames? Ça aura du piquant! {Это будет пикантно! (фр.).}

Благочестивые жены согласились.

Я одержала победу. Танцовщица меня очень заинтересовала.

Появилась пятая пара.

И кто же кавалер? Le beau brun {Красавец брюнет (фр.).} — Борис Сучков.

Я уж никак не ожидала!

Его дама, крупная блондинка, мило одета, прекрасные глаза и очень яркие губы. Она конфузилась больше нас.

Я ее посадила около себя, и через десять минут мы были уже друзья. С моей опытностью я ее сейчас же анализировала и осталась очень довольна. Личность симпатичная. Голос прелестный. Ни у одной из нас нет такого. Миленькие манеры. Говорит неглупо и очень смело. Да и удивляться нечему. Эти танцовщицы всегда в грандерах. Она говорит даже по-французски не бойко, но прилично. На ее глаза и губы я просто загляделась. Quelque chose de Clémence {В ней есть что-то от Клеманс (фр.).}. Все движения немножко кошачьи, voluptueux {сладострастные (фр.).}, зубы бесподобные. Когда смеется, закидывает голову назад... Il y a de la bacchante en elle! {В ней есть что-то от вакханки! (фр.).}

Я не помню, чтоб я ее видела в каком-нибудь балете. Да я редко езжу, раза два в год. Мне танцовщицы казались все такие худые, костлявые, намазанные. А эта нет, так и пышет здоровьем.

Я сейчас допросила, как ее зовут? Зовут ее Капитолина Николаевна, un nom de femme de chambre! {имя для горничной! (фр.).}

Оказывается, что le beau brun потому и находится в холостом звании, что состоит с этой девицей в незаконном сожительстве года три, четыре. У них ребенок. Эта Капитолина Николаевна нисколько не теряет чувства собственного достоинства. Я сейчас же в ней разглядела полнейшее душевное спокойствие. Каждая черта ее лица, каждое движение говорит, что она живет и наслаждается, и ничего ей лучшего не нужно. Le beau brun страшно богат. Мне Домбрович говорил, что она проживает чуть ли не двадцать пять тысяч в год. У нее в ушах были два брильянта, ай-ай! Домбрович, разумеется, уверяет, что я в мильон раз красивее ее. Положим даже, что я немножко и лучше ее, но зато она несравненно красивее, милее, умнее трех скромниц...

Les prudes! Я тоже наблюдала за ними. Они очень курьезны. Каждая из них билась из-за того, чтоб перещеголять друг друга в бойкости. Elles affectaient les manières des cocottes {Они выказывали манеры кокоток (фр.).}, ни больше ни меньше!

Но я должна сознаться, что нашла их гораздо умнее в таком виде, чем в свете. Эта белобрысая баронесса фон Шпис смеется над всем и каждым. Elle n'a ni foi ni loi! {Для нее нет ни религии, ни нравственности! (фр.).} Остальные все потише. Варкулова говорит мне за чаем:

— Я догадывалась, ma chère, что вы из наших.

— Т. е. из каких же? — переспросила я.

— Т. е. из умных женщин, которые знают, что для света нужна комедия!

— Почему же вы догадывались?

— Par instinct {Чутьем (фр.).}.

И врет, подлая. Все они: и Варкулова, и Шпис, и Рыбинская — замужние женщины. Стало быть, все предаются в сущности самому циническому обману. Но я с ними помирилась, потому что они не драпируются в страдания.

Додо Рыбинская говорит мне прямо, без всяких обиняков:

— Что прикажете делать, chère, муж мой олух.

А потом она мне объявила еще кое-что относительно ее мужа; неудивительно, что такой муж становится противным.

Белобрысая немка очень оригинально соединяет свои материнские чувства с любовью к мужскому полу.

— Я примерная мать,— пищала она,— mais je veux vivre, parbleu! {но я хочу жить, черт побери! (фр.).}

Вот мы какие! И выходит на поверку, что только я да прелестнейшая Капитолина Николаевна пребываем в законе. Она супруга Сучкова, я принадлежу нераздельно Василию Павлычу Домбровичу.

За чаем мы проболтали часа два. Я все занималась Капитолиной Николаевной, и мне было очень весело. Какая прелестнейшая женщина и, главное, какая вкусная! От нее как-то иначе пахнет, чем от нас всех. Вот уж баба без всякой хитрости. Стоит только посмотреть на ее большие голубые иссера глаза, и вы увидите, что она добрая-предобрая, любит своего Бориньку, а еще больше любит кутнуть; она и веселится, где только может. Я ей говорю:

— Послушайте, моя милая, кто вас выучил так приятно произносить русский язык?

Она не поняла сразу.

— Что вы? (как она оригинально произносит: не что вы, а что вы, с ударением на вы: выходит очень мило).

Я ей повторила мой вопрос.

— Да я всегда как говорила, так и говорю.

Вот тебе и весь сказ. Просто, хотя и непонятно.

Мужчины много-таки врали. Умнее всех, конечно, мой Домбрович. Я преклонялась пред его рассудительностью и тактом во всем и везде.

После чаю Варкулова села к фортепиано и заиграла кадриль. Мы, разумеется, пошли плясать.

— Mesdames,— остановил нас Домбрович,— маленький вопрос: умеете вы канканировать?

Оказалось, что ни я, ни немка, ни Додо этой науке не обучались, хотя и видели десятки раз канкан.

— О ужас! — закричал beau brun.— Капочка (он так называет свою танцовщицу), поучи их.

И Капочка начала нас учить. Она прелестно канканирует, лучше Деверии, с каким-то дерзким шиком. Особенно то па, которое называется tulipe orageuse.

Хорошо! Больше всех старалась я почему-то и выказала блестящие успехи. Капочка была в восхищении и даже бросилась меня целовать.

Я ей простила эту фамильярность. После танцев граф, разумеется, пропел с большим самодовольством несколько романсов своего сочинения.

И что же? Прелестная моя Капитолина Николаевна поет удивительным голосом. Так и разливается, как соловей. Густой, звучный, необыкновенно симпатичный контральто. Ай да Капочка! Она пела с графом дуэт Глинки:

> Вы не придете вновь,
> Дней прежних наслажденья.

Я прослушала с большим удовольствием. Вот так я понимаю

музыку. В маленьком кружке, чтоб были только любящиеся пары...

Недоставало шампанского, и я его потребовала до ужина. Les prudes тоже неглупы выпить!

Да, вот подите: какая-нибудь Капочка обладает разными талантами, а я нет. Она и танцует, как танцовщица, и поет прекрасно, и по-русски говорит так вкусно. Удивительно, что за прелесть.

Начну я петь, ведь у меня есть голос.

С шампанским наступила вторая половина вечера, побойчее.

Варкулова овладела фортепьянами и запела из Belle Hélène.

И мы все подхватили хором:

> Il nous faut de l'amour,
> N'en fut il plus au monde
> Il nous faut de l'amour,
> Nous voulons de l'amour![1]

Да, мы хотим любить, и любить без всяких фраз и мелодрам! Мы хотим жить и очень долго будем жить "в свое удовольствие!".

Много было шуму, пенья и всякого вздору у фортепьян. Но я заметила, что Додо вышла со своим кавалером (так лучше называть)...

Мы с Домбровичем также вышли в другую комнату...

— Ну как тебе, моя милочка, нравится здесь? — спрашивает меня Домбрович.

— Ничего. Я согласна ездить. Какая милая эта Капочка! Elle est à croquer! {Она прелесть! (фр.).}

— Ты в нее влюбилась, что ли?

— Влюбилась.

— У-у-у! — протянул Домбрович. Этакий скверный!

Когда мы пришли с ним в залу, были только две пары в разных уголках. Я нахожу, что такое устройство очень умно. Сидеть пять часов сряду вместе невозможно, как бы общество ни было весело. Я знала, что идея о таких непринужденных вечерах должна была явиться первому моему Домбровичу. Так и есть, он мне сам признался.

В двенадцать часов, нет, позднее, в половине первого, мы вошли в столовую. Там накрыт был ужин à la fourchette. Лакеев не было, они не допускаются. Володской таки подпил. Да и beau brun сделался очень нежен со своей Капочкой. Я и Домбрович можем

---

[1] Нам нужна любовь,
Нужней всего на свете,
Нам нужна любовь,
Мы хотим любви! (фр.).

сколько угодно выпить шампанского. Мы только бледнеем. Муж мой часто поил меня шампанским, и с тех пор я к нему привыкла и пью его без особенных последствий.

— Знаете что,— предложила я всему обществу,— я требую, чтобы наша милая учительница (я указала на Капочку) явилась в следующий раз в костюме.

— Браво, браво,— закричали все.— Решено!

Она была в полном восхищении. Начала меня целовать, чуть не удушила! Ужин кончился таким канканчиком, что у меня до сих пор болят ноги...

Я стала у входа и проэкзаменовала моих веселых, добродетельных жен.

— Что вы скажете мужу? — спросила я у Варкуловой, стоявшей близ меня.

— Я ездила в Смольный, к институтской подруге, классной даме...

— Ну, а вы? — спросила я у белобрысой Шпис.

— Я была у belle-mère... {свекрови (фр.).}

— А вы?

Додо посмотрела на меня очень веселенькими глазами и ответила:

— Да разве я говорю с моим мужем? Ведь я уже вам сказала, что он олух!..

В итоге мы все пятеро вернулись домой со спокойной совестью.

Кареты были наняты другие. Извощик довез меня и тотчас же повернул лошадей, швейцар хоть и видел, что я приехала в карете, но спросить у кучера он ничего не мог, да и не смел бы при мне.

Ариша меня встретила со свечой и спросила:

— Вы у Софии Николаевны изволили быть?..

Все концы в воду! Сегодня немножко шумит в голове. Это от шампанского, которого мы выпили немалое количество. Ничего, завтра пройдет.

16 марта 186*
Второй час.— Четверг.

Теперь я и между барынями имею тайных сообщниц. Мы как-то съехались все на одном самом добродетельном вечере. Этак ужасно весело! Дурачить свет целым обществом, коллективно, как говорит мой Домбрович, еще приятнее. Мне бы хотелось, чтоб зима шла без перерыва еще несколько месяцев: а то весной и летом разъедутся все по дачам. На дачах гораздо больше свободы; но не будет уж прелести наших тайных сборищ.

Домбрович говорит мне о заграничной поездке. Надо же

немножко проветриться до зимы. С ним я все высмотрю. Он знает тамошнюю жизнь, как свои пять пальцев.

Но куда я дену Володьку? Брать с собой — тоска! Я хочу быть как вольная птица... Отдам я его Додо Рыбинской или лучше баронессе Шпис... Она такая чадолюбивая; ну, и пускай ее возится с Володькой...

Как жалко, что Володька еще клоп. Если б ему было теперь лет десять, мой сочинитель его бы прекрасно воспитал. А теперь не знаю, кто его будет воспитывать. Домбровичу сорок два года. К тому времени, когда Володька подрастет, моему сочинителю будет за пятьдесят. Жалко, что он такой старик! А тогда, через десять лет, неужели я его брошу? Всегда он жил холостым, а умирать придется одному, в холостой квартире...

У меня зародилось маленькое сомнение. На днях я непременно хотела, чтоб он мне рассказал про все свои семейные дела. Мы с ним об этом никогда не говорили. Он мне рассказал, что отец его и мать давно умерли. Есть у него небольшое именьице в Пензенской губернии. Ни братьев, ни сестер нет...

Обедал он у меня вместе с Володским, а после обеда тот начал к нему приставать, спрашивал его о каких-то детях. Мой сочинитель отшучивался; но, кажется, был недоволен.

Что бы это значило? Я допытаюсь. Какой-нибудь грешок юности с последствиями. Он холостой человек. Без этого обойтись нельзя!

Уж не женат ли он? Не держит ли супружницу свою там, в Пензе?

Недурно было бы поймать его, старого грешника!

20 марта 186*
Ночь.— Понедельник.

Капочка приводит меня все в большее восхищение! Собрались мы опять во едину от суббот. На этот раз не было уж никаких ожиданий и смущений. Всякий знал свою роль. Я теперь получила ключ и явилась одна, раньше сочинителя. Сейчас же я отправилась в келью к Капитолине Николаевне. Она тоже приехала раньше своего beau brun. Просто трогательно видеть, как мы с ней целуемся.

— А костюм привезли? — спросила я.

— Привезла, мамочка, привезла.

Она со мной не церемонится. Она обращается со мною как с подругою, что мне очень нравится.

Привезла она испанский костюм: туника обшита черным кружевом по белому атласу; корсаж с баской ярко-оранжевого цвета. Я все разобрала до малейших подробностей: кастаньеты,

104

трико, юбки, какой-то еще розовый корсаж, который надевается под лиф.

Я нахожу только, что слишком много тюник из газа. Я и не знала, что это так все закрыто: десять газовых юбок, а первые пять или шесть, уж не помню, сметаны между собою.

Так добродетельно, что добродетельнее и придумать нельзя! Если бы мы в наших платьях начали принимать классические позы (Капочка мне объяснила, что так называется, когда они на одном месте выламывают себе руки и ноги), то вышло бы в мильон раз неприличнее. А тут все прикрыто... кроме, разумеется, ног.

Я присутствовала при туалете Капитолины Николаевны и помогала ей. Она восхитилась моим шиньоном, и я сейчас же причесала ее так, как сама причесываюсь. С большой гребенкой и с испанским костюмом; вышло прелестно! Я ей зачесала волосы назад, открыла ей лоб, подкрасила немножко глаза, и моя Капитолина Николаевна просто сияла.

У меня удивительные парикмахерские способности. Пока мы возились с туалетом, я ее начала расспрашивать, изучать балетные нравы. Я ведь очень сердилась на этих танцовщиц: в моей тетрадке негодовала на них по целым страницам. Не хочется только перечитывать...

— Ну, как же вы, милая,— спрашиваю я Капочку,— прямо так из школы и попали к Борису?

— Да, мамочка. Вы, модные барыни, смотрите на нас как на самых последних развратниц. Знаю я это! А в нашем быту то же самое, что и в свете, ей-Богу. Была я в школе, училась хорошо, рожица смазливенькая, ну, разумеется, меня и выставляют вперед. С четырнадцати лет весь первый ряд приударял за мной. Я еще девочка скромная была, никому не отвечала. Подарки шли своим чередом. К выпуску я видела, что из всего первого ряда только Борю и стоило любить. Мы ведь любим-то не так, как вы-с, барыни. У нас это навек. Вы рассудите сами: с каким человеком я буду жить, так и вся моя судьба устроится! Вам маменька хорошую партию найдет, а мы должны сами устроиться. Вы вот у мужчин ваших расспросите-ка, кто из нас бросил своего мужа по собственному желанию? Ни одна. Уж на этом я стою, что ни одна. В нашем звании никакого и греха нет жить так, как мы живем. Грех разумеется перед законом божиим; а по человечеству рассудить, так иначе и нельзя. Да-с, красавица вы моя!..

— Как же это делается? — допрашивала я.— К выпуску всякая уж знает, к кому попадет?

— Нет, не всякая. Есть десятки девушек, которые весь свой век одни живут с семействами; а то и вовсе одни. Живут на четыреста рублей, а в кордебалете жалованья в месяц четырнадцать рублей тридцать копеек.

— Пятьдесят рублей ассигнациями? — закричала я.

— Да, мамочка, а вы как бы думали?

— И на это живут?

— И живут. Известно, бедствуют. Иная еще мать содержит. Ну, работает...

— Стало быть, не все попадают на содержание? — спросила я без церемонии,— как-нибудь да перебиваются же...

— Известное дело. Кто на четырнадцать рублей останется честной девушкой, та, конечно, не нам чета. Только я вот что вам скажу, мамочка. Хорошенькой девочке, которая на виду, устоять никак нельзя. Это уж так колесом идет. Разве сейчас же попадет в первые танцовщицы, и жалованье дадут большое. Ну, да мы все-таки живем по-божески. У нас есть своя честь. Разве какая-нибудь уж мерзкая девчонка начнет бросаться каждому на шею. А если видишь, что человек любит тебя, не на ветер, хорошей фамилии, может тебя обеспечить, да к тому же сам тебе нравится... ну, тогда и решаешься жить с ним. Ума тут много не нужно. По четырнадцатому году поймешь всю эту механику.

— Да ведь это умнее наших замужеств,— заметила я.

— Уж не знаю, как сказать. А если иная собьется совсем с пути, наверно, виноват мужчина мерзкий. Они нас всяким гадостям учат! Народишь с ним детей, станешь толстая либо худая, как щепка, роли у тебя отнимут, элевации уж нет никакой, в креслах никто о тебе и не вспомнит, вот тогда наши муженьки и бросают нас. Приедет, сунет вам в руку пачку бумажек: на тебе на разживу, корми детей и будь счастлива! Я своему Борису уж несколько раз говорила: как мне стукнет тридцать лет, так ты меня бросишь. Я тогда никаких денег с тебя не возьму; а вот ты лучше теперь положи капитал на детей. А сама я тогда в монастырь уйду. Какое я детям могу дать воспитание? Будет у них капитал, найдутся и добрые люди учить их уму-разуму.

— Какая вы умница, Капитолина Николаевна! Вы ведь гораздо лучше нас всех.

— Святая, с полочки снята. Куда же мне против вас, мамочка моя. Вы, одно слово,— богиня! Мне перед вами немножко совестно было в ту субботу, а перед теми барынями, что же!.. Они грешат-то больше нас, грешных. У них ведь мужья есть. И то сказать: мужья-то вахлаки!

— Что-о?

— Вахлаки, дрянь. А бабочки они молодые, хочется погулять. С постыдными мужьями какая же сласть? Если бы я позарилась на деньги и жила бы с каким-нибудь старым хрычом, стала бы я церемониться?

— Как же вы мне, Капочка, сейчас говорили насчет любви-то по гроб?

— Так ведь это совсем другая статья! Полюбила я девчонкой

106

кого-нибудь: попала я к нему, к первому, ну, я его и буду весь век любить. А ведь иногда случиться может, что и к старому попадешь: обойдет подарками да деньгами. И все-таки это лучше: от старого хрыча завести себе любовника, да, по крайней мере, быть обеспеченной, чем переходить от, одного к другому... Знаете ли, мужчины-то наши, вот и Василий Павлыч также, я уж вам на него посплетничаю. Люблю покумить! Он вот, да еще есть у него приятель, тоже сочинитель, сколько раз со мной толковали, чуть не до брани доходило. Вы, говорит, все здесь в балете дуры, гордячки, смиренницы, не умеете молодость свою тешить, в смертельной скуке, ни себе, ни людям! Как только человек к вам поближе подойдет, вы сейчас ему: женись на мне или обеспечь меня, пару лошадей мне, карету, квартиру в бельэтаж. Лезете все в барыни, жеманничаете, а между прочим, торгуете собой, точно барышники какие-нибудь. Погодите, говорят, теперь гвардейцы-то победнели, еще годика два, три, четыре — и никто вас не станет брать на содержание. Останетесь вы ни при чем. Вот тогда и увидим, говорят, что вы возьмете своей фанаберией? А я им на это говорю: "Дуры не мы, а вы дураки набитые, развратники! Вам чего хочется? Чтобы всякую из нас было легко доставать. Поужинал, приударил, полизал ручки, подарил букетец или сторублевую ассигнацию, ну и кончено, как с какой-нибудь Clémence!"

— А вы ее знаете? — спросила я.

— Вот гадина-то! Всех бы я этих француженок помелом выгнала!

Презрение моей милейшей Капитолины Николаевны выразилось так искренно во всей ее физиономии, что мне сделалось почти совестно.

— Да, милая, я все это им и отрапортовала: "Видим, мол, мы, чего вы хотите, да ни одна из нас на это не пойдет, кто себя уважает; что мы с ума, что ли, сошли? Выйти из школы девочкой невинной, свежей, да так и броситься за букет да за радужную ассигнацию. Изгадить себе сразу всю дорогу... как бы не так!" Сочинители представляли мне разные резоны. "За границей, говорят, не то что танцовщицы, а даже актрисы в хороших театрах и те очень добры, ни в чем никому не отказывают. Ни одна не требует, чтоб по ней года два вздыхали да непременно в кабалу к ней записывались... там это все просто делается, потому, говорят, и таланты там такие! И жизнь веселая: ни танцовщицы, ни актрисы не жантильничают, куда их ни позови, на пикник ли, на обед, на ужин!"

— Соблазнители! — сказала я.

— Да уж, подлинно, соблазнители! Только говорят-то все несообразное. Вы видите, мамочка, я сама люблю пожить: и подурачиться, и попеть, и канканчик пройтись. Да не с первым же встречным? Француженки нам не указ! Я ведь была в Париже с Борисом.

— Вы ездили за границу?

— Как же! Целых восемь месяцев провояжировала. Лечилась тоже и на холодных, и на горячих водах. Познакомились мы в Париже и с актрисами, и с балетными из Большой оперы. Была я и в фойе у них. Уж так вольно, что ни на что не похоже. У нас бы со скандалом выгнали из театра, если б за кулисами и в фойе такие дела выделывать, как у них. Мужчины все понавалят в антрактах из кресел... А эти бестыжие француженки... Ведь у них газу совсем нет, мамочка, да-с! Так просто одна туника сверху... И пойдет гвалт, хохот, визг, щиплют их, целуют; всем от первой до последней мужчины ты говорят, и они мужчинам также; одно слово, мерзость! И действительно, не одни танцовщицы, да и актрисы просто-напросто, как бы это поделикатнее сказать, хуже последних потаскушек, вот что по Невскому ходят!

Туалет Капочки был кончен. Она разгорелась и дышала благородным негодованием. Ее рассуждения и смешили, и занимали меня.

— Ну, идемте, милая, в другой раз еще покумим с вами. Ведь для вас оно внове, наше-то житье. Василий-то Павлыч, чай, помалчивал о балете-то?

Она подмигнула, говоря это.

— Что такое, что такое? — остановила я ее.

— Как что, мамочка? Вы знаете сами.

— Ничего я не знаю.

— Ладно.

Она взяла кастаньеты, щелкнула ими, перегнулась перед трюмо и прыгнула в угол, как кошка. Как мне захотелось быть на ее месте!

— Я вас не выпущу, Капочка,— закричала я ей,— вы что-то такое знаете про Домбровича.

Она подскочила ко мне, обняла меня, поцеловала несколько раз и, нагнувшись на ухо, прошептала:

— Красавица вы моя, душончик вы мой, если б я была мужчина, я бы вас уж отбила у сочинителя-то. Заведите себе помоложе!

И как она нас распотешила после чаю! Le beau brun играл разные балетные вещи...

Когда я ездила в балет, для меня все эти pas de deux, pas de trois {па-де-де, па-де-труа (фр.) дословно: танец вдвоем, танец втроем) — балетные ансамбли.} дышали непроходимой скукой. А тут эффект был совсем другой. Это уж не классические па. Наша Капитолина Николаевна металась из угла в угол, как какая-нибудь львица. Я даже и не думала, что можно в танец положить столько страсти, оригинальности, смелости и ума. Были минуты, когда я совсем забывала, что мы в Петербурге, на Екатерингофском канале, зимой. Вряд ли где-нибудь в Андалузии лучше пляшут и трещат кастаньетками.

Она как-то припадала на пол и совсем замирала.

Я непременно буду брать у нее уроки, начну, не откладывая, на той же неделе.

Все мужчины пришли в телячий восторг. Об нас совсем и забыли. Такие подлые!..

Капочка самая опасная соперница. Но странно, если б Домбрович пристрастился к ней, я бы не могла приревновать. Она мне самой слишком нравится.

Какой вздор, что нельзя влюбиться в женщину! Очень можно!..

После танцев мы ужасно хохотали. Мужчины и, разумеется, первый — мой сочинитель начали писать русские акростихи на разные неприличные слова. Выходило ужасно смешно. Домбрович рассказывает, что несколько лет тому назад они всегда собирались с разными литераторами и целые вечера забавлялись этим.

Мы, женщины, на стихи не решились, а начали играть в прозу, устроили особого рода secrétaire.

И опять-таки наша плясунья писала самые смешные глупости с грамматическими ошибками, но в этом еще нет большой беды.

Ведь и мы не очень тверды. Есть некоторые слова, которые я и до сих пор не умею писать как следует: иной раз выйдет правильно, иной нет.

Я начала экзаменовать Домбровича:

— Что такое у тебя за история была в балете?

— Не знаю, голубчик.

— Как не знаешь? Разве ты содержал когда-нибудь танцовщицу?

— У меня никогда таких и капиталов не было.

— Лжешь.

— Вот те крест.

От него, разумеется, ничего не добьешься. Такое состроит лицо! Я уж десяток раз замечала, что никогда не разберешь: дурачится ли он или правду говорит?

Я вряд ли достигну в этом такого же искусства, а нам, женщинам, оно еще полезнее.

От письменного вранья мы перешли к простому. Мы заставили каждого из мужчин рассказать про свою первую любовь. Сколько было смеху! Все, лет по шестнадцати, потеряли свою невинность. Домбрович рассказал историю, где выставил себя совершенно Иосифом Прекрасным.

Со мною, однако, он не вел себя таким наивным.

Три наши замужние жены рассказывали также истории из

своего девичества. Я вышла замуж совсем дурой, а все они ой-ой! Так были развиты теоретически, что им, кажется, в замужестве не представилось ничего нового. Одна из них институтка, а две воспитывались дома. Институтка, кажется, еще перещеголяла домашних.

Додо Рыбинская объявила, что она пятнадцати лет знала наизусть все непечатные стихи Пушкина и Лермонтова.

А я об них не имела понятия до тех пор, пока не познакомилась с классической библиотекой Домбровича.

Ужинали мы совершенно по-французски: пели, говорили даже спичи. На этот раз было больше блеску: наша плясунья в своем испанском платье, мы также в полуоткрытых платьях.

В прошлую субботу мы все еще немножко стеснялись, а вчера стесняться уже было нечего. Наши роли слишком стали ясны.

26 марта 186*
До обеда.— Воскресенье.

Ариша знает все! Я вернулась с третьей субботы в пятом часу. Было выпито солидно. Звоню. Она меня встречает, как всегда, со свечой в руках, взглянула и опустила глаза.

Я прошла мимо в спальню и только там сняла свою шубку.

— Матушка Марья Михайловна,— заговорила она вдруг, и голос ее задрожал,— что вы изволите с собой делать!

Она поставила свечку на стол — вдруг опустилась предо мной на колени и заплакала.

Я тоже присела и смотрела на нее в каком-то оцепенении: так меня это поразило!

— Губите вы себя, матушка, губите!

Она уже не плакала, а рыдала и держала меня за обе руки, целуя их и наклоняясь головой над моими коленами.

Я спохватилась наконец, немножко оттолкнула ее и привстала.

— Что с тобой, Ариша? Ты с ума сошла!

Она поднялась и, верно, испугалась своей смелости. Бледная-пребледная стояла она передо мной, не говоря ни слова.

— Чего ты боишься за меня? Что я поздно ложусь спать? — говорила я, чувствуя, что щеки у меня ужасно горят от шампанского.

— Нет-с, не то-с,— прошептала Ариша.

— Так что же? Тебе, видно, скучно меня дожидаться. Не жди. У меня есть ключ от двери. Я могу одна раздеться.

— Не буду-с, не буду,— говорила она, дрожа всем телом.

— Ну, раздень меня, глупая!

110

Я сказала Домбровичу про сцену с Аришей. Он смеется. Говорит то же самое, что и я: от горничной никто не убережется.

Впрочем, я не знаю наверно, догадывается ли она вполне? Знать, где я бываю по субботам, ей невозможно.

Я предложу всему нашему обществу менять дни. Этак будет лучше.

Вот уж около двух месяцев, как я сошлась с моим сочинителем. Я никак бы не вообразила, что женщина может в такое короткое время совсем переделать свои взгляды, вкусы, т. е. даже и не переделать, а превратиться в другого человека.

Вот когда совсем себя раскроешь, попросту, без всяких финтов, тогда только и начинаешь жить как следует. Долго ли я останусь с Домбровичем? Не знаю. Мы с ним так поставили себя друг перед другом, что все у нас обойдется мирно... Он меня пока занимает. На наших субботах без него не было бы такого увлечения; для света он мне тоже необходим... Старенек, правда, от него уж не очень дождешься страстных порывов, да и зачем?.. Когда сидишь за ужином, конечно, приятнее было бы видеть рядом с собою молодую, смазливую рожицу... Это еще не уйдет! С Домбровичем я, во всяком случае, не расстанусь, если б даже и наклеила ему рога. А нашла бы на меня такая блажь, я его же бы взяла в советники.

Он вчера говорил мне:

— Когда вздумаешь меня бросить, голубчик мой, скажи мне. В наших с тобой отношениях иначе и быть не может. Ты полюбила немножко мой ум, мое знание жизни, я тебя направил на путь истинный, показал, как всего удобнее болтаться в нашей земной юдоли. Все это я сделал не для твоего, а для своего собственного удовольствия. Я с тобой не хочу менторствовать, но по летам моим мне поневоле приходится принимать иногда тон старшего. Поэтому я на себя и смотрю как на временного наставника. В тебе кровь будет говорить все сильнее и сильнее. Теперь ты еще девочка, хотя тебе и кажется, что ты прошла огонь, и воду, и медные трубы.

Это меня заставило рассмеяться. Я — девочка!

— Да, мой друг,— продолжал начитывать мне Домбрович.— Твоя теперешняя зрелость еще внешнего характера. Ты много знаешь по искусству любить, но все это ты теперь глотаешь залпом. Ты резвишься, ты рвешься в самый водоворот наслаждений и все-таки не будешь знать им настоящей цены до поры до времени.

Разговор этот происходил у него в кабинете. Он подошел к

шкапчику, вынул оттуда довольно толстую книжку в красном сафьяне и показал мне ее.

— Ты читала ли эту вещь?

— Ты знаешь, что я читала все твои классические книги.

— Ну, а этой, наверно, не прочла. Я тебе ее подарю. Это, мой друг, исповедь большого мудреца: "Les confessions de Jean Jacques".

— Руссо?

— Да, голубчик. В мире нет лучшего романа, да вряд ли и будет когда-нибудь. Почему? — спросишь ты... Потому что в романе только тогда встает живой человек, когда вся его суть рассказана с полным бесстрашием, без всяких прикрас. Тут все равно, великий он человек или простой смертный. Вот мы с тобой простые смертные. Но возьми мы десть бумаги и опиши мы себя до самых потаенных углов своего личного я, и мы оставим два бессмертных произведения. Беда только в том, что, кроме гениальных людей, этой простой шутки никто не может сделать. Нынче господа Доброзраковы тоже знакомят со своим душевным навозом. Он, правда, воняет; но и только.

— Почем знать,— рассмеялась я,— может быть, мои confessions {исповеди (фр.).} тоже когда-нибудь прославятся?

— Разве ты пишешь журнал?

— А как бы ты думал?

— Отчего ж ты мне об этом никогда не говорила?

— Так, тебя слушала... Я несколько раз хотела показать тебе кое-что, особенно то место, где я на тебя злобствовала. Вот эта кушетка была также описана.

— Покажи, голубчик, покажи. Какая, однако, ты дикая и занимательная особа: никогда бы я не подумал, что ты ведешь дневник. Каждый день?

— Почти каждый.

— И помногу?

— Теперь нет, заленилась. А вот когда вы изволили вступать со мною в философические разговоры, страниц по пятнадцати; просиживала до шестого часа.

— Знаешь что: ты мне отдай свой журнал в ту минуту, когда подпишешь мою отставку.

— Чтоб ты из него сделал роман? Знаю я вас, сочинителей! Вы из всего извлекаете пользу. Уж я себя так и вижу в печати. Ты меня изобразишь во всех подробностях.

— Очень бы стоило! В тебе важна чистота инстинктов.

— Ну, уж не подделывайся, Домбрович,— перебила я его.— Кое-что я тебе прочитаю из моей тетрадки, а в роман меня все-таки не смей вставлять. Если тебе нужны будут деньги, а больше ты ничего не придумаешь, я у тебя куплю сюжет.

— По рукам! Но мы удалились от Руссо. Разверни ты эту

112

красную книжку на странице двести тридцать седьмой, так кажется. Руссо тут описывает вторую, по счету, женщину, с которой он был в связи.

Вернувшись домой, я не выпускала из рук книжки Руссо, проглотила почти всю.

И что же? Самые лучшие места — любовные. Какой он там ни был великий мудрец, а все-таки описывает со всеми подробностями свои отношения к женскому полу.

Завтра мы с Капочкой поднимем такую возню! Я придумала явиться всем в костюмах. От сочинителя потребовала, чтобы он был одет пьеро. С его длинной фигурой будет очень смешно.

Костюм свой я приготовила в Толмазовом переулке и сниму его после ужина.

Ариша опять бы мне сделала чувствительную сцену, если б я явилась перед ней в виде нимфы. Домбрович сам мне нарисовал...

Да, завтра у нас пойдет "дым коромыслом". Это — выражение моей прелестной плясуньи. Я ее обожаю!

3 апреля 186*
Воскресенье.

Срам! Ужас! Ах я окаянная!

Не могу писать...

Нет, я должна все рассказать, от слова до слова.

Боже мой, как я страдаю!

Вот как было дело. После обеда я легла спать, готовилась к ночи... В половине девятого я послала за каретой и поехала в Толмазов переулок. Туда был принесен мой костюм. Домбрович меня дожидался. Мы с ним немножко поболтали; он поправил мою куафюру на греческий манер. В начале десятого мы уже были на дворе нашей обители. Порядок был все тот же. Мы сейчас отослали извощика. Когда я посылаю Семена нанимать карету, я ему говорю, чтоб он брал каждый раз нового извощика и на разных биржах.

Поднялись мы по лестнице. Домбрович говорит мне:

— У тебя ключ, отопри.

Он мне, недели две тому назад, дал ключ на всякий случай и сказал мне еще тогда:

— Я иногда бываю рассеян; а у вас, женщин, память лучше. Береги его.

Я сунула руку в карман платья: ключа не было.

— Забыла? — спрашивает Домбрович.

Вспомнила я тут же, что оставила его на туалетном столике, когда Ариша чесала мне голову.

113

— Что делать? — прошептала я. Возвращаться нам не хотелось.

— Я позвоню,— сказал Домбрович.— Кто-нибудь там уже есть. Они догадаются.

Он позвонил тихо, два раза.

Отпер нам le beau brun. Я очень обрадовалась, что Капочка тут, и бросилась в ее келью.

Одевание было продолжительное. Капочка восхитилась моим костюмом. Она сама была одета баядеркой в тигровой коже и с венком из виноградных листьев. Я ее упросила надеть как можно меньше тюник, как в Париже... она согласилась.

Мой костюм был греческий, style pur {точно в стиле (фр.).}, как выразился Домбрович: руки все обнажены, с широкими браслетами под самые мышки, тюника и péplum полупрозрачная. Одно плечо совсем открыто, сбоку разрез до колена. Я надела даже сандалии из золотых тесемок.

Когда я стала перед трюмо, Капочка пришла в неистовый восторг... Я действительно была хороша.

Не было конца нашему вранью. Мы с ней нежничали, точно влюбленные... В одиннадцать часов собрались мы все в залу. Маскарад удался как нельзя лучше. Все мужчины были шуты гороховые: Домбрович — пьеро, Борис Сучков — паяцем, граф — диким (un sauvage), Шварц — чертом и Володской — Бахусом. Бахус вышел неподражаем.

Из женщин одна только немка Шпис имела глупость явиться бержеркой: избитый и скучнейший костюм. Додо Рыбинская была одета в восточный наряд, а Варкулова — маркизой с таким лифом, какой носили при Людовике XV.

Все так были рады, что мне пришла идея затеять такой souper-costume {костюмированный ужин (фр.).}. Во всех нас вселился бес: за чаем мы уже бесновались не меньше, чем за ужинами прошлые разы.

Капочка была чистая вакханка. Она выделывала Бог знает какие вещи.

Музыка, пенье, пляс — все это шло колесом. Я двигалась, болтала, пела в каком-то чаду.

Ужинать мы сели раньше обыкновенного. Пели мы все хором. Мужчины предлагали невозможные тосты.

Ужин перешел в настоящую оргию. И я всех превзошла! Во мне не осталось ни капли стыдливости. Я была как какая-нибудь бесноватая. Что я делала, Боже мой, что я говорила! Половину я не помню теперь; но если б и вспомнила, я не в состоянии записать этого.

Сквозь винные пары (шампанского мы ужасно выпили) раздавался шумный хохот мужчин, крики, взвизгиванья, истерический какой-то смех, и во всей комнате чад, чад, чад!

Нет, я не могу кончить этой сцены, этой адской сцены...

И вдруг, прижимаясь к Капочке, сквозь какую-то пелену я вижу посредине комнаты, в двух шагах от меня, фигуру в черном. Я приподняла голову, всмотрелась. Близорукие мои глаза плохо разбирали предметы...

Я обомлела и сейчас же почувствовала, что вся кровь прилила к сердцу.

Черная фигура был Степа!

Я так и осталась в объятиях Капочки и, как безумная, уставила на него тупой взгляд.

Он тоже, бледный как смерть, стоял, нагнувшись. Губы его даже побелели и дрожали. Я без всякой мысли осматривала его лицо, бороду, которой у него прежде не было, короткую визитку, сапоги... В одной руке он держал белый фуляр, ь другой меховую шапку.

Это продолжалось несколько секунд.

Он точно спал с неба, никто его не заметил...

После столбняка я вдруг вскочила, как ужаленная, и оттолкнула вакханку, так что она повалилась на диван.

Я со злостью бросилась на него и, задыхаясь, прошептала:

— Зачем ты здесь! Ступай вон!

Музыка прекратилась. Я ни на кого не обращала внимания; но в эту минуту все, верно, оглянулись на нас.

Степа судорожно взял меня за руку.

— Маша! — вырвалось у него. Звук этого слова так меня и пронзил. Я испугалась, как-то вся съежилась, сама схватила его за обе руки. Сердца у меня точно совсем не было в эту минуту. И такой стыд вдруг обдал всю меня, что я готова была броситься куда-нибудь под диван, под стол...

Предложи мне тогда умереть, сейчас же, в один миг, я бросилась бы на смерть, как на спасение.

Больше ни я, ни он не промолвили ни одного звука. Он меня вывел в переднюю. Я сама нашла свой салоп и башлык. Он свел меня вниз, кликнул карету, посадил меня и сам сел рядом.

Холодный воздух пахнул мне в лицо. Я вся простыла; но губы мои точно что сковало. И какая-то вдруг тупая злость поднялась на сердце. Злость и страх. Я почувствовала себя в этой карете точно в клетке, в каменном мешке, в могиле. Я была преступница, пойманная на месте преступления. Мне представлялись впереди: казнь, позор. Этот человек сидел тут рядом, как полицейский сыщик. Одну минуту я его страшно ненавидела. Как перед Богом, я способна была кинуться на него, будь у меня в руках хоть что-нибудь! Я схватилась даже за ручку кареты и хотела выпрыгнуть, хоть я и видела, что мы ехали по Английскому проспекту, к моей квартире.

"Что нужно ему от меня? — вертелось у меня в голове.— Как

он смел явиться туда, с какого права сделал он меня своей пленницей?"

Ехали мы очень шибко. Наше молчание давило меня. Он сидел, отвернувши свое лицо от меня. Я видела его затылок и меховую шапку.

Когда мы совсем уже подъезжали, вдруг я почувствовала то самое щекотание, те самые мурашки, как в кабинете Домбровича... Вспомнились мне сейчас нянька Настасья и винные ягоды, детские слезы и розги. Я размякла, я захотела, чтоб меня кто-нибудь сейчас же наказал.

— Что ж ты молчишь? — закричала я.— Говори что-нибудь!

Прошло еще секунды две, три, он не отвечал.

Потом он вдруг опустился вниз, упал руками и головой на мои колени. Мои колени чувствовали, что он весь трясется.

— Маша моя, Маша! Что ты с собой сделала!

Он громко зарыдал. Карета остановилась.

КНИГА ТРЕТЬЯ

8 апреля 186*
Днем.— Пятница.

Вчера я только что встала с постели. Не знаю, что уж со мною было. Дня три я лежала в забытьи.

В первый день, когда мне стало легче, входит Ариша и говорит:

— Степан Николаевич просит позволения войти.

Я обрадовалась. Может быть, я не приняла бы его, если бы хорошенько все поняла, что со мной случилось.

Степа вошел сконфуженный, точно не смея поднять на меня глаза. Он присел к кровати, и мы несколько минут промолчали.

Мне было так стыдно, что я даже отвернулась в другую сторону.

Но с ним нельзя долго оставаться так. Я чувствовала, что Степа все такой же добрый... Я протянула ему руку. Он бросился ее целовать.

— Прости меня, Маша,— шептал он.— Я тебя уложил в кровать. Третьего дня ты была очень плоха...

Он чуть-чуть не плакал.

Я приподнялась на кровати и, держа его за обе руки, начала рассматривать. Он немного постарел, немного пополнел; но все такой же моложавый, с тем же большим лбом и маленьким носом и прической под гребенку, только отпустил себе редкую, жидкую бородку. Добрые его глаза смотрели на меня с такой тихой и снисходительной любовью, что вся моя болезненная тягость, всякое ощущение страха и неприятного стыда, все это прошло.

— Я ведь тебя совсем не видала,— выговорила я.

— Я приходил,— все шепотом продолжал он,— на другой же день... ты уж заболела... Я не смел тебя беспокоить.

Глядела я, глядела на Степу и горько заплакала. Вспомнила я все мое окаянство, всю ту мерзость, откуда он увел меня...

Степа не удерживал моих слез и не успокаивал меня. Он понимал прекрасно, что эти слезы были необходимы, что без этого немого раскаяния я бы не решилась ни о чем говорить с ним.

— Ты меня презираешь,— выговорила я наконец...— Что я такое в твоих глазах, Боже ты мой милосердный!..

— Полно, Маша. Брось ты эти слова, никто никого не имеет права презирать! Ты могла бы сама выгнать меня за то, что я позволил себе насильно ворваться в твою интимную жизнь...

— Не смейся ты надо мной, Степа! Брани меня, как самую последнюю развратницу; но не язви меня!

Он сел ко мне на кровать и начал меня ласкать, как маленькую девочку.

— Вижу, Маша,— говорил он,— что ты совсем меня не знаешь. Я тебе совершенно искренно повторю еще раз то, что сказал сейчас. Ты была бы вправе выгнать меня.

— Ты меня спас, Степа!

— Я поступил по первому побуждению. Вышло, может быть, хорошо оттого, что у тебя, Маша, золотая натура. Но могло бы выйти и очень скверно...

Он говорил так просто, с такой задушевностью, что у меня невольно вышел вопрос: "как он узнал, где я была в субботу?"

— Вот как это было, Машенька. Я тебе писал из Берлина, что ровно через неделю буду в Петербурге.

— Степа, прости меня, я даже не прочитала твоего письма. Оно вон там валяется на туалетном столике. Какая я мерзкая!

— Погоди себя клясть. Беда еще не велика, что ты не прочла моего письма. Ну так вот, я и явился сюда в субботу вечером. Повезли меня в гостиницу, на Невский. Я бы к тебе попал раньше; но нужно мне было сейчас же исполнить поручение: на дороге сошлись мы с одним барином, и он меня упросил отвезти какой-то пакет какому-то другому барину, куда-то чуть не в 17-ю линию Васильевского острова. Пока я разобрался, переоделся, свез пакет, ушло немало времени. Позвонил я у тебя уж поздненько. Меня встретила Ариша (тут он стал говорить по-французски). У этой девушки такая к тебе привязанность, Маша, какой ты, конечно, не предполагаешь. Спрашиваю ее: "Где барыня?" Она стоит передо мною бледная как смерть и ничего не отвечает. Меня это сейчас же поразило. Я повторяю свой вопрос. Тут Ариша зарыдала и начала меня умолять о чем-то, чего я совершенно не понял. Она не смела рассказать мне всего; она только сунула мне в руку какой-то ключ и, вся в слезах, проговорила мне: "Батюшка Степан Николаич, поезжайте, адрес я знаю, там-то и там-то, на Екатерининском канале, мне сказывал извощик, на втором этаже. Вот вам ключ..." Когда я наконец понял, чего она от меня хотела, я не скрываю от тебя, Маша, я был глубоко оскорблен, скажу больше: что-то дурное, жесткое поднялось у меня на сердце. Мне захотелось осрамить тебя. Да, это было минутное чувство, но оно все-таки было. Я, однако ж, не сразу решился ехать. Думаю даже, что если бы предо мной не было твоей Ариши с ее искренним горем, я бы не решился. Насилия и вмешательства в чужую жизнь я оправдать не могу. А можно ведь назвать мой поступок и тем и другим именем. Но предо мною явилась моя добрая и прекрасная Маша, так живо... Я сказал себе: "Мы слишком близки, чтобы высчитывать друг пред другом каждый наш шаг. Где бы я ее ни нашел, как бы она ни сбилась с пути, она все-таки пойдет за мной; и чем неожиданнее будет удар, тем лучше!" С этим я и отправился.

Ариша хотела было достать карету здесь поблизости. Карет уже не было. Я вернулся в отель и послал оттуда за каретой. Ходили очень долго. Но я уже более не колебался. Если бы мне пришлось везти тебя оттуда на ваньке или пешком, я все-таки бы пошел. Отыскали мне наконец карету. Ехал я, Маша, и уж больше не думал, хорошо или дурно я поступаю. Подъезжаю, ворота отперты. На дворе какие-то две кареты. Я вижу один вход. Поднимаюсь во второй этаж, ощупываю дверь, отпираю ее ключом. В передней никого. Что было в зале — ты знаешь...

Степа опустил голову; точно еще раз просил у меня прощения.

Ах, какой он славный! Я бросилась его целовать.

— Маша,— начал он опять,— пожалуйста, не говори про себя ничего лишнего. Ты поступаешь теперь, как женщина, которая освободилась от какого-то кошмара. Предо мной тебе нечего ни защищаться, ни оправдываться. Ничего такого я не допущу. Слышишь! В тебе произошел кризис... Я скажу даже, что я не ожидал такого мгновенного действия одной минуты на твою совесть и нравственное чувство. Но все это, Машенька, не резон, чтобы преувеличивать свою вину, свое окаянство, как ты выражаешься.

— Полно, Степа,— перебила я его.— Не великодушничай ты со мною, ради Бога! Я ничем себя извинять не могу, да и не хочу.

— Ну, прекрасно, Маша, прекрасно. Только мы сегодня о тебе не станем говорить, да мне уж и пора удалиться, ты еще слаба. Это тебя волнует. Прощай.

Я его стала удерживать; но он все-таки ушел.

Когда я осталась одна, у меня точно камень спал с груди. Степа сразу принес с собою то, чего ни во мне, ни около меня и в помине не было: чистый воздух, честные и добрые слова.

Мысль моя схватилась за Степу. Я хотела думать только об нем; все же недавнее прошлое откинуть, вырезать совсем из головы и из сердца.

Немножко я забылась и вижу: подмигивает и улыбается мне Домбрович. Его pince-nez блестит на носу, и серые бакенбарды точно шевелятся. На голове у него колпак, тот самый, что был в субботу. Из-за Домбровича выглядывают все мои подруги и собутыльники... Капочка грозит пальцем и говорит:

— Какая ты дура, куда ты убежала? Точно малолетняя. Прислали за тобой гувернера и повели сечь!

И все вдруг запрыгали, захохотали, завизжали. Вот и я сама стараюсь выделывать tulipe orageuse. Потом схватывают меня сзади и влекут куда-то, точно в погреб. Сердце у меня начало ныть, ныть. Так мне обидно, что меня влекут с пира... И Степа мне представляется противным старикашкой, который лезет со мной целоваться...

Я открыла глаза. Стемнело уж. За перегородкой горела свеча.

"— Что ж Домбрович? — спросила я у самое себя вслух.— Неужели он не был?"

Как же было узнать об этом. Спрашивать у людей — совестно. Но я не хотела помириться с мыслью, что он и носу не показал.

Я позвонила.

— Приезжал кто-нибудь в эти дни? — спросила я у Ариши.

— Софья Николаевна каждый день изволили навещать-с. Вчера-с были два раза-с; а Степан Николаич все время.

Я пристально поглядела на Аришу. В спальне стоял полумрак, но я все-таки заметила, что она говорит со мной, опустив глаза.

Я должна была подавить в себе неприятное чувство при мысли, что Ариша меня выдала. Бедная! Она стояла ни жива ни мертва.

— Подойди сюда, Ариша.

Она торопливо подвинулась к кровати. Слышно было, как она тяжело дышала.

— Ты меня очень любишь, Ариша?

Вместо всякого ответа она бросилась целовать мои руки и прослезилась.

— Ты точно боишься чего-то? — сказала я.

— Матушка, простите меня, Христа ради; все ведь это я сделала! Вас было совсем уморила.

Как это странно! Вот два существа: Степа и Ариша... Он такой образованный, она — простая горничная девка. И оба говорят одно и то же; у обоих одно и то же чувство ко мне. Я вспомнила почему-то именно в эту минуту, что ведь за Аришей водятся грешки по части саперного батальона.

Никогда я ее об этом не допрашивала; а тут отчего-то захотелось мне вывести ее на свежую воду. Какое скверное побуждение!

— У тебя ведь есть любезный, Ариша? — сказала я очень сухо и жестко.

Она приподнялась и долго не отвечала.

— Есть? — повторила я.

— Я, Марья Михайловна, пред вами лгать не хочу,— заговорила Ариша с большим достоинством.— Я точно люблю одного человека, и он меня любит. В нашем звании, Марья Михайловна, тоже есть честность. Я ему доверилась и знаю, что он беспременно на мне женится, да и сейчас бы женился, только слово я скажи. Он сколько раз просил меня об этом...

— Отчего ж ты не идешь?

— Он военный, солдат-с. Коли за него теперь выйти замуж, надо хозяйством зажить. А я...

И Ариша запнулась.

— Ну, что ж ты?

— Я от вас не отойду, покуда не прогоните,— выговорила она с усилием, и слезы у нее опять закапали.

Я была тронута. Я никак не ожидала, чтобы у этих людей была такая деликатность в привязанностях.

— Так ты это для меня воздерживаешься от законного брака?

— Вы обо мне не думайте, матушка. Простите меня только, Христа ради. Если вам неугодно, чтобы мой жених со мною знался, что ж, я хоть и на это пойду, только вы меня не гоните.

Какое сердце! Что я перед Аришей? Олицетворенное безобразие!

Но мне все-таки хотелось узнать о Домбровиче.

— Никто не приезжал еще кроме Софьи Николаевны? — спросила я.

— Две барыни приезжали с визитами: карточки оставили.

— Подай.

Гляжу на карточки: Варкулова и Рыбинская.

— А больше никого?

Ариша замялась.

— Говори же.

— Господин Домбрович приезжали третьего дня.

— Когда?

— Часу во втором-с. В это время здесь доктор были-с.

— Что ж, оставил карточку?

— Как же-с.

— А писем не было никаких?

— По городской почте одно письмо-с.

— Подай.

Голова еще у меня была тяжела. Я приподнялась на кровати. Ариша светила мне.

"Наверно от него!" — сказала я про себя.

Рука мне незнакомая; да я никогда и не видала его руки хорошенько. Читаю... послание от Капочки.

У-у! как мне сделалось гадко. Сейчас же встала передо мною сцена в ту минуту, когда Степа вошел в залу. И какой пошлостью дышало ее письмо! Фамильярный и грязно-шутливый тон нестерпимо оскорблял меня. Я не дочитала даже и разорвала письмо.

От него ни строчки. Он держался своей системы: не прибегать к корреспонденции. Ариша все стояла предо мною. Я ее совсем забыла.

— Живи у меня,— сказала я ей,— прощенья просить тебе не в чем. Ты ни в чем предо мной не виновата.

Когда она ушла, мне сделалось вдвое стыднее и перед ней, и перед Степой. Я почувствовала, что нельзя уже мне стряхнуть с себя всю мою нечистоту. Только что ушел Степа, я сейчас же начала опять думать о моем развратителе.

121

Полулежала я в кровати в ужасном унынии. Больше уж нельзя презирать самое себя, как я себя презирала в эту минуту.

Вошел опять Степа. Я ему рассказала про свое новое окаянство. Он выслушал все с улыбкой и поцеловал меня в лоб.

— Смешная ты, Маша, смешная! Да если б тебе сегодня не пришел на ум этот человек, если бы ты не захотела узнать: приезжал ли он сюда или нет, ты была бы не женщина, а урод. Разве мы можем делать такие переходы, вот как в сказках говорится: "Тяп-ляп, да и вышел корабль". Ты вжилась в эту жизнь. Тебе, помимо твоей воли, еще долго будут представляться и люди, и целые картины. Это твой искус, Маша. Или они привлекут тебя опять, или ты с ними навеки простишься. Но сразу этого быть не может, да и не должно!

— Ты меня утешаешь, как ребенка...

— Вовсе нет. Я говорю с тобой немножко полегче, чем бы я говорил, если б ты была совсем здорова. Но я и не думаю подслащивать твоих нравственных страданий. К чему? Изменить то, что ты чувствуешь теперь, я не могу и не желаю. Но помочь тебе иначе смотреть на свое окаянство, это другое дело. Крайности самопрезрения и разных других ужасов происходят всегда от ложной мысли, а не от ложного чувства.

— Это философия, Степа. Как ты ни изворачивай, ты меня должен презирать. Никакого мне оправдания быть не может.

Он рассмеялся и ударил меня по плечу.

— Ты, Маша, точно сказку про белого бычка рассказываешь. Коли тебе это нравится, изволь. Давай, пожалуй, повторять ее вдвоем.

— Да как же, Степа, только что ты ушел, я заснула, и вдруг полезли мне опять в голову все мои гадости!..

— Решительно, Маша, я тебе запрещаю говорить о своей собственной особе. Повторяю тебе еще раз: потолкуем обо мне.

— Да, Степа, да... Надолго ты сюда?

— Как тебе будет угодно. Если не надоем, поживу, посмотрю, что у вас тут делается, посоображу кое-что, а там к осени опять назад; но тогда и тебя возьмем.

— Как меня, зачем?

— Непременно, непременно. Я уж говорил с твоим доктором. И для тебя, и для твоего Володи надо проститься с Петербургом. А он у тебя славный мальчик...

Я взглянула на Степу: его доброе лицо оживилось. Видно, в самом деле мой Володька понравился ему.

— Какой славный! Нюня!

— Ты, кажется, к нему очень строга, Маша. Я вот эти дни заходил к нему в детскую. Имел честь познакомиться с его воспитательницей.

— Как она тебе понравилась?

— Самая настоящая ирвингистка. Она его прекрасно моет, кормит и одевает, но...

Степа остановился.

— Но что?.. Ты заметил что-нибудь...

— Он слишком мало развит, Маша, для своих лет. Миссис Флебс ничего с ним не говорит. Она слишком сурова...

Степа не договорил. Он не хотел меня огорчать; но я очень хорошо поняла, что ему не понравилось: как держан мой Володька.

Да, как он держан? Видела ли я его раз в неделю, в последнее время? Не знаю. Вставала я в то время, когда миссис Флебс уводила его гулять, а потом целый день меня не бывало дома. Кое-когда я слышала из детской его хныканье. Вот и все. У меня совсем не было сына.

Степа никакого мне выговора не дал, а я сильно-таки застыдилась. Я почувствовала, что, о чем бы мы ни заговорили с ним, всегда будет всплывать наружу что-нибудь такое, из чего мне придется краснеть. Степа такой человек, с которым ни лгать, ни выворачиваться нельзя. В тоне и в манерах своих он много изменился, стал гораздо мягче, нежнее как-то, начал говорить тихим голосом. Прежде он ужасто жестикулировал и кричал. Теперь остались только в лице подвижность и маленькая нервность. Я его еще рассматриваю, но уже чувствую, что если я останусь с тем, что у меня было прежде в голове, я никогда не пойму Степы и не привяжу его к себе. Я знаю, что он должен меня ужасно презирать, и все-таки хочу непременно, чтоб он меня полюбил еще больше, чем прежде.

Перечитаю-ка я все его письма из-за границы, взвешу каждое слово. Это мне поможет изучить его.

Зачем я употребила это скверное слово? Оно мне напомнило Домбровича и его житейскую теорию.

Как мне ни хотелось в этот вечер изливаться перед Степой, он все-таки не допустил... Ему не хочется теперь интимных разговоров. Он бережет меня. Посидел полчасика, дождался визита Зильберглянца и уехал вместе с ним.

11 апреля 186*
Вечер.— Понедельник.

Я совсем здорова. Каталась сегодня в карете. Ем хорошо и тихо сплю.

Домбрович был еще раз. Его не приняли. Я посоветовалась со Степой. Он мне сказал:

— Напрасно ты это делаешь, Маша. Ты избегаешь его, как

123

трусливая девочка. Что он такое за вампир? Ты не хочешь объяснений, я это понимаю. Прими его при ком-нибудь.

— При тебе, Степа, ты позволишь?

— Хоть при мне.

В первый раз мы говорили со Степой о моем прошедшем и о Домбровиче. Я запишу здесь слово в слово то, что сказал Степа:

— Знаешь ли, Маша,— начал он,— что если б у тебя была похолоднее натура, знакомство с Домбровичем принесло бы тебе огромную услугу.

— Услугу?!

— Да. Даже теперь я вижу, что твой ум возбужден неизмеримо больше, чем это было два года тому назад. Я вижу, что по твоей интеллигенции (у Степы тоже свои слова) прошлась рука опытного мастера. Я не хочу вдаваться с тобой, Маша, в философские разглагольствования; скажу тебе попросту: не то беда, что Домбрович и люди его сорта не понимают молодых стремлений и клевещут на них, не то беда, что они не обучались естественным наукам; но они развратники и лжецы. Я, Маша, стал нынче снисходителен до гадости, но все-таки скажу это. Они развратники и как частные люди, и как общественные деятели, потому что никаких основ у них не было и нет, кроме совершенно внешних увлечений таланта и праздного ума. Лжецы они опять-таки вдвойне: в домашней жизни и пред глазами всего общества. Лгать для них такая же потребность, как теперешней генерации добиваться правды. В этом они, если хочешь, не виноваты. Все их умственное и душевное воспитание вышло из красивой, увлекательной лжи. Домбровичу теперь, вероятно, лет сорок пять. Он — человек сороковых годов. Их образцы доживают теперь свой век во Франции. Видел я их вблизи: они написали много талантливых вещей, но все-таки весь свой век лгали и теперь лгут. Высочайших эгоистов ты встретишь в их среде. Эгоизм доведен у них до художественности, до целой системы. Эту систему г. Домбрович тебе преподал очень старательно, сколько нужно было для твоей светской жизни. Мы еще вернемся с тобой к этой пункту; а теперь, чтобы показать тебе, до какой степени может простираться в них ложь на самые серьезные факты жизни, я тебе приведу ходячий рассказ о том, что г. Домбрович, наезжая сюда, в Петербург, одну зиму рассказывает, что у него пять человек детей, другую, что у него никогда не было детей, третью, что он и женат никогда не был. И действительно, даже в литературном мире наверно не знают: женат ли Домбрович или нет.

— А он женат? — спросила я.

— Я лично знаю, что женат, и очень давно. Но он держит жену в деревне и только когда разоврется, варьирует число своих детей. Узнай раз навсегда, Маша, что для этих художников, как они себя называют, выше красного словца, т. е. рисовки, ничего быть не может. Если б весь мир превратился в большое обойное заведение, в декоративный балаган, эти господа были бы прекрасные драпировщики. У них бы люди, идеи, чувства, страсти, страдания пошли на всякие фигуры, кариатиды, занавески и драпировки. Впрочем, довольно об этом. Я буду очень рад видеть г. Домбровича здесь у тебя. Иначе этого узла разрубить нельзя, Маша. Он тебе дал прекрасный совет: не прибегать к переписке. Он, наверно, явится к тебе еще раз, ты его примешь... Он сразу же поймет, в чем дело...

Тут Степа остановился, взял меня за руки и прибавил:

— Ты сама почувствуешь, Маша, нужен ли тебе еще Домбрович или нет.

— Провались он совсем!

— Не так горячо...

Степа каждый раз точно обрывает разговор. Он не хочет меня утомлять; а главное, он не хочет менторствовать.

Пост кончается. Я сделаю, может быть, несколько визитов и потом никуда ни ногой. Одно меня смущает: что, если Домбрович разозлится и пустит на меня какой-нибудь пасквиль? От него все может статься. Э! Очень мне нужно! Я готова теперь хоть несколько лет не заглядывать в наш beau-monde {высший свет (фр.).}. Я чувствую такое утомление, так мне все приелось... Незачем мне лезть опять к разным Вениаминовым. Теперь уж подлинно я могу сказать: что я там забыла? Но ведь если я никуда не буду показываться, Домбрович подумает, что я его боюсь. Ну, подумает! Что ж такое? Если обо мне пойдет дурная молва в обществе, я же виновата, никто больше. Ездить, заискивать, смазывать, вымаливать себе прощение у разных подруг? Боже избави! Это еще хуже, чем тайно развратничать.

Степа подал мне прекрасную мысль. Весной уеду я с ним, возьму миссис Флебс и Володьку. Прощай, Петербург!

15 апреля 186*
После обеда.— Пятница.

Конференция была. Так Степа назвал визит Домбровича. Степа как раз случился тут. Мне в этот день что-то нездоровилось. Я лежала на кушетке у себя в кабинете, когда мне доложили: г. Домбрович. Я все-таки пересилила себя и велела принять.

— Ну, Маша, крепись! — сказал мне Степа.

Вышли мы в гостиную.

Домбрович стоял уже там, вполоборота, наклонившись над круглым столом. Он обернулся довольно быстро и, увидавши Степу, изменил выражение в лице.

Он узнал его, т. е. узнал, что это тот самый человек, который увез меня; но Степа говорил мне, что вряд ли Домбрович хорошо его помнит, хотя они и встречались.

Ах, какой он мне гадкий показался! Где у меня были глаза, где у меня был вкус? Как я могла ласкать такую моську? Просто печеное яблоко, сухой как шест, выдавшиеся скулы, желтый, дряблый,— бррр!

Расселись мы. Я начала с представления. Познакомила их. Первая фраза вышла у меня недурно. Я видела, что Степа доволен.

— Вы, кажется, немножко знакомы? — спросила я Домбровича.

— Да-с, я имел удовольствие...

Он сейчас же заговорил со Степой о заграничных новостях. Я прислушивалась к его тону и смотрела в то же время на лицо его. Он начал было говорить со Степой немножко par dessus l'épaule {свысока (фр.).}, беспрестанно прибавляя слово: с. Степа, однако ж, окоротил его. Домбрович пустился в шуточки. Степа не менял своего тона. Он говорил так же искренно, как и со мной. Только в глазах его я видела презрительное выражение. Домбрович, пожалуй, остроумнее его; но все, что он говорил, дышало такой пустяковиной рядом с тем, что говорил Степа... С чем бы это сравнить? Помню я, у бабушки, в старинном комоде, был ящичек, где лежали разные старинные штучки: флаконы, сердолики, медальоны, печатки, табакерки. Бабушка была в молодости большая модница. Все эти вещицы стоили дорого в свое время. Во всех видна была тонкая работа... Но все-таки они ни на что не годились, кроме как разве уставить этажерочку. Разговор Домбровича со Степой был точь-в-точь бабушкин ящик: отделано умно, но как-то старомодно. Да это бы еще ничего; главное-то пусто, ужасно пусто!

Я бы, может быть, не поверила даже Степе об этих людях, которых он называет "людьми сороковых годов". Но тут я сама почувствовала, что Степа говорит сущую правду.

Не знаю уж как, но разговор их коснулся и молодого поколения. Домбрович тотчас же взял какой-то плаксивый, полушутовской, полусерьезный тон и начал ныть, повторяя, что он поглупел, что ничего он не понимает в разных вопросах; опять явились на сцену Доброзраков и Синеоков и разговор их об организме за графином водки. Боже мой! Неужели я до сих пор не замечала, что Домбрович страшно повторяется? Ведь у него всего десять, пятнадцать анекдотов. Он их немножко варьирует, вот и все. У него в голове, верно, такие ящики устроены и в каждом ящике лежит по анекдотцу. Зайдет речь о нигилистах, он сейчас вынимает из ящика Доброзракова. Зайдет речь о генералах, он вынет анекдот о слове госпиталь. В одном только он разнообразнее: по части сальностей. В этом он развивается!..

126

Домбрович хотел пересидеть Степу. Но догадался, верно, что Степа не уйдет. Пора было обратиться и ко мне.

Тут он очень уж перетонил. Он предложил мне несколько вопросов. Я поняла, что эти вопросы были приготовлены.

— Вы были нездоровы?

— Вы, верно, засядете теперь дома?

— Ваш кузен долго пробудет еще здесь?

Эти три вопроса были предложены один за другим, одним и тем же тоном.

Я отвечала на них кратко и с казенною улыбкою, прибавивши, что весной собираюсь за границу.

— И вы также? — спросил Домбрович у Степы.

— Вероятно,— ответил Степа.

Понявши, что ему дана чистая отставка, Домбрович вдруг успокоился и совершенно приятельским тоном сказал:

— Ну, и прекрасно, я очень рад за вас. Поезжайте, поживите подольше. Вы теперь Петербург знаете, хорошенького понемножку! А я к себе в деревню, буду разводить кур и гусей. Петербургские анахарсисы обрадуются и будут получать по гривеннику за строчку, печатая на меня пасквили. Прощайте, Марья Михайловна.

Он протянул мне руку и пожал ее без всякой аффектации.

Степе он поклонился как-то боком и вышел, немножко сгорбившись, совсем почти стариковским шагом.

— Ну? — спросила я Степу, когда мы остались одни.

— Ну? — повторил он вопрос.

— И ты думаешь, что он еще опасен для меня? Ха, ха, ха! Где у меня были глаза?

— Я тебе верю, Маша. Ты, кажется, вылечилась. Но г. Домбрович умнее, нежели я ожидал. Он чистый тип, без примеси. Его влияние...

И Степа задумался.

— Ты хочешь сказать, Степа, что он меня испортил больше, чем тебе показалось с первого разу. Так ведь?

— Да, Маша, так.

Я видела, какая неподдельная грусть напала на Степу, именно грусть. Это настоящее слово. Он сидел на маленьком пуфе. Я подошла к нему, опустилась на пол и положила голову свою на его колени.

— Да,— шептала я,— ты угадал, Степа. Я такая скверная, что у меня нет ни одного местечка ни в мыслях, ни в совести, которое не было бы загажено! Но я вся перед тобой наружу. Спаси меня, сделай из меня другого человека!

Долго я рыдала, стоя так среди гостиной.

Степа, кажется, успокоился на мой счет. Он видит теперь, что г. Домбрович для меня — пустой звук. Но только в этом он и успокоился... Вчера я в первый раз вызвала его на настоящий разговор и сама ужаснулась, когда все выслушала.

Он долго крепился. Он не хотел меня оскорблять, но я ему сказала:

— Послушай, Степа, одно из двух: или ты меня считаешь женщиной навеки погибшей, и тогда брось меня, я не стою ни твоей дружбы, ни твоей помощи. Или ты не совсем в меня изверился, и в таком случае не щади меня, начинай говорить со мной так, как следует.

Эти слова подействовали на него. Он точно совсем преобразился и заговорил со мною в настоящем своем тоне: добро и мягко, но без смазываний.

— Изволь, Маша, я сделаю по-твоему. Из дружбы к тебе, я ворвался в твою тайную жизнь насильно. Ты меня за это благодаришь теперь, ну и прекрасно. Я, вот видишь ли, враг всяких развиваний. Я не хочу в жизни своей брать на себя роль наставника и руководителя с людьми, уже сложившимися.

— Но ведь ты меня приговариваешь этим к смерти,— перебила я.

— Вовсе нет.

Он сидел у столика в моем кабинете и как раз положил руку на красивый томик Руссо, подаренный мне Домбровичем.

— Откуда у тебя эта книга? — спросил он. Я ему рассказала, как она перешла ко мне.

— Это хороший подарок, Маша. Не отсылай его назад Домбровичу. Я вижу, что он дал тебе читать Руссо из своих художественных соображений. Но это не беда... Ты ее всю прочла?

— Всю.

— Помнишь ты, что Руссо рассказывает про свою Терезу?

— Помню.

— Вот тебе пример, Маша. Один из величайших умов, может быть самый страстный развиватель человечества, пламенно преданный своим идеалам, не добился даже простой грамотности в Терезе. Ты помнишь, он говорит, что она не умела порядочно читать. Он оставил ее в покое. Развивать тебя я не желаю. Ты человек готовый. Я видел тебя девушкой, знал тебя замужем, догадывался о твоей жизни по письмам, потом по абсолютному молчанию. Теперь присутствовал при твоем кризисе, смотрел, слушал и сидел около тебя целых две недели. Нечего тебя пересоздавать, потому что грунт у тебя прекрасный. У нас так опошлили слово "широкая натура", что совестно и употреблять его. Ибо ты, как женщина, едва ли не самая широкая натура, какая только мне попадалась. Грунт, стало быть, есть. Но кроме грунта ничего, слышишь ли: ничего! В тебе нет ни одной мысли, ни одного побуждения, которое бы вытекало из твоей природы. Это кажется нелепостью; но оно так! Ты даже себе представить не можешь, Маша, до какой степени обволокла тебя со всех сторон, если я могу так выразиться, "пелена ничтожества и бездушия"!

Я вздрогнула.

— Да, ничтожества и бездушия. Даже и эти слова не совсем точны. У тебя нет ни одного мало-мальски прочного,— я уж не говорю убеждения,— житейского правила. Ты обращаешься в каком-то хаосе!..

— Dans le néant {В суете (фр.).},— подсказала я.

— Именно. Ты это чувствуешь; но чувствуешь случайно. И я уверен, что до сих пор, если ты когда-нибудь сама с собой и сознавала это, то никогда не в состоянии была взять какую-нибудь подробность, подумать хорошенько о человеке или об обязанности, об идее, что ли, о чем бы то ни было, с целью допытаться: "держишься ли ты за что-нибудь или нет".

— Тысячи раз я пробовала это и сейчас же путалась.

— Так оно и должно быть. Но ты знаешь ли, Маша, что ты могла бы весь свой век прожить в этом néant?

— Знаю.

— Домбрович, строго говоря, был для тебя откровением. Тот мир бездушной чувственности и старческого разврата, куда он тебя толкнул, был для тебя оселком. Правда, ты могла сгореть, свернуться совсем, не выдержать физически, схватить чахотку или другое что и умереть двадцати пяти лет. Но так как натура у тебя богатая, тебе предстоял лучший исход. Если ты хочешь, я тебе покажу, до каких пределов идет глубина твоей пустоты. Ты сама ужаснешься, когда увидишь, что в тебе замерли самые первобытные инстинкты женской натуры: ты перещеголяла в бездушии самого г. Домбровича.

Я слушала и проникалась. Степа говорит совсем не так, как Домбрович. Он не играет словами. Он не подделывается к пониманию женщины. Может быть, в другом настроении я бы ничего и не разобрала.

— Видишь ли, Маша, в жизни только то имеет смысл, только то и существует, что представляет собою тип. Тебе, может быть, оно не совсем вразумительно. Возьми ты людей "простого звания", как у нас в России выражаются, хоть бы твою Аришу, например. Она тип. Она живет с резко обозначенными чертами своей нравственной физиономии. Все, что у нее есть человечного, доброго, умного, она сама себе выработала. А я уверен, Маша, что ты никогда и не подумала даже,— как живет твоя Ариша... Ты смотришь на этих людей как на какой-то придаток, необходимый для твоего материального удобства.

— Ах, какой ты, Степа,— позволила я себе возражение,— как будто кто-нибудь серьезно занимается горничными девками и лакеями. Я им плачу жалованье; они обделывают свои дела, как им угодно. Вот и все.

— Так, так, Маша. У тебя нет крепостничества во взглядах. Но ты никак не смотришь на все, что ниже тебя по светскому положению: ни дурно, ни хорошо. Значит, ты не имела никакой возможности присмотреться к таким существованиям, в которых есть тип, т. е. идея, правило. Все, что около тебя, в твоем свете, блуждает так же, как и ты.

Степа долго и искренно говорил мне. Он мне в самом деле показал, до каких ужасающих размеров дошла я в моем néant!..

— Скажи ты мне, пожалуйста, Маша,— спросил он,— чему ты веришь? Тебе двадцать три года, у тебя есть сын. Надо же тебе иметь что-нибудь свое в твоих верованиях. Такой апатии,— продолжал он,— такой пресноты нельзя найти в Европе ни в каком обществе! Уж на что искривлялись светские француженки! Их стараются нарочно превратить в каких-то марионеток, и все-таки у них больше определенности в том, чему они верят! Хоть что-нибудь есть: ханжество, детский страх, сентиментальная религиозность. А ты загляни-ка в себя: в тебе ничего нет, так-таки голая доска! И что бы с тобою ни случилось, у тебя не только нет убежища, у тебя нет никакой рутины. Там, где твоя Ариша поступит геройски, ты раскиснешь, извини меня за это слово, и если б даже захотела за что-нибудь схватиться — не за что. А между тем, Маша, у тебя все есть для цельного мировоззрения.

— Что такое, Степа?

— Я говорю: для цельного мировоззрения, для того, чтобы создать себе свои прочные верования и свои же прочные правила...

Я его остановила. Все, что он говорил,— сущая правда. Я сама много раз чувствовала, что у меня ничего нет: ни религии, ни нравственности, ни образования. Степа только дальше пошел в своем анализе. Но мне этого мало было...

— Где же исход? — спросила я его.— Домбрович развратил меня; но он сразу же записался в мои учителя, начал давать практические советы. Ты, Степа, обнажил предо мною все мое будущее, все мое окаянство, позволь уже мне употреблять это слово, и тотчас же оговариваешься: "развивать я тебя, Маша, не желаю". Ты толкуешь про широкую натуру. Поможешь ты мне разглядеть: есть ли в моей натуре что-нибудь порядочное?

— Помогу,— сказал Степа с уверенностью.— Без этого я бы с тобою и толковать не стал.

— Ну, так сделай ты для меня одну вещь. Я высохла, я

сделалась черства, болтаясь между скверными мужчинами и глупыми барынями. Мне забыть нужно, Степа, что существуют на свете мужчины. Меня надо толкнуть туда, где женская любовь обращена на все то, что есть самого святого на свете! И чтоб сейчас же от меня потребовали, как бы это сказать... de la résignation {безропотности (фр.).}, жертв, чтоб я тратила каждый день все, что у меня только осталось в душе человеческого!..

Я наконец сумела кое-как высказать то, что действительно просилось наружу. Степа посмотрел на меня как будто удивленными глазами. Не ожидал он, видно, от меня такого желания.

— Сколько я тебя понимаю,— отвечал он медленным голосом,— ты жаждешь теперь подвижничества. Это — монастырский идеал. Тебе хочется сразу же сделаться какой-то сестрой милосердия. Видишь ли, Маша: добро, благотворительность, так как они практикуются у нас, больше гимнастика для тела, чем для души. Впрочем, пожалуй, если ты непременно хочешь, избирай эту специальность.

— Нет, ты меня не понял, Степа. Знаю я наших барынь, занимающихся добрыми делами. Я и сама попечительница приюта, telle que tu me vois! {такая, какой ты меня видишь! (фр.).} Не того я хочу, Степа. Я не знаю: буду ли я делать добро или нет. Я хочу только попасть туда, где живет женская любовь, слышишь ты, где она действительно живет и умеет хоть страдать за других. Может быть, я говорю глупости; но вот что мне нужно!

— Коли тебе нужно,— ответил Степа,— так и толковать больше нечего.

Он подумал.

— Хорошо, Маша, я тебя познакомлю с женщиной, какую тебе надо.

Больше он мне ничего не сказал. Уходя, прибавил только:

— Если она еще здесь, в Петербурге, завтра же ты ее увидишь.

23 апреля 186*
12 часов.— Суббота.

Мой Володька начинает говорить. Первые слова его — английские. Хорошо ли это? Надо бы и мне болтать с ним. Сегодня я держала его у себя в спальне часа с два. Он играл. Игрушки его глупее, чем он. Почему я его считала таким уродом и такой нюней? Он не капризен. Миссис Флебс застращала его; от этого он и плачет часто. Со мной очень дик. Я думала, что не могу выносить дольше четверти часа его присутствия... Нет, он забавен. К нему можно привязаться. Как это странно, что к детям привязываются, ничего от них не требуя. Так вот я хотела бы любить всех, кроме

131

мужчин... Два часа, проведенные мною около Володьки, подняли во мне тьму вопросов. Но что я могу сделать с этими вопросами? Степа мне окончательно доказал, что у меня нет даже и рутины для того, чтоб разрешать их. В себе я замечаю одно и то же: как я останусь сама с собою, как только день мой не набит битком всяким вздором или разными гадостями, так мысли и пошли колобродить, точно туман какой-то, и туда, и сюда.

Больше нельзя ужасаться своего окаянства, как я теперь ужасаюсь; а все-таки исходу пока нет. Неужели Степа только из любви ко мне говорит, что у меня натура недурна? Не может быть. Он не такой человек. Но коли так, я не хочу никаких пауз. Мне нужно сейчас же дать что-нибудь в руку. Я должна если не поверить, так хоть затвердить что-нибудь. Дайте мне два, три правила! Дайте мне одно верование! Будет с меня. Не давайте мне только вашей философии!

Степа и Домбрович все равно что небо и земля. Но у каждого мужчины есть все-таки замашка: составлять себе свою философию. Ведь и у Домбровича немало взглядов. Он мне внушал разные принципы. Вот и Степа тоже толковал тут о каких-то типах. Я понимаю, что он дело говорит, но зачем непременно пришпилить слово: тип... А какого он сам типа, желаю я знать? Я его вижу каждый день, а ведь еще не разглядела хорошенько. Он занимается исключительно мною. О себе еще ничего толком не рассказывал: какие его планы, зачем он, собственно, вернулся в Россию, нет ли сердечных дел?.. Писал же он мне когда-то, что он прозрел... Я действительно вижу, что Степа стал, как он выражается, полный человек. Но без его рассказов сама его не узнаю.

Сегодня он заезжал ко мне. Любящая женщина еще не отыскана. Он боится, что она пропала без вести. Кто бы это такая, в каком вкусе? Не знаю...

25 апреля 186*
Вечер.— Понедельник.

Я довольна моим днем, очень довольна!

Степа приезжает ко мне и говорит:

— Маша, я ее отыскал и сказал ей, чтобы она подождала тебя завтра утром. Ты поедешь одна. Третий человек тут лишний, особливо мужчина. Никаких ни рекомендаций, ни объяснений вам не нужно. Вы облобызаете друг друга, поплачете, и прекрасно. Вот тебе адрес: за Цепным мостом, на Дерптской улице No 27. Остановись у ворот, войдешь на двор, в левом углу деревянный флигель, с такой галдарейкой, ты знаешь. Поднимись по лестнице, вторая дверь направо.

132

Собралась я сегодня рано. Наскоро оделась, не знаю даже во что. Ариша только что теперь ушла с платьем и с юбками; но я все-таки не помню, что на мне было надето. Я хотела поехать в извощичьей карете, но удержалась. Извощичья карета мне напоминает Екатерининский канал. В санях нельзя уж ездить. На дворе совсем оттепель. Я приказала заложить карету; но поехала без Семена.

Ехали мы все по Фонтанке и повернули от Цепного моста в какие-то не известные мне места. Я должна была выглядывать из окна: Федот мой неграмотный и номеров читать не умеет.

Эти места — пустыня. Я оглядывала улицу и спрашивала себя: какая же барыня может жить здесь и почему именно здесь?

Любопытство мое ничем не удовлетворялось. Стояли домишки, кой-где мелочные лавочки, заборы тянулись... Вряд ли есть в этой улице мостовая.

Доехали мы и до 27 номера. Гляжу: почернелые ворота, кругом кучи мусора. Узенькая калиточка полуотворена. Я вышла из кареты и, просунувши голову в калитку, осмотрела двор. На этаких дворах я никогда и не бывала в Петербурге. Он весь обставлен деревянными строениями, старыми-престарыми. Налево какой-то сарайчик около забора, еще левее, в углу, флигель с галдарейкой, как мне описывал Степа. Направо другой почти такой же флигель, с лесенками и множеством пристроенных клетушек. Посредине двора помойная яма. Во всех углах грязь, сор, щепки, старые доски.

Я все это так подробно описываю, потому что оно произвело на меня впечатление особого страха.— Mais c'est un bouge! {Но это же трущобы! (фр.).} — прошептала я, озираясь во все стороны.

Только что я сделала шага два от калитки, из-за угла выскочила цепная собака и страшно зарычала. Я попятилась назад.

В дверях одной из клетушек, пристроенных к правому флигелю, показалась женская фигура — кухарка или просто баба, с растрепанными волосами, с открытой шеей и засученными рукавами грязного ситцевого капота.

— Кого вам? — крикнула она и посмотрела на меня против солнца, приложивши руку ко лбу.

— Лизавету Петровну,— ответила я.

Так Степа приказал мне спросить.

— А! тоё барышню-то... Вон, в том флигере, по галдарейке вторая дверь... Да она, поди чай, убежала.

"Какая же это барышня,— спрашивала я себя, перебираясь через двор около помойной ямы,— и почему же это именно барышня, а не барыня?"

Степа не дал мне никакого точного signalement {описания примет (фр.).}. Я поднялась по лестнице с замиранием сердца. На площадке я чуть не упала. Вся она была облита чем-то. Дальше, по гаддарейке, висело на веревках белье. Стоял очень дурной запах, я уж даже и не знаю какой: пахло и мылом, и капустой, и еще чем-то. Вторая дверь покрыта была кое-где ободранной клеенкой. Звонка не было и следа. Была минута — я хоть назад. Я подумала даже: "Не мистификация ли это?" Степа захотел, может быть, подтрунить надо мной. За дверью послышался шум. Я взялась за ручку и мужественно перешагнула высокий порог.

Из комнаты повалил пар и обдал меня вместе с кухонным запахом. Комната эта была род крошечной передней или чуланчика, совсем почти темная. Направо и налево по двери. Дверь налево в кухню, т. е. в такой же чуланчик. Я должна была заглянуть туда. Старая-престарая женщина, повязанная платком, как крестьянка, возилась около печки. Спину ей совсем свело. Она кашляла и бормотала что-то, мешая жар в печи. Должно быть, она с глухотой, потому что я минуты две стояла; а она не оборачивалась, хотя должна была слышать стук двери.

Старушка, помешавши в печке кочергой, наконец обернулась. Лицо у нее, все сморщенное и довольно обрюзглое, вдруг улыбнулось мне и даже очень смешно как-то улыбнулось. Она мне покачала головой, точно будто знала меня.

— Пожалуйте, матушка, пожалуйте.

— Лизавета Петровна? — спросила я громко.

— У себя, мой глазок, у себя.

Поставивши кочергу, старушка показала мне на дверь и еще раз улыбнулась.

Я вся размякла. Несмотря на грязь и разные благоухания, вся эта убогая обстановка преобразилась для меня от одной старушечьей улыбки и от смешного слова "глазок", которым старушка назвала меня.

Я отворила дверь направо и очутилась в крошечной комнатке об одно окно. В ней никого не было. Комнатка разделена была пополам перегородкой, оклеенной рваными обоями. Темно, низко и страшно бедно было в этой комнатке, направо кожаный диванчик, перед ним старый ломберный стол, на столе в беспорядке несколько книжек и листов исписанной бумаги. В простенке маленький крашеный комод. В трех углах по стулу разного фасона: один соломенный, другой обитый чем-то, третий, кажется, без спинки. Я очень быстро оглянула комнату, но она почему-то сразу осталась в моей памяти.

За перегородкой кто-то кашлял, и тотчас же раздался женский, высокий, несколько дрожащий голос:

— Это ты, бабушка?

Голос этот заставил меня вздрогнуть. Он мне очень понравился, но я сейчас же подумала: "эта женщина — старше меня".

Прошло несколько секунд, из-за перегородки никто не показывался.

— Лизавета Петровна у себя? — проговорила я, пододвинувшись к перегородке.

— Сейчас, сейчас,— ответил мне тот же голос.

Послышался маленький шум. Лизавета Петровна лежала, верно, в кровати. Я отошла к дивану. Дощатая дверка перегородки отворилась...

Предо мной стояла женщина очень большого роста, выше меня, сухая, но стройная. Лицо ее, немного смуглое, уже с морщинами, было не то что прозрачное, а какое-то бестелесное. С этого лица смотрели два большие черные глаза, из-под широких бровей и длинных ресниц. Нос почти орлиный. Черные, с легкой проседью, волосы вились за уши. Худое тело выступало из серого узкого платья, без всякой отделки. Вот какую наружность имеет Лизавета Петровна.

Я подалась вперед и приготовила было фразу, но она меня предупредила.

Лизавета Петровна протянула мне обе руки, пожала крепко обе мои руки, подвела к дивану и усадила. Ее глаза оглянули меня сразу, сверху донизу, но не с жестким любопытством, а с какой-то проницательной симпатией. Эти глаза сейчас же улыбнулись. Улыбка перешла на все лицо. Рот у Лизаветы Петровны большой, некрасивый. Она его кривит немного, когда улыбается, но улыбка все-таки выходит прекрасная.

Одно прикосновение этой женщины произвело во мне какое-то теплое сотрясение. Ничего подобного я еще не испытывала в сношениях с нашими женщинами, т. е. не женщинами, а барынями.

— Хорошая моя Марья Михайловна,— заговорила она,— вы сами меня отыскали. Как я рада!

В одном этом возгласе она мне сейчас же показала, к кому я пришла. Что значит доброта! Что значит настоящая, неподкрашенная искренность! Рядом со мною сидела женщина, старше меня, по крайней мере, лет на двенадцать, болезненная, худая. И при первом звуке, в котором сказалась ее душа, на меня пахнуло такой молодостью, какой во мне нет, да вряд ли когда и было. Лизавета Петровна выговаривает слова порывисто, и вся ее фигура приходит в движение. Это движение чуть заметно, но вы его чувствуете в себе, особливо когда она держит вас за руки. Через это рукопожатие вливается в вас новая струя жизни...

Но что еще не ускользнуло от меня в первую же минуту: предо мной, в убогой комнате, в монашеском платье, без прически, даже без воротничков, была женщина с таким изяществом тона, манеры, avec une telle distinction {с такой утонченностью (фр.).}, что я перед ней почувствовала себя кухаркой, чопорной мещанкой и сейчас же преклонилась пред ее преимуществом: оно меня не давило, я им любовалась. Я любила уж Лизавету Петровну.

— Степан Николаич говорил мне, что вы хотите много работать со мной?

— Я ничего не умею делать, Лизавета Петровна. Возьмите меня и употребляйте на что вам угодно...

Страшное смущение чувствовала я пред этой женщиной. Мне совсем не то хотелось ей сказать, не в таком тоне; но я не смела. Вся она была полна доброты и приветливости. Но я все-таки чувствовала себя около нее какой-то парией, мрачной преступницей, надевшей на себя маску скромности и приличия.

Я уж не знаю, поняла ли Лизавета Петровна мое немое страдание, или она сама почувствовала ко мне скорую симпатию. Только голос ее задрожал иначе; она, не выпуская моих рук, привлекла меня к себе и поцеловала в лоб.

Этого было чересчур много. Я не могла сдержать какого-то крика, который вылетел из моей груди. Я бросилась к ней на грудь и судорожно долго рыдала, не сдерживая уже больше себя.

Этот плач прерывался несколько раз. Я теперь не могу записать того, что подсказывали мне моя душевная тоска и моя жажда примирения с собой, жажда света, добра, воздуха, любви чистой, мученической!

Как хороша была Лизавета Петровна в ту минуту, когда я, приподнявши, наконец, голову, отяжелевшую от слез, взглянула ей в лицо. Тихие слезы текли у нее по щекам. Она все поняла и, казалось, любила меня еще больше за мою грязь, за мое глубокое падение...

Никаких пошлых утешений не говорила она мне. Ничего условного, сладкого, на что такие мастерицы благотворительные барыни.

— Посмотрите вы на меня,— сказала мне Лизавета Петровна,— мое бренное тело еле-еле дышит. Сегодня я хожу, а завтра свалюсь, может быть, и останусь без ног месяца на два. Что же меня двигает вперед? Какая сила делает меня на что-нибудь годною? — Любовь — и одна любовь! Она и в вас живет...

— Не знаю я, не знаю! — повторяла я в каком-то сладком смущении...

— Вы увидите, дорогая моя, сколько страданий тела и духа, и каких страданий! ждут вашей любви... Вы сейчас же забудете о себе. Так ведь мало одной жизни!.. У меня день разорван на клочки... Я хотела бы жить не двадцать четыре часа, а втрое, вчетверо больше часов...

Я слушала. То, что говорила Лизавета Петровна, было вовсе не ново для ума; но не в самых словах заключалась сила, а в том, как они говорились...

Не будь я ни на что годна, я все-таки не ушла бы от Лизаветы

Петровны. Я открыла в ней свой душевный бальзам. Только ведь с такими людьми и можешь быть дружной, в ком видишь хоть часть своего идеала...

Лизавета Петровна начала искать что-то на столе. Из-под книг она вынула тетрадку, мелко исписанную до половины.

— Вот вы увидите,— сказала она мне,— я вас сейчас же запрягу в работу. Все эти дни бренное мое тело совсем расклеилось. А нужно мне писать. Вы мне поработаете. Садитесь-ка...

Только что я взяла перо в руки, дверь отворилась из кухни, и в комнату вошла молодая девушка, лет восемнадцати, в черном платье, повязанная платочком.

— А! Феша, это ты,— обратилась к ней Лизавета Петровна.

— Я-с.

— Ты из школы?

— Из школы-с.

— Елена Семеновна там?

— Они сейчас к вам будут.

Я смотрела на Фешу с любопытством. Она не была похожа ни на барышню, ни на горничную. Манеры у нее живые, не подходящие совсем к ее платью; лицо бледное, немного изнуренное, впалые глаза и какая-то престранная улыбка, точно будто она долго-долго улыбалась, да так и осталась с этой улыбкой.

— Полюбите мою Фешу,— сказала Лизавета Петровна, указывая на девушку.— Она мой адъютант. Здоровьем только плоха. Ты еще ничего не ела, Феша?

— Ни маковой росинки, Лизавета Петровна.

— Пойди, попроси чего-нибудь у бабушки. А вы не закусите?

— Нет, мне не хочется.

Феша вышла.

— Вы знаете что такое была Феша три месяца тому назад?

— Что? — спросила я.

— Дурная девушка.

Я не совсем поняла; но расспрашивать не стала.

— Вот видите, добрая моя,— продолжала Лизавета Петровна,— как немного нужно иногда, чтобы вырвать молодую душу из омута... Не часто это бывает, но и то великое счастье!

Сотни вопросов хотелось мне задать Лизавете Петровне. Я не знала еще ничего об ней самой: кто она такая, откуда, вдова или девушка, что значит ее бедная обстановка; чем она занимается, что пишет, куда ходит; кто эта Феша; откуда добыла она ее и куда хочет девать?

Мне хотелось сразу, одним духом, слиться со всем существом Лизаветы Петровны, все узнать и начать сейчас же другую, новую жизнь! Я чуть-чуть дышала, боясь проронить малейшее ее слово.

Лизавета Петровна не дала мне времени опомниться.

— Я сегодня валяться не стану,— сказала она.— Хотите сейчас же пойти тут недалеко?

— Куда вам угодно!

Она надела какую-то ваточную кацавейку, прикрыла голову темной косынкой, вот и все.

Когда мы вышли из калитки на улицу, я устыдилась моей кареты, моих серых и моего жирного Федота.

— Ну, и прекрасно. Вы меня подвезете.

Лизавета Петровна выговорила эти слова с такой добродушной простотой, что я тотчас же перестала думать о вопиющем контрасте между ее обстановкой и моими рысаками.

Мы скоро повернули в переулок и остановились также у калитки.

Мы вошли на дворик, а оттуда на такую же почти галдарейку, как у Лизаветы Петровны, только тут было почище и попросторнее. Нас встретила на пороге большой, совсем почти пустой комнаты девушка очень странного вида. Я подумала сначала, что это какая-нибудь нигилистка. На ней было почти такое же платье, как на Лизавете Петровне, только с воротничком. Длинные волосы в локонах зачесаны были назад. Ни шиньона, ни косы, ничего! Лицо у нее очень красивое, но престранное. Я таких лиц не видывала: совсем овальное, с несколько припухлыми щеками, как у детей; огромные глаза с длиннейшими ресницами; смотрят эти глаза на вас прямо, не мигая; носик точно точеный; цвет губ и щек такой свежий, точно будто она была подкрашена. В этой девушке чувствовалась смесь роскошного здоровья, яркой крови с полетом куда-то вон из мира. И голубые глаза, и длинные волосы говорили об этом... Девушка поцеловалась с Лизаветой Петровной и заговорила тонким, почти детским голоском.

— Вот мой другой адъютант,— указала мне на нее Лизавета Петровна,— только этот толковее меня в мильон раз. Перед Еленой Семеновной я круглая невежда. Ничего не знаю; а она все знает...

— Все ушли завтракать, Лизавета Петровна,— перебила ее девушка,— я хотела к вам забежать, Феша мне говорила, что вам нездоровится...

— Нет, я нынче на ногах. Вот наша новая помощница во всем; просит работы как можно больше.

Елена Семеновна повернула ко мне свои бесконечные глаза и тихо улыбнулась.

— Ах, как трудно! — вздохнула она во всю грудь,— так трудно, так трудно делать дело! Любить легко; а класть свою любовь куда нужно — ужасно трудно.

Мы сели к большому столу, где, вероятно, занимаются дети. Обе эти женщины дополняли одна другую. В обеих слышалась одна и та же нота доброты и сострадания. Но в каждой по-своему...

138

Заговорили они между собою о своих делах. Лизавета Петровна рассказала мне, что тут, в этой самой комнате, собирается каждый день десять девушек, таких же лет, как Елена Семеновна, и учатся они не высшим наукам, а тому, что нужно для простой сельской наставницы. Елена Семеновна в одно время и преподавательница, и сама ученица; Лизавета Петровна приходит почти каждый день...

Какая она милая! Вдруг говорит мне:

— Ничего-то я не знаю. Могу только любить их всех. Если я им нужна, то потому только, что во мне они видят мое бренное тело в постоянной борьбе с духом. Больше я никуда не годна.

— Полюбите нашу школу,— сказала мне Елена Семеновна.— Она такая еще жалкая. Мы чуть-чуть дышим.

Во мне чувство моей невежественности очень сильно говорило в эту минуту.

— Да ведь я ровно ничего не умею,— ответила я.— Возьмите лучше меня для черной работы. Где же мне указывать другим, когда я сама-то...

Я не договорила и поцеловала Елену Семеновну за ее прелестный взгляд, обращенный на меня.

Лизавета Петровна опять меня увлекла, сказавши, что мы еще будем в школе. Она справилась, который час, и заторопилась.

— Душа моя,— говорила она мне,— как я жалею, что мне пока нельзя взять вас с собой туда, куда я отправляюсь. Вот там-то нужна вся наша любовь!.. Довезите меня, вот тут, до угла. Завтра я буду в ваших краях, я ведь вами еще совсем не занималась. Я только успела полюбить вас...

Ничьи ласки и добрые слова никогда еще на меня так не действовали. Я почти огорчилась, что должна была расстаться с Лизаветой Петровной.

Я сегодня просидела конец моего дня одна. Степа, думая, верно, что я вернусь поздно, не заходил. Никогда я еще с таким удовольствием не записывала в тетрадку. Всего половина двенадцатого, а я готова. Лягу сейчас же спать и — до завтра!

27 ноября 186*
Второй час ночи.— Среда.

Запишу, во-первых, все, что мне рассказывала про себя Лизавета Петровна. Мы с ней говорим все по-русски. Какой у нее славный язык! Этак ни одна наша барыня говорить не умеет. Плавикова знает про Спинозу; но у нее такой же винегрет, как и у всех нас: сказала фразу по-русски, а приставить к ней вторую, так сейчас же за французское слово.

Я была поражена, когда узнала, что Лизавета Петровна сама,

по собственному желанию, живет в такой обстановке... Мне рассказал это Степа. Он знает ее семейство. Лизавета Петровна отдала все состояние другим и осталась с доходом в каких-нибудь пятьсот рублей, да и пяти-то сот рублей не проживает, а все раздает.

— Знаете ли вы,— говорила мне Лизавета Петровна,— что во мне не было ни одного фибра, который бы не испортили суетной и бездушной жизнью. Душа моя, вы плачете о вашем прошедшем; но ведь вам всего двадцать каких-нибудь лет. Вы мать, вы свободны как воздух и можете теперь идти за добром куда угодно. Всего убийственнее: гнет, гнет тщеславия и семейного эгоизма. Ведь почему нужна на каждом шагу сила любви? Потому что люди чистосердечно, с полным убеждением отравляют, душат самых кровных своих ближних. Что такое я была в молодости? В меня посадили все тщеславие, какое только можно вместить в голову и в сердце светской девушки. Вы клянете вашу пустоту. Но мы в наше время были так уж пусты, что и определить невозможно. Наше барство проедало нас до костей. Верите ли, что каждый день горькими слезами оплакиваю мою неспособность ни на какое практическое дело. Вы думаете, это — фраза, фарисейская скромность. Вовсе нет. Я не умею ничего, ничего не умею! Всякая работница, крестьянка, торговка — существо, пред которым я становлюсь на колени. Заставьте меня продать два десятка яблоков: половину я растеряю, а половину продам в убыток. Мое бренное тело подчас совсем отказывается служить не то что уже для какой-нибудь черной работы, а и для душевной-то моей жизни. Я бы бросила все с полным отчаянием, если б я не глубоко верила в возможность перерождения силою одной любви. Отнимите у меня это — я червь и прах. Мои долгие телесные немощи стряхнули с меня всю презренную оболочку светского тщеславия. Через плоть, через тело я познакомилась с болью и с той поры не могла уже проходить мимо страданий, в какой бы форме они ни проявлялись. Вы еще не знаете, душа моя, какое количество боли и всяких ужасов живет около нас. Из света, из гостиных, хоть бы вы были попечительницей десяти благотворительных обществ, вы этого не увидите. Надо все сбросить с себя, жить вот так, как я живу, чтобы ни один предмет, ни одна мелочь не охлаждали вашего чувства, чтобы контрасты не вызывали в вас сентиментальной чувствительности, которую многие барыни считают за добро и добродетели. Долго я себя искушала, кинулась я на все: и на грамотность, и на несчастный быт наших крестьян, где не знаешь, чего больше: убийственной грязи или мрачного невежества. (Вы видите,— вставила Лизавета Петровна,— я говорю резкие вещи, я была в избах и знаю их.) Кинулась я на десяток других сторон страждущей жизни, на покинутых детей, на старух и стариков, на нищету в рабочем классе, на пьянство, на запой... Всюду я кидалась все с той же любовью и с той же неумелостью. Ничего не может быть язвительнее, как то чувство, когда хотел бы пройти все истязания за людей и не умеешь им помочь. Одно и вынесла из моих попыток: необходимость личного влияния любящей женщины во всех делах, где целью помощь телу или духу. Никакой пропаганды без этого элемента быть не может. Бралась я за что-нибудь, убеждалась скоро я в моей практической неспособности, передавала это дело другим; но совсем уйти не могла. Во мне продолжала жить первоначальная любовь, которая согревала тех, кто умел действовать. Но я бы не поверила тому, что одной любви довольно на помощь человеку, если б мои попытки не привели меня в тот мир, где я теперь сижу, всем своим существом. Женщина может сделаться для мужчины источником добра и правды только в исключительных случаях. Таково мое убеждение. Но существа ее пола ждут непрерываемых, бесконечных забот нашего женского сердца. Мы все в какую-нибудь минуту нашей жизни падаем. Всякое падение одинаково дурно, если на него смотреть глазами нетерпимости, почему всякое падение и нужно прощать. Я не случайно попала к несчастным, которых зовут падшими женщинами. Меня влекло к ним. Они решили мое призвание, они нуждались во мне!

Я записала здесь, как можно вернее, то, что Лизавета Петровна говорила в несколько приемов. Когда она дошла до падших женщин, я не могла слушать ее спокойно. Точно будто она коснулась моих болячек...

— Что ж вы делаете с этими женщинами? — чуть слышно спросила я.

— Вы увидите, душа моя. Вам, может быть, покажется сразу, что я ничего путного не делаю. Но мое убеждение глубоко. Оно не фантазия. Я его выстрадала. Только в мире того, что называют развратом, увидала я, в чем моя сила и круг моей деятельности, и велика была моя радость! Всем видам немощи и страдания я сочувствую, но только тут я живой деятель. Никакие надзоры, никакие системы не сделают того, что вызывает любовь. Пока я одна на этом пути. Как бы я была счастлива, душа моя, если б вы слились со мною в одном чувстве и в одном служении болезням души. Ничем не смущайтесь, говорю я вам вперед. Дух не может погибать. Нет такой пучины, в которой бы он потерял свою божественную искру. Подойдите к падшей сестре вашей твердо, перестрадайте ее позор, ее грязь, и вы отыщете эту искру всегда!..

Я до сих пор не могу еще высвободиться из-под впечатления горячей, вдохновенной речи Лизаветы Петровны. Вот чего мне нужно было! Я вижу в этой женщине такое глубокое всепрощение, дальше которого доброта не может идти. И если она девушка, чистая по своим помыслам и по своей жизни, так входит в немощи

141

падших созданий, так сливается со всеми ужасами их разврата, освещает и согревает все это своей любовью, то как же должна чувствовать и поступать я?

Но какая же сила наполняет сердце Лизаветы Петровны? — спрашивала я себя. Она прямо говорит, что ее личность ничего не значит. Она только орудие. Чего же, чего?

Глубокой веры; вот чего! Что, в самом деле, значит наша личная способность, охота, воля, когда у нас нет никакой подкладки, никакой основы, как говорит Степа? С тех пор, как около меня Степа и Лизавета Петровна, я ежесекундно чувствую горячую потребность схватиться за такую основу, которая бы зависела от меня лично. Без этого никакая доброта, никакое раскаяние, никакие слезы не возродят меня.

Я жила до сих пор как язычница, хуже того! Степа показал мне до прозрачной ясности мое полное безверие; Лизавета Петровна осенила меня и вызвала не одну головную работу, а душевный порыв...

Я никогда не была набожна, но перед выходом замуж, с год, может быть, во мне жило полудетское, полусознательное чувство религиозного страха. Все это испарилось. Четыре года прошли — и я ни разу не подумала даже, что можно о чем-нибудь заботиться, когда жизнь идет своим порядком, делаешь, что другие делают, ездишь к обедне, подаешь иногда нищим, на страстной неделе иногда говеешь и в Светлое Воскресенье надеваешь белое платье.

О последних месяцах что и говорить! Если я забыла даже, что в себе самой я оскверняю каждую секунду женщину, так уж какие же мне могли приходить религиозные помыслы!..

Я ничего не боюсь формального. Мне не нужно ни ханжества, ни изуверства. Я не спрашиваю, какая мне будет награда за добрые дела и какая мзда за грехи? Я вся проникнута теперь жаждой обновления и веры в дух, от которого идут весь свет и вся истина!..

Лизавета Петровна не допрашивала меня: тверда ли я в катехизисе, езжу ли ко всенощной и к заутрени. Я не знаю, набожна ли она по старому и по новому; ест ли она скоромное или постное; но я вижу, что в ней живет живая сила, что ее больное тело держится непоколебимой верой.

— Помолимтесь,— говорит она мне вдруг среди разговора, без всякой торжественности.— Мне нужно нынче много любви и силы.

Я не знаю, молилась ли я или нет; но я сливалась с душой этой женщины и рвалась к источнику добра и всепрощения!..

Степа уже заметил во мне большую перемену. Он почти не вдается со мною в разговоры. Я его было начала допрашивать о Лизавете Петровне. Мне хотелось знать его взгляд; мне хотелось прежде всего говорить об ней как можно больше...

Он остановил меня.

— Не удивляйся, Машенька,— сказал он мне,— если я на время воздержусь от всяких замечаний на счет Лизаветы Петровны, кроме, разумеется, одного, что она симпатичнейшая женщина.

— Это слишком мало! — обиделась я.

— Знаю, что мало, но я воздерживаюсь от всяких личных мнений вовсе не по уклончивости, а потому что хочу тебя оставить на всей твоей воле. Ты, конечно, не объяснишь моих слов самоуверенностью. Я не настолько умен, чтобы каждое мое слово производило в тебе сейчас же революцию, рабски подчиняло тебя. Нет. Но когда сталкиваешься с такой натурой, как Лизавета Петровна, надо ее вбирать в себя целиком, прямо облюбить ее и как можно полнее облюбить. Анализ придет потом. Теперь ты понимаешь меня?

Он прав. Но странно, что и Лизавета Петровна совсем почти не говорит об нем. Я слишком поглощена ею, чтобы наводить разговор на Степу; а все-таки это удивляет меня немножко...

— Ты знал, что Лизавета Петровна занимается... падшими женщинами?

— Знал.

— И это подсказало тебе мысль познакомить меня с ней?

— Да, Маша.

— Ты мудрец, Степа!

Он теперь доволен мною. Я это вижу по всему; он как-то иначе и глядит на меня.

— Послушай, однако, Степа, я ведь не хочу, бросившись в объятья Лизаветы Петровны, убежать от тебя. Ты, наверно, для меня собственно и остаешься здесь, в Петербурге, думаешь обо мне, действуешь за меня! Я хочу быть чем-нибудь и для тебя также. Твоя скромность становится обидной. Я вижу, что ты приехал другим человеком, у тебя есть свои задушевные цели, планы, я хочу их знать, я буду им служить, насколько могу. Я не желаю возиться только с самой собою. Эта возня превратится в сентиментальный эгоизм. Но даже с твоей точки зрения, если ты уж намерен подавлять меня своими добродетелями, пускай твой ум, твои знания, твои таланты будут для меня то же, что любовь и душевная сила Лизаветы Петровны. Не развивай меня насильно, никто тебя не просит, но не скромничай, ради Бога! Ведь для того, чтобы быть помощницей Лизаветы Петровны, нужно кроме любви еще уменье. Это ее собственные слова, Степа. Ты признаешь, что они справедливы?

— Признаю,— ответил он, улыбаясь.

— Да ты не жантильничай! Я себе никогда не прощу, если ты, поживя здесь в Петербурге, уедешь, оставшись для меня таким же сфинксом, как и в первый день. Я понимаю, что все хорошие слова о возрождении женщины будут до тех пор словами, пока мы, бабы, хоть сколько-нибудь не сольемся с вашими целями. А ты ведь у меня первый номер в мужчинах!

— Да видишь ли, Маша, я до тех пор не хотел бы занимать тебя своей особой, пока ты не войдешь совсем в твою новую жизнь.

Такой противный! Если б я совсем его не знала, можно бы подумать, что он рисуется...

1 мая 186*
Вечер.— Воскресенье.

Лизавета Петровна повела меня сегодня, в первый раз, на практику. Она начала возить меня в какую-то общину, куда приходят каждый день больные. Меня будут учить делать перевязки. А Степа посоветует мне, что почитать по лекарской части. Теперь я вижу, в чем заключается главная деятельность Лизавета Петровны. Она и спит и видит: завести такое убежище, где бы можно было держать девушку не в тюремном заключении, а все равно как в семействе и возродить ее для новой, честной жизни. Потому-то Лизавета Петровна и выбрала больницы. Тут она следит за всеми и выбирает лучшие натуры. Она удивительно проста с этими женщинами. Я, например, не могу еще слова сказать без запинки. У меня еще нет совсем языка. А Лизавета Петровна говорит с ними почти тем же самым языком, как и со мной, и они ее понимают. Тема у нее, разумеется, одна; но в каждой женщине ей нужно бороться с особым врагом. Уйдет она оттуда сегодня, а к завтраму работа ее разрушена. Явится какая-нибудь мегера и начнет прельщать больную и скучающую девушку, принесет ей чаю, сахару, даст денег, посулит нашить тряпок...

При мне сегодня Лизавета Петровна села на кровать к одной очень изнуренной женщине. Остальные собрались в кучку. Она им читала Евангелие. Говорила она так же горячо, как всегда, и, что мне особенно понравилось, она не старалась вовсе подделываться к этим женщинам. Если в них не все замерло, они, конечно, должны были чувствовать, что Лизавета Петровна не играет комедию, а глубоко любит их.

144

Мне она хочет дать особую работу: посещение разных женщин, у которых надо отнять молодых девочек, уже приговоренных к нравственной смерти.

Сколько дела, сколько дела!

4 мая 186*
Полночь.— Среда.

Сегодняшняя ночь будет мне долго памятна.

Лизавета Петровна доставила мне такое зрелище, какого ни одна наша барыня не видала, да и не увидит.

В больнице, среди всех несчастных, я почувствовала желание знать непременно и как можно скорее: как же проходит их жизнь, где, в каких мрачных трущобах?

Я сказала об этом Лизавете Петровне. Она очень обрадовалась моему желанию.

— Вы, душа моя,— сказала она мне,— идете исполинскими шагами. Вы знаете ли, что я, при всей моей привычке, не сразу решилась заглянуть в те места, где торгуют женщиной. Страшную боль выносите вы оттуда. Скажу вам наперед, что быть там и не думать о себе самой, подавить свои личные ощущения,— на первый раз невозможно!

Я этим не смутилась; я даже торопила Лизавету Петровну.

Сегодня утром она мне назначила быть в восемь часов. Мы отправились не одни, а с каким-то господином. Он служит чем-то в полиции. Надо было даже взять двух городовых. Это меня очень удивило. Мы поехали сперва на Сенную, в какой-то дом. Мы вошли точно в подземелье. У двери в углу шевелилась какая-то масса. Лизавета Петровна сказала мне по-французски:

— Это какая-нибудь старуха без пристанища. Они тут так и умирают.

Ужасный запах и чад обдали меня. Где-то, в коридорчике, мелькал ночничок. Дверь на блоке отворилась тяжело, и мы перешагнули в жаркую, полуосвещенную переднюю.

Вдруг меня оглушили говор, крик и бренчанье на чем-то... Все это выходило из смежной комнаты. Лизавета Петровна взяла меня за руку и прошептала:

— Крепитесь.

В дверях показалась толстая-претолстая женщина в каком-то ужасном чепчике.

— Пожалуйте, пожалуйте,— закричала она хриплым мужским голосом.

Но она тотчас же смолкла, разглядевши Лизавету Петровну и нашего спутника. К нему она подошла с низким поклоном и

145

пригласила в свою каморку. Из двери показалось несколько женских голов, но шум и гам продолжались.

Мы вошли вслед за чиновником в каморку хозяйки.

Хозяйка начала что-то толковать своим отвратительным голосом, достала какую-то книгу и развернула ее. Лизавета Петровна сняла с себя кацавейку. Сняла и я мое пальто.

— Хотите вы, душа моя, вызвать сюда или решаетесь пойти в гостиную?

— Нет, нет, пойдемте туда.

Хозяйка косилась на нас. Глаза ее злобно взглядывали на Лизавету Петровну. Она видела в ней своего смертельного врага.

Мы переступили порог гостиной. Табачный дым и чад ходили по комнате волнами. Я увидала прежде всего фигуру совершенно растерзанной женщины... Она плясала и что-то такое рычала. Пением нельзя назвать таких звуков. Распущенные волосы падали на сухие плечи; платье совсем свалилось. Кругом несколько таких же фигур, два солдата, пьяный мастеровой, а в углу, направо от двери, ободранный старик с гитарой.

Тут только я почувствовала, что вся моя смелость исчезла. Краска бросилась мне в лицо, не от стыда, не от гадливости, а от другого, более эгоистического ощущения. Я не знала, что мне делать, куда стать, куда сесть, что говорить...

Лизавета Петровна поразила меня! Я схватилась за ее руку и впилась в нее глазами, точно желая взять у нее, занять хоть на минуту ее душевную силу. Она пошла прямо к одной из женщин, сидевших на диване, к самой красивой; подошла, назвала ее по имени, поздоровалась, села рядом с нею и заговорила как ни в чем не бывало.

Я глазам своим не верила! Желала бы я поставить любую светскую барыню из самых бойких посредине такой гостиной и посмотрела бы, что она сделает со своею самоуверенностью?

Двух минут мне довольно было, чтобы почувствовать, каким ожесточением пропитано все в такой гостиной. Лица женщин, распухшие от вина, смотрели на меня с невыразимой злобой, скажу больше, с презрением и уничтожающей насмешкой.

И в самом деле, как я смешна была и нелепа в их глазах. Видят они: барыня молодая, нарядная, приходит в солдатский увеселительный дом и стоит дурой... Они сейчас же должны были понять, что эта барыня от безделья суется не в свое дело, желает им читать мораль, толковать им, что они "живут в грехах", колоть им глаза своей добродетелью, наводить тоску и срамить, когда им одно спасенье: заливать свой загул вином!

Да, в несколько секунд я все это пережила. Я стояла, как к смерти приговоренная. Я готова была просить прощения у этих растерзанных созданий за мой непрошеный визит, за ненужное и нелепое вмешательство в их жизнь.

Гости примолкли, когда мы вошли с Лизаветой Петровной; но, видя, что она заговорила со своей знакомой, опять забурлили. Один из солдат показал на меня пальцем и расхохотался. Плясавшая женщина крикнула на всю комнату:

— Ишь ты, какая енаральша к нам затесалась!

— Пляши,— закричал мастеровой и, схвативши женщину, начал с ней кружиться. Они оба повалились на пол. Приподнявшись, он еще ближе подвинулся ко мне, протянул руки и начал бормотать:

— Наше вам-с... Вы здесь внове-с? Это ничего... А перво-наперво, как вы насчет телесного сложения?

Поднялся адский хохот!.. . Лизавета Петровна, поглощенная своим разговором, ничего этого не слыхала. Я силилась подавить в себе смущение и не могла. Да и с какого слова начала бы я свою речь? Я была обречена на молчание. Отшатнувшись от пьяной пары, я быстро подошла к Лизавете Петровне. Она меня не заметила. Я опустилась на диван ни жива ни мертва. Вдруг слышу: кто-то плачет. Оборачиваюсь: знакомая Лизавете Петровне девушка лежит у нее на груди. Мой страх тотчас же прошел. Я вскочила и обняла Лизавету Петровну: так она была хороша в эту минуту, хороша высотой своего добра и мужества! Гляжу: около дивана стоят уже три женщины, смотрят изумленными глазами и слушают.

— Брось, Паша, брось,— говорила тихо Лизавета Петровна.— Будь ты довольна и весела, я не пришла бы за тобой, но ведь ты совсем истерзалась, твои слезы идут от большого горя. Знаю я, что ни одна из вас не гуляет от радости... Ну, ты рассуди, да и все вы,— добавила Лизавета Петровна, поднявши голову на женщин, которые столпились у дивана,— рассудите вы сами, какая бы охота была мне идти сюда, досаждать вам, вводить вас в пущий грех, самой мучиться от всего, что я здесь вижу! Разве вы не слышите, что я ваш человек, сестра ваша?!.

— Матушка вы моя,— вырвалось у плачущей Паши,— простите нас, окаянных!..

О! как врезался в меня этот звук и это слово: окаянная! Паша и я: две женщины, которых никто, кроме меня самой, не будет сравнивать; но в эту минуту моя душа слилась с ее криком.

— Люблю я вас, родные мои!

Вот чем Лизавета Петровна смирила и насквозь пронизала всех этих несчастных!

Паша повела Лизавету Петровну в свой чуланчик, и я за ними отправилась. Не знаю: поднялись ли опять шум и гам в гостиной. Мы уже не возвращались в нее.

— Это с вами я так счастлива, душа моя,— сказала Лизавета Петровна.— Три месяца не могла я найти доступа к сердцу этой девушки. Теперь она наша.

Хозяйка догадалась, в чем дело, и вся побагровела. Тут, при чиновнике, она начала жаловаться на свою горькую долю и объявила:

— Ежели, ваше высокоблагородие, начнут у нас уводить таких девиц... хоть по миру иди.

Каково! А ведь и у нее есть также свои интересы... Если закон терпит эти дома, надо же и хозяйкам иметь свои выгоды.

С Сенной мы поехали в какой-то переулок. Несколько иная картина: поменьше грязи, и пьяных не было. Лизавета Петровна нашла там половину женщин знакомых. Тут я насмотрелась на невозможные туалеты. Боже мой! как ясно становится все бездушие нашего ряжения в модные и шикарные тряпки! Отчего жалка и смешна какая-нибудь Параша или Фета в красном декольтированном платье с ужасающими фруктами в волосах или в какой-нибудь невозможной золотой сетке? Оттого, что нет нашего уменья достигать одной и той же цели...

В двух домах, где мы были, все в том же переулке, нас приняли очень плохо. Хозяйки не хотели допустить Лизавету Петровну до гостиной. Она добилась, однако ж, того, что ей позволили в одном доме посидеть в общей комнате, а в другом вызвать своих знакомых.

— Что делать, душа моя! — сказала она мне,— надо терпеть. У нас одно оружие — любовь.

Нас ожидало под конец вечера другое зрелище.

В начале одиннадцатого часа мы подъехали к крыльцу углового дома где-то в Мещанских. Крыльцо чистое и хорошо освещенное. Заставили нас подождать в сенях на площадке. Чиновник звонил два раза, в двери вделано окошечко с решеткой. В него сначала поглядел кто-то, мне показалось: женское лицо. Наконец-то отперли.

Лизавета Петровна сама являлась в этот дом в первый раз. Это ее, конечно, не смущало; но дорогой она мне заметила, что тут мы вряд ли найдем знакомых.

Нас встретил человек, весьма прилично одетый. Сначала было он загородил дорогу мне и Лизавете Петровне; но наш спутник что-то такое ему сказал тихо, и мы вошли.

В передней так было освещено и элегантно, как в любой богатой квартире. К нам навстречу вышла женщина в чепчике, не слишком жирная, в темном шелковом платье с бледным, очень приличным лицом.

Нас ей представили. Сначала она, кажется, ничего не поняла, в чем дело. Мы говорили с ней по-немецки. Сообразивши, она как-то странно улыбнулась, посмотрела пристально на меня и сказала нашему спутнику, что не угодно ли нам пожаловать к хозяйке.

Через коридорчик мы пошли представляться мадам. Нашли

мы ее в уютной комнате за круглым столом, освещенным лампой с зеленым абажуром. Она — нестарая еще женщина, полная, но не обрюзглая: видно, что была в молодости красива. Раскладывала она гранпасьянс, когда мы вошли. В комнате стоял какой-то особый запах, довольно приятный. На нас залаяла собачка. Мы вошли первые, за нами чиновник и ключница (я узнала потом ее звание).

Мадам подняла голову и сначала точно так же, как ключница, не понимала, в чем дело; а если и догадывалась о чем-нибудь, так, наверно, не о настоящей цели нашего посещения. Она успела даже взглянуть на меня прищурившись, так что я опустила глаза.

С чиновником обошлась она солидно, с большим даже достоинством; заговорила с ним по-русски, но с акцентом. А нас пригласила сесть по-французски. Произошло объяснение. Мадам выслушала и не могла скрыть насмешливой улыбки. Видно было, что мы для нее какие-то полоумные. Она воздержалась от всяких лишних восклицаний. Она слишком, должно быть, сознавала, что с нами нужно обойтись, как с двумя барынями весьма эксцентрического покроя, желающими во что бы то ни стало обозреть ее заведение. Да, она даже употребила это слово в разговоре: établissement {заведение (фр.).}.

На этот раз у меня язык уже больше развязался; но все-таки главную нить разговора вела Лизавета Петровна. На ее лице я прочла начало какой-то новой тревоги, нового скорбного чувства. Ей неловко становилось, может быть, от этих салонных форм в таком месте!

Мадама, не спеша, без малейшего смущения, объяснилась с нами в таком вкусе:

— Вы меня понимаете, mesdames, что я не могу же, по своему положению, помогать сама вашим планам... Поставьте вы себя на мое место, и вы бы рассуждали точно так же. Я знаю, что теперь многие дамы занимаются здесь, в Петербурге, этим вопросом... Если б меня спросили, я бы, конечно, сказала, что вряд ли это к чему-нибудь приведет. Но все-таки не могу вам запретить видеть моих девиц, ей они того пожелают. Начальство знает, в каком порядке я содержу свой дом. Ни одна из моих девиц, если она только порядочного поведения, не уйдет от меня, я в этом уверена. Если вы наслушались рассказов о том, что хозяйки обкрадывают своих пансионерок, вводят их в долги, держат их у себя в неволе — это все фантазия, одна фантазия... Начальство знает, что у меня ничего подобного быть не может. Вы увидите мое заведение и на какой оно ноге. Оно — первое во всем Петербурге. Что же мне за расчет держать в неволе моих девиц, когда я знаю, что завтра же я могу их иметь, сколько хочу. И потом вовсе не от хозяйки являются иногда такие долги у девиц. Здесь, в Петербурге, все любят шик. Очень часто я сама удерживаю моих пансионерок, не позволяю им бросать слишком много денег на платья. Больше меня никто об них заботиться не может. Поверьте мне, mesdames, что только где-нибудь в самых низких домах хозяйки притесняют девиц и опутывают их.

Каков монолог? Мы сидели и слушали его в глубоком молчании. Не знаешь, чему больше удивляться: тому ли, что в нем было возмутительного по своему нахальству, или тому, что мадама так проникнута чувством своей правды и безошибочной логики?

Она и не думала оправдываться или смягчить наше впечатление... Она просто читала лекцию, давала объяснение деловым тоном.

Даже Лизавета Петровна не нашлась, хотя бы и могла одним звуком разбить все это циническое хитросплетение.

Но тут я поняла, что бывают минуты, когда святость и чистота ваших идей и правил сковывают уста. Проповедовать такой мадам значит осквернять совсем свою душевную святыню.

Разговор сделался практическим:

— Сколько у вас девушек? — спросила Лизавета Петровна.

— Семь,— ответила мадама с приятнейшей улыбкой.— Больше у меня никогда не бывает.

— Есть у вас русские?

— Фи! Я не принимаю русских. C'est de la saleté {Это мерзость (фр.).}. У меня никогда нет скандала... Русские женщины пьют, дерутся, бранятся. У меня был бы кабак! Фи! фи!

Презрение мадамы к нашей национальности было глубокое!

— У вас немки? — продолжала спрашивать Лизавета Петровна.

— Не все. У меня три немки, две француженки, англичанка и итальянка. Вы понимаете: у меня бывает много иностранцев, разных наций.

Становилось невыносимо. Мы пожелали видеть девиц.

— Извините меня, mesdames,— заметила хозяйка,— je ménage mes demoiselles... {я берегу своих девушек (фр.).} Я не знаю, как им понравится. Я их ни в чем не принуждаю. Они могут принимать своих гостей; но ни одна из них вам не знакома. Может быть, они подумают, что я пускаю в мое заведение таких особ, которые следят за ними... У них есть также свои дела, свои тайны. Вы мне позволите предупредить их?

Она нас совершенно подавляла, эта великосветская мадама! И что всего ужаснее: по-своему она была права!

Мы ограничились молчаливым наклонением головы.

Мадама позвонила. В комнату вошла ключница. Она ей сказала что-то на ухо и спросила вслух:

— Девицы в гостиной?

— В гостиной-с.

Она еще раз пошептала на ухо ключнице и отпустила ее.

Мы подождали еще минуты две. Когда явилась ключница с каким-то ответом, который был передан на ухо хозяйке, она привстала и торжественно произнесла:

— Mesdames, mes demoiselles vous attendent {Сударыни, мои девушки вас ждут (фр.).}.

Дальше этого уже не может идти благородное обхождение!

— Vous concevez, mesdames,— прибавила хозяйка,— que je ne puis vous accompagner. Cela aurait gêné ces demoiselles, et vous même, je pense {Вы понимаете, сударыни... что я не могу вас сопровождать. Это стеснило бы девушек, да и вас, думаю, тоже (фр.).}.

Аудиенция кончилась, и мы пошли вслед за ключницей в гостиную.

Мы вступили в salon. Мадама имела полное право скромно хвалить свое заведение. Гостиная была отделана зеркалами и большими картинами в золотых рамах. Карнизы, камин, мебель — все это блистало позолотой. Картины представляли обнаженных женщин. Кажется, одна из них — копия с Рубенса. Мне так показалось. В общем, отделка комнаты тяжела и довольно безвкусна; но для такого дома эффектна. Когда я вошла, я не почувствовала никакого неприятного впечатления. Позолота и позолота — больше ничего. Но что нашли мы среди этой позолоты?

Такую картину, которая сразу же поставила нас в тупик. У одного из диванов сидели за ломберным столом четыре женщины и играли в карты. Пятая помещалась на диване и смотрела на игру. В углу виднелась еще фигура у двери в следующую комнату; а у входа налево сидела с ногами на диване седьмая пансионерка и читала.

Ломберный стол и преферанс (они играли в преферанс) давали всей гостиной такой хозяйственный, домашний вид, что решительно не к чему было придраться.

При нашем входе игра приостановилась и две женщины кивнули нам головой и проговорили:

— Bon soir, mesdames {Добрый вечер, сударыни (фр.).}.

Это были две француженки — самые, конечно, вежливые во всем заведении.

Лизавета Петровна сделала все, что могла. Она присела к столу и прямо заговорила с той француженкой, которая не участвовала в игре. Наружность этой женщины показалась мне оригинальнее всех остальных: высокая, довольно худая, брюнетка с матовым лицом, в ярком желтом платье, которое к ней очень шло. Голова у нее кудрявая, в коротких волосах. Огромные, впалые глаза смотрят на вас пронзительно, и все лицо как-то от времени до времени вздрагивает. Голос низкий, сухой, повелительный.

Она без всякого удивления и без малейшей неловкости вступила в беседу с Лизаветой Петровной. Точно будто они давно знакомы и толкуют в гостиной о светских новостях.

Лизавета Петровна говорит по-французски прекрасно, с одушевлением и большим изяществом. Но я сейчас же увидала, что она не попадает в тон француженки. И к стыду моему я должна сознаться, что во мне оказалось больше талантов для сношений с женщинами раззолоченных гостиных.

Только что я вступила в разговор, Amanda (вот ее имя) оживилась. Она обратилась ко мне с улыбкой, и ее глаза точно говорили:

— Э, да ты нашего поля ягода.

Она та же Clémence, только посуровее, похуже собой и погрубее в манерах.

Игра за столом продолжалась. На диване сидела другая француженка с птичьим лицом и крошечной фигуркой. Она вся двигалась ежесекундно, картавила так, точно будто у нее во рту каша, и беспрестанно кричала:

— Ivan, un verre de bière {Иван, бокал пива (фр.).}!

Она поглядывала на меня боком, прищуривалась, сдувала пепел со своей папиросы и болтала, ни к кому не обращаясь, перемешивая свои французские фразы немецкими и русскими словами; произносила она их так смешно, что я едва воздержалась от улыбки. Остальные три партнерки были все в разных вкусах: одна толстая и очень намазанная итальянка, в малиновом платье. Лицо у нее доброе-предоброе. Она что-то все мурлыкала, а когда ее глаза обращались ко мне, то она пресладко улыбалась. Две немки, сидевшие одна против другой,— какие-то горы женского тела. Таких крупных женщин я никогда не видала! На их лицах, как на лицах очень многих барынь (которых называют: "писаная красавица"), не виднелось ни одной черточки, ни одного оттенка, ничего похожего на выражение, мысль или чувство. Белый, лоснящийся лоб; роскошный шиньон из своих волос; розовые щеки, как на фарфоровых куклах; зубы невозможной белизны; шея и плечи совершенно каменные: ни одна жилка в них не дрогнула все время, как я смотрела на этих двух женщин. Я не знаю: сестры они или нет, но они вылиты в одну и ту же форму. И платья на них одинаковые; только у одной цветок в волосах направо, а у другой налево. Услыхала я, что одну зовут Норма, а другую Хильдегарда.

Мы не обращали на себя внимание четырех играющих девиц, кроме разве маленькой француженки. Ей нужно было с кем-нибудь болтать. Она кидала в разговор отрывочные фразы, точно будто тоже знает нас давным-давно. Amanda обращалась ко мне больше, чем к Лизавете Петровне.

— Vous avez mal choisi votre heure, mesdames {Вы выбрали

неудачное время, сударыни (фр.).},— сказала она.— Заверните к нам как-нибудь утром. Если вас интересует наша жизнь, je vous donnerai tous les renseignements {я сообщу вам все сведения (фр.).}.

Это было посильнее монологов хозяйки. Хорошая моя Лизавета Петровна посмотрела на меня безнадежным взглядом.

— Неужели вы довольны вашей жизнью? — спросила она.

— Comme èa! Que voulez vous, chère madame, on gagne la vie, comme on peut. D'ailleurs, nous sommes bien ici... {Как сказать! Что вы хотите, дорогая сударыня, мы зарабатываем на жизнь, как можем. Впрочем, нам здесь хорошо... (фр.).}

Хозяйка не солгала: ее девицы, как видно, были очень довольны своим заведением.

— Но ведь вы собственность хозяйки дома!..— говорила Лизавета Петровна, а я, слушая ее, думала себе: "не то, совсем не то нужно спрашивать!"

— Это все зависит от того (ответила совершенно деловым тоном Amanda),— это зависит от того, как вы себя поставите в доме. Я, конечно, не попала бы сюда, si j'avais des rentes; {если бы у меня были доходы (фр.).} но мне покойно здесь, я ни о чем не забочусь, а когда состарюсь, я открою также дом или заведу магазин, en faisant des économies {сделав сбережения (фр.).}.

Вот ее философия. Извольте действовать тут принципом любви и душевного возрождения!..

— Приходите к нам как-нибудь пораньше, dans l'après-midi {пополудни (фр.).}, вот Rigolette и я (она указала на другую француженку) — мы любим читать друг другу вслух. А книг нет. Вы нам принесите что-нибудь...

Мы переглянулись с Лизаветой Петровной, Продолжать дальше разговор в таком вкусе делалось слишком тяжело.

Я встала и подошла к той женщине, которая сидела в углу у двери в другую гостиную.

Сейчас можно было узнать, что это англичанка. Ярко-рыжие волосы взбиты были выше и пышнее, чем у всех остальных женщин. Меня поразили белизна и блеск ее кожи. Она вязала шнурок рогулькой. Когда я подошла к ней, она оставила работу, подняла голову и улыбнулась мне, как всегда улыбаются англичанки, выставив зубы...

Я взглянула ей в лицо: оно дышало добродетелью. Ни утомления, ни нахальства, ни злости, ничего такого не значилось на блестящих и гладких, как зеркало, чертах.

Я присела и спросила ее, но уже совершенно безнадежно, так, больше для контенансу:

— Давно ли вы здесь?

— Полгода,— ответила она.

— Довольны?

— Да.

Ее лаконические ответы совсем меня заморозили.

Я, впрочем, задала ей еще несколько вопросов и на все эти вопросы получала: yes и no {да и нет (англ.).}.

Англичанка оказалась безнадежнее француженок. Те хоть рассуждают как-нибудь о своем положении; а эта добросовестно исполняет обязанность, и, как видно, с чистейшей совестью, методически.

Я встала совсем убитая. Ледяное изящество и мраморная невозмутимость англичанки давили меня сознанием моего совершенного бессилия.

В дверь выглянула ключница и крикнула:

— Ида!

— All right {Здесь: сейчас; иду (англ.).},— ответила англичанка, растворивши рот, точно кукла на пружинах, и не торопясь вышла, аккуратно свернувши работу.

Оставалась еще одна женщина на диване. Я не хотела оставить ее в покое.

"Может быть, эта!" — подумала я.

Она была немка, небольшого роста, довольно худощавая, с очень тонким носом, зачесанная à la chinoise {по-китайски (фр.).}, в декольтированном черном платье с желтыми цветами. Она мне показалась симпатичнее всех других. В лице у нее было что-то наивное и жалкое.

— Что вы читаете? — спросила я.

Она показала мне книжечку: стихотворение какого-то Lenau.

"Хороши должны быть стихи,— подумала я,— вероятно, под пару классической библиотеки Домбровича".

Она меня пригласила сесть на диван. С ней разговор пошел сразу же. Немка страшно картавила и как-то все вбирала в себя воздух.

— Lieben sie Lenau's Gedichte? {Любите ли вы стихи Ленау? (нем.).} — спрашивает она у меня.

Я должна была сознаться ей, что не имею ни малейшего понятия о г. Ленау.

— Prachtvoll!!! {Великолепный!!! (нем.).} — вздохнула она на всю комнату.

Минуты чрез две она мне уже рассказывала свою историю: родилась она в Гамбурге, отец ее какой-то, как бишь она говорила, референдариус, полюбился ей какой-то капитан купеческого корабля, она с ним бежала. Он ее бросил. В Берлине попала она в руки мадамы, которая каждый год ездит за товаром.

Ей всего осьмнадцать лет... Она долго говорила о себе, чуть не расплакалась, вспомнила свою мать, сестер.

— Они не знают, где я,— говорила она.— Разве я могу им писать? Они до тех пор обо мне не услышат, пока я не переменю жизнь.

— А когда же вы ее перемените? — спросила я.

— Я хочу выйти замуж. Ein Offizier hat mir versprochen {Один офицер мне обещал (нем.).}.

И слезы ее сейчас же исчезли. Она начала сладко-пресладко улыбаться и запела какую-то немецкую песенку, которая начиналась словами:

Robinson! Robinson!

Эта смесь сентиментальности и вздору стоила каменного спокойствия англичанки. Тут также не за что было схватиться. Мне даже совестно сделалось за себя.

Лизавета Петровна подошла ко мне и прошептала:

— Идемте, мы здесь в последний раз.

Уходили мы какие-то пристыженные. Но девицы проводили нас очень любезно.

— Sans adieu,— сказала нам Amanda, протягивая руку.— Nous comptons sur vous!.. {Мы не прощаемся... Мы рассчитываем на вас!.. (фр.).}

Маленькая Rigolette затопала ногами, сделала нам ручкой и крикнула пискливым голосом:

— N'oubliez pas votre promesse: quelque chose de joli, la Résurrection de Rocambole par Ponson du Terrail!.. {Не забудьте ваше обещание: что-нибудь красивое, "Возвращение Рокамболя" Понсона де Террайля!.. (фр.).}

Англичанка улыбнулась мне еще раз и с самой благочестивой интонацией сказала:

— Good bye! {До свиданья! (англ.).}

Сентиментальная немочка провожала меня до передней и повторяла все:

— Besuchen sie uns, besuchen sie uns... {Приходите к нам, приходите к нам... (нем.).}

Лизавета Петровна была так подавлена, что ничего уже мне не говорила.

Мадама, прощаясь с нами, изволила выразить:

— Si ces demoiselles trouvent du plaisir à vous recevoir, je ne m'y oppose pas! {Если эти девушки находят удовольствие в том, чтобы принимать вас у себя, я не возражаю! (фр.).}

Какой цинической иронией дышала эта фраза! Она очень хорошо понимала, эта мегера, что наши посещения для нее ни на волос не опасны.

— Теперь вы понимаете, душа моя,— сказала мне Лизавета Петровна,— куда мы должны идти с вами и куда нет.

Я все еще нахожусь под давлением вчерашнего вечера.

Поразительный урок! Чем больше думаешь, тем больнее становится за человека!

Я видела три сорта разврата. В самом низу, где грязь, пьянство, разгул, злоба, там слова любви оказались всего действительнее. Где же раззолоченная мебель, приличие и тишина, там нельзя даже и выговорить ни одного слова любви.

Нужно ли этим очень огорчаться? Нет. Я думаю, что оно скорее утешительно, чем безнадежно. Каких падших женщин должны мы прежде всего полюбить и спасать? Тех, которые вышли из нашей русской жизни. Они — болячки нашего же собственного тела. Если мы успеем спасти хоть одну сотую всех этих Матреш, Аннушек, Палаш, наше дело будет великое дело! Раззолоченная гостиная мадамы — не наша сфера. Там все иностранное. Чтобы бороться с падением, надо знать, чем оно вызвано, а мы ни в Гамбург, ни в Лондон, ни в Париж не можем перелететь сейчас же. Я не говорила еще с Лизаветой Петровной о вчерашнем вечере, но знаю, что она должна быть такого же мнения.

Но на этом все-таки нельзя успокоиться. Отчего же Лизавета Петровна так поражена была тем, что она нашла в раззолоченной гостиной? Значит, и она, при всей своей опытности, не ожидала такого безнадежного зрелища. Положим, все эти француженки, немки, англичанки гораздо меньше заслуживают сочувствия, чем какая-нибудь Феша, но ведь вопрос-то остается все тот же самый. Душа у всех одна. Любовь, возрождающая болезнь этой души, тоже одна. Значит, то, что мы видим в этих иностранках, вовсе не исключение, а только следствие их национального характера. Если возрождение возможно, то должны быть средства возрождать и этих женщин. Иначе та сила, в которую верит Лизавета Петровна, вовсе не сила, а наша выдумка. Стоит только представить себе еще раз гостиную, где мы вчера были. Если б я не знала, что это за дом, как бы я ее определила с моей обыкновенной, светской сноровкой? Салон как салон. Собралось в нем семь молодых женщин, одетых эксцентрично, но не уродливо, красивых, оригинальных, каждая в своем роде. Отыскала ли я на их лицах что-нибудь особенное, роковое? Нет. Каждая из этих женщин верна самой себе и своей национальности. Француженки — одна сухая резонерка, другая писклявая и вертлявая. Этаких можно десятками встретить и не в таких домах. На двух колоссальных немках ровно ничего не написано: здоровенные Mädchen {девицы (нем.).}, кровь с молоком. Я знавала таких гувернанток и горничных, очень глупых и добрых. Очень может быть, что Норма

156

и Хильдегарда и добрее и глупее всех тех здоровенных Mädchen, каких я знавала. Англичанка такая, что хоть в секту ирвингитов. Она гораздо солиднее и приличнее тысячи светских женщин. Она так и осталась со своими чопорными манерами, молчаливостью, всегда с работой в руках. По воскресеньям, наверно, читает Библию и не работает. Итальянка — сейчас видно — ленивая-преленивая, простодушная, ничего больше не желающая, кроме своего far niente {ничегонеделания (ит.).}. Наконец, немочка со стихотворениями Ленау. Уж это такой тип, как выражается Степа! О своем семействе такие немочки всегда прилыгают, плачут над стихами и очень слабы к мужскому полу, хотя и остаются до самой смерти наивными и непорочными в помыслах.

Как же тут действовать? Все эти женщины очень хорошо понимают свое положение. Видно, что каждая из них поступает сознательно. Они смотрят на свою жизнь, на свое занятие, как на необходимость. Француженка прямо же нам сказала: "on gagne sa vie, comme on peut" {каждый зарабатывает на жизнь, как может (фр.).}. Каждая продолжает жить у мадамы своими привычками, взглядами, понятиями, ест хорошо, спит спокойно, читает стихотворения Ленау или романы Ponson du Terral'я. Оно так, совершенно так! Где в душе нет внутренней драмы, горечи, отчаяния, там возрождение невозможно. Неужели это верно? Я должна вызвать Лизавету Петровну на какой-нибудь решительный ответ.

Я не знаю даже: можно ли назвать этих женщин падшими? Та сентиментальная немка, которая читала стихи, хоть она мне и налгала, наверно, в своей истории; но выдь она замуж, она может сделаться хорошей хозяйкой, какой-нибудь Каролиной Ивановной, женой офицера или управителя и проживет весь свой век очень добродетельно.

Зато в русских — боль, горечь, ожесточение, душевная тоска так и мечутся в глаза каждому, кто способен полюбить этих несчастных.

Какое это роковое слово: "гулять"! Ведь это значит: заметаться, захлебнуться в своем позоре, утопить поскорей в буйстве и пьянстве все свои человеческие инстинкты.

В растерзанной бабе Сенной площади и во мне одна и та же черта. Нужды нет, что я родилась и жила в другом свете. Попади я в дурной дом, я бы также "загуляла".

И ведь в обществе все точно стремится к такому ледяному бездушию. Давно ли я сама восхищалась и завидовала Clémence? А между Clémence и Amanda в сущности нет никакой разницы.

Как резко выступили предо мною два мира женского падения: в шикарном доме мадамы полное довольство; в дешевых и грязных русских домах — трагический загул. Там — мертвое царство, здесь — возможность обновления.

157

Жажду беседы с Лизаветой Петровной.

Она говорит почти то же, что я; но все-таки не хочет мириться с безнадежностью иностранок.

— Если мы ничего не сделаем для них — вина наша. Мы смущаемся наружностью. Мы их еще не так любим, как наших несчастных. Душа моя, рассуждать тут нечего. Рассуждения только убивают силу. Мы к ним не поедем туда, романов им возить не станем. Мы дождемся их там, где их не будет больше окружать обстановка раззолоченной гостиной.

Вот что сказала мне дорогая моя Лизавета Петровна! Для нее нет препятствий, и когда с ней потолкуешь, то сомнения пропадают.

Мне даны уже особые поручения. Я начинаю действовать сама.

Лизавета Петровна спросила меня сегодня в первый раз о Степе:

— Он не очень занят?

— Я не знаю, что он делает,— отвечала я.— Вряд ли есть у него какие-нибудь постоянные занятия.

— Вот, видите ли, душа моя, я узнала, что одна гадкая женщина — она живет в своей квартире, адрес я вам дам — завладела девочкой лет шестнадцати, завладела и торгует ею...

— Вы хотите, чтоб я к ней отправилась?

— Вот тут-то и нужен будет ваш cousin. Эта женщина очень хитрая. К ней не следует являться сразу. Надо многое узнать... И для этого лучше поручить мужчине...

— Степа будет очень рад, он мне ничего не откажет,— сказала я.

— Он должен найти средство познакомиться с ней и разузнать все хорошенько. Зовут ее Марья Васильевна. Живет она по Итальянской, дом No 28-й.

Вечером Степа завернул ко мне. Я ему не стала передавать моих заключений о разных домах, где мы были. Я ему рассказала только фактически, что видела.

— Молодец, Маша, не ожидал я от тебя такой смелости! Теперь с тобой скоро можно будет говорить, как со специалистом, вертеться не на одних фразах, а разбирать дело.

И все посмеивается. Такой физикус!

— Слушай, что я тебе стану говорить, Степа,— объявила я ему торжественно.— Ты мне в руки не даешься и меня к себе не подпускаешь. Не знаю, долго ли это продлится, но чтоб тебя наказать, я тебя хочу эксплуатировать.

— Сделай милость, Маша.

— Делаю тебя помощником в занятиях.

— По части падших женщин?

— Да, по части падших женщин.

— Что же прикажешь?

— А вот что: на Итальянской улице, в доме под No 28, живет квартирная хозяйка, Марья Васильевна, а у нее живет девочка, несчастный ребенок. Она ею промышляет.

— Уж коли она квартирная хозяйка, так, разумеется, промышляет.

— Но ведь это ужасно, Степа!..

— Печально; но что же мне-то тут делать!

— Лизавета Петровна находит, что нужно поступить с этой женщиной осторожнее и прямо к ней не являться, а сначала узнать обо всем хорошенько. Она говорит, что нужно это сделать мужчине.

— Т. е. я должен отправиться к этой Марье Васильевне.

— Я тебя умоляю, Степа, для меня!

— Пожалуйста, Машенька, не умоляй. Я и не думаю отнекиваться... Только я, право, не знаю, в каком же я качестве явлюсь к этой квартирной хозяйке?

— Зачем тебе это качество?

— Да как же, помилуй! Ведь, чтобы узнать, надо прийти не раз, а если в один раз захочешь все обсмотреть, так надо посидеть часа два. Надо сочинить какую-нибудь историю про себя.

— Ну, сочини, ведь это для доброго дела.

— Прекрасно, Маша... Маленький вопросец: сама-то эта Марья Васильевна молода еще?

— Не знаю, кажется.

— Это облегчает мою миссию. Но мне, стало быть, нужно явиться в качестве любителя женского пола?

— Ах, Боже мой! Я не знаю...

— Я нарочно все это тебе говорю, Маша, чтоб ты потом не удивлялась... Я ведь должен буду разыгрывать роль петербургского жуира. Может быть, эта Марья Васильевна очень пикантная женщина...

— Ах, Степа, какие глупости! Это не такой предмет, чтобы дурачиться. Тут дело идет о человеческой душе.

Он посмотрел на меня пристально. Легкая улыбка проскользнула по его губам.

— Не сердись, Маша,— сказал он мне полусерьезно, полушутливо.— Я исполню все, что ты желаешь, и не способен смеяться над делом, в которое ты кладешь всю свою душу. Откровенно тебе сказать, напрасно ты ко мне обратилась. Было бы лучше оставить меня пока в стороне. Всякое дело, Маша, приятнее и толковее делать одному. Наш мужской ум всегда будет помехой там, где на первом плане женская любовь. Впрочем, Лизавета Петровна по этой части специалистка. Послушаем ее.

— Слава Богу! Насилу-то смирился!

— Но я опять напомню тебе, Маша, что в каком-нибудь качестве да должен же я явиться к этой Марье Васильевне.

— Надоел ты мне со своим качеством.

— Ни в каком деле, Маша, нельзя нарушать домашних прав своего ближнего. Ты теперь возмущена против этой Марьи Васильевны; но ведь ты и ей уделяешь хоть частичку своей любви. Она тоже — член общества, порочный, зараженный, прекрасно; но не лишенный гражданских прав. Чтобы ворваться к ней в квартиру с наступательным намерением, надо иметь что-нибудь похожее на право.

— Я не понимаю твоих рассуждений, Степа! — вскричала я.— Когда человек тонет, стыдно рассуждать о тонкостях и задавать себе вопрос: "Имеешь ли ты право спасать его или нет?"

— Не так стыдно, как тебе кажется, Маша. Возражение твое я предвидел, но об нем мы толковать не станем. Я ведь попросту хотел тебе сказать, что если ты принимаешь на свою совесть мою роль в квартире Марьи Васильевны — ну и кончено! Я ведь для тебя же оговорился. Ты понимаешь, что кроме роли любителя женского, пола я, следуя твоей инструкции, не могу явиться ни в каком другом качестве. Просто добрым человеком, спасающим девочек от падения, мне нельзя прийти. Ты меня затем и посылаешь, чтобы сразу не поставить квартирную хозяйку настороже. В качестве лица, власть имеющего, мне и подавно нельзя явиться: никакой власти я ни над Марьей Васильевной, да и ни над кем на свете не имею. А впрочем,— кончил он,— будьте благонадежны, все исполню в точности.

Степа мне очень не понравился на этот раз.

Он слишком резонирует.

8 мая 186*
Днем.— Воскресенье.

Степа меня опять обескураживает. Ждала я его с нетерпением сегодня утром. Пришел.

— Ну, что же? — спрашиваю. Ухмыляется.

— Говори толком.

— Да уж не знаю, Маша, с чего и начать.

— Был ты или нет?

— Был... И даже продолжительно беседовал. Так как ты грех

160

взяла на себя, то я и явился в качестве любителя женского пола. Звоню. Отворяют мне дверь — и что же: вижу знакомое лицо.

— Ты ее знаешь, эту хозяйку?

— Да, я ее когда-то знал.

— И она тебя узнала?

— Узнала. Ты что же морщишься? Ведь лучше ничего нельзя было и придумать. Сразу же уничтожены все подозрения. Не так ли?

— Так, так.

— Она мне очень обрадовалась, польстила даже моему самолюбию. Мы сейчас тары-бары. Она меня кофеем.

— Какой ужас!

— Маша, что ты, что ты! — пригрозился на меня Степа.— Удержи негодование... Распиваем мы кофеи. Я оглядел квартиру и соображаю: где может быть несчастная жертва? Спрашивать, разумеется, не стал. Я рассказал Марье Васильевне, что только что приехал из-за границы, стало быть, нельзя было задавать "вопросные пункты" насчет "пристанодержательства" малолетней девицы. Осматриваю и никого не вижу, кроме самой хозяйки. А надо тебе сказать, что эта Марья Васильевна, хотя и отнесена Лизаветой Петровной к категории весьма злостных и хитрых совратительниц, очень наивная и болтливая особа. Ну, начала она мне, конечно, рассказывать про свое житье бытье и жаловаться на судьбу: "Дела, говорит, идут плохо. Все, говорит, нынче стали скареды или прогорели совсем. А квартиры, говорит, дорожают и дрова также. Так что думаю, говорит, выйти замуж".— "За кого?" — спрашиваю.— "За чиновника,— говорит.— Он с капиталом. Хоть и рябой, да нужды нет. Я, говорит, магазин открою, потому что у меня вкусу, говорят, много. И к швейному делу я имею пристрастие". А я ее спрашиваю: в вашем-де магазине как насчет нравственности будет? Она строго-престрого отвечает: "Ни-ни! Я такие порядки заведу, как в монастыре! Коли по-честному жить, так по-честному. Я от жениха своего не скрываю, говорю ему: вы, мол, знайте, что я жила вольно, только вы не сомневайтесь на предбудущее время". Вот, Машенька, о чем мы беседовали за кофеем. Как видишь, разговор самый для тебя утешительный...

— Она лжет,— перебила я.

— Почему ж это, сейчас и лжет? Я все выслушал добрым порядком, поздравил Марью Васильевну и жду себе: не будет ли еще чего-нибудь в ее рассказах? Начала она опять жаловаться на дороговизну жизни и тут только объявила, что у нее на руках племянница.

— Это опять ложь! — закричала я.

— Погоди, погоди. "Не знаю, говорит, что мне с ней делать. Девчонка совсем зазорная, пятнадцати лет пошла в ход. Я ее отдала в ученье. Выгнали ее оттуда, нимало не медля.

161

Безобразничает и денно и нощно, денег у нее никогда нет, и я ее должна Христа ради кормить. Сколько раз собиралась выгнать, да жалко. Пока она при мне тут, полиция к ней не пристает, я ее за горничную выдаю. Паспорт у нее исправный. Я все думаю, не образумится ли. Вот как я замуж-то выйду и сама-то стану по-честному жить, так тогда, быть может, приберу ее к рукам, засажу работать у себя в магазине. И так мне эту девчонку жалко... как вот прогуляет она где-нибудь всю ночь, вот хоть бы сегодня, я реву, ей-Богу".

— Видишь, какая она хитрая,— сказала я Степе,— сейчас же сочиняет историю... Но неужели ты не почувствовал, что это грубая ложь?

— Я сначала было подумал: что-то оно очень добродетельно выходит и похоже на затверженный урок. Но я тотчас же сообразил, что Марья Васильевна никак не могла подозревать, что я явился соглядатаем. Стало быть, с какой стати ей начать рассказывать о девочке, которую я никогда и видом не видал. Баба она скорей простоватая, чем хитрая; а если б она действительно была так хитра, то без надобности хитрить все-таки не стала бы.

— Ты и поверил?

— Я принял к сведению, Маша. В рассказе Марьи Васильевны было все, что нужно: описан характер девочки, ее теперешняя жизнь, и выражено желание исправить ее посредством труда, т. е. сделать все по вашему желанию.

— Боже мой, Степа! — волновалась я.— Ты наивен до...

— До глупости,— подсказал он.— Дай кончить, Маша. Только что мы кончили пить кофеи, является la demoiselle en question {особа, о которой идет речь (фр.).}: бледная, востроносая, вертлявая девчонка, с хриплым голосом и воспаленными глазами. С теткой своей она порядком не поздоровалась, на меня взглянула весьма нахально, попросила сейчас же папироску, развалилась на диване и закричала мне: "Штатский, пошлите за зельцерской водой. У меня голова трещит". Ты хоть обзывай меня, Маша, простофилей или нет, но мне одного взгляда на лицо тетки довольно было, чтобы убедиться в искренности ее рассказа. Эта девчонка просто enfant terrible {ужасный ребенок (фр.).}, к которому она чувствует слабость и положительно страдает за нее. Да. Призови хоть Лизавету Петровну и целый ареопаг, и я им это докажу, если только излишнее рвение не заволокло им глаза.

— Положим, что и так,— возразила я Степе,— но все-таки нужно вырвать эту девчонку у твоей Марьи Васильевны; торгует она ею или попускает по баловству, девочка все-таки в омуте.

— Да ведь я тебе докладывал, Маша, что квартирная хозяйка, следуя твоей номенклатуре, готова сейчас же отдать ее, если найдется кто-нибудь призреть эту девчонку. Явись ты или

Лизавета Петровна, я тебе клянусь, что она не окажет никакого сопротивления. Но знаешь ли, кто воспротивится?

— Кто?

— Я, вот кто.

— Ты. Это забавно!..

— Я, Маша, я. И вот по какой причине. Из своей практики я знаю, что русские женщины такого сорта, как Марья Васильевна, когда раз скажут: "Я выхожу замуж и буду жить по-честному", они, действительно, меняются и не потому, Маша, чтобы происходило в них возрождение; а потому, что они, по натуре своей, были домовитыми хозяйками и пошли в разврат по совершенно случайным причинам. Теперь, допустивши, что эта Марья Васильевна, обвенчавшись со своим чиновником, действительно заведет свой магазин и будет дельная и строгая хозяйка,— я даю ей в деле исправления племянницы полнейшее предпочтение пред вами с Лизаветой Петровной!

Я не на шутку рассердилась. Подобной выходки нельзя было ждать от Степы.

— За что ж ты меня оскорбляешь? — сказала ему со слезами на глазах.— Правда, я достойна твоего презрения за мою прошедшую жизнь; но теперь ты видишь, что во мне действует одна любовь, а не тщеславие.

Степа смирился тотчас. Он ведь меня очень любит. Взял меня за руки и начал ласкать. Я, разумеется, сейчас же размякла.

После небольшой паузы он спрашивает меня:

— Маша, хочешь ли ты, в самом деле, жить не призраками, а простой, неподкрашенной правдой?

— Еще бы, Степа.

— Ну, так научись, по крайней мере, выслушивать прямые мнения о деле и забывать в это время свою личность.

— Говори, говори, я не буду обижаться.

— Что вы устроили с Лизаветой Петровной для спасения падших женщин? Есть у вас уже какое-нибудь убежище, приют или что-нибудь в этом роде?

— Пока еще нет,— ответила я,— но Лизавета Петровна добьется непременно того, что устроит такой исправительный дом, по своим идеям.

— Прекрасно; а теперь пока в вашем распоряжении еще нет ничего! Ты знаешь, что здесь существуют уже такие убежища?

— Знаю.

— Имеешь ты понятие о их устройстве?

— Нет еще.

— Ну, вот видишь ли. Я тебе не стану навязывать моих взглядов; но позволь мне заявить собственное мнение просто и ясно. Возьмите вы девочку от квартирной хозяйки, от Марьи Васильевны. Куда вы ее денете? Поместить ее под свой собственный надзор вам нельзя, потому что у вас еще нет своего заведения. Отдать ее просто в услужение: нет никакой гарантии, что на нее будут смотреть иначе, как на каждую горничную. Поместите вы ее в магазин, она оттуда уйдет завтра же. А если не уйдет, то надзору за ней будет в тысячу раз меньше, чем у ее тетки, предполагая, что та заведет мастерскую. Наконец, третье предположение: кто-нибудь из вас, ты или Лизавета Петровна, приставит ее лично к своей особе. Я знаю, как расположен твой день, знаю также жизнь Лизаветы Петровны и прямо говорю, что вам некогда будет серьезно заняться этой девочкой. Почти целый день она будет оставаться одна; сейчас же стоскуется и сбежит, или утешится и станет так же гулять, как теперь у Марьи Васильевны.

— Однако,— возразила я,— у Лизаветы Петровны есть же Феша. Она ее вырвала из ужасного вертепа.

— Не могу ничего тебе сказать, Маша, в какой степени возродила Лизавета Петровна эту девушку; но коли она у нее на руках, зачем же ей другая горничная? Ты знаешь, в какой она живет обстановке. Вот ты теперь и рассуди: на которой стороне больше шансов возрождения? Если натура у этой девочки вконец испорчена, то ни вы с Лизаветой Петровной, ни тетка ее — ничего не сделаете. Если же перемена жизни и труд могут ее исправить в мастерской Марьи Васильевны, она будет поставлена в несравненно лучшие условия. Переход от разгульной жизни к степенной сделается полегоньку. Сначала девочка будет еще пошаливать; но у тетки уже не найдет она того, что прежде. Стало быть, явится некоторый нравственный авторитет; а любит девочку Марья Васильевна вряд ли меньше вас; хоть вы обижайтесь, хоть нет!

Я задумалась. Степа кончил свои рассуждения слишком добрым и искренним тоном, чтобы желать умничать!

— Какой же вывод из этого? — спросила я,— что же мне доложить Лизавете Петровне?

— Доложи ей, Маша, что я покорнейше прошу поручить это дело специально мне и дать мне месячный срок. В это время квартирная хозяйка Марья Васильевна должна сочетаться законным браком. Если же я замечу в ее поведении "ехидство и коварство", то обо всем донесу вам и предоставлю действовать, как вам будет угодно.

— Вряд ли согласится на это Лизавета Петровна...

— Трудно будет не согласиться,— решительно выговорил Степа.— Насильственных мер употреблять она не может; а если начнет действовать на Марью Васильевну убеждением, то я тебе даю слово, что совратительница послушает меня больше и сделает то, что я ей скажу.

— Ведь это вызов, Степа!..

— Это голос разума, друг мой, и той самой человечности, которую вы избрали своим культом.

Зачем он употребляет мудреные слова: культ! Мы просто любим с Лизаветой Петровной. Ни о каком мы культе не думаем.

— Это твое последнее решение, Степа? — спрашиваю я, когда он уходил.

— Да, Машенька, последнее. Если хочешь, я сам переговорю с Лизаветой Петровной.

— Нет, зачем же, я передам.

Лучше уж, пускай Лизавета Петровна огорчится на меня. Я не хочу, чтоб между нею и Степой была неприятность. Они и так точно избегают друг друга.

К вечеру я всегда спокойнее рассуждаю. У меня все точно осаживается в голове и на сердце. Вот хоть бы и насчет Степы. Сдается мне, что он прав. Ведь если мы ограничимся только одной проповедью, а не отыщем практических средств, каждая такая Марья Васильевна будет полезнее нас.

Я еще не была в этих "убежищах". Лизавета Петровна обещалась свезти меня. После разговора со Степой мне еще необходимее знать их хорошенько.

По правде-то сказать, Лизавета Петровна и я слишком кидаемся. Всегда ли любовь к ближнему должна так действовать? Я сама не видала этой квартирной хозяйки, Марьи Васильевны; а так уж и рвалась: как бы мне отнять у нее жертву. Оказывается, что жертвы-то никакой и нет, если верить Степе. Да этого еще мало: из рассказа его выходит, что такая Марья Васильевна может гораздо лучше действовать, чем мы!

Нельзя, видно, смотреть на мир падших женщин en bloc {в целом (фр.).} (как любил выражаться Домбрович), спасать их насильно и признавать, что во всем мире действует одна и та же сила. Хорошо ли я делаю, что так рассуждаю? Мне бы не следовало ни на одну секунду разлучаться с Лизаветой Петровной. С ней только я дышу воздухом любви, правды и света.

От мужчин так и несет холодом, даже от Степы.

9 мая 186*
На ночь.— Понедельник.

Лизавета Петровна выслушала мой рассказ о Степе спокойнее, нежели я ожидала. Она согласилась подождать. Этот Степа противный... начинает ехидствовать против нее; а она сейчас же приняла его резоны.

Я, разумеется, смягчила ей его слова, но она все поняла.

— Ваш двоюродный брат прав,— говорит она мне.— Время не ждет. Надо нам подумать хорошенько о нашем приюте... Какое равнодушие во всех, к кому обращаешься. Я уж вам говорила, что хочу устроить убежище по моей идее.

Лизавета Петровна до сих пор мне еще не рассказала, как она желает завести свое убежище. В разговоре она не любит входить в практические подробности. Душа ее слишком переполнена идеей добра, чтобы останавливаться надолго на материальных вопросах.

11 мая 186*
После обеда.— Среда.

Была я в одном убежище!

Нет, не того я жажду. Я хоть и не рассуждаю так, как Степа; а сейчас же увидала, что таким манером нельзя спасать женщин.

Возьмут прямо из какого-нибудь вертепа девушку и засадят ее под замок. Она только из-за того бьется, чтобы поскорее выйти. В такое исправление я не верю. Только приучишь к фарисейству; а как попала на волю, так и взялась опять за прежнее!..

16 мая 186*
Первый час.— Понедельник.

Оглянусь я немножко на то, что мною сделано под руководством Лизаветы Петровны.

Сделано страшно мало. Одного я достигла: любить всем сердцем моих несчастных...

Знаю я теперь целую сотню. Но ни одной из них я еще не вырвала. Да и что я стану делать с ними? Лизавета Петровна тверже меня выносит свою долю. Горячо желала бы я вселить в себя ее непоколебимую веру. Но как?

Я не жалею ни хлопот, ни времени, ни денег. И чего же я добилась? Пристроила я всего одну девочку.

Я говорю вчера Лизавете Петровне:

— Душа моя, что вы со мной церемонитесь? Я проживаю пятнадцать тысяч в год. Ведь это большой грех. Возьмите у меня сколько нужно, и заведемте мы наше собственное убежище.

Она согласилась. В денежных расчетах у нее нет никаких щекотливых вопросов; но она считала меня, кажется, гораздо беднее.

Теперь можно будет действовать без всякой помехи.

Я дала также денег на школу, где Елена Семеновна. Мы с ней очень сошлись. Каждый раз, как я приезжаю туда, мне так рады. Все остальные девушки тоже прекрасны. Их пока четыре. Ходят они аккуратно и все с таким прекрасным направлением. Будут ли они хорошо учить, не знаю. Но зато будут очень любить своих воспитанниц.

Елену Семеновну с ее стрижеными волосами и платьем без юбок всякий примет за нигилистку. А какая уж она нигилистка? Да и остальные стригут волосы и кринолинов не носят. Если б я встретила кого-нибудь из них год тому назад, я бы стала смеяться или негодовать.

Я думаю, что на нигилисток оттого так все и накинулись в свете, что кроме их стриженых волос ничего хорошенько не рассмотрели.

Любая барыня примет Елену Семеновну "Бог знает за кого", как и я изволила выражаться когда-то.

Всякая женщина, предавшись чему-нибудь, что выходит из обыкновенной колеи, колет всем глаза. Да я сама, давно ли я сбросила с себя свое бездушие? Появись я в гостиной у Софи и заговори таким языком, каким я беседую с Лизаветой Петровной, на меня стали бы указывать пальцами и назвали бы, пожалуй, нигилисткой.

Как я счастлива, что свободна!

Елена Семеновна говорит мне:

— Если б я не обожала так Лизавету Петровну, я бы не имела силы отдаться нашему делу. Все меня проклинают теперь. Все мне кричали: "Ты бежишь от семьи, у тебя нет сердца, ты бросаешь все привязанности из-за какой-то химеры". А что же мне семья! Моя семья — все люди!..

Да, любить всех людей лучше, чем одних своих. Но как любить?

Наняли мы квартиру для приюта. У нас уж три девушки. Я езжу каждый день. Они у меня раза два плакали. Я изливаю всю свою душу. Сама учусь с азбуки. Преподавать грамоту очень трудно. А все еще у меня нет той задушевности убеждения, какая чувствуется в Лизавете Петровне.

Пройдет месяц, другой. Посмотрю я, как-то будет резонировать Степа?..

26 мая 186*

11 часов.— Вторник.

Бедная моя Лизавета Петровна лежит. Когда она разнеможется (а это уже случается не в первый раз при мне), мне становится страшно за нее. Она бодрится свыше сил своих.

Умри она завтра, и с ней погибнет все наше дело.

Очень мы слабы. Она даже и в кровати, без движения, все так же восторженно говорит о своем призвании. Но оставим ли мы после себя какой-нибудь след?

Лизавета Петровна начинает, кажется, чувствовать, что одного личного влияния мало.

— Душа моя,— говорит она мне нынче чуть слышным голосом,— я не хочу, чтоб во мне лично наше дело шло вперед. Вечная основа любви должна пережить меня...

Не хочу! не хочу! Мало бы чего мы хотели. Без Лизаветы Петровны руки опустятся, и не будешь знать, куда идти?

На меня нападает каждый вечер какое-то тихое унынье. Что у меня за натура! Ничем-то я не удовлетворяюсь.

29 мая 186*

Полночь.— Пятница.

Сегодня в больнице вышла сцена, над которой я и плакала, и смеялась,

Лизавета Петровна поднялась опять на ноги. Вчера были мы с ней вместе в одной камере. Никогда еще не выливала она так страстно и трогательно прекрасной души своей перед заблудшими сестрами. Все девушки, какие были в камере, собрались к одной кровати, жадно слушали и потом тихо и долго плакали.

Успех был полнейший.

Шли мы по коридору, я поддерживала Лизавету Петровну (она еще слаба) и высказывала ей мою радость.

— Для меня болезнь,— говорит она мне,— источник новой силы. После физических страданий я чувствую себя всегда так близко к источнику света и к человеку!

Сегодня мы опять отправились в ту же камеру. Мы не хотели ослаблять вчерашнего доброго настроения во всех больных девушках.

Входим,— и что же мы видим?

На той самой кровати, около которой раздавалось вчера одушевленное слово Лизаветы Петровны, сидит пара: фельдшер и девушка. Он ее обнимает, она хохочет и визжит. Остальные женщины распивают чай. Между ними тоже фельдшер. Несколько фраз, долетевших до нас, были такого сорта, какие я слышала в доме на Сенной. Лизавета Петровна была поражена! Вчера, тут же, все эти женщины выражали такое глубокое раскаяние, и хоть бы одна искра его осталась!

Лизавета Петровна начала говорить. Никто ее не слушал. Все попятились.

Я стояла поодаль... Грешный человек: в первый раз я рассмеялась. Контраст был, в самом деле, крупный. Фигура фельдшера, обнимавшего толстую и курносую девушку, хохотавшую во все горло, после вчерашних евангельских слез!.. Есть что-то в подобных разочарованиях и трагическое, и ужасно смешное.

Или я еще так молода, что нахожу частицу смешного там, где все смерть и роковая трагедия?

Лизавета Петровна удалила фельдшеров. Начала она увещевать девушек.

Точно будто кто их сразу всех перевернул: злые или рассеянные лица, насмешливые улыбки, хихиканье и болтовня.

— Что же, Лизавета Петровна,— заговорила вдруг курносая.— Ведь каждый день нельзя же все "за упокой читать". Мы, известное дело, не окаянные какие-нибудь. Что нам из Священного писания читают, мы тоже понимаем и в Бога верим. А ежели, теперича, каждый день все слезами исходить, так этак ничего и не останется!

Остальная компания фыркнула.

— Как же, Пелагея,— возразила ей Лизавета Петровна дрожащим, почти истерическим голосом,— ты сегодня раскаешься, а завтра опять по-прежнему? Ведь ты не меня, ты Спасителя гневишь!..

— Потому-то мы, Лизавета Петровна, на духу и не бываем!

Что было сказать на это? Лизавета Петровна нашлась бы в другую минуту. Но тут настроение камеры так болезненно на нее подействовало, что она расплакалась, упала на кровать, и я должна была потом вместе с одной из надзирательниц снести ее вниз на руках.

Нет, так бороться нельзя!..

4 июня 186*
Вечер.— Понедельник.

Вот уж две недели, как я записываю в моей тетрадке почти одни только факты. Я убоялась всяких рассуждений, да мне и некогда было очень много писать. Весь мой день набит битком.

Но мне, видно, никогда и ни в чем нельзя избежать беспрестанных вопросов. Я очень хорошо знаю, что разрешать их я не умею. Я теперь поставила себя в одинокое положение. Степа перестал быть моим советчиком. Сначала он сам не хотел развивать меня; а потом во мне закралось недоверие к его мужскому уму. С Лизаветой Петровной рассуждать нельзя. С ней можно только стремиться, желать, бегать, плакать, молиться!..

Приедешь домой из своего приюта или от Лизаветы Петровны, грудь устала от долгого говорения, на сердце чувствуешь много теплоты; но в голове нет никакой ясности...

Мы идем ощупью. Никакой руководящей нити до сих пор не вижу я в действиях Лизаветы Петровны; а стало быть, и в моих собственных.

Не слишком ли я заподозрила резонерство Степы? Сама Лизавета Петровна говорит мне как-то на днях:

— Без мужского ума нам прожить трудно.

Вчерашний эпизод в больнице как-то особенно на нее подействовал. Даже я начала ее утешать... Вот в таких-то случаях и нужно иметь какую-нибудь руководящую нить.

Я нисколько не сомневаюсь в огромном запасе любви, которым преисполнено сердце Лизаветы Петровны. Я сама на себе почувствовала, как эта любовь сообщилась мне; но ведь ее можно потратить зря.

Если каждый день плакать и надрываться так, как вчера Лизавета Петровна, то к концу года превратишься в скелет, в труп; а дело все-таки не пойдет!

Немножко нужно бы и дома посидеть. Мне припомнилось то, что говорил Степа о Володьке. Я все отдаю своим несчастным; а ему уделяю слишком мало.

Он уже начал порядочно говорить, и надо бы с ним посидеть хоть часика два в день.

Я совершенно предана теперь идее Лизаветы Петровны: "долг любви к душевным страдальцам и страдалицам нельзя ставить рядом с исполнением своих семейных обязанностей". С этого меня ничего не собьет теперь; но я человек свободный; меня никто не стесняет в выборе дела, я не то, что какая-нибудь Елена Семеновна, которая должна была бросить родных, чтобы жить для любви и добра. Володька мне не помеха.

Когда я подумаю: в каком забросе он был в течение трех почти лет,— одно это сознание должно усилить мои заботы об нем.

Но ведь он все равно что падшие женщины. Любовь любовью, а дело делом. Володька потребует также руководящей нити.

6 июня 186*
После обеда.— Четверг.

Я решительно теряюсь. Этак нельзя идти дальше. Это — одно "толчение воды в ступе"!..

170

Из моих пансионерок самая милая, симпатичная — Аннушка. Я на нее надеялась, как на каменную стену. Думала я: побудет она еще месяц, другой, отыщу ей место, устрою, и с Богом!

И что же?

Приезжаю в приют. Начинаю спрашивать ее, что она делала, прочла ли что-нибудь, написала ли свой урок?

Она, против обыкновения, стоит, смотрит исподлобья.

— Что ты, Аннушка, какая нынче? — говорю я ей. Опять молчит.

Я ее приласкала, говорю:

— Какое у тебя горе? Скажи мне. Ты знаешь, что я люблю вас всех; а в тебе я вижу больше добра... Ты мне особенно дорога.

Гляжу на нее: лицо остается все таким же хмурым.

— Скажи же, Бога ради, Аннушка,— повторяю я,— не мучь меня.

Тут она кидается предо мною на колени и начинает говорить умоляющим голосом:

— Матушка Марья Михайловна, невмоготу мне больше, воля ваша, невмоготу; видимши все ваши благодеяния... как вы об нас, скверных, заботитесь, я бы лютый зверь была, кабы всего этого не чувствовала... Только, матушка, как перед Богом, вам говорю, я теперь сама не своя. Ни работа, ни книжки, ни божественное мне в голову нейдут. Сразу никак невозможно нам отстать от прежнего житья. Въелось оно в нас, Марья Михайловна. Окаянное наше тело опять на волю просится. Отпустите вы меня, Христа ради, недельки на три погулять. Больше я не хочу, а три недельки мне нужно!.. Я бы уж так навек простилась с грехом, а там, после, берите меня и делайте что вам будет угодно. Смущает меня бес денно и нощно. Коли не пустите, я на себя руки наложу!

Все это выговорено было без слез, без рыданий, но с такой силой, с таким неотразимым убеждением, что я сейчас же почувствовала свою полную немощь.

Увещевать нельзя было. Я было начала просить, умолять Аннушку. Она меня остановила и строгим, но задушевным тоном сказала:

— Марья Михайловна, я ведь не злодейка. Если б я могла пересилить себя, разве я допустила бы вас изнывать и надрываться надо мной, скверной девкой? Кабы вы знали, чего мне стоило выговорить все то, что я в себе почуяла. Я в себе не вольна, матушка. Запрете меня — грех случится, я вам прямо говорю.

Какое страшное поражение!

Я не знала, за что схватиться. Если б еще около меня была Лизавета Петровна! Говорю я Аннушке:

— Если ты меня не хочешь выслушать, Лизавета Петровна

скажет тебе лучше меня, что тебе нужно сделать, чтобы не смущал тебя дух...

Аннушка улыбнулась ядовитой улыбкой.

— Знаю я наперед, матушка, что Лизавета Петровна начнут мне толковать. Разве я себя выгораживаю? Я кляну себя и денно и нощно, да толку-то в этом мало...

И тут, точно по внезапному отчаянному побуждению, она схватила меня за руку, начала целовать и крикнула на всю комнату:

— Пустите, пустите меня на три недельки!

Что же было делать? Я ее отпустила.

Поскакала я к Лизавете Петровне. Она в кровати полумертвая. Рассказать ей об Аннушке значило совсем ее ухлопать. Целый день просидела я у нее, читала ей, писала под ее диктовку. Точно меня кто ударил обухом по голове: ничего я не понимала. Глубокое уныние и усталость напали на меня.

Неужели так все и пойдет? Я не ропщу на страдания, связанные с неудачами. Но к чему же могут привести бесплодные страдания? Если я сама суну палец между двумя половинками двери и буду давить его, буду терпеть до последних пределов — какой же смысл в этом, какая идея, какое добро? Ведь есть же в жизни множество всякого дела, где ничто не пропадает. Все идет на прямую пользу тех самых людей, которых мы с Лизаветой Петровной любим и хотим любить вечно. Какое же это дело? Я не знаю; но оно не наше. А если не наше, то где его искать?

Далеко искать не нужно: учить девочек, как делает Елена Семеновна, перевязывать раны, помогать добрым словом и деньгами там, где нужно.

Все это под рукой, все это так просто и возможно.

Возможно, а все-таки не знаешь, как взяться.

Елена Семеновна учит детей. У нее это порядочно идет, оттого что она сама чему-нибудь порядочно училась. А я? Я на каждом шагу спотыкаюсь, чувствую, что не в состоянии выучить и простой грамоте.

Помогать добрым словом и деньгами! Я и помогаю, но кто мне поручится за то, что я делаю все с прямой пользой? Какой у меня оселок, чтобы судить, что больше достойно помощи, что меньше? Есть ли у меня хоть одна твердая идея о том: где источник зла, бедности, страданий и всякого мрака! Как добыть радикальное лекарство?

Боже ты мой! опять я одна-одинехонька, на перепуг.

Опять нужно толкаться куда-нибудь в другую дверь!

Меня начали осаждать бедные. Я бы не хотела, чтобы они являлись ко мне... Не знаешь, как разорваться и кому как помогать. Все мои туалетные деньги ушли.

Новый и окончательный удар!

Ариша говорить мне вчера, когда я ложилась спать:

— Марья Михайловна, вы на меня не извольте сердиться за то, что я вам доложу-с.

Сердце у меня сжалось. Ариша — это мой фатум. Она является всегда, как голос рока...

— Я, хоть и простая девушка, Марья Михайловна, указывать вам не смею, а воля ваша, мне за вас обидно-с.

— Что такое?

— Как же, матушка! Теперь все эти бедные, что сюда шатаются, вы им изволите верить, а ведь они над вами же смеются.

— Как смеются?

— Ей богу-с. Я бы не посмела вам врать... Вот та старушка, что по понедельникам приходит...

— Ну, что же старушка? — перебила я Аришу. — Она несчастная женщина, я у нее была на квартире.

— Какая же она несчастная! Она отсюда прямо в питейное заведение заходмт. Ей этого мало, что вы ей изволите благодетельствовать: есть у нея дочь-девушка... из таких, знаете, из гуляющих. Так она с нее каждую неделю оброк обирает. А то, говорить, вида тебе не дам. Старуха-то чиновница. Ну, и дочь-то пока при ней значится.

— Да ведь она живет на своей квартире.

— Это она угол нанимает. Вот когда кто-нибудь из благодетельниц посетит, кой-когда и ночует, а то все к дочери.

— Да ты-то как это знаешь? — спросила я пристыженным голосом у Ариши.

— Семен сказывал. Он с вами ездил туда. Там ему другие жильцы все это доподлинно выставили... Вы меня, Христа ради, простите, Марья Михайловна, что я по любви моей к вам осмелилась... Да ведь не одна эта старушка... Известное дело, есть неимущий народ, за то уж и мошенников-то не оберешься!...

Вот что я выслушала! Сомневаться тут нельзя. Люди всегда знают правду; а нас, бар, всегда проводить, должно быть в наказание за то, что мы и добра-то не умеем делать так, как следует.

Да ведь это пропасть какая-то, бездна!

Вовремя я спохватилась! Надо было подумать об этом с первого же дня и оградить себя от такого презренного плутовства.

173

Оградить! Но чем? Разве у нас есть какие-нибудь сведения, дельная опытность, практическая сноровка? Ничего у нас нет.

Стало быть, и Лизавету Петровну обманывают на каждом шагу. У нее больше любви к человеку, чем во мне; но она еще доверчивее и рассеяннее. Она всегда блуждает там, наверху, и не может видеть, как всякая потаскушка, всякая салопница обводит ее грубой ложью, издевается над нею про себя, как над вздорной, полусумасшедшей барыней.

Да, барыни мы, барыни, и больше ничего! Что бы мы ни делали, куда бы мы ни стремились,— каждый наш шаг, всякое наше слово и дело поражены беспомощностью и неумением.

Что я теперь стану делать с Лизаветой Петровной? Люблю я ее, мою милую, горячо; но ничего я от нее больше не жду. Не может она дать мне силы... Не может она и сама идти по прямому и твердому пути.

Но она все-таки счастливее меня. Она верит в свою силу; а я теперь — сомнение и апатия.

10 июня 186*.
Ночью. — Понедельник.

Приходит Степа и застает меня в спальне, на кушетке, деревянную, тоскливую, совсем убитую...

Он ведь никогда сам не спросил: почему я в том или другом настроении духа. Он считает это, вероятно, "вторжением в частную жизнь", как он изволит выражаться.

Спрашивает меня:

— Здорова ты, Маша?

— Здорова, — говорю.

— Устала?

— Нет, не устала.

Чем больше он деликатничал, тем больше разгоралось во мне желание излиться перед ним...

Он бы меня долго продержал со своими "гражданскими правами". Но я, разумеется, не вытерпела.

— Степа, — говорю я ему: — этак жить нельзя! Выслушай ты меня, Бога ради!

Когда я ему это сказала, он тотчас же подсел ко мне и сделался преласковый. У него ведь все по пунктикам: "нуждаешься мол в моем сочувствии — на тебе его; а пока не скажешь, я не имею права трогать тебя".

Говорила я ему целых два часа и с охами, и с ахами, со слезами и вздыханиями. Все высказала! Никогда еще я не доходила до такой мельчайшей откровенности, не умолчала ни об одном сомнении, ни об одном факте.

Не тотчас заговорил Степа. Он не удивился. Лицо его не выразило никакого нового сострадания своей душевной тревоги: оно было просто доброе, внимательное в что-то обдумывающее.

— Все ты мне высказала? — спросил он после большой паузы.

— Все.

— Ну, теперь, Маша, пора и мне сказать тебе свое слово, тем более, что ты ждешь. Я оставлял тебя в покое. Ты жаждала горячего дела, ты желала отдаться любви к страдающему человечеству. Прекрасно. Я видел, что тебя сейчас же нужно ввести в такой мир, где бы ты забыла, хотя на минуту, твою личную жизнь. Я познакомил тебя с Лизаветой Петровной и молчал все время, чтобы дать тебе полную возможность самой все пережить, перебрать все и сердцем, и пониманием. Если б не маленький эпизод о квартирной хозяйке, Марье Васильевне, я — бы совсем безмолвствовал. Теперь другое дело: все, что я тебе скажу, ты можешь проверить фактами. Тебе кажется, Маша, что ты опять на краю пропасти, что для тебя нет исхода из самых жгучих сомнений; а я тебе говорю, что ты пришла теперь к такому кризису, за которым уже начинается настоящее здоровье.

Предисловие было длинно, но я с ним помириласьж

— Ты больше не веришь, что Лизавета Петровна достигнет когда-нибудь своих целей?

— Нет! — отвечала я, и у меня точно кусок оторвался в груди...

— Хвалю тебя, Маша, — продолжал Степа: — ты пришла к этому сомнению раньше, чеи я ожидал. Тебе помогла твоя восприимчивость. Ты видишь, опять нужно, во что бы то ни стало, ставить вопросы. Но можем ли мы разрешить их окончательно? Да, потому что ты не пугаешься уже выводов. В деле падших женщин Лизавета Петровна ничего не добьется, не добилась бы и ты, следуя по стопам ее. Какой принцип провозглашает она? Принцип любви. Я не сомневаюсь, что ее сердце переполнено любовью, вижу, что и ты также способна любить твоих страждущих сестер... Но ваша любовь — вещь личная; а перед вами стоит огромное общественное явление. Скажи ты мне, пожалуйста, Маша, слышала ли ты когда-нибудь от Лизаветы Петровны какое-нибудь определение того мира, которому она отдалась?

— Нет, Степа, не слыхала.

— Я так и знал. Она и сама не думала об этом. Ты, может быть, скажешь, что это все мужские затеи, всякие там формулы и мудреные слова; но вот тебе доказательство необходимости определить то, с чем борешься: ты, после самого искреннего служения, выбилась из сил и решительно не знаешь, как идти дальше.

— Бак же, Степа, ты определяешь этот мир?

— Был у меня приятель в Париже, русский человек из очень

175

крупных, и мы с ним чуть-чуть не подрались из-за этого самого мира. Приятель мой объявляет решительно, что проституции, как общественного факта, совсем и не существует.

— Вот это прекрасно! — вскричала я. — Как же не существует?

— Выслушай. Я и стал оспаривать. Оба мы погорячились — крупно поговорили. С тех пор прошло около двух лет. Насмотрелся я в разных концах света на так называемых "падших женщин". Был я, друг мой Маша, во всевозможные трущобах: и в лондонских матросских тавернах, и в улице с des Filles-Dieu в Париже... И скажу я, что приятель мой неправ в своем радикальном отрицании; но был бы прав, если б выставил одну только половину проституции.

— Разскажи ты ине это попроще, Степа...

— Изволь. Жил я в Латинском квартале. Ты, конечно, читывала в романах Поль-де-Кока разные историйки и анекдоты о студенческих гризетках, Познай, мой друг, что давным-давно в городе Париже никаких студенческих гризеток нет, а есть просто гуляющие женщины. Они промышляют собой для наслаждения и веселой жизни совершенно так же, как здесь разные немки из Риги. Но сживись ты с этим миром, ходи ты каждый понедельник и каждый четверг на студенческий бал Бюлье, изучи этих гризеток в кафе, на улице, у них на квартире, в полиции и в Saint-Lazare,— и ты, конечно, придешь к полнейшему убеждению, что все они сохраняют каждая свой особенный тип, какой бы они имели, если б остались увриерками или замужними женщинами. Только сверху и снаружи покрывает весь этот мир особая оболочка, особый крикливый и нахальный шик. Но эта оболочка вовсе не специальная принадлежность разгульной жизни Латинского квартала. Каждый слой общества вырабатывает себе свой жаргон, свой обиход, без которого чересчур трудны были бы ежеминутные сношения. Я как теперь вижу женщин квартала, известных туземцам и иностранцам со всех концов света. Сколько раз говорил я себе: "перемените обстановку Бюлье, представьте себе, что это обыкновенный светский салон, и каждая оригинальная девочка нашла бы себе место: сухая и сморщенная Nanna была бы нервная и капризная барынька, берущая эксцентричностью туалетов, Esther — еврейка, вышедшая из цветочного промысла, была бы крикливая, задорная чиновница, всегда скромно одетая, Amélie превратилась бы в девицу с английскими вкусами, толстая Berthe считалась бы cune gaillarde du faubourg Saint-Germain", хвастливая и более всех развращенная Henriette была бы одна из тех светских женщин, у которых под сладкой улыбкой сидят все семь смертных грехов. Вот тебе параллель, она совсем не искусственная. Все эти Nanna, Esther, Berthe, Amélie, Henriette и сколько их там ни есть, до самого своего ухода с арены Латинского квартала, будут сохранять личные свойства совершенно так же, как и светские женщины. И знаешь ли, Маша, что этот мир только и дает возможность изучать все стороны женского вопроса. Приятель мой пока совершенно прав, как ты сама видишь. Мы имеем перед собой целый слой общества, где вращаются исключительно падшие женщины; но на них не лежит пока никакой печати, принадлежащей исключительно проституции. Но другая-то сторона, связывающая женщин Латинского квартала со всеми остальными жертвами парижского разврата, существует все-таки, не смотря на то, что студенческие гризетки в своем быту сохраняют каждая свой житейский тип. Другая-то сторона — это то, что они живут, торгуя грешным телом. Это явление выработано вовсе не нравственными, а социальными причинами, и все, что из него вытекает в социальном же отношении, несомненно носит на себе особую печать. Вот тут-то мой приятель и не прав. Ты видала не один десяток продажных женщин, но вы с Лизаветой Петровной обращалась только к душе их, и вряд ли кто-нибудь из вас изучил подробно хозяйственный быт женщины, которая принуждена каждый вечер в восемь часов, не взирая на погоду, маршировать от Аничкова моста до Полицейского и обратно?

Степа угадал верно. Ни я, ни Лизавета Петровна этим не занимались.

— Вот в этих-то хозяйственных чертах и сказывается главная печать проституции. Как только женщина, теряя свои личные качества, дающие ей физиономию, устремляет все свои умственные способности и дарования на одну исключительную цель: поддерживать себя в тех или других пределах материального довольства, она безвозвратно принадлежит проституции! Познай также, Маша, что с такими женщинами, как Berthe и Esther Латинского квартала, в которых не притупился еще темперамент, пропаганда душевного характера не менее бесполезна, как и с путешествующими по бульварам или по Невскому. В одном слое погибших женщин вопрос чисто-хозяйственный на первом плане, в другом — к нему прибавляется еще вопрос темперамента. Приемы борьбы с ними должны быть различны; но ни в том, ни в другом случае не таким, каким следовали вы...

Стена вместо поддержки отнимал у меня последнюю надежду. Я ничего ему не возражала. Мне хотелось, чтобы он высказался как можно полнее. Этот разговор должен был привести меня к приговору, — и я его ждала...

— Как же бороться с безнравственностью этих женщин, спросишь ты меня, Маша? На Западе перепробовано все, что только приходило на ум людям, желающим возрождать падшие существа. Англичане в особенности хлопочут об этом. Они тратят сотни тысяч на свои home of hope и diocesan penitenciary. Они такие же проповедники всевозраждающей любви, как и вы с

Лизаветой Петровной; пожалуй, еще посильнее! И что же? Их результаты кажутся утешительными только формализму англиканской благотворительности. Они спасут двести женщин в год, а проституция все-таки шагает исполинскими шагами. Отчего? Оттого, что у них, точно так же как у Лизаветы Петровны и у тебя, личный принцип любви и пропаганды, самообман вместо прочного закона!

Тут я не выдержала. Мне показалось, что Степа зашел ужь слишком далеко.

— Как! — спрашиваю я его: — ты отрицаешь силу любви и нравственного чувства? Да после этого что же останется в жизни: есть, пить, спать да копить деньги?!...

Степа взял меня за обе руки и по своей привычке приблизил ко ине свое лицо, пристально глядя на меня.

— Маша, — заговорил он медленно: — да ты мне признайся по совести: ты сама сочинила эту особую возрождающую любовь, или тебе сочинила ее Лизавета Петровна?

— Она показала мне новый иир!...

— Оставь ты мистические фразы. Они ведь ничего не обозначают. Что это такое за с возрождающая сила любви?.. Разве это всемирное средство, панацея какая-нибудь? Ты добрая женщина и женщина пылкая; стало быть, можешь не только делать добро, но и сильно привязываться. Другой человек добр, но темперамента не имеет и на сильные привязанности неспособен. Все, стало быть, сводится тут к личному характеру. Ты сама же мне говорила: умри сегодня Лизавета Петровна, от ее дела ничего не останется. Значит, силу любви нельзя передавать так, как можно передать знание, мысль или опыт.

— Я это чувствовала отчасти, — сказала я Степе.

— Вы кидаетесь на такой вид падения, который у вас здесь перед глазами. Но если бы я тебя, Маша, взял с собою и повез куда-нибудь в Нижегородскую губернию, в большое раскольничье село. Присмотрелась бы ты к нравам и, наверно, нашла бы, что все молодые девки и бабы принадлежат к миру падших женщин. Там нет даже материальной нужды, заставляющей торговать собою. Там просто обычай, привычка, назови как хочешь. Бороться с безнравственностью надо, стало быть, опять на новый фасон. И до тех пор, пока все виды того, что называется проституцией, будут вызывать один и тот же сорт пропаганды и добра, все будет стоять на одной и той же точке замерзания... Друг ты мой, Маша, проникнись ты той истиной, что отдельные усилия ничего не могут сделать, пока общество не захочет изменить условий, из которых выходит женское падение. Ты сама на себе должна это чувствовать. Твой кризис был вызван твоими хорошими инстинктами. Но почему же ты не можешь успокоиться? Откуда у

178

тебя эта тревога? — От сознания, что ты все-таки ничем не застрахована от вторичного падения.

— Степа!...— остановила я его.

— Не смущайся, Маша. Повторяю: ты не застрахована от вторичного падения. И одна мистическая сила любви, которую проповедует Лизавета Петровна, не удержала бы тебя, если тебя поставить в известные условия...

Я уж больше не возражала. Мне не совсем было ясно, что хотел вывести Степа из своих рассуждений; но я прекрасно понимала, что его взгляд отзывался как нельзя лучше на мою душевную тревогу.

— А что же нужно, Маша, чтобы все общество не прикладывало только смягчающих пластырей к своим ранам, а излечивало себя в корень?

— Почем я знаю, Степа?

— Нужно, чтобы каждый из нас начал также с корня. Хочешь ты служить человечеству, возьми такую задачу, где бы больше значило твое личное сострастие. Падшие женщины самый, и не говорю безнадежный, но скороспелый вопрос. Как к нему приступить, мы все узнаем только тогда, когда займемся иначе своей личной жизнью и первыми насущными нуждами человеческого бытия. Тебе двадцать два года. Энергия в тебе есть. Брось все эти убежища, приюты. Запрись и поработай немножко над самой собой. Поживи, Маша, хоть полгодика спокойно, не кидаясь туда и сюда, поживи со своим маленьким мирком, узнай хорошенько свои истинные сиипатии и наклонности, определи хоть сколько-нибудь: способен ли твой ум на то, чтобы взяться с аза и быть со временем годной, ну хоть выучить сына грамоте.

— Как! только-то? — спросила я.

— А это мало, Маша?

— Да вспомни ты, Степа, что ты сам мне говорил здесь же, в этой комнате.

— А что я тебе говорил, Маша?

— Ты прямо мне объявил, что всякие развивания вздор; что если характер сложился, так ничего уже с ним не сделаешь. А теперь ты проповедуешь совсем противное!

— Вовсе нет, Маша. Я тебе говорил, что бесполезно развивание, начитываваье с чужого голоса разных хороших слов и мыслей женщинам, неспособным ни на какое развитие. А я тебе предлагаю совсеи другое. Ты сама видишь, что сердце у тебя доброе, ум восприимчив; но у тебя нет никакой основы действий, т. е. ты не работала умом своим ни в каком определенном направлении. Я и теперь не желаю развивать тебя, а прошу только осмотреться и дать себе ясный отчет, способны ли твой ум и твоя воля на то, чтоб больше не блуждать, а утвердиться хоть в одном пункте.

В голове у меня ходил какой-то туман. Я сразу не могла сообразить всего. Степа говорил горячо, но слишком пространно. Он точно боялся сразу обрубить...

Теперь я вижу, что смысл его рассуждений вот какой:

"Брось все твои затеи и проповеди падшим женщинам. Ты сама какой то флюгер. Начинай учиться с азбуки. Перестань верить в силу любви. Никакой такой силы нет, а есть ум. И так как ты еще глупа, так поступай к нам в выучку."

О, проклятые мужчины! Вы, с вашим отвратительным эгоизмом, делаете над нами опыты, как над лягушками! Что же такое поступок Степы со мною, как не опыт? Он рассудил так:

"Припустим мы ее сначала к добру и к мистическим затеям и отойдем в сторонку, подождем: что-то из этого будет. Нужды нет, что она поверит своему возрождению, возверует в могущество и вечную красоту любви. Мы ей объявим в одно прекрасное после обеда, что это все паллиативные средства!"

Опыты и только опыты! Да где же у вас сердце?

12 июня 186*.
Вечер. — Среда.

Я два дня не выходила из дому. Я не приняла даже Степы и написала ему, что желаю остаться одна. Перешла я через ряд всяких мыслей. Думала, что у меня лопнет голова. Но я не могу оставаться без ответа на то, что раз зародилось во мне. Все опыты, которые жизнь и люди производили надо мной, не дают мне возможности ни в какую критическую минуту остановиться на полпути. Одно из двух: права или Лизавета Петровна, или Степа. Зачем это я хватаюсь за имена, за людей? Экая бабья привычка! За этими именами, за этими людьми стоят принципы. Я так омужчинилась, что не могу уже иначе выразиться, как мудреными словами!

Положим, что опыт, произведенный надо мной Степой, был жесток; но не говорила ли я сама себе, накануне нашей конференции, почти того же самого? Он только приклеил разные ярлычки к тому, что я смутно сознавала.

Надо начать с азбуки... Стало быть, следует бросить Лизавету Петровну и все ее затеи.

Но хорошо ли это, честно ли? Женщина привязалась ко мне, видит во мне свою преемницу, излила в меня всю теплоту своего евангельского сердца. И вдруг я ей объявлю: "убирайтесь вы от меня прочь! В вас нет рационального принципа, вы боретесь с ветряными мельницами, у вас нет царя в голове"!

Ведь это отвратительный цинизм мужской сухости!

Но ведь не могу же я сознательно обманывать себя? к

180

несчастью, у меня голова так устроена, что коль скоро я дошла или меня натолкнули на какой-нибудь вывод, кончено! Сердце мое смолкает, оно уже не может защищать того, что голова признала фальшивым.

Неужели это достоинство?

Может быть, Степа раньше меня самой открыл во мне такое свойство, потому и приступил к опытам.

Ведь он меня все-таки любит. В этом я сомневаться не могу. Не стал бы он дергать меня за ниточки, как марионетку, если б вперед не видал, что для меня оно пользительно.

Да, я должна придти к чудовищному решению: бросить совсем Лизавету Петровну и все то, с чем связана ее личность. Другого исхода нет. Я и без Степы вижу, что так следует поступить, если я считаю один принцип лучше другого. Продолжать с Лизаветою Петровной простые светские или приятельские отношения — невозможно. Она не такая женщина. Наезжать от времени до времени в приют, в школу, туда-сюда — также нелепо. Если я переменю принцип, я не захочу являться в качестве посетительницы, дамы-патронессы; а участия в не буду принимать потому, что нельзя же, раз сознавши бесплодность какого-нибудь дела, а главное, свою неспособность, все-таки совать свой нос и прописывать разные "паллиативные средства".

Значит, надо бросить... Но насколько же времени? Навсегда, или только на время моего искуса?

Теперь я этого не знаю; но рассуждать мне иначе нельзя.

Ведь без жертв ни в чем не обойдешься! Надо начинать с азбуки; стало быть, следует принести в жертву истинному принципу все свои личные engouements.

Истинный принцип... Страшно выговорить... А если то опять только опыт, что тогда?...

Нет, он не может быть выдуманным. Меня все влекло к нему. Я, в сущности, никогда не сомневалась в том, что нужно рано или поздно оборвать свою жизнь на чем-нибуив решительном, что ни для какого дела я не имею твердых правил, что в голове у меня один сумбур, а стало быть, на веки-вечные он и останется, если я буду мириться с полумерами.

Милая, дорогая моя Лизавета Петровна! Я пишу и плачу. Мы с ней прощаемся, быть может, навеки, прощаемся... теперь вот, сейчас... Я уж больше не увижу ее. Мне страстно хочется поехать к ней и в последний раз припасть к ее груди, благодарить ее все-таки за то добро, беспредельное и горячее, каким она ответила на мой душевный крик.

Но я этого не сделаю. Почему? потому что я не настолько сильна.

Я напишу ей все с самой резкой откровенностью и безвозвратным тоном. Она поймет меня и оставит в покое. Наш приют я предоставляю ей совсем. Материальной помощи я не могу не оказывать ему до того времени, по крайней мере, пока не узнаю, что он не дал никаких результатов. Это, может быть, уступка; но поступить иначе было бы уже чересчур радикально. Я ведь опять и над собой буду делать опыты. Могу ли я, стало быть, предсказывать что-нибудь наверно?

Прости, прости мне, святая женщина! Как бы я облетела в то светлое царство истины и бесконечного милосердия, которое у тебя всегда на устах.

Но где оно? Где это царство?!

18 июня 186*.
10-й час. — Вторник.

Вот что мне ответила Лизавета Петровна: "удар, нанесенный мне вами, друг мой, был гораздо сильнее, чем вы думаете. В вас видела я не одну только умную, даровитую и пылкую Марью Михайловну, но целую вереницу русских женщин. Искренность вашего обращения ко мне (вы помните, когда вы пришли в мою каморку) открывала предо мною новую, чудесную даль. Я видела в вас ответ небесной благодати на мою непрерывную мольбу о страждущем человеке. И вдруг вы целиком, всем своим духом отдаетесь холодному, беспощадному, убивающему скептицизму. Я вижу, чей ум и чья рука руководит вами. Что же, у меня нет сил бороться с этими усовершенствованными орудиями мужского высокомерия. Я просто нищая духом, сиделка у одра немощной души. Не могу и не стану звать вас опять в свой мир. Вы бьетесь, дорогая моя Марья Михайловна, точно в агонии. О! как бы я благодарила Спасителя, если б вы на каком бы то ни было пути нашли опору вашему мятежному духу. А может быть, Господь и пошлет мне высокое счастье протянуть вам еще руку и выплакать горючими слезами все ваше неугомонное, роковое горе, самое роковое из всех, насыпаемых нам, женщинам, горе: сомнения и неверия.

"Любите меня: вы знаете, что мне нужна любовь". Вот она, вся тут в своем письме! В нем нет никакого содержания. Но отчего же у меня захватывает дух, когда я его читаю? Не оттого ли, что каждое его слово проникнуто непоколебимой силой... чего, я не знаю... пожалуй, хоть мистицизма, ложных мечтаний, чего хотите! Да, каждое слово проникнуто... Она живет призраками, но с ними и умрет, я же нашла принцип, а кроме тоски и бесконечных вопросов у меня ничего нет, ничего!

Степа, выглянувши теперь из облаков, совсем точно преобразился. Он вовсе не такой, каким был до сих пор со мною. Сдержанность его исчезла. "Лекция кончилась!" Он произвел свой опыт и сделался просто моим приятелем. И странно: не из ложной гордости, но по внутреннему побуждению я не пристаю уже к нему с вопросами. Мне пока видно, за что следует прежде всего взяться. И самому Степе будет приятнее знать, что я иду не на помочах, а сама.

За что же мне следует взяться?

Во-первых, мне надо просто-напросто отдохнуть месяца два, три, пожить растительной жизнью. Говорила я вчера очень обстоятельно с Зильберглянцем. Он меня гонит за границу, как только исправится погода. Я знаю, что Степа согласен будет поехать со мной. Да если б даже и не здоровье, так и то мне нужно вырваться из Петербурга, по крайней мере на год, и где-нибудь в маленьком городке засесть и начать буки аз — ба, веди аз — ва...

Володька мой тоже нуждается в другом воздухе. Он ужасно бледен и худ. Как его ни корми сырыми котлетами здесь в Петербурга, Зильберглянц говорит, что толку все-таки не будет.

Сборы у меня недолгие. К тому же 10-го июля выходит срок квартире. Мебель я или продам, или отправлю в деревню. Может быть, придется там строить себе избу.

Как это сладко, как вкусно сказать себе: еще несколько дней, одна, две недели, и Петербург — с глаз долой!

Если б ты знал, болотный и бездушный город, сколько горечи накопляется в сердце только от тебя, от твоих улиц, от твоей мглы, от твоей особой, безнадежной скуки, от разных уродов Невского проспекта, французского театра и тоскливых гостиных! Почему я не могу писать стихов?! Как бы я тебя отблагодарила на прощанье! Ты засасываешь женщину в свою пошлую порядочность, в эту кретинизирующую атмосферу визитов, обезьянства, коньков, шпор, усов, белых галстуков, модного ханжества и потаенного, гнусного разврата.

КНИГА ЧЕТВЕРТАЯ

27 июня 186*.
Полдень. — Четверг.

Пахнуло наконец теплом. Я начинаю не на шутку собираться. Степа вполне одобрил мой план. Он берется быть иоим гидом. Мы проектировали наше путешествие так, чтобы сначала запастись здоровьем, а потои уже засесть где-нибудь в немецком городе и провести там зиму.

Я никого не вижу, никого не принимаю, для меня Петербург совсем теперь не существуете.

И никакого нет во мне желания видеть людей. Если б меня теперь засадили в тюрьму, в такую, где преступников содержать в одиночном заключении, я бы согласилась.

Степа говорить, что ослабели мои с жизненные интересы.

В самом деле, чувствую во всем теле ужасную вялость.

Не начать ли мне заниматься гимнастикой?

20 июня 186*.
Вечер. — Суббота.

Мой Володя очень сегодня расхворался. Так я за него испугалась... Зильбергляиц был два раза. Кажется, миссис Флебс выкупала его в такой холодной воде, что он простудился, не выходя из комнаты. Лежит в жару. Я не умею с ним обходиться. Я вижу, что в его комнате и в нем самом — все дело чужих рук. У него уже есть привычки, шалости, слова, может быть даже мысли, который образовались без моего влияния.

Сейчас я ходила взглянуть: заснул ли он. Так от него и пышет.

Боже мой, если у него вдруг окажется круп! Ведь это может скрутить ребенка в два, три дня.

А кто будет виноват? — Я. Разве я следила за тем, как он растет, что ему нужно? Я вообразила себе, что миссис Флебс олицетворенное совершенство. Мое равнодушие и моя лень предоставили ей полную власть...

Собралась я готовить себя к развиванию Володи, а не умела даже оградить его здоровье...

Пора, может быть, даже и поздно быть самой миссис Флебс.

Что-то будет завтра?

Зильберглниц уверяет, что нет никаких признаков крупа. Володя все так же мечется. Я страшно боюсь и целый день реву. Если б не Степа, я бы сама слегла.

Мне теперь хоть весь иир провались! Не могу я ни рассуждать, ни заниматься ничем посторонним. Я даже и не ожидала, чтоб мне было так жалко Володю. Точно я его заново полюбила.

Или, быть может, мое раскаяние кажется мне любовью?

Вот какая я скверная: даже теперь, когда мой ребенок умирает, а я все резонирую.

Мужская зараза засела в меня, должно быть, навеки!

Если завтра ему не будет легче, надо консилиум.

Слава Богу, крупу, кажется, у Володи не будет. Зильберглянц божится и клянется. Горячечное состояние перешло в страшный коклюш. Бедный Володя! так он весь и затрясется, так и позеленеет, и глаза смотрят на меня так жалостно.

Сам Зильберглянц признался, что припадки очень сильны и надо ухаживать за Володей так, чтобы в комнате было хорошо, как в раю.

Если и нет опасности для его жизни, то все-таки болезнь эта может затянуться и ужасно ослабить его.

Я совсем замоталась. Степа меня бранить.

— Как это, Маша, — говорить он: — не иметь ни в чем равновесия! Чем больше ты станешь волноваться, тем хуже будешь ходить за Володей.

Правда-то, правда; да ведь рассуждаете легко!

Степа во всем мне правая рука. Без него я бы на каждом шагу делала глупости от излишних опасений.

Боже мой, как трудно жить!

Составили мы совет втроем: я, Степа и Зильберглянц. Как быть теперь: лето давно на дворе, все приготовлено было к отъезду, но можно ли ехать?

От Зильберглянца, разумеется, сразу ничего не добьешься. Мямлит, мямлит на своем чухонском диалекте.

— С одной стороны, — говорить, — конечно мягкий климат укрепит всю комплекцию ребенка; но с другой, его коклюш принял такие размеры, что скорое путешествие может возбудить некоторые опасения.

— А коли может, — объявила я: — так нечего и толковать. Заграничную поездку затеяла я для себя, стало быть, я же должна и отложить ее, если для Володи она будет опасна.

Еще бы! Не нужно быть доктором, чтоб видеть, можно ли теперь тащить ребенка или нет. У него еще страшные припадки. Воздух до сих пор сырой. Пока доедешь до теплых краев, ребенок успеет двадцать пять раз задохнуться. Вагон не комната, а Володя не собачка: его не укутаешь.

Решено: мы остаемся. Если Володя совсем выздоровеет недель через шесть, мы можем поехать позднее, в конце лета...

Но неужели провести все лето здесь, в этой каменной гробнице, на этом несносном Английском проспекте? Что же делать?

Степа говорит, чтобы переждать болезнь Володи в городе; но я не могу на то согласиться: не потому, чтобы не в состоянии была пересилить свое отвращение к Петербургу, но меня все-таки будет подмывать поскорее собираться в путь.

Лучше решить уже, что лето мы проведем в России и дадим время Володе совершенно поправиться.

Надо, стало быть, переехать на дачу. Поговорю с Зильберглянцем, в какой местности ее выбрать. Мудреное дело. Павловска и Царского не желаю: там нельзя будет уйти от того мира, с которым у меня теперь нет ничего общего: воксал, оркестр Фюрстно, конногвардейцы, кавалергарды, пошлое франтовство и смертельная скука! Каменный Остров такая же ярмарка тщеславии: беспрестанная езда, кавалькады, везде и во всем глупая претензия. Аптекарский и Елагин не лучше моего Английского проспекта: заборы и дачи разных штатских генералов. В Новой Деревне я бы поселилась, если б продолжала заниматься падшими женщинами...

Что же остается?

Парголово: я бы пожалуй не прочь. Чем дальше от Петербурга, тем лучше. Но нужен же доктор. А Зильберглянц не может ездить каждый раз чуть не за двадцать пять верст. Надо выбрать такое место, куда бы он мог ездить на пароходе или по железной дороге.

По петергофской дороге вряд ли найдешь теперь дачу. Около заставы все равно что в городе; а туда, далеко, все очень большие дачи, да и Зильберглянцу надо будет ездить в своем экипаже.

Ораниенбаум! Это так. Останавливаюсь на Ораниенбауме.

Степа согласился с моими соображениями и вызвался ехать отыскивать дачу. Мне бы хотелось недалеко от города с видом на море. Зильберглянц говорит, что купанье мне необходимо.

Володе получше; но все еще страшный кашель и ужасная худоба.

Мы вступили в междоусобную войну с миссис Флебс. Она, как видно, не желает уступить мне ни капельки своих прав на Володю. Я уважаю в ней всякие добродетели; но теперь я сама собственными глазами убедилась, что ее характер не годится для ребенка, вышедшего из того состояния, когда его нужно только мыть, поить, кормить и одевать. Она слишком сурова и требовательна. У Володи натура нервная, а ум будет, кажется, не очень быстрый. Нет ничего легче, как запугать его на первых порах.

Я собралась с духом и позвала сегодня к себе мисс Флебс на тайную аудиенцию.

— Вам хорошо у меня? — спрашиваю ее.

— О, да.

— И вы дорожите своим местом?

— О, да.

— Так вот в чем дело, миссис Флебс: до сих пор я ни во что не входила, но теперь буду вести Володю иначе. Продолжайте ваши обязанности, как нянька, и только. Измените с ним ваш тон, иначе вы его сделаете или капризным, или совсем глупым.

— О, нет.

— Я уж вас не стану напрасно обвинять. Если вы не можете пересилить себя, как вам угодно, я должна буду вам отказать.

На нее это сильно подействовало. Она ведь совсем не злая. У нее только, как вообще у иностранных нянек, свой parti pris {строгость обращения (фр.).} с детьми.

Сделаю этот опыт и погляжу; Володя привык к ней и сразу дурно было бы отнимать у него няньку.

Степа милейший физикус. Нашел мне такую дачу — просто чудо! Мы с ним ездили сегодня по железной дороге до Ораниенбаума; а там два шага... мы дошли пешком. Дача в большом парке. Парк старинный, с разными гротами и пещерами. Я буду занимать отдельное помещение, в стороне; так что могу никогда не встречаться с другими жильцами. Домик мой выстроен в виде chalet {шале; дача в швейцарском стиле (фр.).}. Все чисто и заново отделано. Со взморья ход по узенькой лестнице на террасу. Вид прелестный. Терраса вся в зелени. В нижнем этаже спальня и две комнаты для Володи и миссис Флебс. В среднем столовая и гостиная вся в окнах. В ней славно будет работать. Кроме помещения для людей, есть еще на вышке, в мезонинчике, целых три комнаты.

Я расцеловала Степу, так он мне угодил.

— Ну, а ты-то,— спрашиваю его,— неужели останешься в Петербурге?

— Я тоже хотел бы перебраться поближе к тебе.

— Еще бы. Да зачем тебе искать другой дачи? Поселись у меня.

— Как же это, Маша... Неудобно будет.

— Какой вздор! Что ж неудобно! Ты боишься, что ли, меня скомпрометировать? Молодая вдова и молодой человек. Ты мой брат. Да если б и не был даже братом, перед кем же мне теперь стесняться? Я там кроме природы, неба, воды и Зильберглянца и видеть-то никого не буду.

— Прекрасно, Маша; но у каждого из нас есть свои привычки. Правда, у меня их совсем почти нет. Но ты...

— Полно, полно, Степа,— отрезала я решительно.— Пустяки толкуешь. Ты вспомни, кто я такое. Я два года жила с мужем, стало быть, имею некоторый опыт. Тогда я была девчонка, и то Николай находил, что у меня очень уживчивый характер.

— Ты забываешь, Маша, свое решение: действовать теперь как можно самостоятельнее, даже в самых мелочах. Поселись я у тебя, я нехотя буду стеснять твою умственную и душевную свободу.

— Степа! я ничего слушать не хочу. Твое рассуждение никуда не годится. Напротив, вот мне самый лучший искус: если я, живя под одной крышей с тобой, буду все-таки иметь своего царя в голове, значит, как вы изволите выражаться, я способна на какую-нибудь "инициативу". Кажется, это логично, Степан Николаич. Вы сами меня упражняли в разных хитросплетениях, подчиняйтесь же моей логике.

Он еще поломался. Деликатничать в его натуре.

С какой стати он станет тратиться: нанимать дачу или ездить ко мне каждый день. Все это стоит.

Решено: мы поселимся под одной кровлей.

Я ему все расписала, как я отделаю его две комнаты. Он может себе жить отшельником, если желает. Из его мезонинчика есть прямой ход вниз. Все утро ходи себе по разным дебрям, завтракай у себя, даже не обедай, коли это его стесняет.

Я выговорила только себе право в экстренных случаях подниматься к нему наверх для каких-нибудь тайных излияний и конференций.

— Et les gens! — спрашивает он, смеясь.

— Et les gens? penseront ce qu'ils voudront {А люди! — А люди? пусть думают, что хотят (фр.).}.

Я убеждена, что даже Ариша моя будет очень рада: благоговение ее к особе Степана Николаича не имеет пределов. Меня она только любит; а он для нее предмет культа, по любимому выражению Степы.

10 июля 186*

10 часов.— Среда.

Володя сегодня был очень весел с утра. Я воспользовалась этим,и мы совершили переход "из земли халдейской в землю ханаанскую".

Я три дня возилась с устройством. Меня это очень оживляло и даже тешило.

Кажется, инстинкты жизни полегоньку возвращаются. Надо будет доложить Степану Николаичу.

Какое горькое, досадное чувство овладело мною, когда я вернулась сегодня после обеда на Английский проспект, чтобы посмотреть, не забыли ли мы чего-нибудь с Аришей? Пустые комнаты с кой-какой оставшейся мебелью глядели на меня так негостеприимно, точно будто хотели мне сказать:

"Зачем ты опять явилась сюда? Или не можешь оторваться от той безалаберной и безобразной жизни, которую вела здесь?"

И странно: мысль о смерти почему-то вдруг представилась мне, да так ясно, так убедительно, что меня даже дрожь пробрала.

Никогда я не любила мою квартиру, а теперь она мне казалась еще противнее. Но вместе с тем внезапная, очень дикая, болезненная мысль, что я никогда больше не увижу этих комнат, пронизала меня, точно каким раскаленным прутом.

Ариша долго возилась с каким-то сундуком. Я начала ее торопить, чтоб поскорей уйти.

Все это нервы и только нервы.

Здешний воздух исправит меня в несколько дней.

Завтра начинается наша дачная жизнь. Я так бегала сверху вниз и снизу вверх, что глаза у меня слипаются, а всего одиннадцать часов.

12 июля 186*

6 часов.— Пятница.

Отчего я боялась деревни? Оттого, что была глупа и хорошенько не знала, что в моей натуре. Программа, заданная мне

Степой, начинает уже полегоньку исполняться. Вот первая вещь: я чувствую, что среди чего-нибудь похожего на природу, где зелень, небо, воздух и хорошее человечное уединенье, мне дышится прекрасно. Я об этом и понятия не имела. Другими словами, я не знаю многих своих не только умственных стремлений, но и простых вкусов.

Поучительно!

Комнатками Степы я очень довольна. На них я обратила главную свою заботливость. Комната у Володи прекрасная, а ребенку кроме простора и чистоты ничего не нужно. А Степа ведь физикус. Он человек работающий. Ему нужен кабинетный комфорт. Я хотела, чтоб его рабочая комнатка дышала веселостью, чтоб были цветы и зелень, чтоб женский глаз и женская рука виднелись во всем и смягчали для него добровольное уединение.

Когда вошел со мной наверх — он возмутился, стал протестовать против чересчур роскошной отделки.

В чем нашел он эту роскошь? Я обтянула его кабинет ситцем, больше никаких и нет элегантностей. Это ему так кажется оттого, что он совсем не привык к женской внимательности. Я это понимаю. Он весь свой век почти провел в chambres garnies {меблированных комнатах (фр.).} и в трактирных нумерах.

— За беллетристами нужен уход,— говорю я ему.— А откуда у тебя эта фраза, Маша?

Я покраснела, вспомнивши, что эту фразу услыхала я раз от человека, имя которого не желала больше поминать.

Все добро Степы состоит в очень скромном гардеробе и в кой-каких книгах. Свою библиотеку он оставил в Париже. Ариша пришла в негодование, осмотревши белье Степы, прибежала ко мне и чуть не со слезами воскликнула:

— Каторжные прачки! Извольте посмотреть, матушка Марья Михайловна, как оне отделали рубашки Степана Николаича.

Произвели мы вместе смотр, и я нашла действительно, что белье физикуса в состоянии, близком к разрушению.

— Сколько у тебя платков? — спрашиваю.

— Было у меня полторы дюжины, когда я выехал из Парижа.

— Как же у тебя оказывается только семь?

— Уж, право, не знаю, Маша, я не записывал.

Вот они, физикусы, глубокие вопросы решают, а не знают, сколько у них платков.

Ариша стыдила очень Степу. Он признал себя виноватым.

15 июля 186*
Вечер.— Понедельник.

Вот как мы распределили день со Степой.

190

Утром каждый из нас работает у себя. В одиннадцать часов мы завтракаем на террасе. Если не очень жарко, гуляем по взморью. Обед рано, в четыре часа. Едим ужасно много. Я вижу, что растолстею к концу лета, как купчиха. Степа удаляется после обеда к себе наверх. Послеобеденные часы я посвящаю моему чаду. Вечерние прогулки наши никогда не продолжаются дольше десяти часов. В одиннадцать бай-бай.

У меня вдобавок купанье и питье сыворотки с весьма противной водой. Степа купается не каждый день.

Растительная жизнь в порядке, и видно, что она пойдет хорошо. Жизнь же интеллигентная, как выражается Степан Николаич, двигается еще медленно... По правде-то сказать, еще и не начинала двигаться.

17 июля 186*

11 часов.— Среда.

Что такое Степа, как человек?.. Я глупо выразилась. Как бы это сказать... К какому сорту нынешних молодых людей можно его отнести?

— Кто ты такой? — спрашиваю я его сегодня в саду.

Он совсем не приготовился к такому внезапному вопросу.

— Как, кто я такой, Маша?

— Да, кто ты? Нынче ведь каждый имеет какую-нибудь кличку. Нигилисты есть, еще какие-то исты. Ты так долго все учишься, так должен же был поступить в какую-нибудь, как бы это сказать, секту, что ли?

— Нет, Маша, ни к какой я секте не принадлежу.

— Да ты теперь не будешь отнекиваться и отмалчиваться, как в городе?

— Теперь другое дело,— ответил он добродушнейшим тоном.— Ты становишься живым человеком. Тревога твоя успокаивается, ешь ты хорошо, купаешься и пьешь сыворотку. Теперь мы с тобой тихонечко, не торопясь, как говорится, с прохладцей, будем калякать себе.

Мы сидели под большим дубом, около пруда. Степа в соломенной шляпе и в белом пальто — настоящий физикус. Он ведь вовсе не похож на разных долгогривых нигилистов. Я их хорошенько не видала, но предполагаю, какими они должны быть. Если б Степа захотел, он мог бы играть не последнюю роль и в салонах. Но все-таки в нем чувствуется что-то такое, чего нет ни в наших mioches, ни в людях вроде Домбровича.

Я ему доложила об этом.

— Ты очень верно, угадала, Маша. Во мне всегда сидит и будет сидеть — студент. Я никогда не сложусь в человека, сказавшего себе: вот предел, дальше которого я не пойду, наденем хомут и станем уверять себя и других, что без нас не двинется ни государственная, ни общественная машина. Мне уже тридцать лет, Маша; а я все еще считаю себя гимназистом первого класса. Другие стремятся к звонким целям, к личному положению, успокаиваются на какой-нибудь игрушке или указке, все равно. Я, мой друг, успокоюсь разве тогда, когда меня снесут на Смоленское.

— Как же ты меня-то исправляешь,— перебила я его.

— Твоя тревога, Маша, другого сорта. Ты испытываешь самое себя, ищешь принципа; а я знаю, на чем стою и куда иду; только жизни-то моей вряд ли на это хватит!..

— Это что-то страшно, Степа,— рассмеялась я.

— Ничуть не страшно. Загадка моя самая простая. Я, Маша, как и большинство людей моего поколения, сначала успокоился на полуобразовании. Десять лет тому назад мы вышли из университета. Слышим крик: надо говорить, писать, будить и обличать. В задорные обличители я не пошел; но стал писать. Писал много: и повести, и драмы, и статьи, и фельетоны. Молодость, темперамент казались мне талантом. Я строчил по печатному листу в день и был глубоко убежден, что для русского сочинителя у меня даже больший запасу интеллигенции и знания, чем следует. Я ушел от некоторых дикостей тогдашнего сочинительства оттого только, что раньше разных петербургских господ проделывал нигилизм.

— Так ты таки был нигилистом?

— Этого имени тогда еще не существовало; но все немецкие книжки, вошедшие потом в такой почет, усвоены мною были с достодолжным усердием гораздо раньше разгара петербургского нигилизма. В чаду сочинительства прошло три, четыре года. Выписались мы одним залпом. Крупных, первостатейных талантов не появлялось ни одного. Жизнь шла своим чередом. Идти за ней — надо было лучше знать ее; мало того, надо было стать на такую точку, чтобы все явления этой жизни находили в нас что-нибудь готовое; а готового-то ничего и не значилось. Да, мой друг Маша, поучительная была минута, когда я лично увидал, что наше толчение воды в ступе может кончиться полным безобразием, если мы не оборвем сразу же свои смешные претензии на звание творцов и деятелей и не пойдем учиться с азбуки...

Я воспользовалась тем, что Степа сделал маленькую паузу и рассказала ему, конечно смягчая, мой разговор об нем с Домбровичем.

— Он совершенно прав, Маша! Я вовсе не рожден художником. Да и все-то мои однолетки тоже самое. Поколение, к которому принадлежит Домбрович, гораздо даровитее нас. Понятное дело; они только в одно искусство и клали все, что у них есть. Больше ведь в то время и ходу не было уму и таланту. В их время сочинительство было достаточно для серьезной роли. Одной картинкой, одной даровитой повестью затрагивалось и объяснялось то, чего теперь уже не объяснишь и не затронешь иначе, как с подготовкой и с дарованием в десять раз больше, чем было его у всех этих людей. Я тогда, помнишь, Маша, в наше первое объяснение, резко высказался об них как о людях, и готов повторить теперь то же самое: как характеры, как общественные деятели в настоящий момент они — жалкий и до мозга костей изолгавшийся народ; но как литературное поколение я первый всегда и везде буду защищать их и сниму перед ними шапку. Но вот какая глубокая разница между ними и нами. Они успели сделать свое дело, и когда жизнь обогнала их, они попросту успокоились на лаврах или ожесточились, опошлели и измельчали, некоторые сознательно, другие бессознательно. Ты припоминаешь единственный резон г. Домбровича против всего, что теперь волнует и двигает нашу молодежь: "Все это для меня скука смертная!".

— Да, Степа, он повторял мне это десятки раз.

— И он вполне прав, по-своему. Это искренний крик его праздного и скоро измельчавшего ума... Да, им, видно, нужно было помириться со своим скудоумием, они и помирились. А мы-то сейчас же увидали, что одним талантом мы не проживем, да и земле-то своей не послужим; по части же невежественности вряд ли уступим им!.. Вот и произошел кризис, точно такой же, как и в тебе, Маша... Ты тогда мало меня знала, а если б знала побольше, увидала бы, что я был плох, верь ты мне, хуже тебя. Жестоко вознегодовал я на свое бумагомаранье. Сказал я баста и простился с Петербургом. Тебе, может быть, случалось слышать или читать, Маша, разные насмешки над русским юношеством, которое бросилось за границу в разные Гейдельберги и вместо дела бьет там баклуши. Песенка эта теперь особенно в ходу. Я лично к соотечественникам своим за границей питаю весьма неприязненные чувства. Я бегу их как чумы; но ведь на тысячу русских помещичьих семейств, прокисающих самым бессмысленным фасоном в Дрездене и в Ницце, по Женеве и Парижу, придется каких-нибудь двадцать, тридцать молодых людей, живущих для "усовершенствования себя в науках". Положи даже, что из этих тридцати человек двадцать бьют баклуши, а десять действительно работают. Неужели же благовидно кричать везде, как теперь делают, именно об этих тридцати молодых людях и оставлять в покое тысячи семейств, жующих жвачку, доставляемую им на последях выкупными свидетельствами?.. Ну, да об этом мы с тобой поговорим в другой раз... Я поехал не готовиться на какую-нибудь кафедру, а просто поступить в ученье к вековой мысли, к вековому знанию, к вековой человечности! Гг.

Домбровичи и иные отправлялись сейчас в музеи, описывали природу и были счастливы; а я, мой милый друг, начал с арифметики и грамматики. Затем только русские сочинители должны побывать на Западе, чтобы сознать глубину своей невежественности. Уезжая из России, я ведь был некоторым образом personnage {персона (фр.).}, сочинитель; и вот это-то звание вызвало во мне сильнейшее чувство моей умственной и всякой другой мизерабельности. Я не сунулся к знаменитостям. Я просто сказал, что, не умея хорошенько грамоте, по русской неизящной поговорке, "с суконным рылом в калачный ряд не лезут". Ну, и сделался я опять не студентом, а школьником, Маша, и несмотря на свои тридцать лет, еле-еле еще перетащился во второй класс того приходского училища, который я устроил для себя в Европе. В этом наше оправдание и наш приговор! Если мы останемся недоделанными, за нас будет говорить глубокая искренность, с какой мы переучиваем себя. Те, кому теперь не больше двадцати пяти лет, уже на другом пути. Они не кинулись на сочинительство и заговорят только тогда, когда назреют силы и придет время говорить.

— Послушай, Степа (перебила я его вдруг, боясь, что мой вопрос придется потом некстати). Ведь если ты так долго работал и еще собираешься работать, то ведь тебя наконец и спросят: каким же делом ты займешься здесь, в России? Неужели весь свой век будешь пребывать за границей?

— Разумеется, Маша, человек моей эпохи не может уже ограничиться фразой: "Я не хочу брать никакой клички, я буду общечеловеком"! Мое дело, Маша, будет самое простое, самое элементарное; но я все-таки еще не готов к нему. Я хочу вот лет под сорок, еще поучившись, поездивши и поживши с разным людом, учить детей говорить.

— Как говорить! — вскричала я.— Языкам, что ли?

— Нет, просто говорить, на каком бы то ни было языке. Так как я предложу свои услуги соотечественникам, стало быть, это будет по-русски.

— Помилуй, да по-русски всякий умеет говорить и без тебя.

— Ты думаешь, Маша?

— Да что ж мы с тобой теперь делаем?

— Мы действительно говорим. Но ходить, не правда ли, всякий умеет. Оно еще легче, чем говорить. Отчего же ты никогда не можешь удержаться от улыбки, когда миссис Флебс догоняет скорым шагом Володю?

— Ах, Боже мой! Оттого, что она уродливо ходит.

— Вот видишь. Значит, можно уродливо ходить и хорошо ходить. Точно также: можно хорошо говорить и говорить уродливо, бессвязно, нелепо.

Я согласилась.

— Я пришел к непоколебимому убеждению, Маша, что две трети нашей русской неумелости вызваны полным отсутствием какой бы то ни было выработки тех сторон нашей организации, которые служат нынешнему выражению. Мы не умеем ни хорошенько ходить, ни прилично есть, ни вовремя молчать... А чего уж радикально не умеем: так это — двигать целесообразно руками, ногами, мышцами лица, глазами и языком, когда мы говорим.

— Что ты? что ты? — расхохоталась я.— Откуда ты это выдумал?

— Все, что я буду тебе говорить, Маша, основано на фактах и сравнениях, за которые я постою пред кем угодно. Возьми ты теперь своего Володю. Он как раз в возрасте, когда ребенок хочет называть предметы. В этом теперь вся суть его жизни. Но он не довольствуется только тем, что собаку зовут собакой, а дерево деревом. Он хочет связывать между собой эти слова. Что же ему помогает связывать их? Его собственное я. Он не знает, почему это так, но всякий раз, когда ему нужен какой-нибудь предмет, он ищет слова для выражения мыслей или желаний своего я. Ты, конечно, уже заметила, Маша, что в его лексиконе были сначала все слова, означающие разные предметы: тебя, меня, миссис Флебс, игрушку, хлеб, лошадь, розгу. Называть эти предметы всякий ребенок легко научится; но связывать их, вот тут-то и запятая. Вспомни ты свое детство. Помогал ли тебе кто-нибудь думать, да, думать, т. е. искать отношения между предметами и твоим собственным чувством и рассудком? Конечно, нет. В таком положении был и я, и все русские люди. В нашей гимназии был пьяница директор, человек безобразный и грубый. Как, бывало, он попадет в класс словесности, он всегда твердит одну и ту же фразу. Мы ее считали неизмеримо глупой и постоянно смеялись. Но глупы-то были мы, а не он. Он всегда говорил: "Первое дело — определение, определи ты мне, что такое стол?" И что же, мой друг Маша, ни наш учитель словесности, ни мы, писавшие уже стихи и даже критические статьи, никогда не могли определить в десяти словах, ясно и точно, что такое стол. И не угодно ли тебе на пари созвать у себя в гостиной общество, состоящее из пятидесяти человек мужского и женского пола, и пускай кто-нибудь из них, без запинки, отчетливо и ясно, определит мне в пятнадцати словах, что такое стол. Ты определишь?

— Нет,— ответила я.

— А у тебя еще замечательная для русской барыни точность выражений.

— Мне это говорил Домбрович.

— И он прав. Ни один и ни одна из вас не сделают этого определения, ни на русском, ни на французском языке.

— Отчего же это так, Степа? — спросила я, начиная даже чувствовать некоторый страх от его слов.

— Оттого, мой милый друг, что ни одна и ни один из вас не приучены думать, как следует. В вашем свете эта неумелость еще сильнее, потому что вы не знаете хорошенько ни своего, ни французского языка; вы думаете наполовину по-русски, наполовину по-французски. Когда я сдавал когда-то в университете экзамен из гражданского права, профессор был очень требователен по части определений. И что же? Все самые дельные студенты провалились. Он бесновался, но требовал невозможного! И десятки, сотни студентов выходят с той же самой неумелостью. Потом, в жизни, каждый русский человек сваливает почти все свои неудачи, нелепости, промахи на то, что у нас называется "средою", а разбери хорошенько, и выйдет, что пострадал он от того, что не учили его с детства определять толково и ясно, что такое стол.

Я сначала думала, что Степа дурачится. Но он говорил с таким убеждением, что нельзя уже было сомневаться в его серьезности.

— Неужели,— спросила я его,— нужно тебе будет еще несколько лет, чтобы приготовить себя: учить детей говорить?

— Да, Маша, надо еще поработать.

Я задумалась. Мне представился мой Володя: он как раз в таком возрасте, когда нужно начинать воспитание, как его понимает Степа. А я сама ни о чем еще не думала.

— Если ты прав, Степа,— говорю я,— так ведь я должна поступить к тебе в выучку.

— Поработаем вместе, Маша. А главное, изучи хорошенько маленькие особенности твоего сына. Здесь, на даче, он постоянно на твоих глазах. Я тоже буду немножко следить за ним. Если хочешь, сообщай мне каждый день твои наблюдения. Такая работа поможет тебе выяснять свои собственные интеллигентные средства.

Сегодняшний разговор дал хорошие результаты: сблизил меня совсем по-новому со Степой и установил мою собственную деятельность.

Как там ни возмущайся, а без мужского ума не проживешь. Да и что тут оскорбительного, коли дан нам неугомонный темперамент, который во все вмешивается.

20 июля 186*
9 часов.— Суббота.

Володя совсем поправился. Я почти с ним не расстаюсь.

Чем больше я в него вглядываюсь, тем яснее мне становится, что он вылитый я. Степа соглашается со мною. Поэтому надо будет действовать больше на его ум, чем на сердце. Я ведь не сухая, не эгоистка; но в уме моем и в моей воле нет ничего прочного. Если дать Володе поблажку, не следить за ним, он будет несчастный человек, когда вырастет, бросится в разные крайности.

Как это приятно следить за таким мальчуганом и чувствовать, что он каждый день узнает нового своей маленькой головкой! Я совсем почти не трогаю его; но он сам беспрестанно обращается ко мне.

К Степе я прихожу работать перед обедом. Я сообщаю ему весь свой "материал", как он называет. Потом мы толкуем об этом материале.

По собственному невежеству, я тоже начала работать. Встаю я теперь в шесть часов и тотчас после сыворотки и гулянья засаживаюсь за азы. Если б не Степа, я бы пришла к полнейшему отчаянию. Ничего-то я не знаю. Хотелось бы все сразу обнять; но Степа говорит, чтобы я рассчитала, каких лет можно будет учить Володю грамоте, и до тех пор сидела бы только на простой грамотности.

— Выучишься хорошенько,— говорит он мне вчера,— тому языку, на котором твой сын будет складывать слова, и ты увидишь, что в голове твоей водворится порядок.

Да, теперь я начинаю только понимать, как возмутительно глупо держат нас в девицах. Возьму я книгу, прочитаю отдельную фразу и не могу отдать себе отчет ни в одном слове: почему такое-то слово стоит тут, а не в другом месте, почему такую-то мысль нужно было выразить так, а не иначе?

Вот тогда только, когда я в состоянии буду ответить каждый раз: почему мысль сложилась так, а не другим фасоном и почему она выражена теми, а не другими словами,— тогда только и посмею я давать выправку Володе.

Я до сих пор была очень равнодушна к трем вещам: к природе, к музыке и к стихам. Для меня это были просто слова, попадающиеся иногда в книжках, иногда в салонных разговорах.

Природу я совсем не знала, потому что представляла себе любовь к ней чем-то особенным, на что способны одни только сочинители, поэты. Теперь я вижу, что привязываться к природе вовсе не трудно. Нравится вам быть на вольном воздухе, не скучно вам в лесу, приятно поваляться на траве, следят ваши глаза за всяким новым предметом: облако ли то, пригорок, деревцо, отблеск солнца... вот вы и любите природу. Поживите так несколько дней в дружбе с нею, и вам уже она нужна каждый день...

Музыку я понимаю только в опере, да и то, чтобы действие шло быстро. Не знаю, полюблю ли я ее когда-нибудь? Может быть, вышло это от того, что у меня самой нет никаких музыкальных дарований, а сажали меня за фортепьяно с восьми лет, и сделалось оно мне противно до отвращения. Десять лет я играла. И в эти десять лет, вытвердивши все эти этюды разных Мошелесов и Крамеров, ни одна гувернантка ни разу не задала мне определить "ясно и точно", что такое стол.

Даже здесь, в моем уединении, на берегу моря, мне не приходит желание послушать хорошей музыки. Не оттого ли также, что я никогда не спрашивала даже себя: что хорошая, что дурная музыка,— или может быть, никогда не переживала таких минут в жизни, когда музыка — душевная потребность.

Вот то же и стихи. Всякие стихи, как только я бывало взгляну на страницу с короткими строчками, наводили на меня смертельную тоску. Сейчас же разбирает зевота и сон. В детстве гувернантки заставляли меня учить наизусть глупые какие-то куплеты для поздравления с именинами и с рождениями maman.

Когда я начала читать французские книжки, я как чумы бегала стихов.

И теперь оказывается, что я просто не знала, в чем состоит поэзия.

Степа прекрасно читает. Как-то на днях, вечером, я проходила по террасе и слышу, что наверху кто-то громко говорит. Прислушиваюсь, голос Степы... Он читал что-то вслух по-английски. Сначала я не могла разобрать. Поднялась я к себе на балкончик. Оттуда было хорошо слышно. Он говорил вслух стихи. Я заслушалась. Совсем новое для меня ощущение слетало сверху. Слова были знакомые, но звук их и то, что они выражали, затрагивали во мне точно какие-то музыкальные струны. Я еле-еле дышала. Кругом зеленые пригорки, свежая какая-то вечерняя мгла, легкий шелест лип, и там, вдали, над водой длинная полоса светло-опаловой зари... Все это говорило мне о своей поэзии, простой, неподкрашенной, но вездесущей и необходимой для живого человека.

— Так вот что могут вызывать стихи,— сказала я себе, продолжая слушать голос Степы.

Не в самых стихах, не в рифмах (рифм, кажется, и не было) сидела прелесть, но в том, как живое слово шло в сердце и будило в нем такое здоровое и прекрасное чувство жизни, красоты и радости...

Голос Степы смолк. Я сидела на балкончике до глубоких сумерек. Там он меня нашел. Я ему призналась в подслушивании и стала упрашивать, чтобы каждый день он читал мне что-нибудь.

Теперь я вижу: какой же он нигилист!

Тяжело учиться, но приятно. Я засыпаю ровно в одиннадцать часов с какой-нибудь новой мыслью или новым фактом.

Володя полюбил меня теперь так, что малейшее свое впечатление сейчас же мне докладывает. Если даже я и не добьюсь ничего по части своей интеллигенции, вот два существа, которым так сладко будет посвятить себя хоть на то, чтобы заботиться о их житейском покое, если ни на что другое я не способна. Володя болезнен, и моих забот ему никто не заменит. Не хватит у меня грамотности и толку вести его душевное воспитание — Степа тут налицо, чего же лучше для него самого. Пускай приложит все свои теории.

Но сам-то Степа ждет также моих забот, забот чисто материальных, материнских, нужды нет! Я прекрасно вижу, что оставить его одного нельзя.

В самом деле, если разобрать его житье бытье, какие у него личные утехи? Никаких. Целый день с утра он работает, читает, пишет, готовится к своей "скромной доле" и будет еще готовиться целыми годами трудов. Ему тридцать один год, и ни единой души, связанной с ним живой связью. Так он ведь и промается. Ему, положим, и не нужен pot au feu {буквально: горшок с супом; здесь: семейный очаг (фр.).}, но я верить не хочу, чтобы в иные минуты такое одиночество не давило его!

Я чуть не расплакалась, когда вчера навела его опять на разговор о себе.

— Ты все хлопочешь, Маша,— говорит он,— о моем личном счастье. Я безвозвратно порешил, что этого личного счастья для меня уже не будет, да оно мне и не нужно. Я даже такого убеждения, что до тех пор человек не начнет жить для идеи, пока он не оставит попечений не только о pot au feu, но и вообще о каких бы то ни было приятностях. Наша генерация тем и отличается от эпохи г. Домбровича, что мы сознали в себе немощи всего общества и страдаем от них; а они носились только с личными неудачами и страстями. Поэтому-то любовь, например, играла такую роль в их жизни. Я говорю о самых лучших людях, потому что большинство-то их заражено было рисовкой и ни на какую здоровую страсть не было способно; в этом они прямые дети разных картонных героев: всяких Antony и Hernani.

— Ты еще слишком снисходителен, Степа,— перебила я.— В Домбровиче ничего нет, кроме мерзостей.

— Это не так, Маша, он ни хуже, ни лучше того, чем должен быть. Я говорю вообще о его поколении. Для них личное счастье и удача было все; для нас очень мало. Говорил ли я с тобой когда-нибудь о своих сердечных делах?

— Я вот уже несколько месяцев добиваюсь, Степа.

— Молчал я, Маша, не из рисовки, не от жеманства; а оттого, что личная жизнь для меня прошла, хоть мне всего тридцать лет. Была и у меня любовь и даже весьма неудачная. Человек сороковых годов до сих пор бы в нее драпировался или бы запил; а я, как видишь, до сей поры в добром здоровье и полагаю даже, что если б я в двадцать пять лет сочетался браком, я был бы в настоящий момент весьма жалкий субъект.

— Послушай, Степа,— начала я увещевательным тоном.— Неужели же ты останешься вечно холостяком?

— Вероятно.

— Так как у тебя все делается по известной идее, то скажи мне на милость, с какой стати обрек ты себя на вечное одиночество?

— По очень простой причине: для нас нет жен. Для людей сороковых годов были подходящие женщины; для людей шестидесятых нарождаются, а для нас нет.

— Какой вздор, Степа!

— Я верю этому вздору, Маша, и с ним умру. Не берусь тебе доказать это цифрами, но возьму в пример тебя же. Ты, как женщина, почти одного со мной времени. Если бы теперь хотела ты устроить свою супружескую жизнь так, чтоб была в ней и любовь, и полная гармония типов, как я выражаюсь, ты бы весьма затруднилась.

— Отчего же, Степа?

— Оттого, что человек такого разряда, каким был твой покойный муж, уже для тебя теперь не годится. А от людей нашей генерации тебя будет удалять мысль, что ты никогда не добьешься того развития, какое им нужно.

— Пожалуй, что и так.

— Разница только в том, Маша, что твое сомнение неосновательно. Ты все-таки моложе меня на шесть, на семь лет. Поработаешь над собой, и для тебя может начаться другая жизнь с человеком другого калибра.

— Какого же калибра, коли вы все так рассуждаете.

— Кто же все? Пока только я, сколько мне известно... Вот таким образом я и помирился с моей будущностью. Я нахожу даже, что слишком много потратил времени на личные чувства, так же много, как и на сочинительство. Где же мне мечтать о любовных радостях и о семейном довольстве, когда мне еще несколько лет надо пошататься по белу свету, а потом сделать всех детей моими собственными. Почтенный принцип pot au feu плохо мирится с такой программой!

И так все это спокойно высказал Степа, без малейшей горечи, без упрека своей судьбе.

— Неужели же, Степа,— возразила я ему,— ты совсем застраховал себя от вспышек чувства?

— Как тебе сказать, Маша! Я страстен никогда не был, и теперь вряд ли есть во мне такой аппарат, которым можно любить, честное тебе слово. Я человек добрый, в вульгарном смысле этого слова. Терпимость выработал я себе долгим трудом. Сочувствие тому, что называется человеческим прогрессом, я сделал потребностью своего существования. Все это так. Но любить мне нечем.

— Ты просто заучился, Степа.

— Нет, не то, Маша. Ну предположи, ты была бы моей женой. Сколько у тебя разных прелестей, сколько у тебя прекрасных задатков. Таких женщин мало, об этом что и толковать. Но все-таки я был бы для тебя плохой муж. Я остался бы с тобою тем, что ты видишь теперь: был бы очень добр, внимателен, помогал бы тебе во всем, входил бы в мельчайшие твои интересы...

— Чего же больше, Степа?

— Как, чего же? Не было бы органической связи, той грубой, материальной: если хочешь, "привязки", как выражается наш народ.

— А я вот возьму, да нарочно и женю тебя на моей особе. Ты наш дальний родственник, я тебя называю только двоюродным, а ты мне "седьмая вода на киселе"; нас обвенчают.

— Не советую тебе, Маша, приступать к такому опыту. Я даже тебе больше скажу: для нашего брата нет в русском обществе не только жен, но даже любовниц, да! Связь с замужней женщиной для нас немыслима...

— А со вдовою? — спросила я.

— Связь со вдовою подходит под категорию женитьбы. Я уже тебе об этом сообщил свой взгляд. Остаются девицы. Но на это специалисты — люди сороковых годов, а не мы. Они, несмотря на седины, отлично обрабатывают амурные дела.

— Бедный ты мой, Степа,— вскричала я, гладя его по голове,— что же тебе остается на счет амуров? Ведь нельзя же тебе прожить весь свой век мальтийским рыцарем?

— Что же остается, Машенька?.. По части грешных побуждений остается то, что и каждый холостой человек находит...

— Но ведь это гадко, Степа?

— Некрасиво, мой друг, но как же иначе прикажешь? Я в этом отношении подчиняюсь такой же необходимости, как и женщины легкого поведения.

— Т. е. ты узаконяешь разврат.

— Нисколько. Я от него страдаю так же, как и от всей громадной сети нелепостей, которой люди успели опутать себя. И сдается мне, Машенька, что лучше уж посетить иногда квартирную хозяйку Марью Васильевну, чем весь свой век бесстыдно врать на себя и на природу. А по части чувств я обрекаю себя на роль наперсника. В трагедиях наперсники совсем уж никуда не годятся; в повестях и романах сочувствующие друзья тоже пропитаны кислятиной. Но в жизни они, право, не лишние. Ведь так много людей должны любить, и каждому из них необходим друг. Значит, и на мою долю придется не один десяток любящих сердец.

Так он это смешно говорил, что я расхохоталась, а потом мне ужасно сделалось грустно.

Вот ведь оно все так бывает в жизни. Хорошие люди — наперсники; а всякие мерзавцы "срывают цветы удовольствия".

Если Степа, в молодых еще летах, обрекает себя на одинокую и безрадостную жизнь, то неужели я буду опять когда-нибудь хлопотать о личном счастье? Довольно уж я помоталась и послужила своему грешному телу.

— Наша беда по части любви,— сказал мне в заключение Степа,— вышла оттого, что мы очутились между двумя поколениями... Люди сороковых годов донжуанствовали, рисовались, были специалисты по части Жорж-сандизма или, попросту, клубнички; люди шестидесятых годов будут делать дело и вовремя соединять его с личным довольством. Вот и конец сказке, Маша.

Не ясно ли, что я должна окружить Степу всем тем душевным и житейским довольством, какое может доставить друг-женщина?

Оно так и будет.

— Без любви, Степа, ты еще, пожалуй, проживешь, — сказала я ему, — но как же можно обойтись без своего un chez soi {угла (фр.).}, без какого-нибудь комфорта, наконец, без положения в обществе?

— У меня, Маша, есть на это своя теория. В моих неудачах, прошедших, настоящих и будущих, я исключительно обвиняю самого себя. Выходки против так называемой "среды" я считаю бессмысленными. Нет такого человека, как бы он ни был бездарен, плох, ничтожен, для которого бы в жизни не нашлось места. Вся задача только в том, чтоб приспособить себя к тому, а не к другому делу. Я не умел добыть себе личного счастья, оттого что искал его не там, где следует. В дураках остался я, и очень законно. Если же и впредь предстоят мне неудачи в самых дорогих стремлениях, то опять вина будет моя. Я не сумел, стало быть, вовремя сообразить, что той или иной вещи не следует затевать, или во мне самом нет должных сил к выполнению.

— Этак не проживешь свой век, — выговорила я вслух для себя.

— Вот видишь, Маша, я живу же.

Как он там ни толкуй, а настанет минута, когда его нужно будет... женить.

28 июля 186*

На ночь.— Воскресенье.

Я сильно пристращаюсь к чтению. Но от французских романов я совсем отказалась.

Вчера после зубрения азов я пошла в сад с повестью Тургенева "Накануне". Мне ее отрекомендовал Степа. Я зачиталась до самого обеда и, как в былое время, расплакалась.

Как я понимаю эту Елену. Она все время волновалась, пока не нашла своего Инсарова. Этот человек мне не нравится. В самом деле, он смахивает на барана, но тут дело не в нем, а в том, чего искала Елена. Для нее он был хорош. С ним разрешились все ее загадки и волнения. Какая завидная доля! Автор помещает несколько страниц из ее дневника. Эти несколько страничек лучше моих двух тетрадей, исписанных почти уж до конца. В них любовь и заря нового счастья; а в моих тетрадях нескончаемая канитель тревог, вопросов, всяких гадостей и бесплодных разговоров.

Поневоле придется повторять философию Степы: "сама себя раба бьет, коли нечисто жнет".

Неужели мне нужно будет также помириться с одиночеством и с тусклым житьем, как сделал мой физикус?

1 августа 186*

Вечер.— Четверг.

Просвещение мое идет. У меня больше памяти, чем логики. Я охватываю мысль легко, могу бойко перевернуть ее и так и этак; но дойти до прямого вывода мне как-то все не удается. Я гораздо больше довольна Володей, чем собой. Но Степа доволен за то мною больше, кажется, чем всем, что его окружает. Он меня все уговаривает:

— Не забегай ты вперед, Маша. Ты делаешь исполинские успехи; тебя уж теперь нельзя узнать. Плыви полегонечку и питай свое бренное тело.

Я с удовольствием замечаю, что Степа ко мне очень привык. Он отдает мне больше половины своего дня.

Меня начинает интересовать: неужели он так все лето проживет со мной в Ораниенбауме и не увидит поближе ни единого женского существа: это было бы чересчур добродетельно!

Он, может быть, от меня скрывает какие-нибудь прегрешения. Во всяком случае, надо было бы его пристроить.

Как тут быть?

Ах, какая я глупая! Что ж я могу сделать? Не хлопотать же мне самой о том, чтобы у Степы была возлюбленная!

Он уверяет меня, что ему нечем любить; но если он был бы так хорош со своей женой, как со мной теперь, чего же большего желать? И как можно человеку с такими хорошими целями, как у Степы, остаться на веки вечные одному! Он сочинил себе свою теорию и рад. Любовь бывает разная: один погорячее любит, другой похолоднее. Но можно ли остаться так без любви, с одним служением всему человечеству?

Я еще с ним поговорю на эту тему.

5 августа 186*
Утром.— Понедельник.

Жар стоит такой, что, при всем моем прилежании, не могу работать хорошенько. Я не выхожу из белого пеньюара. Если б был у нас подвал, я бы сидела в подвале. На Степу жар не действует. Он себе прочтет, что ему нужно. Я его ужасно эксплуатирую. Лежу часами на террасе, под густою тенью, а он мне читает вслух. Я учусь у него, как произносить разные слова... У Степы они выходят как-то особенно звучно и выпукло. Он заставляет меня заучивать басни Лафонтена. Я даже не предполагала, что они так могут нравиться взрослым людям. Теперь я вижу, что если б я, с моей прежней невежественностью, заставила Володю заучить какую-нибудь басню, я бы не сумела даже хорошенько помочь ему в заучиваньи.

Мне приятно слушать среди летней природы, когда теплый воздух так и обдает вас своим дыханьем, когда вся разгоришься и чувствуешь биение жизни в каждой жилке, — особенно приятно слушать что-нибудь глубокомрачное, какие-нибудь стоны страдающей души.

Вот хоть бы сегодня. Степа читал мне Гамлета. Я только благодаря ему начала понимать шекспировский язык, хоть и болтаю с детства по-английски. Его возглас до сих пор звучит у меня в ушах:

'tis a consummation
Devoutly to be wished!1
1 "Как такой развязки не жаждать? Умереть, уснуть" (англ.; пер. М. Л. Лозинского).

Гамлет, полный жизни и мужской силы, страстно желает в эту минуту сбросить с себя телесную оболочку. Самоубийство манит и прельщает его, как сладкий аккорд после тяжелого и скорбного метания ума и страстей. Что ж! даже в минуты большого телесного довольства и нравственной тишины можно вдруг пожелать перерезать нитку жизни.

Моя бессонница опять вернулась. В жаркие белые ночи не могу заснуть, да и кончено. От жару мне тяжело и писать; но я поневоле просиживала над моей тетрадкой.

Сидели мы сейчас со Степой на террасе. Кругом все замерло. Сквозь деревья виднелся бледный перелив воды. Наши петербургские ночи точно каждую минуту хотят перейти в мрак и все-таки не переходят. Ждешь: вот-вот все померкнет, но полубелый, полутемный свет стоит над вами и обволакивает вас особой, грустною тишью.

— Так ты и проживешь без любви, — говорю я Степе.

— Так и проживу.

— Ну, а если тебя полюбят?

— Я постараюсь, чтоб не полюбили.

— Экий глупый! Разве тут можно стараться или не стараться?

— Я скажу сей девице или матроне: сударыня, если вы действительно способны жить той идеей, которой я живу, я вам не могу запретить сближаться со мной; но пылких чувствий вы во мне не обретете.

— Дурак ты, Степа, и больше ничего. И все это ты врешь. Если б я захотела, я бы тебя непременно влюбила в себя. Ты что думаешь: одни только, как вы изволите выражаться, интеллигентные качества привлекают вашего брата? Как бы не так! Вот ты учишься, учишься, а потом и втюрился в какую-нибудь дуру, немецкую кухарку или другую простую женщину. Да, мой друг. А кто в деревне засядет: какой бы умный человек ни был, а кончит тем, что свяжется с крестьянской бабой и сочетается с ней законным браком.

— Отчего это у тебя так часто слово любовь на губах? — спрашивает меня Степа.

Я задумалась. В самом деле, никогда я прежде ни с кем не говорила о любви: ни с мужем, ни с Домбровичем, да и не мечтала об ней никогда, как другие женщины,

Степа в ночном полусвете видит очень плохо. Вряд ли он заметил, что я покраснела. Но он все-таки взглянул на меня многозначительно.

— Противный француз! — обругала я его и оттолкнула от себя.— Надоел ты мне своими наблюдениями. Нельзя тебе сказать ни одного слова по простоте...

— Да и ты тоже хороша, Маша, — смеется Степа.— Со мной-то тебе, кажется, нечего церемониться. Ты теперь совсем выздоровела. Ну и показываются наружу все здоровые силы твоей натуры.

— Это еще что?

— А то, что тебе есть чем любить, ты и хочешь любви, тем паче, что до сих пор оного чувствия не знала.

— Разве можно, Степа, говорить это так, прямо?

— Тебе можно... Беды в этом никакой нет. Сила готова. Остается теперь найти объект.

Я хмурилась, волновалась; но слушала его с жадностью.

— Какой же это объект?

— Известно какой: мужчина.

— Покорно благодарю.

— Не нравится тебе это выражение, я употреблю другое: характер, натура, тип.

— Ну, а если этот тип будет рассуждать так, как и ты?

— Выбери такого, у кого есть чем любить.

— А тебя взять в наперсники?

— А меня возьми в наперсники.

— И ты будешь этим очень доволен?

— И я буду этим очень доволен.

— Дурак.

Я все-таки его расцеловала... не знаю уж почему.

— Ты спишь дурно? — спросил он меня на прощанье.

— Совсем не сплю.

— То-то.

— Ну, что: то-то?

— Да пока не следовало бы тратить здоровье-то попусту. Мы с тобой вместо сиденья на террасе будем каждую ночь перед спаньем гулять часа два; так, чтоб совсем измочалилась. Вот и сон придет.

Ох, уж эти мне сочинители! Степа и Домбрович — небо и земля; а ведь и тот и другой все резонируют и смотрят на нас, женщин, как на какие-то аппараты: тронул одну пуговку, будет так действовать, тронул другую — иначе.

Степа все-таки милый. Я его ужасно полюбила-полюбила... настоящее ли это слово?.. не знаю... Но где же объект?

11 августа 186*

11 часов.— Воскресенье.

Сегодня сижу я у себя в гостиной и зубрю. Дверь на террасу была отворена: я слышу громкий разговор в Степином кабинете.

Кто бы это? — думаю. Прислушиваюсь: мужской голос. Говорят по-русски. Голос высокий, немного даже резкий, но очень звучный; так что до меня долетало почти все то, что говорил невидимый незнакомец.

Слышу слова: Париж, Гейдельберг, фамилии чьи-то и,

разумеется, интеллигенция и инициатива. Без этого физикусы обойтись не могут.

Слышу также, что гость Степы отвечает короткими фразами, точно пришпиливает их. Мой же Степан Николаевич говорит, по обыкновению, длинные монологи.

Разговор обрывается, потом вопрос Степы:

— Вы ведь еще поживете здесь, Александр Петрович?

— Да, я до осени, — отвечает Александр Петрович.

— Так вы, милости прошу подышать к нам, на лоно природы.

— Да вы здесь с кем живете? — спрашивает гость.

— Меня кузина приютила. Позвольте вас с ней познакомить? Гость что-то промычал.

— Я потому спрашиваю, что вы ведь всех русских женщин уничтожаете огулом. Ну, а эта из ряду вон.

— Заеду, — отвечает гость. Несколько его слов пропало, и потом он, остановившись, верно, в дверях, добавил:

— На Надеждинской, против коннозаводства.

Я, право, не подслушивала; но считала глупым удалиться с террасы. Фраза Степы насчет взгляда незнакомца на русских женщин кольнула меня. Степе вовсе не следовало так меня отрекомендовывать какому-нибудь физикусу. Я сейчас же решила, что гость нигилист.

Разговор смолк, и слышны были шаги их по лестнице. Я, грешный человек, обогнула террасу и остановилась так, что меня из-за трельяжа не было видно; а я их могла рассмотреть.

Спускаясь по крутой лесенке, они продолжали говорить. Насчет болтовни русские мужчины и нам не уступят.

Гость спускался первый, с открытой головой. Я сразу же его осмотрела с ног до головы. Он был весь в белом. Росту он небольшого, плечистый, с очень странной головой: я такой широкой головы не видала. Лицо продолговатое, почти четвероугольное. Нос большой и прямой. Чистые голубые глаза. Толстые и яркие-преяркие губы, нижняя немножко оттопыривается. Зубы такие же крупные и белые, как у моей Ариши. Борода у него также четвероугольником, а щеки обриты. Волосы на бороде и на голове волнистые, густые и ярко-русые, почти рыжие. Он ходит мешковато, даже, кажется, выворачивает ноги внутрь. По жестам и по всей фигуре, не салонный кавалер.

Почему же я записываю все его признаки, точно на паспорт, — не знаю. Но у него одна из тех физиономий, которые сразу же врезываются в вашу память.

Somme toute, presque une belle tête {Словом, почти красивая голова (фр.).}. Степа пошел его провожать на шоссе. Я села на прежнее место и взяла книжку, как ни в чем не бывало. Мне, однако ж, захотелось поскорей узнать про гостя, а Степа вернулся только к обеду.

— У тебя кто-то был, — сказала я индифферентно (выражение Степана Николаича).

Он сначала как-то странно улыбнулся, а потом спросил:

— Знаешь, Машенька, кто у меня был?

— Почем же я знаю?

— Тот самый заграничный знакомый, с которым мы о разгульной жизни спорили.

— Как его фамилия?

— Кротков, Александр Петрович.

Я, конечно, промолчала, что знаю уж его имя.

— Кто он такой? — спросила я уже менее индифферентно.

— Ученый.

— Да он еще молодой человек...

Я проговорилась и ужасно покраснела. Степа понял, должно быть, что дело нечисто; но все-таки, без всякого ударения, сказал:

— Ты, значит, нас видела, Маша?

— Да, я тут с террасы...

— Г. Кротков — экземпляр не из мелких.

— Так что годится и в объекты? — вдруг спросила я. Он, кажется, забыл, на что я намекала.

— В какие объекты? — переспросил он.

— Противный ты, Степа... не помнишь сам своих слов.

— Ах, да!

Он расхохотался.

— Да, Маша, этот юноша калибру недюжинного.

— И есть чем ему любить?

— Да, у него не та организация, как у нашего брата.

— Что же он делает?

— Работает.

— А сюда вернулся совсем?

— Нет, собирается опять назад осенью.

— Куда?

— В Германию.

Зачем я делала все эти вопросы? Как глупо! Степа сказал мне, однако ж:

— Ты мне позволишь, Маша, привести его как-нибудь... Он резок, но у него оригинальный и приятный ум.

— Ну, а русских женщин он всех огулом презирает?

Я просто начала дурачиться. Степа опять сразу не понял.

— Почем ты знаешь? — спрашивает.

— А вы зачем так громко говорите? Мне не затыкать же уши...

— Коли ты слышала наш разговор, тем лучше. Тебе, стало быть, следует теперь изменить взгляды Кроткова на русских женщин.

— Вот еще очень нужно!

— Нет, уж ты не капризничай.

Я ничего не ответила. Посмотрим — действительно ли этот Кротков объект?

14 августа 186*
10-й час.— Среда.

Я ездила в город кое-что купить. На Невском выхожу из магазина Кнопа и сталкиваюсь как раз — с кем же?

С г. Кротковым.

Он костюма своего не меняет. Все также в белом и в большой соломенной шляпе; точно какой плантатор.

Он меня, разумеется, не мог узнать, потому что не видал. Шел он с каким-то пакетом в руках: кажется книги. Когда идет, качает все головой вправо и влево.

Мне нужно было спуститься по Невскому до пассажа, и я пошла вслед за г. Кротковым.

Иду и думаю себе: "Выслежу я, куда этот физикус отправляется".

Интересного в этом было очень мало, да вдобавок меня душил нестерпимый жар; но я все-таки шла, не отставая от белой фигуры. А походка у него прескорая.

Ведь какая я еще девчонка: он мог несколько раз обернуться и пожалуй бы заметил, что я за ним слежу. Степа представит мне его на днях, он меня узнает, и выйдет весьма глупое quiproquo {недоразумение (лат.).}.

Хорошо, что обошлось все благополучно. Белая фигура ни разу не обернулась. Я узнала только то, что г. Кротков зашел в какой-то сигарный магазин.

Стало быть, он курит сигары и от него должен быть противный запах. Я потому так и люблю Степу, что он некурящий.

Надо бы мне было рассказать Степе, что я видела Кроткова; но почему-то мне не хотелось объявлять об этом.

18 августа 186*
Полночь.— Воскресенье.

Сижу в саду, в старой беседке. Володя играет около меня. День славный, но не очень жаркий. Я читаю "в книжку", как говаривала нянька Настасья. Я зубрю и поглядываю на Володю; а про себя думаю: "Все это делается для этого курносого пузана. Сидишь, коптишь, перевоспитываешь себя, анализируешь, а лет через пятнадцать Володька скажет: "Maman, вы делали одни глупости, не нужно мне ваших развиваний, хочу в гусары!" Вот чем может кончиться вся эта комедия.

И опять в книжку... Начала читать прилежно, забыла и про Володю. Меня кто-то окликнул. Поднимаю голову: Степа и белая фигура.

Я вся вздрогнула. Какой чудак этот Степа: хоть бы предупредил меня, что ли. А то вдруг тащит своего физикуса.

Представил он мне его. Г. Кротков раскланялся с достоинством. Лицо так и говорило:

"Вы все дуры, и никакого я на тебя, матушка, внимания не обращаю".

Я таки замялась и предоставила говорить Степе. Да и о чем сразу начнешь разговор с таким физикусом? Делать банальные вопросы: "Давно ли вы здесь, надолго ли", — мне не хотелось, а вступать в рассуждение слишком опасно с мужчинами такого сорта, как этот г. Кротков. Сейчас ведь и оборвет.

Я его старательно высматривала. Он смотрит все прямо, не мигает и не делает никаких движений в лице. Он сидит, сложа руки на груди. Оно немножко напоминает жокеев на козлах; но к нему идет. Вся его фигура выражает собою такую фразу: "Как я уселся, так и буду сидеть, расходовать свои движения не желаю. Все, что около меня говорится и делается, — слишком мелко и буржуазно".

Стоит только вглядеться в лоб и в очертания губ г. Кроткова, чтобы почувствовать, как он проникнут собственным достоинством.

Степа выболтал, не знаю зачем, что мы думаем ехать за границу.

Гость спросил меня совершенно равнодушным тоном:

— Вы для здоровья?

— Отчасти.

— А больше для чего же?

— Меня зовет вот он (я указала на Степу). Он уверяет меня, что надо мне освежиться.

— Нынче русских стало гораздо меньше за границей.

— Отчего же, — спросила я г. Кроткова.

— Как они не глупят, все-таки хоть чему-нибудь научаются.

— За то и деньги тратят...

— Ведь это все равно-с, российские помещики, доживающие теперь свой век, ни здесь в России, ни там ни на что не полезны. Так лучше уж пускай они поскорее разорятся.

Все это он выговорил, не торопясь, с ровным ударением на каждом почти слове, точно вколачивая их гвоздиками.

Тон его, однако ж, не особенно грубый. Все, что он сказал потом о заграничной жизни, было кратко, но кстати и без особых претензий. Хотелось мне осведомиться, как он говорит по-французски. Я нарочно вставила несколько фраз. Он отвечал на них без запинки, хорошим акцентом.

Как это странно нынче! Всякий физикус не только не уступает по этой части нашим великосветским говорунам, но, пожалуй, и почище их. Те стараются, как бы им покудрявее сболтнуть. И все у них краденое из романов. А эти говорят себе без всякого приготовления так же просто, как и на отечественном диалекте.

В этом г. Кроткове спокойствие изумительное! Даже обидно. Чувствуешь, что он считает себя и свои интересы до такой степени выше того мира, где мы, грешные, барахтаемся, что он может только пассивно вести себя.

Я пригласила его обедать. Поднимаясь на террасу, я шепнула Степе:

— Просто он нигилист, и больше ничего!

— А в объекты не годится?

— Нет, — отвечала я решительно.

Ест г. Кротков прилично. На этом ведь всегда узнаешь иерихонца. Кричать он не кричит. У Степы, несмотря на его терпимость, тон гораздо выше и подчас даже задорнее.

Г. Кротков не оказал мне никаких внимательностей. Он существует сам по себе. "Смотрите, дескать, на меня, беседуйте со мной, если желаете; но больше вы ничего не дождетесь".

Степа выражается мудренее, чем он. У г. Кроткова я ни разу не услыхала ни интеллигенции, ни инициативы, ни индифферентизма. Чем больше я на него вглядывалась за обедом, тем более я чувствовала, что этот человек — совсем новый. Он не подходит ни под один из тех типов, о которых мы не раз говорили со Степой.

После обеда мы пошли опять в сад. Г. Кротков, обращаясь наполовину к Степе, наполовину ко мне, говорит:

— Я у вас посижу до седьмого часу.

Он объявил, и кончено! Мне это, впрочем, понравилось. На террасу доходили звуки фортепьянной игры из большого дома, где дочь какого-то генерала упражняется каждый вечер.

Речь зашла о музыке.

— Вы, конечно, отрицаете музыку? — спросила я гостя.

— Напротив, — вмешался Степа, — Александр Петрович большой любитель.

"Значит, он не нигилист", — подумала я. Однако ж Александр Петрович не счел нужным распространяться об этом предмете. Он просто сказал:

— Как она барабанит, и больше ничего.

Я подумала: "Не отпущу же я тебя, любезный друг, не допросивши хоть немножко: что ты такое"?

— Вы возвращаетесь за границу? — спросила я.

— Да, я еще не кончил своих работ.

— А потом?

— Будет здесь дело, останусь в России; а нет, найду его и за границей.

— Вам, стало быть, все равно?

— Конечно. Я работаю не для русских, не для французов и не для немцев.

— А для кого же, — спросила я с некоторым раздражением.

— Для самого дела. Где мне лучше, там я и остаюсь. Вот у него какая философия!

— Позвольте, однако ж! — вскричала я.— Нельзя же смешивать...

Он на меня взглянул своими большими голубыми глазами, в которых нет никакой нежности; красные его губы раскрылись, и, не торопясь, он выговорил:

— Зачем же нам спорить? Вы моих работ не знаете. Ни вам, да и никому, кто не работал, никакой не будет обиды от того, где я со временем устроюсь.

В русском переводе это значило:

"С твоим бабьим умом не суйся в то, чего ты не смыслишь".

Не вкусно мне пришлось это нравоучение. Но я все-таки должна сознаться, что г. Кротков вовсе не желал сказать грубость. Во мне выразилось неуместное любопытство, и он отвечал на него попросту, не светски, но так как следует.

И какое ему дело: обижусь я или не обижусь? Оказалось, что он любит не только музыку, но даже и стихи. Значит, он опять-таки не нигилист. Степа прочел нам две, три вещи, и г. Кротков улыбался.

Возгласов и суждений он не употребляет. Но с ним приятно слушать хорошую вещь. В нем видишь умное молчание.

Я просила его не забывать нас.

— Я буду.

Вот его фраза. Опять-таки кратко и вразумительно.

— Ну, что ж ты скажешь про объект, — спрашивает меня Степа.

— Во-первых, я не знаю, кто он такой: нигилист или другую кличку носит!

— Ах, Маша! да ведь ты и меня допрашивала о том же самом, и потом увидала, что я никакой клички не ношу; а просто человек, как человек. Точно то же и Кротков.

— Однако...

— Ты видишь, что он не мелкого калибра?

— Вижу.

— Это главное.

— Да мне-то что ж до этого за дело?

— Приятно видеть русского человека с будущностью. Кротков как раз такой экземпляр, в котором поколение моложе нас вложило свои прочные черты.

— Очень рада!

— Ты за что же на него сердишься, Маша?

— Мне кажется, твой г. Кротков вовсе не заслуживает таких комментарий; а впрочем, мне до этого нет дела.

Я солгала, бессовестно солгала. Мне очень хотелось поговорить побольше о Кроткове; но я постыдно жантильничала.

Степа, кажется, догадался. Прощаясь со мной и целуя меня в лоб, он проговорил:

— Все волнуетесь, сударыня, все волнуетесь. Что-то выйдет из этого волнения?

— Успокойся, — сказала я, — на шею к г. Кроткову не брошусь.

Так мы с ним и простились сегодня. Мне не было скучно; но ведь времени у меня немного, а г. Кротков просидел почти целый день.

Г. Кротков, во всяком случае, оригинальный человек. Степа прав: в нем видно другое поколение. Мне кажется, что у него и ум и характер так слились, что разлада между ними никакого нет. Ни одного лишнего слова не сказал он в течение нескольких часов. А о чем говорит, не примешивает никаких общих идей. Мне кажется, в этом и заключается сила и большие задатки. Все мужчины, каких только я знала, не исключая и Степу, захватывают всегда враз слишком много вещей, развивают свою мысль и так и этак. Г. же Кротков выговаривает готовые фразы. Его работа осталась в нем, там, внутри. Я с ним не пустилась бы в спор; я сразу же начала его побаиваться; но за то с ним уже не станешь, как с другими мужчинами, вертеться вокруг одной точки и выезжать на словах.

Его презрение к женщинам не делает чести умному человеку. Но в самом ли деле презирает он их? Ничего подобного я нынче не заметила в нем. Может быть, он берет нас попросту, не выдумывает ничего от себя, и так как в нас, действительно, очень мало толку, так он и дожидается, пока этого толку будет побольше.

Да, все это прекрасно. Но если бы мы, женщины, могли вовремя опираться на настоящих мужчин, дело бы пошло иначе.

Мне все говорит, что этот Кротков очень похож на настоящего мужчину... Если б Степа заглянул теперь в мою тетрадку, он бы закричал:

— Машенька, да ведь ты нашла объект!

22 августа 186*
После обеда. — Четверг.

Сегодня я рассчитывала: когда нам двинуться за границу. Теперь Володя так раздобрел, Бог с ним, что можно его вести хоть на край света. Жить здесь, в Ораниенбауме, до осени не стоит.

Пожалуй, вдруг захватит дурная погода, дожди, и ребенок опять простудится.

Для меня жизнь на даче была во всех отношениях хорошим искусом. Отсюда я могу перебраться в какой угодно благочестивый немецкий городок и сумею там засесть без всякой скуки.

Вот так бы устроить где-нибудь, на берегу Рейна, что ли, маленькую колонию и прожить несколько лет,

долго, долго, до того времени, пока Володя не вырастет и не сделается немецким буршем. Я так мечтаю; а ему, может быть, вовсе и не следует делаться буршем.

В такой колонии много народу не нужно. Степа мне один заменяет большое общество. Когда начну я стариться, можно будет завести приятельницу, поумнее, с мужскими привычками. Устроить можно уютный домик, род asile {пристанище; убежище (фр.).}, так чтобы русские могли найти всегда приют и чашку чаю. Ведь это очень приятно следить за разными поколениями молодых людей, особливо когда видишь их в пору искренних и честных стремлений.

Ведь здесь у меня, хоть и очень просто, без всяких претензий, но все-таки юный физикус, вроде г. Кроткова, видит во мне барыню, живущую в барской даче. Значит, предполагает сейчас разные пошлые претензии. А там, где-нибудь в университетском городке, поневоле придет. Соскучится все сидеть над тетрадками, придет и увидит, что его принимают, как родного.

Да, я уверена, что в другой обстановке такой г. Кротков сделается гораздо мягче и доступнее.

А который год ему? Неужели он моложе меня? — Не думаю. Степа сказал, что он ученый. Мальчишка не может же быть ученым. Мне пошел двадцать четвертый год. Кажется, немного; но в эту зиму я, право, состарилась на десять лет. Лицо у меня пополнело и даже посвежело. Но духом...

Очень часто я чувствую себя старше, чем Степа, хотя ему и тридцать лет.

Три, четыре года такой жизни, какую я сбираюсь вести, и забудешь совсем, который тебе год, застынешь и на веки успокоишься.

Полно, так ли?

7 августа 186*
11-й час.— Вторник.

Что это со мной за шутки шутит судьба. Чуть мужчина обратил на себя внимание, чем бы то ни было, и сейчас же я начинаю наталкиваться на него.

Опять встретила я г. Кроткова и на этот раз говорила даже. Я

214

шла к Исакову, а он выходит, кажется, оттуда. Все в своем неизменном белом балахоне. Белый цвет к нему очень идет. Он, наверно, догадался об этом, хоть и ученый.

Кажется, он слегка улыбнулся, когда приподнял шляпу. Мы оба остановились враз.

— За покупками? — спрашивает он.

— За книгами, — отвечаю я.

— В этакий-то жар? Как вам не стыдно. Что ж это Степан-то Николаевич смотрит?

— Я читаю по утрам, — проговорила я смиренным тоном.

— Все равно. В этакую погоду человеку не полагается работать головой.

— Вы нас совсем забыли, — бросила я ему, слегка, почти перебивши его фразу.

— Жарко уж очень.

— У нас не жарко.

— Да, у вас хорошо. Я соберусь.

— Когда же?

— Да хоть завтра.

— К обеду?

— Хоть к обеду.

Приподнял шляпу и отправился, не дожидаясь, чтоб я его отпустила.

"Поболтали, дескать, и довольно".

Я, кажется, была с ним чересчур любезна. Собственно говоря, что мне в этом г. Кроткове? Его никоим образом нельзя назвать приятным человеком. Говорит он мало, и все точно про себя. Со Степой у него довольно холодные отношения. Если и существует между ними симпатия, то интеллигентная. Из-за чего же особенно-то лезть? Все ведь это наша барская распущенность. Мы иногда хорошенько не знаем, какой нам человек нужен, с кем сближаться и от кого бегать?

По части фатовства г. Кроткова бояться нечего. Он не из таких людей, чтобы объяснить мою любезность глупо и пошло.

Вот я говорю: не из таких людей? А почему я знаю? Г. Кротков прежде всего — человек, с которым надо, по пословице, "съесть куль соли", прежде чем определять его так или иначе.

Я говорю сегодня Степе о нашей встрече. Он все ухмыляется. Надо ему хорошенько выдрать уши.

Мне очень хотелось спросить, который год Кроткову; но я застыдилась. Как-нибудь спрошу мимоходом.

Вот теперь, зная, что Кротков будет завтра, я готовлю очень много разных вещей, на которые хотела бы его вызвать, а завтра ничего у меня не выйдет.

И Домбрович и Степа приучили меня к длинным разговорам. Я привыкла слушать и соглашаться. Я привыкла к пространным объяснениям. И вот теперь явился человек с краткими изречениями. Я и не умею с ним говорить. Кротков не остроумен; но на все у него простой и несложный ответ. С таким человеком нужно говорить и спорить после большой подготовительной работы. А то ведь мы выдумываем взгляды наши только тогда, когда развиваем их. У Степы, конечно, много готового; но и немножко хромает на эту ногу. Он, впрочем, сам сознает, что его ум не устроен для быстрых и резких замечаний.

Он недавно мне говорит:

— De ma vie je n'ai fait une seule saillie! {За всю свою жизнь я не придумал ни одной остроты! (фр.).}

Может быть, самое желание задавать разные вопросы каждому новому человеку явилось у меня под влиянием сочинителей?

В самом деле, зачем непременно чувствовать этот зуд, эту тревогу, это желание как-нибудь заявить себя? Ведь коли поглубже-то взять, так тут, по крайней мере, наполовину тщеславия.

Завтра буду себя вести с достоинством, просто радушной хозяйкой. Этого весьма довольно. Видов у меня никаких на г. Кроткова нет. Стало быть, не из чего "пыжиться", как Кукшина в "Отцах и детях".

9 августа 186*
10-й час.— Четверг.

Вышло не так! Это, впрочем, всегда бывает...

Кротков явился прямо к обеду и, что меня ужасно удивило, привез игрушку Володе! Это так на него непохоже.

Говорит мне:

— У вас славный мальчуган. Мы с ним будем приятели.

Мой Володька всем нравится. А давно ли я его считала дрянной плаксой?

За обедом Кротков говорил все об еде. Рассказывал разные кушанья. Точно будто другого и разговора нет. Русской кухни он не любит. Обычай есть пирожки считает нелепым; но зато одобряет водку перед обедом. И все это без всяких ученых объяснений, а так, просто. "Нашел, мол, стих говорить об еде — поговорим об еде".

Мне нечего было играть роль радушной хозяйки: он и без меня ел с большим аппетитом.

Когда мы встали из-за стола, я чувствовала себя не совсем довольной. Мне чего-то недоставало. Простая манера гостя и низменный сорт разговора внутренно раздражили меня. Мы перешли в сад. Не знаю, понял ли Степа мое настроение, но он куда-то удалился. Мы остались вдвоем с Кротковым, на скамейке около пруда.

Он закурил сигару, сказавши мне вполоборота:

— Вы позволите.

Фраза эта была не вопросительная, а утвердительная.

— Мальчик у вас славный, — начал сам гость.

— Будто бы?

— Чего же вам еще! На него приятно смотреть. Вы его хорошо держите.

Я покраснела от удовольствия; но поторопилась заметить:

— Помилуйте, я еще только готовлюсь его воспитывать.

Кротков сбоку поглядел на меня, показал мне свои белые зубы, тряхнул как-то головой и выговорил:

— Затеи.

Я пододвинулась к нему и спросила довольно резко:

— Что-о?

— Затеи, я говорю.

— Как затеи, что затеи?

— Вот то, что вы мне сейчас сказали.

— Я вам сказала, — начала я полуоскорбленным тоном, — что я готовлю себя к воспитанию моего сына. Я ничего не знаю; поэтому должна учиться с азов.

Улыбка не сходила с его красных губ.

— Зачем все это?

— Как зачем?

— Вы мать, и, как видно, очень хорошая мать, а волнуетесь точно какая институтка.

Я вскипела. "Как ты смеешь мне нравоучения читать!" — воскликнула я в самой себе.

— О каком волнении вы говорите? — спрашиваю весьма тревожным голосом.

— Да как же, — отвечает он, глядя на меня своими голубыми глазищами.— Я ведь вижу, чем вы занимаетесь... Перевоспитываете себя?

— Ну да, перевоспитываюсь.

— Неужели вам Степан Николаич внушил эту идею?

— Я и сама чувствую, что я круглая невежда...

— Что ж за беда такая. Вам что же хочется знать?

— Как что? Все, что нужно развитому человеку.

— Это слишком обще. Науку, что ли, какую-нибудь: химию или механику?

— Да вот, прежде всего мне нужно подготовить себя к тому, чтобы выучить грамоте Володю.

— Ну, это другое дело. Да и то лишняя забота. Вы достаточно грамотны.

— Однако надо какую-нибудь систему?

— Золотова книжку возьмите, вот и все. Мне, лет пять тому назад, попались в воскресной школе такие два кондитерских ученика, что я сначала усомнился причислить ли их даже к млекопитающим. А ничего: через два месяца стали читать.

— Все это прекрасно, — возразила я еще задорнее.— Надо же иметь какое-нибудь направление, надо знать, к чему готовить ребенка.

— Вы этого знать не можете, да никогда и не будете знать. Разве вы хотите его с шести лет, как Фемистоклюса в семействе Манилова готовить в дипломаты?

— Не готовить, но выследить все его инстинкты, наклонности, дарования...

— Несбыточное дело. Вы, стало быть, свою собственную науку хотите сочинить.

— Как собственную науку?

— Да так-с. Ведь то, что разные немцы называют психологией, — все ведь это, как семинаристы говорят: "темна вода во облацех небесных". Этакой науки пока еще нет. А ваши личные наблюдения над сыном ничему не послужат, только собьют и вас, и его. Знавал я двух юношей, которым матери посвятили всю свою жизнь. Вышло из них два образцовых болвана.

— Значит, вы отвергаете в принципе материнское воспитание?

— Зачем вы тут приплели слово принцип? Меня как холодной водой обдало.

— Дело не в словах, — пробормотала я.

— Так точно, но зачем же вставлять их там, где не следует. Я замечаю, вернувшись в Россию, что теперь неглупая женщина не может по-русски двух слов сказать, чтобы не вставить принципа, организма и интеллигенции.

— Вы желали бы, чтоб они болтали по-французски, как сороки?

— Что же? Хорошо говорить по-французски не очень-то легко. По крайней мере, все фразы установлены. Язык строгий. Чуть вставишь лишнее слово — и выйдет примесь нижегородского.

— Так вам угодно, может быть, чтоб мы переменили язык? Извините. Я никак не желала оскорблять вашего уха дурным русским языком.

Мои щеки так и горели. Я просто начала сердиться на него и сердиться очень дурно.

Он опять улыбнулся, выставил свои зубы и еще спокойнее, чем в начале разговора, выговорил:

— Да вы не волнуйтесь. После обеда вредно.

Эта неизящная шутка могла бы еще сильнее раздражить меня, если б она была высказана дерзким тоном. Его тон был тихий, немного, правда, фамильярный; но почему-то не

218

раздражающий. Необыкновенная твердость слышалась в этих словах. Они говорили: "Что ты кипятишься. Ведь я пред тобой не спасую".

— Мы, однако, удалились от разговора, — начала я поспокойнее.— Вы, стало быть, против материнского воспитания?

— Я не могу быть против чего-нибудь, что от меня не зависит. Но сдается мне, что женщинам совсем не следует хлопотать о развитии своих сыновей. Вот вы, например: мальчик у вас здоровый, бойкий, оставляйте его на свободе, ну, выучите грамоте, коли вам это хочется; а там уж вы с ним ничего не поделаете.

— Потому что это не женское дело?

— Именно.

Я отодвинулась. Безапелляционный приговор г. Кроткова ошеломил меня. Пролетело несколько секунд в молчании.

— Позвольте мне спросить вас, monsieur Кротков, — заговорила я вызывающим голосом, — кто же вы такой?

— Очень мелкая фигура...

— Нет, к какому поколению вы принадлежите? Разве вы не разделяете идей тех, кого называют нигилистами?

— Нет, не разделяю.

— Вы, значит, их отрицаете?

— Нет, и не отрицаю. Напротив, считаю их совершенно необходимыми до поры до времени.

— Когда ж, по вашему мнению, наступит эта пора?

— Кто знает. Россия страна своеобразная. В ней ведь все делается или слишком скоро, или чересчур медленно.

— Вы, стало быть, — допрашивала я, — черните только взгляды нашего молодого поколения?

— Я уж вам сказал, что считаю их вообще полезными, что не мешает, в частности, разным смешным затеям...

— Вроде моего перевоспитания?

— Не отнекиваюсь.

— Простите мне, мсье Кротков, мое нескромное любопытство; но я вас не понимаю. Вы моложе Степы. Который вам может быть год?

— Мне двадцать шестой год. (Вот какой ему год).

— Ну, да. Вы на шесть лет моложе его. Стало быть, вы не можете же, как развитой человек, пойти назад. А между тем, ваш взгляд на женщину...

Он встал и подошел ко мне очень близко.

— Полноте, — сказал он, махнув рукой.— Оставимте все эти разводы. Ну, что за толк будет, если мы с вами начнем рассуждать об эмансипации женщин? Ведь так уж это приелось, что самый звук, самое слово "эмансипация" возбуждает тошноту в свежем человеке. Поверьте, я не хочу вас обижать; но не хочу и болтать по-пустому. Не читайте вы всех этих книжек о женщине. Все это глупое водотолчение. Так ли женщина устроена, как мужчина, или нет, от этого вопрос не двинется. Я полагаю, что не так. Никогда она президентом Соединенных Штатов не будет.

— Другими словами, — подхватила я, — мы глупее вас?

— Ну, положим, и глупее, — ответил он шутливо.— Разве это меняет в чем-нибудь настоящую жизнь? Решить вопрос может только долгий опыт. Его еще нет. Стало быть, благовиднее примолчать пока.

— А как же можно будет женщине доказать свои способности, коли вы не хотите даже, чтоб она помогала своей невежественности?

— Вы все говорите: она, т. е. какая-то сложенная из всех женщин фигура. Припомните: речь шла о вас, вот о вас, именно: о Марье Михайловне. И вот вам-то и не следует совсем волноваться, а следует жить себе попросту. Чего вам еще больше: ум у вас есть, любите вы вашего сына, выходите замуж, будет у вас еще несколько человек детей. Любить вас будет муж не за психологию вашу...

— А за pot-au-feu?

— А как же вы иначе установите ту штуку, без которой никакая общественная машина не двинется?

— Какую же это штуку?

— Брак.

Он выговорил это слово как-то особенно, с большим ударением.

— А вы, — спросила я, — преклоняетесь разве перед браком?

— Безусловно.

— Даже перед французским? Вы должны были насмотреться там на красивые супружества!..

— Я считаю заведение Фуа весьма полезным.

— Какое заведение Фуа?

— А то, которое занимается сватовством.

Я смолкла. Мое понимание совсем помутилось. Пришел Степа, и г. Кротков не счел нужным продолжать разговор.

Он посидел недолго.

Степа заметил, что я была как в воду опущенная.

— Вы побранились, что ли? — спрашивает он меня.

— Твой объект, — отвечаю, — ни на что не похож!

— Будто бы?

— Он или рисуется, или сам не знает, что говорит! Но отчего на меня так подействовал разговор с Кротковым? Какое мне дело до его разных взглядов! Мало разве на свете всяких уродов, желающих оригинальничать?

Я опять в большом расстройстве. Я точно потеряла равновесие. Вместо того, чтобы работать, сижу и Бог знает об чем думаю. Не знаю: лень ли это, или новое сомнение в своих силах... Вот уже несколько дней, как я избегаю разговоров со Степой. Он, может быть, и замечает во мне странное настроение, но ничего не говорит. Мне противно самой. Дело у меня из рук валится. Чуть сяду за книжку, и сейчас полезут в голову глупые вопросы: "Зачем ты это делаешь? брось ты свое развивание, ни для кого это не нужно".

Неужели я такая девчонка, такая бесхарактерная вертушка, что чуть мне кто-нибудь сказал слово, ну и кончено, перемена декорации. Нет, тут вовсе не то. А что же?

17 августа 186*
Поздно.— Пятница

Из трех мужчин, с которыми меня столкнула судьба в этом году, один был совратитель, другой — примиритель, ну, а третий?

Я уже его считаю, этого третьего...

Да, мне встреча с ним даром не пройдет.

Зачем я желала знать: кто такой г. Кротков? Не все ли равно: какую кличку он носит. Ведь этак жить совсем нельзя будет, если к каждому человеку приклеивать особый ярлычок.

Кротков совсем не то, что Степа. Чем он там занимается, я не знаю. Я знаю только то, что он смотрит на жизнь вовсе не так, как выходит теперь по моему.

Да и это все не то!

Его личность, тон, фигура, глаза, волосы, губы — все говорит про сильную волю, про настоящий характер.

Он, как есть, — мужчина.

Соображу я, что выходит из некоторых его рассуждений:

Во-первых, он одобряет меня, как мать. Ему нравится мой Володя. Он находит, что его хорошо держат. По его мнению, я делаю все, что мне нужно, и не из чего больше волноваться. Во-вторых, он почти требует замужества. Видно, что для него это твердый пункт. В-третьих... довольно и того.

Ведь если он прав, все мои труды и волнения прекращаются. Я начинаю жить здоровой и цельной жизнью.

Боже мой, как бы было хорошо!

Прошло почти десять дней, а гостя нет. Целый день проходит у меня в молчании. Я сама на себя бешусь; но не могу развязать язык. Я просто бегаю от Степы. Как это глупо! Разве я боюсь чего-нибудь? Разве Степа имеет на меня какие-нибудь права? Он сам же просился всегда в конфиденты...

В чем же я ему стану признаваться, однако? В... не в чем!

Как мне тоскливо в этом Ораниенбауме. Поскорее бы лето кончилось!

О заграничной поездке я все еще мечтаю, но как-то по-другому.

Я просто безумная! Куда я иду и что делаю?

Узнала я от Степы, что г. Кротков остается в Петербурге еще месяца два, три, и сейчас же отправилась я в город искать квартиру.

Что ж это такое?

Сколько вопросов я ни ставь в моей тетрадке, они ничего не помогут.

Моей судьбе выходило все откуда-то, сверху... Вот и теперь тоже... Толкает меня что-то... Я не имею силы остановиться.

Этот человек ходит теперь по Петербургу, курит свои сигары, читает книжки и столько же думает обо мне, как о китайском императоре. Был он два, три раза на даче у знакомого, увидал там барыню, нашел ее очень нелепой, поговорил с ней на скамейке в саду, объявил, что весьма уважает брак вообще, и контору какого-то г. Фуа в особенности, а с этой барыней теперь делается что-то до того чудное, что еще день, другой — и она побежит отыскивать его, если он не догадается явиться на дачу.

Протянулись новые двадцать четыре часа. Его все-таки нет. Не смеет же этот человек скрыться! Зачем он приходил, после того?

Для меня ясно теперь: он сказал мне настоящее слово... Он сам тот, который...

— Что же наша поездка? — спрашивает меня сейчас Степа.— Тебе приелся Ораниенбаум...

— Да, приелся, — отвечаю я сквозь зубы. Степа понимает что-то.

— Маша, ты опять страдаешь, — начал было он.

— Не нужно объяснений, — крикнула я и ушла от него.

Если он догадывается, противный наперсник, что ж он не позовет сюда гостя?!

Я задохнусь в этом Ораниенбауме.

Я встретила его с большим спокойствием, в гостиной. Он сам явился.

Разговор тянулся, тянулся. Я была страшно глупа. Хваленая моя точность выражений куда-то улетела. Слова не могла сказать, не поправившись. Но он не обратил на это, конечно, никакого внимания.

Я узнала из разговора, что он останется здесь до ноября, а может быть, и до нового года.

Я не смела больше экзаменовать его, да и не хотела. Мне довольно того, что я вижу и слушаю. Самые простые слова, самые обыкновенные мысли выходят у него так, да не так. Но вот что я увидала еще яснее, чем в тот раз: он не закидывает тебя мудреными словами; но расстояние между им и женщиной неизмеримо больше, чем, например, между мной и Степой... Ведь это убийственное сознание! Он опять ласкал Володю. Мальчик очень его полюбил. Своими ласками он как бы показывает мне опять, что довольно одной любви для ребенка.

Степа нисколько не виноват, что тут случился; но он меня ужасно стеснял. Я бы хотела провести целый день с ним, с глазу на глаз, видеть его по-домашнему, поговорить попросту, не так, как тут в гостиной. Такого человека, как он, надо видеть по-домашнему, т. е. сблизиться с ним. Он рассуждений не любит и в качестве гостя никогда не выскажется. Это не то что милейший мой Степан Николаич. Такие люди в мелочах говорят крупные вещи.

Степе, разумеется, нельзя было уйти. Так мы и пробыли все втроем. Он торопился на последний поезд. Я предложила проводить его.

— Где же вы думаете прожить зиму? — спрашиваю я.

— Мне надо еще поработать в Париже.

А немецкий городок? Мы, стало быть, останемся одни со Степой?

Зачем же непременно немецкий? Не все ли равно! Отчего же не в Париж? Он уже не изменит плана.

3 сентября 186*
Днем.— Понедельник.

Я решила перебраться в город завтра. Погода порядочная, но непрочная. Степе неприятно... Довольно с него природы, гулянья и купанья. Прямо с дачи за границу нельзя ехать. Ничего еще не приготовлено... У меня и бумаг никаких нет для паспорта. Да и к чему торопиться? Я думаю даже, что лучше ехать к зиме. Я ни к кому, конечно, не поеду; но как будто нельзя провести месяц, другой потихоньку?.. Успеешь получше уложиться и обсудить все.

Неужели мне жалко Петербурга, или я сама себя обманываю? Только бы устроить осеннюю жизнь; как я желаю.

7 сентября 186*
1-й час.— Пятница.

Мне все не верится! Ведь он приходил сегодня собственно для меня... Разумеется, для меня. С тех пор, как я переехала в город, Степа живет на своей квартире.

Да, он сам пришел. Мы много говорили, просто и очень дружелюбно. Он меня как будто хочет все ободрять: "Ты, дескать, не бойся, я не съем".

О себе, о своих планах, работах ни единого слова.

Всем своим тоном он как будто хочет приучить меня жить, думать и говорить попросту. Приучить! Ничего этого, конечно, у него и в помышлениях нет. Он человек сам по себе и уж за такое вздорное дело, как женщина, конечно, не возьмется.

После того, зачем же он продолжает со мною знакомство?

Он не светский человек, он не умник, он не развиватель, он не наперсник...

Чем же он может быть для меня?

Чем?

8 сентября 186*
10 часов.— Суббота.

Ох, этот Степа! Сует всюду свой нос и свое благодушие и комментирует чужие чувства.

224

— Ты его любишь, Маша.

Почем он знает? Зачем мне говорить об этом, Боже мой!

Любовь! Пишут вам слово и думают, что облагодетельствовали. Точно я теперь институтка какая-нибудь и должна находиться в полном восхищении, что нашла в лексиконе слово любовь.

Не знаю я и не хочу знать, как называется то, что во мне теперь происходит. Но я чувствую злость какую-то: злость на всех и на него!

Говорят, что любовь всему помогает, сейчас указывает вам путь, делает вас кроткой, заставляет работать и проникаться добром.

Какая отвратительная ложь!

То, что я теперь чувствую, хуже всякой болезни! Какая тут работа, я не могу связать двух мыслей. Ох, как мне больно!

12 сентября 186*
Поздно.— Среда.

Нет, я сумасшедшая. На что я жалуюсь? Чего я еще хочу?

Мне больше ничего не надо. Я люблю его. Какое пошлое и хорошее слово!

Я готова любить его так, молча, безответно. Я ничего не прошу.

Все, что я прежде испытала, — прах и суета, вздор и тяжелый чад пред моим теперешним чувством. Чувство, чувство! Прочь это избитое, пошлое слово. Прочь всякие слова! Я не хочу говорить о моей любви. Я молчу и люблю.

16 сентября 186*
8 часов.— Воскресенье.

Боже! неужели такое счастье!

Он даром ничего не говорит. Зачем же сам он завел речь: куда я собираюсь? Он спрашивал это особенным голосом, точно мой ответ должен был решить и его поездку.

— Вы в Париж, — говорю я ему, — и мы также со Степой.

Он улыбнулся, как еще никогда не улыбался.

Я не хочу объяснять этой улыбки. Лучше ни на что не надеяться, гораздо лучше.

Зачем он не оставляет меня в полном убеждении, что между нами ничего общего быть не может? Зачем этот ласковый голос, эти частые визиты, эта дружеская мягкость? Если б знал он, чего мне стоит сдерживать себя! О, как бы я отдалась ему вот сейчас же и телом, и сердцем, и помышлением! Но от него исходит какое-то сияние чистоты. Я не смею выговорить ни одного намека. Такой человек должен сам вам сказать, что он полюбил вас. Но разве он может полюбить? За что же? Да и зачем ему страстная, шальная любовь такой женщины, как я. Я вижу: ему нужен брак, так, как он его признает и понимает.

Степа пристает ко мне все с разными развлечениями. Он хочет все занимать мой ум. Он воображает, что можно теперь этому уму заниматься чем-нибудь приятным и полезным.

Впрочем, что ж я обвиняю Степу? Он ведь старается мне говорить дело.

— Из-за чего ты сохнешь, Маша?

Я молчу.

— Ты ему нравишься.

— Молчи, Степа!

— Полно блажить. Если б я не верил в твою хорошую натуру, я бы сказал, что ты рисуешься.

Он все со своей хорошей натурой! Глупый он, глупый, мечтатель, и больше ничего! Кто ему подсказал, что у меня хорошая натура? Мужчины вот всегда так действуют. Выдумают вдруг, ни с того ни с сего, какую-нибудь красивую фразу и носятся с нею, как дурак с писаной торбой. Хорошая во мне натура или нет, бес во мне сидит или ангел; но нет мне ни в чем исхода, ни в чем примирения. Ни в светской пустоте, ни в разврате, ни в книжках, ни в моем ребенке, ни в добре, ни... в любви.

Нет, я клевещу, я бесстыдно клевещу!

Только бы он сказал мне слово, одно слово, только бы позволил пойти за ним, молчать и любить.

Его ровная мягкость, его сближение убийственно долги. Я умру двадцать раз до той минуты, когда узнаю свой приговор.

Да, это будет приговор, а за ним и казнь.

Это был разговор, но больше разговоров уже не будет.

Он пришел ко мне вечером. Я не смела громко обрадоваться. Показалось мне, что в лице его было гораздо больше ласки и задушевности, чем когда-либо. Он сел около меня на диван с таким видом, как будто собирается хорошенько потолковать со мной.

После кое-каких фраз вдруг я слышу, что он перешел к самому себе.

Он точно будто исповедовался вслух... Говорил он все так же медленно и просто, как всегда, и сам может быть удивлялся, что начал рассказывать про себя женщине.

Я не сумею записать здесь его речи. У меня будет совсем не тот язык, не будет его задушевности, ни его слов. Я прибавлю от себя разные завитушки, к которым приучили меня умники.

Как ясно и чисто в душе этого человека! Он говорит: "Я учусь тому-то, для того-то", — и вы чувствуете, что он добьется всего, что хочет знать.

Я думала, что он книгоед, сухой ученый, окаменелый и застывший на мелочах. Как я ошибалась! Вот его слова:

— Все это черновая работа. Я учусь, чтоб думать. А после начнется жизнь для идеи. На идею она и положится.

Степа говорил мне почти то же про себя; но у него нет той прочности, нет той веры в себя, нет той простоты и ясности.

Вот такими и были мудрецы во все времена. Так мне кажется, по крайней мере. Они знали все, что можно было знать в их время; но им мало было этого знания. Они поднимались умом и душой своей до самого верху и оттуда открывали людям новую правду...

Ничего такого он не объявлял о себе. Я сама это сочинила; но иначе я не хочу его понимать!

Я слушала его не дыша, глотая каждое его слово, и в то же время шла дальше его слов, думала за него...

Он замолчал. Ему не нужно было моего ответа; замечаний он также не ждал, но он ждал чего-то и чрез несколько секунд прибавил:

— Вот видите, Марья Михайловна, какой я нигилист. Вы этаких не боитесь?

Слова: "не боитесь", — звучали каким-то другим вопросом.

Я ничего не ответила. Для меня возможен был один ответ, но никогда он его не услышит.

— Вы видите, — начал он опять, — что для меня жизнь — дело простое. Я хотел бы отделить свои цели от того, что вы как-то назвали pot-au-feu.

— Вам нужна добрая жена? — спросила я, сделавши над собою неимоверное усилие, чтоб голос мой не дрогнул.

— Да, это благое дело.

— Нужна для работы?

— Без этого и работа не будет спориться.

— И больше ни для чего?

— Как же — ни для чего. Я не проживу без прочной связи с женщиной.

— И вам есть чем любить? — спросила я чуть слышно.

— Еще бы! Я мужик простой, без хитростей; коли к кому привяжусь, так значит, мне это нужно будет.

Я не знаю, что со мной сделалось. Меня жгли точно на медленном огне. И вспышки надежды, и уколы едкой боли переменялись каждую секунду...

— Вы теперь уж не воспитываете себя больше?

Эти слова долетели до меня и разбудили меня.

Я была в каком-то горячечном забытьи.

— Я ничего не в состоянии делать теперь...

Ответ мой вылетел без всякого участия моей воли. Верно, звук моего голоса поразил его: он вздрогнул.

— Да что же вам делать?..

— Да, — перебила я его вдруг, — знаю, что вы мне скажете. Вы уж говорили мне, что я своего рода совершенство. Неужели вы в меня верите, Александр Петрович?

— Как это: верите? Я не смекаю.

— Т. е. думаете, что такая барыня годна на что-нибудь.

— И очень.

— И такой женщиной можно удовлетвориться?

— Можно с ней прожить весь свой век припеваючи...

Почему-то мне послышалась насмешка в его фразе, и особенно в слове припеваючи.

Я почти умоляющим шепотом проронила:

— Пощадите меня, — и замерла, не смея даже протянуть к нему руки.

Тут он, видно, понял немного, каково мне было. Он взял меня за руку и выговорил с глубоким доверием и с особой, суровой лаской:

— Какой же еще желать женщины, коли вы не годитесь?

Я... вырвала руку и отвечала ему жестким, почти церемонным молчанием. Я превзошла себя в притворстве.

Он взглянул на меня удивленно.

— Ответьте мне только на одну вещь, — говорю я ему после паузы.

— Извольте.

— Но без малейшей утайки.

— Извольте, без утайки.

— В вашем pot-au-feu вы полагаете идеал жизни с женщиной?

— Нет.

— Что ж это?

— Необходимость.

— Как же вы соедините эту необходимость с любовью?

— Когда нужно привязываться, когда здоровый человек не может жить без женщины, нельзя же возмущаться тем, что pot-au-feu будет такой, каким ему быть следует.

— Вы его станете терпеть, и только?

Зачем жизнь идет годы и десятки лет? Ведь настают же минуты, когда вы переживете и поймете в один миг, до чего не добрались долгим опытом!

Да, я все поняла, поняла больше и лучше его самого.

Я вижу теперь, какую любовь найдет женщина около этого человека. Он будет ее любить верно, крепко, горячо; но никогда не помирится она с своей долей, если не сумеет подняться до его души, до его кровного дела.

Зачем скрывать: он привязался ко мне. Он готов назвать меня женой. Мне стоило сегодня сказать слово, и он был бы мой.

Но я не сказала этого слова. После допроса я поблагодарила его, встала с дивана и, кроме каких-то пошлостей, он от меня больше ничего не услыхал.

Догадался ли он, помогла ли ему вся его ученость догадаться, как женщина в одно мгновение видит вдаль всю судьбу и среди пытки подавляет в себе бабью распущенность...

Чтоб я была его женой, сознавая, что он будет меня любить, только как не злую, не скупую и не скучную женщину? Чтоб я чувствовала ежесекундно глубокую пропасть моего pot-au-feu и его настоящей, духовной, самоотверженной жизни? Чтобы его нетребовательность и терпимость кололи меня хуже всякого ножа и говорили про безвыходность моего невежества, моей узости, моей беспомощности пред теми вечными задачами, которым он служит и будет служить?

Никогда, о, никогда!

Они думают, эти мужчины, что нам ничего не нужно, кроме ласки, снисхождения, забот, как о слабом и хрупком существе! Добрая подачка кажется им верхом благодеяния! Чтобы они ни творили: возвышают ли нас или унижают, хотят ли из нас сделать профессоров и лекарей, или держать нас на кухне, — всегда и во всем сквозит мертвящая субординация! "Не ходи туда, куда я тебя не пускаю", — кричит один. "Ступай куда хочешь, коли я тебя пускаю", — кричит другой. И везде я, я, и я!

Он ушел, не добившись от меня ни одного путного слова. Но его ведь ничем не смутишь. Ему нужен ответ. Я должна его дать.

Мой ответ!

Еще одно усилие. Если во мне остались какие-нибудь силы на

то, чтоб самой, без всякой мужской помощи, подняться и постичь все, что будет для него дороже меня, — я стану учиться, я совершу чудеса, да, чудеса, только бы меня не покидала вера в самое себя! Другого исхода мне нет. На него я не могу надеяться. Он оставит меня у своего pot-au-feu, как только я отдамся ему, с надеждой на его поддержку.

Кто же может больше любить его, чем я? Вера в себя, где ты? Откликнись или дай мне умереть!

13 октября 186*
Днем.— Суббота.

Я прожила две недели. Он приходил несколько раз, но его не принимали. Я хотела быть совершенно одна. Все я перебрала в себе. Не оставила ни одного уголка ни в голове, ни в сердце, ни в привязанностях, ни в воспоминаниях. Запершись, просидела я над своими тетрадями. Вот тут я записала целиком. Можно еще обманывать себя, когда память вам изменяет, когда вы объясните ваше прошедшее так, как вам в эту минуту хочется.

Но тут, с документами в руках, никакой самообман невозможен.

На что похожа моя жизнь? С тех пор, как я совсем свободна и могла бы устроиться по-человечески, — одно блуждание, одна беспомощная и безысходная слабость духа.

Я ни в чем и ни за что поручиться не могу. Я вижу во всех моих поступках, мыслях, словах, увлечениях одни только инстинкты. Я ничего в себе не воспитала, стало быть, и не воспитаю.

Я говорю все это так спокойно, таким резонерским тоном, потому что убеждение мое непоколебимо. Это единственный серьезный вывод из всего того, о чем мне случалось рассуждать на моем веку. И я не устрашусь дойти в нем до конца.

17 октября 186*
Вечер.— Среда.

Я его приняла. Я приготовилась к ответу. Но он ни единым звуком не напомнил о том, что между нами было говорено в последний раз.

Стало быть, мне все показалось только? Не может быть!

Дело гораздо проще. Он подумал: "Она все-таки барыня. Я мог в ней и ошибиться. Подождем. Разглядим ее поближе".

Не придется ему разглядывать меня...

19 октября 186*
Утро.— Пятница.

Я хочу сделать прощальные визиты, много визитов. Поехать ко всем, с кем только встречаюсь. Вот уже больше полгода, как я бросила свет; но что ж за беда! Про меня никто ничего не знал. Да объеду я всех барынь, поеду даже на вечер, если только будет у кого-нибудь вечер.

А Лизавета Петровна? Неужели я так-таки не увижу ее?

Хоть бы раз с ней поплакать, по-бабьи; но уже без всяких сладких надежд на разные réhabilitations {оправдания (фр.).}.

Право, съезжу.

20 октября 186*
10 час.— Суббота.

Кого больше любит Володя? Степу или его? Его больше. Он так весь и задрожит от радости, когда увидит дядю.

Степа поймет меня и сделает все, что я ему скажу... Бедный Степа! Он видит теперь, что вся его философия не может справиться с одной вздорной бабенкой, как я. Как я перед ним виновата! Полгода возится он со мной, расстроил свои планы, оторвался от работы, ухаживал за мной, как нянька, читал и начитывал, объяснял и внушал, истерзался весь.

И все это — пшик, как говаривал мой Николай.

Он приходит каждый день с каким-нибудь новым предложением: прочитать такую-то повесть в журнале, поехать посмотреть на то-то, послушать публичную лекцию. На все это я отвечаю: "Нет". А говорить со Степой я просто не могу, не потому, чтобы он мне надоел, но ведь с ним задушевный разговор возможен только в одном роде: надо с ним куда-нибудь стремиться. А я теперь никуда не стремлюсь.

Говорить про себя настоящую правду не хочу до последней минуты.

Зачем его еще больше растрогивать. На нем и то лица нет. Да, мужчины, вы гораздо бессильнее, чем думаете.

Успею ли я, по крайней мере, найти Степе какую-нибудь сожительницу?

23 октября 186*
На ночь.— Вторник.

Всех барынь видела. Завтра поеду танцевать. Ха, ха, ха! Как я довольна собой! В любой гостиной мне было так ловко, как будто я ни на минуту не расставалась с этим миром. Какие нескончаемые разговоры! Я, как княгиня Татьяна Глебовна, выкладывала все свои люмьеры; да, пускала их без малейшего зазрения совести, и всякий раз такие упражнения доставляли мне удовольствие. Будь около меня друг, вроде Степы, он сейчас бы начал объяснять мой хвастливый жаргон разными высокими свойствами ума. А тут говорила та же самая дрянная натуришка.

И как мне рады все эти барыни. Я их совсем не стесняю. Они чувствуют во мне своего человека. Да и чей же я человек, коли не их? Что же я в жизни своей проделывала с большей любовью и добросовестностью, как не "l'art de se bien tenir en société" {искусство хорошо держаться в обществе (фр.).}?

Моя: tournée — последняя капля.

Нет, предпоследняя.

25 октября 186*
Вечер.— Четверг.

Я нашла Лизавету Петровну. О! какой завистью закипело мое сердце, когда увидала я опять это восторженное лицо!

Она встретила меня прекрасно. Я несколько раз поцеловала ее и молчала.

Говорила за меня она.

— Вас Господь посылает ко мне. Видите, как сильна любовь к Источнику света. Теперь вы уже не уйдете больше в тот мир, где один мятежный ум! Вы моя, и моя с обновленным духом истины!

Сидит на своей кровати, все в той же убогой комнате, страшно худая, еле дышущая, обнимает меня и говорит, все говорит и верит уже, безраздельно верит, что я опять спасена, что надо мной воссиял свет, что я навеки соединю свою душу с миром ее упований.

Я оставила всякое попечение: наставлять ее на путь истинный.

"Живи, — думала я, — святая женщина, живи в твоем беспробудном самообмане!"

Но как ясно мне было, что никогда не могла бы я идти рука об руку с моей бесценной Лизаветой Петровной. Счастье самообмана не дано мне в удел!

Как детский лепет, как мистический беспредметный порыв долетели до меня последние слова моей бывшей наставницы. Я вырвалась из ее объятий. Я не хотела же дурачить ее и не хотела объявлять ей, что она мертвеца приняла за вестника новой жизни, за "сосуд милости Божией".

Теперь прощай, моя добровольная страдалица. Благодарю тебя, ты мне не оставила уже никакого сомнения, что твоя любовь, твоя интуитивная сила не могут даже отличить живого тела от мертвечины!

Когда же?

Я его буду видеть до самого конца. Он спокойно ждет; я тоже спокойно, изумительно спокойно застываю.

27 октября 186*
3-й час ночи.— Суббота.

Степа, благодарю тебя! Ты — гениальнейший из наперсников. Ты нашел для меня подходящее зрелище.

Как купеческое семейство на маслянице считает своим долгом побывать непременно в театре, так и я после своих визитов захотела объехать все театры. В Михайловском я никогда еще так не смеялась. В Большом с детским любопытством смотрела какой-то длиннейший и скучнейший балет. Вероятно, такие балеты дают для кретинизирования наших остроумцев. Я сидела, сидела, смотрела, смотрела, и, когда занавес в пятом действии опустился, мне не хотелось идти из ложи. Ездили мы с Степой и в русскую оперу. Я и там слушала очень старательно.

— Какой же еще театр остается? — спрашиваю я у Степы.

— Александринка, — отвечает он.

— Это куда гостинодворцы ездят?

Он ответил мне, что, кроме гостинодворцев, бывает всякий народ.

Я никогда не заглядывала в русский театр. Была, впрочем, раз, кажется, на "Десяти невестах".

— Выбери мне что-нибудь хорошенькое, — говорю я Степе, — пострашнее и пожалостнее.

Он смеется и замечает мне:

— Ты, Маша, точно малый ребенок стала. Вдруг тебе полюбились зрелища.

— Ведь это на прощанье, — говорю я ему, — на прощанье. Посуди ты сам, я не видала ни одной хорошей русской пьесы.

Привозит он мне билет и говорит:

— Мы очень удачно попадем. Пьеса заигранная, правда, но для тебя она будет нова и удовлетворит твоей программе: и страшна, и чувствительна.

— Какая же это пьеса? — спрашиваю.

— "Гроза" Островского.

— Ну, и прекрасно, говорю.— Значит, и гром, и молния есть в ней.

— Конечно.

Поехали мы семейно. Мне почему-то захотелось взять Володю. Я пригласила и его дядю. Степа взял мне литерную ложу.

Есть ли провидение, я не знаю; но что есть какая-то рука, которая открывает вам затаенную глубину вашей души, я это вижу.

Суждено мне, видно, было попасть на такую пьесу, и я попала на нее. С поднятия занавеса я ушла вся на сцену, точно будто что внутри меня шептало: "Смотри, не пропусти ни одного слова".

Я и не пропустила ни одного слова. Сначала мне было очень дико слушать какой-то смешной язык каких-то не то мужиков, не то купцов. Потом явилось целое семейство: старая и злая купчиха с сыном, дочерью и невесткой. Она поворчала и ушла, а за ней и сын. Какой-то толстенький актер, уходя, рассмешил публику. Героиню нетрудно было узнать. Играла ее красивая, высокая актриса. Говорила она все как-то на одну ноту; но зато к ней шел сарафан и странный какой-то кокошник с покрывалом. Хорошо, что она внятно читала свою роль. Автор — умный человек. Сейчас же заставил эту Катерину рассказывать про себя. Мы ведь с этого всегда начинаем, когда с нами бывает плохой конец. Я не знаю, зачем это она все рассказывала тут; но я ее полюбила, полюбила не за то, что значилось в ее излияниях; а мне просто стало жалко этой женщины: она шла слепо, как и я же, к роковому концу. Она-то разливается в своем мистическом лиризме; а ее confidente вся преисполнена плоти и крови, только и ждет сообщницы по части "гулянья", как говорили бывало мои больные.

В антракте между первым и вторым действием я обратилась к мужчинам и спросила:

— Она ведь покончит с жизнью сама, по собственной воле?

— Разве это сейчас видно? — заметил мне Степа.

— Еще бы! — сказала я и посмотрела на дядю. Он не глядел на меня. Ему было скучно в театре. Он даже и не чувствовал моего присутствия. Я говорю это без горечи. Для него любовь есть дело законное и семейное. Настроения минуты он не признает. Немой разговор чувства ему не нужен.

В своей ложе, окруженная тремя существами, дороже которых у меня никого нет, я была одна, совсем одна. Мне нужна была только пьеса. Она только и говорила со мной. Сцены летели передо мной. Я их глотала. И каждая минута жизни Катерины, совсем даже и не похожая на мою, подсказывала мне разные итоги. Ведь это все равно: благочестивая купчиха или модная барыня. Беспомощность одна и та же. Для нее гром и молния были катастрофой, для нее геена огненная — адское пугало; а для барынь — сотни мелких складочек, ядовитых морщинок. Они накопились и вытравили всю жизнь. А главный врач, главный искуситель все тот же — избитая пружина: любовь!

Ну, зачем ей было любить, этой томной бабе, воспитанной на постном масле? Зачем ей было любить с затеями, с желанием вырваться из мертвящего болота, стать другой женщиной? Ведь это тоже безумная жажда самовоспитания, возрождения, восстановления, то же развивание!

"Бедная, безумная, глупая баба!" — повторяла я вплоть до пятого акта.

Но когда вышла она на предсмертный монолог в своем купеческом капоте и головке с ужасающей простотой и мещанством своего jargon, я вся замерла, сердце мое заныло, точно в агонии. Простые, мещанские слова Катерины резали меня, проходили вглубь и как-то невыразимо и больно, и сладко щекотали меня... звали за собой в омут, в реку, вон из жизни!

"Батюшки, как мне скучно!" — повторяла она, точно для меня одной во всей этой зале. У нее не хватило другого слова. Но в нем сидела вся тоска, вся смерть!

"Те же люди, те же разговоры".

"Зачем ты добиваешь меня за один раз?" — чуть не крикнула я ей.

"Да, вот она, неумолимая-то правда: "Те же люди, те же разговоры". Ей опротивели разговоры постылых людей; а я бегу от разговоров любимого человека, я вижу, когда они придут, и станут меня убивать по крошечке.

"Возьми меня с собой, — прошептала я вслед Катерине, — кинь и меня в реку, дай ты мне хоть на одно мгновение твою смерть. Ты так хорошо покончила! Ты говорила о каких-то цветочках, которые вырастут на твоей могиле. Ты и в смерти-то шла на тяжкий, но сладкий грех! Почему же для меня нет ни грома, ни молнии, ни вечного пламени, ни ночного грешного загула с сердечным другом? Дайте мне глубокое суеверие! Дайте мне мрачное изуверство! Дайте мне детские грезы, что-нибудь дайте мне, в чем бы я хоть на секунды забылась, как эта Катерина!"

Я ведь улыбалась, когда упал занавес и надо было ехать.

Мужчины, один за другим, сказали:

Степа:

— Задачка в пяти актах!

Александр Петрович:

— Вредная вещь, потому что выдуманная.

И он прав. Для него ведь все ясно и прочно в жизни. Все, что не подчиняется своей доле и в то же время немощно и слабо, должно терпеть и жить без затей.

— Я довольна, — сказала я Степе, — пьеса была и страшна, и чувствительна.

Дорогой я все про себя повторяла: "Те же люди, те же разговоры".

Володя заснул еще в театре. В карете я его держала на коленях.

У Катерины не было детей. Она сама об этом тосковала.

Ничего, стало быть, она не оставляла... Любезный друг ушел, муж постыл. Ну, а если б у нее лежал на коленях такой вот клоп, как Володя? Что тогда?

Этому клопу нужно жить и хорошо жить. Он на руках матери и долго, долго будет связан с нею. Но его мать сама не умела управляться с собой... Что же даст она ему? Ничего! Ее жизнь уйдет на другого человека.

Не уйдет, а ушла бы.

Завтра надо приняться за дело. Я не выдам себя до последней минуты. Бояться за нервы нечего. Последний лиризм ушел сегодня.

29 октября 186*
Поздно.— Понедельник.

Совершать преступления над другими, может быть, и трудно... все волнуются и колеблются; даже самые страшные злодеи, даже герои...

Я сейчас вернулась из моей экспедиции. Не так-то легко достать... Люди боятся смерти и не дают играть с ней...

Терпенья у меня хватит. Я очень терпелива, когда хочу...

31 октября 186*
Днем.— Среда.

Наконец-то! Оно в моих руках. Ничуть не страшно. Белые кусочки. Вот и все. Хоть я химии никогда и не училась, а знала что выбрать. Без грязных страданий, и не в один миг. Я хочу думать и любить до последней минуты. Да, до последней минуты. Не помню уж, кто мне рассказывал, но я знаю наверно, что не вдруг действует.

Заперла в шифоньерку. Теперь я спокойна. Чего же ждать?.. А вдруг если начнется припадок бабьей слабости? Как за себя поручиться... Нет, таких рассуждений мне не надо!.. Сколько бы склянка ни стояла у меня в шифоньерке, конец мой будет все один и тот же.

Ну-с, мои милые физикусы, совратители и развиватели, попробуйте теперь сбить меня? Довольно вам муштровать... Теперь я заручилась своим "методом", как вы изволите выражаться.

Что он верен... вы это знаете!..

Опять Степа со своей литературой!..

— Как хочешь, Маша, — говорит он мне вчера, — а я приду почитать; я давно не практиковался.

— Попрактикуйся, — отвечаю, — только никого из посторонних чтоб не было.

— Александр Петрович?

— Не хочу...

Да, не хочу я его видеть!

— Что ты мне будешь читать? — спрашиваю я Степу полусонным голосом, лежа на кушетке.

— Французскую вещь.

— Из "Роллы", что ли?

— Нет. Целую трагедию.

Батюшки! Да я сейчас же засну... Вот выдумал...

— Успокойся, Маша, это не Расин. Вещь недурная, хоть и жиденька по выполнению... Зато сюжет хорош.

— Да что такое?

— Charlotte Corday...

— Charlotte... это та, что убила, как бишь его;..

— Марата.

— Marat... да... помню... В каком ее смешном чепчике рисуют.

— Так носили тогда.

— Чья же это пьеса?

— Понсара.

— А-а...— протянула я и, вдруг спохватившись, почти крикнула, — тут все представляется, как она собиралась... идти на... убийство?

— Да. Я тебе прочту лучшее место; а остальное расскажу.

Я приподнялась. Мной овладело странное любопытство. Никогда я не думала об этой Шарлотте. Немножко поздно было обучаться, но ведь недаром же случилось это чтение? Еще бы!..

Степа начал. Я слушала так же жадно, как "Грозу" в Александрийском. Первый акт Степа пробежал скоро, объяснил мне разные вещи про революцию, прочел сцену Дантона с Girondins, показал, в какую сторону клонится дело... Второй акт... появляется Шарлотта... Ну разумеется, толчок дан мужчиной!.. Разве может быть иначе!.. Этот Girondin, этот Barbaroux — вылитый Степа: та же пылкость ума, тот же язык, тот же вечный порыв... Много идей и много, много слов!.. Похоже ли это на правду, что Шарлотта полюбила его? Ведь я не могла же страстно привязаться к Степе!.. Но вот мысль заброшена, пробралась внутрь и засела. Только ведь мы, женщины, умеем так неистово

237

кидаться на ужасное... И у нее так же свои книжки, как у меня, люди и опыты над собой...

Я заставила Степу повторить два раза:

Ainsi de tout côté la réponse est la même;
Tel est l'arrêt rendu par cette cour suprême[2]

И опять разговоры с этим Barbaroux... она любит и идет на смерть... Да что ж тут удивительного? Неужели по-буржуазному ничего не знать выше законного срывания цветов удовольствия?.. Мало того, что она душит свою любовь, она видит, что кроме позора ничего не вызовет ее конец... У филистеров, как говорит Степа, да и не у тех одних.

Она ли украла у меня мысль, автор ли; или я сама прозрела окончательно в ту минуту, когда Степа прочел:

Braver la mort n'est rien; mais le mépris bravé
Est un effort plus rare et gui m'est réservé?[3]

Я не слушала уже потом Степу; а он читал еще с полчаса, если не больше. Я сидела выпрямившись и смотрела в самое себя, видела в себе всякую жилку, всякий фибр, точно по частям разнимала себя. Пускай мое бедное тело будет поругано! Я вижу и слышу, что делают с ним. Слышу отсюда толки в "раззолоченных гостиных", а может быть, в лакейских, трактирах и в конторе квартального надзирателя. Рвут на части мою безумную жизнь. Вся грязь всплыла и затопила мое обезображенное судорогами лицо! В этой грязи возятся мои "ближние" с особенной любовью. Нанесут целый ворох скандальных слухов. Не трудитесь, друзья мои! Я записала свою жизнь. Читайте ее. Не удастся вам накидать на меня больше грязи, чем я сама погрязла. Но разве это уймет их? Нет! Как ты не разоблачишь себя, безумная, люди скажут все-таки, что ты рисовалась, что ты утаила самые дорогие для них скандалы, что ты лезешь на пьедестал мученицы. Правда, голая правда сердит их... Когда они смотрят на казнь, им мало, что человек зарезал или отравил другого...

Презирайте, плюйте, издевайтесь, только не жалейте!.. Вы не лучше меня!..

---

[2] Итак, со всех сторон ответ один и тот же; Таков приговор, вынесенный верховным судом (фр.).
[3] Не бояться смерти — ничто; но бравировать презрением — вот более редкая способность; она-то мне и осталась (фр.).

Еще урок, еще откровение!.. Это уж отзывается древней fatalité {рок (фр.).}. Но какой урок!.. Вот она правдивая-то повесть женской души. Это не выдумка, не сочинение, не сказка. Это — было. Это все правда, от первого слова до последнего...

Вчера зашла я к Исакову. Занесла мои последние книжки. Не хотела ничего брать. Стою у прилавка и говорю Сократу, чтобы он не трудился мне выбирать романов. Вижу, лежит старая книжка Revue des deux Mondes. Сейчас представилась мне madame Спиноза... Вспомнила я, как вот здесь же, у Исакова, я подняла возню и до тех пор не успокоилась, пока не достали мне статью о Спинозе...

Взяла я книжку и машинально начала читать содержание. Читаю: "les drames littéraires" {"литературные драмы" (фр.).}. Ну что в этом заглавии особенного? Ничего ведь нет; а меня забрало, меня что-то подтолкнуло.

— Эта книжка свободна? — спрашиваю.

— Свободна-с, прикажете отложить?

— Отложите.

Приехала домой и кинулась читать...

Как ужасно и как верно! Был немец и была немка. Немец не сочиненный, а всамделишный, как выражается Володя. Он вообразил себе, что он великий поэт и уверил в том немку — невесту свою. Мужчина ведь всегда начнет с того, что нашу сестру в чем-нибудь уверит. Три года миловались в письмах. Немец уверял немку, что он великий поэт. Немка готовилась быть его законной сожительницей, скорбела, что мир еще не понимает ее возлюбленного, и писала ему дальнейшие письма... Обвенчались. Стихи немца никому не нравились. Он захандрил... Немка продолжала верить в его гений....

"Он великий поэт, — начала она думать про себя, — он создаст гениальные вещи; только нужно возбудить его энергию, вырвать из уныния, потрясти его чем-нибудь покрепче!"

"Чем же его потрясти?" — спрашивает себя немка и долгие дни и ночи работает она над этим вопросом.

Ну, и доработалась!..

"Он меня любит, — рассудила она, — но он еще не знает до какой степени я его люблю, как я верю в его гениальность, как я желаю, чтобы он начал творить свои chefs-d'œuvre {шедевры (фр.).} и прославился во всем мире! Когда он это увидит, хандра его пройдет, все силы пробудятся, и все пойдет, как по маслу. Он меня любит; от меня и должен исходить удар. У него только две заветные вещи: поэзия и я. Погибни я, это его потрясет: не будет ему иного исхода, как удариться в поэзию... И чем ужаснее будет мой конец, чем глубже моя самоотверженность, чем мрачнее мой способ возродить его душевную жизнь, тем вернее удар, тем быстрее воскрешение его гения!"

"Глупо, смешно, сентиментально! Смесь картофеля с мистицизмом!"

Вот что скажут мужчины, и впереди всех он...

Нет, — закричала бы я им, — премудро, высоко, бесконечно высоко!..

Или нет: верно, просто, необходимо...

Другого хода не было для ее души...

Но как выполнила она свою "задачку", по выражению Степана Николаича?

Смотрите, мужчины, и, если смеете, глумитесь!.. Многие ли из вас способны на такую смесь картофеля с мистицизмом?

Мозговая работа кончилась. Сердце перегорело и изныло, итоги были подведены (как у меня); оставалось придумать последний акт. Тут немка долго не думала...

Какая сила!..

В письме к немцу она показала всю бесконечную глубину своей картофельной любви.

А потом, дело очень простое. Немец ушел в театр. Немка сказала, что она не так здорова, легла, закуталась в одеяло, раз, два!.. резанула себя ножом и, ни пикнувши, без единого стона, без машинальной даже слабости заснула навеки...

"Безумная!.." — закричат мужчины. Ошибаетесь, милые мои друзья, доктринеры и остроумцы, не угодно ли вам прочесть все ее письма, вплоть до предсмертного... Ни одной строчки не найдете вы бессвязной... Все в порядке. У нее была только своя логика, не ваша!..

Безумная!

Каждый день читают во французских газетах, в разных faits divers {происшествиях (фр.).}, что такая-то гризетка отравилась жаровней, от ревности, или жена увриера, оттого что муж колотил ее с утра до вечера; ну и говорят: "Ничего нет удивительного, страсти и горе — не свой брат!"

А на немку все накинутся!.. Тут нет ревности, нет побоев, нет материального факта! Немец любил ее; белены она, что ли, объелась? Лучше бы она его наставила уму-разуму, добилась бы того, чтоб он бросил стихи и сделался аптекарем или школьным учителем!..

Сбылись ли ее мечты?

Нет. Немец захандрил еще пуще; а стихи его совсем перестали читать.

Что ж такое!.. Цели в сущности никакой и не было. Цель немка сама присочинила. Для меня это ясно; яснее, чем было для нее: она полюбила поэта, не того, который с ней жил, а другого...

240

муж ее изнывал под тяжестью недосягаемого идеала; жизнь ее подъедена в корне... Куда же идти любви, как не вон из пошлого перевивания "канители..."?

Так ведь просто посмотреть на жизнь, как на вещь, которая нам дана под одним только условием... У немки одно. У русской другое.

Что ж я медлю?..

Я еще не спокойна. Я еще не все передумала...

Спешить — значит бояться... "бабы яги — костяной ноги", говорила, бывало, нянька Настасья.

3 ноября 186*
1-й час. Суббота.

Он ждал ответа. Он и пришел за ним. Я сначала не хотела его видеть... Но к чему такая слабость?

Он не горд. Нет. В нем еще больше доброты, чем ума... Доброта-то его и враг мой.

— Вы перестали меня принимать? — спрашивает он кротким голосом.

— Да, перестала...

— Чем же я провинился?..

— Вы? Ничем...

— Что ж это значит?

— Сядемте, — ответила я, как ни в чем не бывало, — и потолкуем... Не сердитесь на меня, я хандрила... вот почему вы меня давно не видали...

Во мне не было ни малейшей тревоги. Я дурачилась... Мне приятно было смотреть на это крупное, резкое, роковое лицо. Он тоже взглянул на меня. Ему, может быть, и хотелось геройствовать; но глаза выдавали его. Они глядели так просительно, так глубоко, почти восторженно.

Я наслаждалась его любовью. Мне ни капельки не было его жалко.

— С какой же стати вы хандрите, Марья Михайловна?

И он протянул руку. Я ему дала свою. Рука не дрожала. Я владела собой в совершенстве.

— Помышляю о своем ничтожестве, Александр Петрович.

— Вредная тема...— проронил он.

— Почему так?

— Потому что отзывается смертью...

— Смертью!..— Я прошептала это слово.— А хоть бы и так, что ж тут дурного?

— Неестественно в живом и здоровом существе...

— Это отзывается прописью, Александр Петрович! Разве мы

можем управлять нашими мыслями? Иной раз мне кажется, что вся моя жизнь прошла без моего участия...

— Вы это не вычитали? — спросил он улыбнувшись.

— Нет, божусь вам!

— Очень глубокие философы проповедовали то же самое...

— Кто же, например?

— Например... Да вам что же в этом интересного?

— Ах, Боже мой!.. Что за менторство такое!.. Довольно вам считать меня идиоткой!..

Он вдруг испугался, и глаза его тревожно и просительно обратились ко мне.

— Не сердитесь... я пошутил, — пролепетал он, точно школьник.

Как он любил меня в эту минуту! Я пожала его руку и рассмеялась.

— Извольте, не буду сердиться, только скажите мне, кто такой этот философ?

— Спиноза.

— Спиноза!..

Я расхохоталась. Потом вдруг смолкла. Какая-то страшная мысль пронизала мою голову.

— Чему вы так смеетесь, Марья Михайловна?

В его вопросе звучало сильное беспокойство. Он, видно, боялся истерического припадка.

— Так мой Спиноза думал по-моему?

— Ваш? Как так?

Он совсем растерялся. Очень весело рассказала я ему всю историю моего знакомства с философом иерусалимского происхождения.

— Только, — добавила я, — вы меня не допрашивайте о его сочинениях. Я ничего не читала... Что же он именно сказал насчет моей мысли?

Как-то бочком глядел он на меня. Его точно все пугало, или обижала моя странная веселость.

— Он сказал в одном месте: "Кто думает, что по собственной своей воле говорит, молчит или что-нибудь делает, тот бредит наяву".

— Вы не обманываете меня?

— Я помню место наизусть.

— А на каком он языке писал?

— По-латыни.

Разговор был в гостиной. Я побежала в спальню, взяла со столика свой журнал, чернильницу и перо.

— Александр Петрович, — сказала я ему со смехом, — впишите фразу Спинозы вот сюда... Только, пожалуйста, в подлиннике по-латыни.

И я ему показала пальцем на белую страницу.

— По-латыни? — переспросил он.

— Да, я как-нибудь разберу.

— Что это у вас за книжка?

— Вы с ней познакомитесь когда-нибудь...

— Я?

Лицо его вдруг просияло. Он взял у меня из рук тетрадь и смотрел на нее, точно Володя смотрит на игрушку.

— Прикажете писать? — спросил он, — вот здесь, вверху страницы?

— Да, да...— Я наклонилась. Он написал как раз вот эти строки:

"Qui igitur credunt, se ex libero mentis decreto loqui, vel tacere, vel quidquam agere, oculis apertis somniant".

Spinosa. Ethices[4]

— Что это такое Ethices? — спросила я.

— Этика.

— Не понимаю...

— Нравственная философия.

Вот слова, написанные его рукой. В первый раз я видела его почерк: такой же ровный, крупный, чистый, как и он сам.

Я отнесла тетрадь в спальню и, вернувшись, села на диван. Он ходил около камина. Потом опустился на диван же близко-близко ко мне. Я сидела спокойная. Он что-то собирался сказать, но я его предупредила:

— Вы признаете то, что сказал Спиноза?

Вопрос этот был выговорен серьезно, почти торжественно.

— Не играйте с огнем, Марья Михайловна... Не то что светская женщина, да и глубокий ученый знает слишком мало, чтобы подписаться под этими строчками.

— Значит, — перебила я его, — если я, например, решусь на что-нибудь отчаянное, вы бросите в меня камень без всякой жалости?..

— Других прощать, за собой следить и не потакать себе... вот мой принцип, Марья Михайловна... он тоже, быть может, отзывается прописью?..

Я притихла. Закрывши глаза, я слышала его тяжелое дыхание. Он очень страдал...

— Простите меня, — послышался мне подавленный, почти плачущий голос.— Я с вами хочу говорить о другом... Мне

---

[4] Следовательно, люди, верящие в то, что они по свободному решению ума могут говорить, молчать или что-то делать, спят с открытыми глазами.— Спиноза. Этика (лат.)

слишком тяжело, Марья Михайловна... Не до самолюбия уж тут! Я бы должен был терпеть, добиваться вашей... дружбы, заслужить ее... Но вы точно бегаете меня. Да и зачем тянуть? Вы меня знаете. Я ничего не утаил перед вами; но сдается мне, что вы чего-то испугались? Чего вы боитесь? Моей учености? Моего деспотизма? Их нет. Они в вашем воображении! Не ставьте вы между мною и вами разных надуманных ужасов! Позвольте мне любить вас... позвольте...

И он умоляющим звуком протянул последнее слово.

Какой ответ на это? Броситься и прошептать "Я твоя!". Он любит меня. Я это знаю. Он хочет принизиться до меня. Я в этом не сомневалась. Разве все это меняет дело? Я обошлась с ним кротко и успокоительно, как "приютская попечительница". Он и не заметил, что я окоченела.

— Александр Петрович, — говорю я ему тоном "казанской сироты", — не создавайте сами ужасов, я ничего не боюсь... только не торопите меня...

Как предательски я надувала его!..

Он радостно притих. Бальзам подействовал.

— Володя о вас очень соскучился, — продолжаю я материнским тоном, — хотите, я пришлю вам его послезавтра на целый день?

— Великий праздник будет для меня, Марья Михайловна!

— Я его вам скоро совсем отдам на воспитание...

Он что-то такое пробормотал. Я чувствовала, что его душит потребность говорить, изливаться, целовать мои руки, может быть, даже прыгать по гостиной...

Я окоротила эти лирические порывы. Ему довольно было надежды. Ведь она же лучше достижения цели? Он не посмел оставаться дольше.

— Прощайте, Александр Петрович, — выговорила я, кажется, очень спокойно, но он вздрогнул.

— Какое странное "прощайте", — вымолвил он.

Я его держала за руку. Мы стояли в дверях. В гостиной было светло только около стола. Лицо его белелось предо мною. В полумраке каждая его черта вырезывалась и выступала наружу. Скажи он еще одно "милостное слово", и я бы, пожалуй, кинулась к нему. Но чему быть не следует, того не бывает. Ведь это на сцене да в романах "на последях" лобызаются всласть... Он не Ромео, я не Юлия. Я досадила Спинозе: хотела выдержать и выдержала...

— Володя давно спит, — сказала я на пороге.— Я ему завтра объявлю радость.

— А завтра вы дома.

— Не целый день.

Другими словами: являться не дерзай.

— Любите Володю.

244

— Люблю и буду любить.

— Не поминайте меня лихом.

— Ха, ха.

Слезы, слезы, где же вы?..

Я скрутила Степу, он так и присел.

— Степа, — говорю ему, — я не жилица на этом свете.

— Как, что?

Вытаращил глаза; глупо смеется. По голосу моему он разгадал, что я не шучу...

Прежде, чем потекли его "мудрые речи", я схватила его за обе руки, долго-долго смотрела в его добрые, испуганные глаза и потом одним духом проговорила:

— Завтра ты мне нужен. Приходи утром. Никаких разводов! Ты видишь, что я не нервничаю. Исполни все, о чем я попрошу тебя. Не выдай твоего друга, твою беспутную Машу.

Лицо Степы передернулось. Он вдруг покраснел, потом сделался белый-белый. Я думала, он упадет в обморок.

Прямой сангвиник!

— Маша! — вскрикнул он наконец.— Господи!..

И голос у него перехватило. Жалкий он мне показался, маленький; просто стыдно мне за него стало.

— Что же это? — еле-еле выговорил он.— Безумие или агония?

— Просто смерть, — ответила я.

— Но он тебя любит, Машенька, он твой, бери его, живи, моя родная, живи!

И Степа целовал мои руки, колени, обнимал меня, безумный и растерянный, рыдал, как малый ребенок; то начинал болтать, то кидался бегать по комнате, грыз свои ногти, то опять на коленях умолял меня бессвязными словами, больше криком, чем словами.

Я смотрела на все это, как на истерический припадок. Эта братская любовь, это бессильное отчаяние не трогали меня.

— Полно, — сказала я ему строго, — ты ведь мудрец.

Он опустил руки и несколько минут сидел, точно убитый.

— Мудрец, — повторял он смешно и отчаянно, — мудрец.

Мужской ум взял, однако ж, верх. Он отер платком широкий лоб, помолчал и выговорил обыкновенным своим тоном:

— Но это слабость, Маша.

— А ты силен? — прервала я его.— Ты и от чужой-то смерти хнычешь.

— Это преступная измена...

— Чему?

— Чувству матери!..

— А разве я мечу в героини, Степа? Да, я преступница в глазах всех добродетельных и здоровых людей. Они — добродетельны и здоровы. Я — беспутная и больная бабенка. Доволен ты теперь?

— Не верю я этому! — крикнул Степа.— Нельзя вдруг, так, сразу, без смыслу и толку покончить с жизнью!

— Без смыслу и толку? — повторила я, — может быть, но не так, неспроста, Степа...

На столике, около кушетки лежала моя тетрадь.

— Видишь ты эту записную книжицу. В ней ты все найдешь. Она пройдет через твои руки...

Он со злобой взглянул на мой журнал, схватил его и, если бы я не удержала, он бы начал рвать листы.

— Писанье, проклятое писанье! — глухо простонал он.

— Да, мой дружок, — тихо и с расстановкой проговорила я, — вы, гг. сочинители, научили меня "психическому анализу". Ты увидишь, какие успехи я сделала в русском стиле. У меня уже нет "смеси французского с нижегородским", с тех пор, как вы занялись моим развитием.

Добивала я моего бедного Степу с какой-то гадкой злобой...

— Мы всему виной! — завопил он, точно ужаленный, — мы со своим ядом вносим всюду позор и смерть! Гнусные болтуны, трехпробные эгоисты, бездушные и непрошеные развиватели!..

"Поругайся, поругайся, — думала я, — вперед наука..."

— Но этому не бывать, Маша. Это бред! Я бегу за ним!..

— Ты не смеешь, Степа. Это будет глупое и смешное насилие. Да и какой толк? Он мне сказал, что любит меня; да, он забыл свое многоученое величие и весьма нежно изъяснялся. Я... своего величия не забыла и... не изъяснялась... Неужели ты думаешь, что я, как девчонка, не вытерплю и брошусь ему на шею, коли ты его притащишь, точно квартального надзирателя, "для предупреждения смертного случая?" Какой ты дурачок, Степа!..

На этот раз он понял меня. С детской нежностью припал он ко мне и ласкал меня с притаенным отчаяньем. Рука его гладила мои волосы и дрожала. Я почувствовала, что меня начинает разбирать.

— Степа, — шепнула я ему, — довольно "за упокой", поврем немножко...

4 ноября 186*
Ночью.— Воскресенье.

Тихо в детской. Я вошла. Лампада за гипсовым абажуром чуть-чуть дрожала. Тепло мне вдруг сделалось в этой комнате, тепло и сладко.

Лица Володи не видно было. Оно сливалось с подушкой. Я

наклонилась к кроватке. Ровное, еле слышное детское дыхание пахнуло на меня...

Николай мне всегда говорил, что и я дышу, как дитя. Я его тут вспомнила, глядя на его сына...

Полчаса просидела я у кроватки. Я не бросилась целовать моего толстого бутуза... Зачем эти театральные пошлости!.. Если б он понимал меня, он бы уже страдал; а теперь он только для себя живет... На здоровье, голубок мой, на здоровье!..

Осудит он меня или оправдает, когда взойдет в возраст? Не знаю. Что об этом думать! Монумента мне не надо от потомства. Пускай ему расскажут правду... Это главное...

Разметался он по кроватке. Одеяло сбросил совсем. Я его не прикрывала. В комнате тепло.

Видел ли он во сне, что его мама сидела над ним и думала свою последнюю думу?.. Я приложилась к теплой грудке Володи.

"Поклонись дяде, мой сердечный мальчуган, живи с ним, он тебя выняньчает лучше мамы".

Шепот мой разбудил его на одну секунду. Он обнял меня и, перевернувшись, замер опять...

"Баиньки, глазок мой, баиньки..."

5 ноября 186*
Днем.— Понедельник.

Вот мое завещание. Его писал Степа. Бедный мальчик писал и плакал... точно баба. А я улыбалась... Мне ни капельки не страшно. Во мне так много любви, что дико было бы думать о себе, да еще в такую минуту...

"Друзьям моим и сыну.

Я перестала жить по собственной воле. Без сил и убеждений можно только влачить ту жалкую суету, которая довела меня до смерти. Я не прошу ни оправданий, ни суда. Я прошу, чтобы сыну моему отдан был в руки мой дневник, когда он в состоянии будет понимать его. В нем он найдет объяснение моего конца и, быть может, добрый житейский урок. Александра Петровича я умоляю не оставлять Володю. Он должен быть его наставником. Я была бы для моего сына пагубой. Неосмысленная любовь — не любовь. Я уношу с собою благоговейное чувство к человеку, который показал мне высокий смысл и красоту жизни! Моя дрянная натура и тот гнилой мирок, где все тлен и ничтожество, вместо новой и чудной жизни, свели меня в добровольную могилу. Брат мой Степа настоит на том, чтобы воля моя была исполнена, чтобы Володя отдан был на воспитание Александру Петровичу. Остальное по имению пусть делают, как знают. Все вещи, напоминающие мою пустую и безнравственную жизнь, пускай пойдут прахом! Я не смею и просить о том, чтобы вы, друзья мои, сохранили обо мне добрую память. Самоотверженная дружба Степы вырвала меня из грязи. Он простит мне, что из его задушевных усилий вышел такой неудачный плод. Простит мне и Александр Петрович мое предсмертное притворство. Другая, светлая, чистая и разумная любовь ждет его. Я вижу отсюда женщину — сподвижницу, идущую с ним рука об руку к его высоким целям. Она полюбит моего Володю. В этом семействе он станет человеком и другом человечества. Живите же, три существа — избранники моего безумного сердца, живите долго-долго и не забывайте моего горячего, бесконечного привета".

— Все? — спросил Степа.
— Все, дружок. Ты на меня не попеняешь?
— За что, Маша?..
— А за то, что я отдаю Володю ему, а не тебе.
— Что ты, голубушка моя!..
— Но ты не оставляй моего мальчугана. В тебе есть то, чего нет в Александре Петровиче: он мудрец, ты артист, привей и Володе свои прекрасные вкусы и, когда он подрастет, рассказывай ему почаще, как глупо и беспутно жила его мама.
— Маша, друг мой...
— Что еще?..
— Твоя воля для нас священна... но зачем ты хочешь, чтоб твой сын знал всю твою жизнь.
— Степа, постыдись... Не огорчай меня! Через четверть часа меня не будет. Ты враг филистерства — боишься правды? Нет, ты сболтнул, ты растерян, дружок, я тебе прощаю.
— Воля твоя, Маша...
— Ну теперь вот еще что: возьми эти деньги. Тут моя годовая экономия. Я в ней никому отчетом не обязана. Отдай их Арише, на приданое. Я ее тоже усла. В доме никого нет...
— Еще что, Маша?..
— Ох много бы еще кое-чего; да всего не переговоришь, Степушка. Теперь поцелуемся, да и в путь!..
— Маша, не гони меня! Это жестоко!.. Голубушка моя, не гони меня!
— А тебе приятнее будет самый спектакль?..
— Не гони меня...
— Без миндальностей, Степа. Поцелуемся по-купечески: три раза. Прощай, Александр Петрович. Прощай, Володя! Прощай, Степа!..
Он хотел зарыдать, да удержался...

— Степа, скажи мне, голубчик, гамлетовские два стиха; я с ними хочу умереть, помнишь:

"Tis a consummation
Devoutly to be wished".

Конец